U0113699

郭宝平 —— 作品

大明首相

【第二部】

风虎
云龙

中国文史出版社

图书在版编目（CIP）数据

大明首相：修订版. 第二部，风虎云龙／郭宝平著
. -- 北京：中国文史出版社，2020.10
ISBN 978 - 7 - 5205 - 2389 - 9

Ⅰ.①大… Ⅱ.①郭… Ⅲ.①长篇历史小说 - 中国 -
当代 Ⅳ.①I247.5

中国版本图书馆 CIP 数据核字（2020）第 198905 号

责任编辑：金硕

出版发行：**中国文史出版社**

社　　址：北京市海淀区西八里庄路 69 号院　　邮编：100142
电　　话：010 - 81136606　81136602　81136603　81136605（发行部）
传　　真：010 - 81136655
印　　装：廊坊市海涛印刷有限公司
经　　销：全国新华书店
开　　本：787×1092　1/16
印　　张：18.5
字　　数：275 千字
版　　次：2021 年 1 月北京第 1 版
印　　次：2024 年 3 月第 3 次印刷
定　　价：58.00 元

目　录

第一章 逐同僚学生真帮忙
陷石州汉奸实可恨

1

蓟州、宣府、大同、山西、宁夏五镇，乃国朝防御北虏的前线。不惟长城坚固，且扼要处皆设立墩台，台上有守望房屋和燃烟放火的设备，台下有墩卒住处和羊马圈、仓库等建筑。每墩哨军五名、夜不收二名，轮流值守，有警则举烟为号，有寇至则挂席鸣炮以报讯。驻守及巡视墩台的夜不收，常深入虏区刺探敌情，皆通虏俗，会番语。

大同镇平虏卫干鲁忽赤千户所下辖的前卫百户所，位于大同城西南，驻守败胡堡所辖十多个墩台。隆庆元年的八月节快到了，边地百姓虽然凄苦，但依然张罗着过节的物品。这天夜里，月牙挂在天空，满天星斗闪烁。前卫所百户姜广亮带着十几个墩卒，护卫着几匹马，马背上驮着包裹，悄悄出了最北处的一个墩台，向西北方向一个稀疏的小树林移动。

走进小树林，一个叫栗见勤的夜不收吹起了暗号："啾啾啾！啾啾啾！"几个鞑子应声牵马而来，栗见勤与他们嘀咕了几句，姜广亮便命墩卒卸下包裹，请对方验货。茶叶、纻丝、食盐，外加几个青花瓷器。鞑子点头，把带来的貂皮、马尾拿出来，请姜广亮验货。不到两刻钟，双方交货毕，各自返回。一个怯里马赤——鞑靼军中的通事，上前拉住栗见勤，把握在手心里的几块碎银顺势塞到他手里，用番语叽里咕噜说了几句，栗见勤只是点点头，不敢多言，匆匆追上了姜广亮。

回到墩台，姜广亮命人将货物运至百户所营盘，他则照例开始巡查墩台。随从携了一壶酒，姜广亮一边在墩卒为他腾出的一个房间里独自酌酒，一边算计着这批货的赚头。墩台夜不收栗见勤脸上挂着讨好的笑，手拿一包风干牛肉走了进来，颇是急切兼带兴奋地说："头儿，这回的貂皮卖了，分了银子，俺的钱就攒够了，这夜不收，俺不想再干了。"栗见勤哭丧着脸说，"俺娘七十了，俺三十了才娶了婆姨，婆姨给俺下了个崽儿，俺要是……"

"哪个王八蛋愿做夜不收？可这各色差事总得有人干，你又没啥靠山，还想挑挑拣拣？"姜广亮打断他，说着又"呸"了一口，嘲讽道，"你要是兵部哪个官的小舅子，俺这就给你调岗。"

"嘻嘻嘻，"栗见勤嬉皮笑脸道，"这一年咱和鞑子私底下做的买卖，俺也攒了四十多两银子，加上这回的，都给头儿，求头儿给俺换换地儿吧！"说着，"扑通"一声跪了下来，叩头不止。

"这回换来的货不卖了！"姜广亮把酒盏往土台上一跐道，"快过节了，得打点上头，不的，他们把闭着的那只眼睁开，和鞑子的这点营生，咱还能干下去？没这营生，咱不更苦？"

栗见勤一脸沮丧："头儿，可是你说的，俺攒够五十两银子，你就帮忙给俺调到关口的城墙上做墩卒，不让俺做这墩台夜不收了。"

姜广亮瞪一眼栗见勤："那也得再等等，时下快过节了，上头都在打点呢，哪顾得上你这屁大点的事。"

栗见勤接受了姜广亮的说法，眼睛放出亮光，好奇地问："哎，头儿，上头这过一个节，得收多少啊？他们又是吃空饷又是克扣赏银，过节还收礼，这银子还不用车拉啊？"

"你以为呢？"姜广亮瞥了栗见勤一眼，"不然为啥打破脑袋要升官？升官发财，升官发财，不升官发鸟财！就咱那点营生，脑袋别裤腰带里，赚了，一半以上都得打点上头。"

"啧啧，头儿，上头要那么多银子，花得完吗？"栗见勤擦了一把哈喇子，问。

"憨蛋！"姜广亮不屑地说，"你去大同往北京的官道上看看就知道了。"

"啥、啥意思头儿？"栗见勤问。

"嘿嘿，莫说总兵、副总兵，就是总督、巡抚，都得往京城送礼嘞！"姜广亮说，"就像老子我，是收你们点小钱，可给上头也不少送钱，我赚不了几个子儿。"

"啧啧！"栗见勤感叹道，"还是当官好啊！俺攒钱就是不想干这个墩台夜不收，当个墩卒就心满意足了。"

"踏踏实实再干几笔，你会说鞑子话，以后多分你一份。"姜广亮安慰说。

"那谢谢头儿，谢谢头儿了！"栗见勤捣蒜似的叩头说。刚起身要走，姜广亮伸出一个巴掌，向里勾了勾，像招呼一条狗，待栗见勤靠近，便冷冷地问："适才在小树林，鞑子与你说些啥？"

栗见勤打了个激灵，忙道："鞑子问咱这儿和往常一样吗？"随即便一脸无辜地申辩，"俺可啥也没说，一个字也没说。"

"哼哼！"姜广亮只冷冷一笑，栗见勤便双腿一软跪了下去，哆哆嗦嗦把鞑子给的碎银子从裤腰里掏出来，"就这么多，俺对天发誓！"

姜广亮一把夺了过去，在手心里掂了掂，捏给栗见勤一小半，龇牙道："吃独食会噎死，知道吗？"

栗见勤羞愧地点头："下回不敢了！"又讨好地一笑，"头儿真是火眼金睛，啥也瞒不过头儿。难怪做百户，俺看做千户、做游击，嗯嗯，不，做参将也跟玩儿似的。"

姜广亮递过酒壶，赏了栗见勤一口，嘱咐道："长点心眼儿，打探鞑子那边有啥好货，赚足了钱，往上头多送送，啥事都好办。"突然又打了个激灵，"鞑子问咱这儿和平常一样不一样，啥意思？该不会想打败胡堡的主意吧？"吸溜了一下鼻子，又自我安慰道，"咱就是小萝卜头，大事有大官管，喝点小酒吧！"

栗见勤麻利地将酒壶递到姜广亮的手里。

就在姜广亮和栗见勤在墩台内喝小酒的当口，那个在小树林暗中塞给栗见勤碎银子的怯里马赤，正骑上快马，连夜向板升奔去。

板升城池西北角，汗廷长朝殿西侧，有一座土堡，全堡周长可达五里，坚壁自固。这就是赵全的宅邸。进入八月以来，赵全密令细作迅疾搜集传递谍报，为此还特意提高了赏格。他预判，随着秋收季节的来临，一场大的南侵行动将不可避免，届时俺答汗必问计于他，所谓知己知彼百战不殆，搜集、分析谍报就成了他近来的头等大事。国朝上有内阁六部科道翰林，下有总督巡抚兵备道，总兵参将，更不用说还有一大批幕僚师爷。赵全几乎是以一人之力与整个朝廷、九边的文臣武将斗智斗勇，每有大举动，他必把谍报尽可能先搜集周详。

连续半个月了，赵全一直隐身于土堡内，在一座豪华的宫殿式建筑里听取谍报。他不许他人转达，而是只听探报人自己所亲历亲闻者。

"重赏！"听完那个怯里马赤的禀报，赵全紧锁的眉头一下子舒展开来，大声吩咐说。他兴奋的是，国朝墩军此时依然偷偷与鞑子走私交易，足可判断出，国朝秋防策并无新招，一个大胆的南侵画策，在他的脑海里成形。

赵全从太师椅上站起身，在屋内刚要伸展酸沉的臂膀，侍从匆匆来禀："把都，汗爷来了！"赵全来不及更衣，急忙吩咐开门迎接。

"喔哈哈哈！"老远，俺答汗爽朗的笑声就传到了土堡里。一眼望见俺答汗身后的亲兵，有的抬着刚刚宰杀的全羊，有的抬着酒坛，赵全一笑，知道这是俺答汗前来问计了。

2

张居正走进徐阶的朝房，心里忐忑，鼻尖上挂着汗珠。

自从一个月前被徐阶责备，张居正行事谨慎了许多。秋防策完全按兵部所提，袭故套而已。这件事本不是徐阶所关注的，他连看也没看，就以内阁公本上奏。皇上倒是也未再说什么，此事算是应付过去了。但对尽快驱逐郭朴，徐阶却念兹在兹。近来，张居正和曾省吾一直在暗中运作，可事情并不顺利。郭朴乃为人长者，性情敦厚，资历直比徐阶，又素以清正名于朝，如之奈何？曾省吾私下与几个御史商榷，劾郭朴与高拱结党，张居正以为不妥。赶走郭朴，不惟不能关涉高拱，还要刻意回避，不然，势必给外界对不顺服者赶尽杀绝的观感，岂不落下不能容人、无相臣体的恶名？徐阶断断不会同意。可是，不以与高拱结党做文章，又能拿什么论劾郭朴呢？举凡能拿来论劾的，诸如不忠、贪墨、干请、结党、渎职、横行乡里，一件也未找到。实在计无所出，而此事又不容再拖，曾省吾只好授意御史陈瓒论劾郭朴"负气使才，无相臣体"，内阁只能票拟"朴先朝旧臣，雅称慎静"，慰留郭朴。科道论劾郭朴，徐阶知道张居正已然在行动，对他的态度又恢复到了从前状态。可张居正很清楚，徐阶不是为了出气，也不是羞辱对手就肯罢休的，他要的是结果——驱逐郭朴。况且，似这般大而化之扣帽子类论劾，舆论究竟以谁为非，还是未知数。故陈瓒上弹章的同时，张居正就敦促曾省吾再出新招。尽管颇费了一番心思，终于有了眉目，张居正决定试探一下徐阶的意思再做计较。

"师相，学生访得，近日有科道欲论安阳。"张居正佯装不经意地闲谈。他不能把事情说破，不然徐阶会认为他不会办事。

徐阶不语，良久，才端起茶盏，吹了吹热气，漫不经心问："科道论劾大臣，司空见惯。"似乎他对此毫不关心，但他举着的茶盏一直未放下，看着张居正，显然是等着他说出下文。

"据闻，乃是一桩旧事。"张居正道。

"旧事？"徐阶用力放下茶盏，不悦地说，"这些个科道，拿陈年旧事来论劾大臣，真是闲得慌。"

张居正一笑道："据闻，有御史访得，安阳多年前丁父忧，守制未满，皇上夺情召回，他虽辞谢再三，可还是提前起复了。"

"是有此事。那又如何？难道抗旨不遵才好？"徐阶道，语调中充满失望。

张居正不急不躁地说："据闻，御史访得，安阳老母在堂，衰病交加，他却一味恋栈，不思归养。"见徐阶摇头，张居正很是郑重地说，"学生访得，该御史欲论劾安阳往日居父丧，夺情赴召，为士论所鄙；人言其有老母病耄且死，不思归终养，伤薄风化。"

徐阶叹口气道："本朝以孝治国，最重孝道；孝道一失，则大节亏矣！科道以此论安阳，安阳何颜再立朝廷？"语调中似乎满是惋惜之情，旋即提高声调说，"科道论劾大臣，那是他们的权责。"

张居正明白，徐阶这是认可了。迎着大权在握的老师欣赏的目光，他松了口气。他同样也知道，该转移话题了。正好他对秋防始终不放心，遂借机进言："师相，学生近思北虏之患甚炽，秋防之事宜格外用心。学生思之，设险有常道，所贵因乎形势；用兵无定术，所贵酌乎时势……"

"秋防事，自有兵部。"徐阶收敛了笑意，打断张居正，又叹息一声，"平心而论，高新郑委实称得上是难得的干才。但太自负、太急躁了，这是他的弊病，是以清廉有干才的高新郑，终究难以立于朝，遑论展布经济？每一思之，老夫惋惜之至。"

张居正听得出来，徐阶是在敲打他。该感激还是反感？张居正一时也说不清楚，神态颇不自然。

"呵呵，叔大啊！"徐阶忽又以亲切的语调道，"为师老矣，经历这么多，悟出一个道理：世上无有解不开的难题。叔大不闻'不了了之'之语？此之谓也。"见张居正疑惑不解，徐阶解释道，"就拿虏患来说。虏患非起于今日，也非今日可一举消除，不要总挂在心上。"

张居正一愣，露出惊诧的神情。

"当然，要有所为有所不为。"徐阶觉察到张居正的惊诧，以传道授业的语气道，"蓟镇要严防死守，不惜一切代价。此为保国，亦为保身也！"

张居正明白了，在徐阶看来，只要蓟镇不被北虏突破，确保京师和皇陵无虞，位在中枢者就无须承担责任。他内心陡然生出一丝鄙夷，但说出话来，却滴水不漏："师相高瞻远瞩，学生领教了。"

"怎么，元翁否决了？"张居正步履沉重地走到自己的朝房，还等待在此的曾省吾见他满脸凝重，忙问。

张居正坐到书案前，向外挥了挥手，有气无力道："照计行事。"

"大功即将告成，太岳兄还愁眉不展佯装深沉？"曾省吾兴奋地打趣说，"这就叫欲加之罪不患辞，触怒权相终难安！郭老头该卷铺盖咯！"

张居正一拍书案："三省，少说一句吧！我问你，兵部近来都在忙些甚事？"

"收礼，赴宴。"曾省吾很干脆地说。

张居正皱了皱眉，不再说话。这是预料中的事。即使他自己，固然常常婉拒边将的礼物，那是因为彼此尚不熟稔，多年来每到三节，戚继光都早早派人到京送礼，初时他还责备戚继光，戚继光说，风气如此，不送礼心里不踏实，啥事都不敢大胆去干。宣大总督王之诰是张居正的儿女亲家，前两天也派人送了重礼。尽管如此，听到曾省吾说兵部忙于收礼、赴宴，张居正心里还是又急又气，可一时又不知说什么好。

"临近中秋，这京城里稍上档次的酒楼，若不提前十天半月，恐订不上位置。"曾省吾又说。

张居正叹息道："请问掌管武官任免大权的曾郎中，武官之升迁荣辱，非以战功，而以贿赂；将帅之精力，非付诸练兵排阵，而用于结交权贵，这样的军队，可恃否？"

"请问位在中枢的张阁老，倘若你坐在他们的位置，会不会也和他们一样？"曾省吾反唇相讥。

张居正被噎住了。

曾省吾起身道："我这就去办郭老头那事！"

望着曾省吾的背影，张居正突然冒出一个闪念：倘若去国归乡的是徐阶，局面会如此吗？这个念头一闪出，张居正先就被吓了一跳，可是，越是这样，越挥之不去！

3

赵全将俺答汗迎进土堡，忙吩咐侍从烤羊炖牛，奉茶摆酒，他则引导俺答汗一行进了花厅。这是赵全仿照内地富贵之家装饰的会客之所。俺答汗一进来，未落座，就在厅内扫来扫去，只见面南的一堵墙上有一个神龛，里面供奉着无生老母，俺答汗知道那是白莲教徒信奉的神祇。他上前拱手拜了拜，转身好奇地问："薛禅，只见供奉无生老母，咋不见一个女子？"

赵全叛逃北来时随行带有妻妾子女，三年前他率五千人马深入朔州，斩获甚丰，还将封于此地的大明广陵王的庶女掠来做了侧室，俺答汗垂涎已久，可每次来此，都未遇到过，今日忍不住一问。

赵全一笑："汗爷，为汗爷画策的关键时节，小的不近女色。"

"喔哈哈哈！薛禅，把都儿哈，草原的雄鹰，大漠的骏马，好样的！"俺答汗用力拍了拍赵全的肩膀，夸奖道。

恰台吉鼻子里"哼"了一声，撇嘴道："是啊，每次南下，巴特尔们流血卖命，某些人大得其利，看看这堡子，板升谁能比？"

俺答汗不惟对赵全信赖非常，还给予格外照顾。按例，战利品通不许私匿，且无论是前线将领还是后方元老，也无权私分。但对赵全等人，俺答汗却每每破例，赏赐大量战利品。十几年下来，赵全、李自馨的土堡在板升成为最豪华坚固的私宅，除汗廷外无人可比。这让恰台吉异常不满。

赵全看也不看恰台吉，双手合十，默念着："真空家乡，无生老母；黄天将死，苍天将生；大劫在遇，天地皆暗，日月无光……"

俺答汗怔了一下，指着恰台吉道："喔哈哈哈，脱脱小儿，你呢，用汉人的话说，是在吃醋嘞！"

"哼！"恰台吉倔强地一扭头，"吃醋？若说儿吃咱家把汉那吉的醋，儿无话可说，汗爷疼爱把汉那吉，那是尽人皆知的；至于别人，不配！"

"好啦！"俺答汗嗔怪道，"薛禅只是造了这座堡子嘛，这偌大的板升又是谁的？"他摆摆手，"尔等都出去吧，今日本汗与薛禅对饮！"

看着恰台吉不忿地走出花厅，赵全脸上露出得意的笑容，道："汗爷，今秋的举动，是隆庆朝登场以来第一次大举南下，非同寻常！"

"谁说不是嘞！"俺答汗道，"要不本汗咋来找薛禅嘞！"南朝嘉靖老皇驾崩，俺答汗又萌生了通贡互市之念。尤其是新朝在一个叫高拱的阁臣的力主下，居然在泉州开了海禁，这让俺答汗看到了希望。春季固然因为南朝春防严密，但更是俺答汗要观察新朝动向，不愿贸然开战，才相安无事的。但这大半年来，南朝对北政策却未见调整迹象。那个敢作敢为的高拱不旋踵就被赶出了朝廷，俺答汗大失所望。时下，因灾荒连连，部落百姓嗷嗷待哺，大兵南下在所难免，俺答汗需要赵全献计画策。他先提出了自己的想法："薛禅，云中风高土燥，物产最薄，没啥意思。此番大举南下，东进攻蓟镇，围京师，重演庚戌围城故事，让南朝胆寒，再开马市。"

十七年前，俺答汗率大军南下，突破蓟镇重重防线，直抵京师城下，京师戒严两月。这就是让南朝倍感耻辱的庚戌之变，作为解围的条件，南朝答应开马市——官方设立边贸市场。经此事变，南朝不惜代价，加

大明首相

第二部

风虎云龙

固长城，扩充守军，蓟镇防御委实今非昔比了，俺答汗自己也有些底气不足。

"汗爷，自那个叫高拱的大臣被逐出朝廷，南朝还是嘉靖老儿时代的那套招数。"赵全很是自信地说，"目下隆庆新君不愿理事，徐阶执掌朝纲，他的北边防御方略，与当年严嵩的套路是一样的，但有了庚戌围城的教训，不使我大军突破蓟镇、威胁京师是底线。除非汗爷有把握可以一举推翻朝廷，否则不宜触碰南朝的底线。"

俺答汗点头，一挥手臂道："薛禅，那你有何妙策，痛痛快快说出来嘛！"

"汗爷，声东击西，直捣晋中！"赵全以坚定的语气道。

"晋中？"俺答汗问，"有啥味道？"

"此地肥羊良铁，美女如云！"赵全诱惑说。

"肥羊良铁，美女如云？"俺答汗两眼发光，一阵大笑，搓着粗糙的手掌，"既如此，不好得手吧？隆庆朝咱是第一次出手，不能失手嘞！"

"南朝一则蓟镇、一则大同宣府，重兵固守，而晋中兵弱，亭障稀，且去岁我大军已掠应、朔，他们不会料到我大军重入杀胡口，此乃声东击西，出其不意也！"赵全得意地说。

"深入腹地，地形险峻复杂，恐中埋伏。"俺答汗久历沙场，经验丰富，遂不断提出质疑。

"汗爷放心，板升汉人有不少对晋中地形厄塞甚谙熟，可为前导。"赵全回答。

俺答汗大喜："喔哈哈哈，薛禅，此计，也只有你这般谙熟地形厄塞，又深知南朝军力部署的内鬼才能提出来啊！"

赵全尴尬一笑："嘿嘿嘿，汗爷，我赵全对汗爷死心塌地，才会献上此计，汗爷心里当有数啊！"

"有数有数！"俺答汗拍着赵全的肩膀，"若无薛禅赵，就没有土默特的今日，本汗心里明镜似的。辛爱——黄台吉，本汗的长子；脱脱——恰台吉，本汗的义子，薛禅都看到了，连他们都吃薛禅的醋嘞！"

"多谢汗爷垂爱！"赵全感激涕零道。

"喔哈哈哈！"俺答汗拉住赵全的手就往外走，"薛禅，你这就到本汗的大帐，画出行军图，组合分袭各地的巴特尔，本汗即照此发令！"又突然想起什么，问，"薛禅，我大军深入腹地，万一南朝的军队合围过来，关门打狗，那该咋办？"

"汗爷放心！"赵全自信地说，"传令黄台吉，令他率军威胁宣府并做佯攻大同状，南朝的军队就不敢轻举妄动了。再说了，这么些年和他们打交道，汗爷还不知道吗？他们最怕自己守备的地盘被攻破，至于其他，他们才不会顾及呢！是故，我断定，大同、宣府的军队，绝对不会集结南下救援，更不会合围我军。"

俺答汗又是一阵大笑。

赵全咬牙道："汗爷，此番进军，虽避开蓟镇，也不攻宣府大同城池，但也要有些大动静，给新皇帝点颜色看看！"

4

内阁中堂里，当徐阶审核张居正在郭朴第三次求退的辞呈上拟出的"准致仕，赐驰驿"六个字时，抑制不住的得意，透过他略显干瘪的嘴角洋溢出来。白皙、苍老的脸庞上，油然而生的一股顺昌逆亡的气概，经由鼻孔中轻轻发出的"哼"声，传达给了几位同僚。

那天张居正向徐阶透露了御史拟弹劾郭朴的内容，得到认可，御史陈瓒随即上本。郭朴自知已为徐阶所不容，只得求去。朝中大臣求去，一疏、再疏照例慰留，要在第三次请辞奏疏上见分晓。今日是郭朴第三次求去了，"准致仕，赐驰驿"的票拟宣告了逐郭战役胜利结束。

几天前，文坛领袖王世贞为父申雪一事，尽管阻力重重，在徐阶的坚持下，最终还是诏复王忬故官。王世贞感激涕零，跪在徐阶面前痛哭良久。徐阶知道，自己在历史上"救时良相"的定位，将通过立志做大明司马迁的王世贞之手描绘出来，传之后世。刻下，还有一批批自嘉靖初年以来被罢的官员或其后代，依遗诏所示申请平反昭雪，每一个获得平反者无不对徐阶感恩戴德。想到内阁里已然全是对自己执弟子礼、奉命惟谨的僚属，一向深藏不露的徐阶，几分自得油然外溢，也不奇怪。

这时，李春芳突然哭丧着脸说："元翁，若以此罢郭安阳，则春芳也只能求去。"见徐阶、张居正都愣了一下，他解释道，"科道论劾郭安阳，说来说去，要害就一事：郭安阳老母在堂，他未回家为母养老。春芳父母俱在，年已八旬，若照此论，则春芳之罪过于郭安阳，若不主动求去，恐科道不会罢休。"

张居正禁不住笑出了声，赶紧咳了两声以为掩饰。心想：这位年兄真是幼稚，只看形迹，不明就里。他居然真以为郭朴就是因为那点事被赶走的呢！官场上从来是以人画线，政敌的所谓秽迹，放自己人身上就是美德。比如不归养老母，反之亦可说成"国而忘家，尽忠王事"。连这点都看不明白，亏得还是内阁大佬！他觑了一眼徐阶，见他一脸怒容，"啪"的一声，把手中的折扇重重地扔到书案上，厉声道："兴化不愿与老夫共事，自可求去！"

李春芳懵懵懂懂无意间把那层窗户纸戳破了，陷徐阶于尴尬地位，也难怪徐阶发火。他的话一出口，李春芳不知所措，向张居正投来求助的目光，张居正迅疾转过脸去，佯装没有看见。

"这、这……"李春芳满脸通红，支吾道，"元翁，春芳敢有二心？"

徐阶不再理会他，又抓起折扇，边轻轻摇着，边道："已是中秋了，经筵迄未开讲。格君心正君德致君尧舜上，乃是我辈阁臣的首务。兴化，速速草道公本，再乞皇上开经筵。"

经筵，乃是皇帝为讲经论史而特设的御前讲席。每年春秋两季举办，每月三次。讲官讲授经史。经筵之制，实为朝臣规劝皇上、制约皇权而设。

对开经筵，张居正虽不像高拱那样不以为然，却也远不像徐阶这样看得如此之重。他不明白，既然皇上委政内阁，何以内阁反而把批评皇上懒惰作为首务？最以示恩百官见长的徐阶，何以对皇上不依不饶？难道，背后隐藏着什么秘密？

正暗自思忖着，徐阶唤了声："江陵。"张居正忙答："请元翁示下。"徐阶道："以后户部、兵部、工部的章奏，你先看。"这话是对张居正说的，也是说给其他阁臣听的。张居正内心固然对徐阶如此器重不无感激，但一想到凡事皆要在徐阶限定的框框内周旋，而三部尚书对自己未必买账，顿感难以展布，势必陷入左右为难的境地，苦笑一声道："居正当随元翁用心办事。"

"不妨商榷一下开经筵事宜。"徐阶吩咐说。

张居正尚未从适才的思绪里解脱出来，徐阶侃侃而谈，李春芳不时附和，他都没有听进去。言户部，则国库空虚，财用无着；言兵部，则边患无宁日，阁部无良策；言工部，则治河靡费无度，漕运却屡屡受困。哪一个不是棘手的难题？张居正脑子里一直在思忖着，要是玄翁在就好了。

散班一回到家，游七禀报："高爷又有书来。"

"喔！"张居正面露喜色，迫不及待道，"快拿给我看！"

游七点头哈腰道："在老爷的书案上放着呢。"

自高拱去国，两月有余。张、高各相望不能忘。高拱甫离京，张居正的问候函就发出了。高拱到家安顿好，即给张居正写了回书。不过他用语谨慎，只是简要叙述了回乡经历，乡居情形，未敢只字言及朝政。张居正当即又回了一书，除了例行的问候外，着重谈及对局势的忧虑。这当是高拱的复函。

"游七——"不到一刻钟，书房里传来张居正的喊声，语气颇是急促，游七答应着往书房跑去，"快，去宣大总督派驻京师的提塘官那里，找王之诰的来使，让他速速来见！"

看了高拱的来书，张居正如坐针毡。高拱言，自赵全等人叛投北虏，战术上，教以攻取、围困、掩袭等事；战略上，教以避实攻虚，声东击西之策；战具上，教以制造利兵坚甲，云梯冲竿，尽其机巧。北虏攻城战力大增，从只盗村落转向攻城略堡，又以赵全等人熟知险隘厄塞，又有汉人预为通风报信，北边将帅遂有防不胜防之叹！故而御虏不可袭故套，秋防不可轻腹地。张居正读罢，头上冒出冷汗。今年兵部所拟、内阁所奏秋防策，惟重蓟镇，次则宣府、大同城池之守备，根本没有顾及腹地。他突然想起三天前，宣大总督王之诰差人来送礼，估计来使不会只拜访他一人，说不定还未离京，遂急急相召。

5

宣大总督节制宣府、大同、山西三抚三镇，是国朝仅次于兵部尚书的统兵大员，常以兵部左侍郎衔总督宣大，甚或有以兵部尚书总督宣大者。按例，宣大总督平时驻节怀来，秋防时移宣府。

这天一早，一匹快马重重地喷着一簇簇热气，穿过宣府东门，飞驰般到得总督行辕外，马上滚下一人，手举令牌，高声道："京师有急递到——"

宣大总督王之诰正在洗漱，听得亲兵禀报，忙吩咐传请，见是他前不久差到京师打点权要的使者，不觉一惊。使者从怀中掏出一函捧递过去，才向王之诰禀报："昨夜卑职奉张阁老急召，谒见时，张阁老命卑职赍夜赶回，将密函送呈军门。"

王之诰颇是不解，边迈步往签押房走，边扯开了函封，借着窗棂透来的一缕晨光，快速浏览了一遍。吩咐亲兵召心腹幕僚李参议。待李参议一进签押房，王之诰就把张居正的密函递过去让他过目。匆匆看了一眼，李参议道："此与朝廷秋防策不合。"

"谍报倒是也有俺答欲攻腹地之说。可北虏自得赵全为助，屡使声东击西之伎，真真假假，假假真真，令人头痛！"王之诰心绪烦乱地说。

"军门，江陵相公所提，固不能视而不见。"李参议把书函放到案上，"宣府、大同若有闪失，军门责任重大，攸关性命；至于晋中腹地，即使北虏突进，饱掠自去，无关大局，朝廷也不会追究军门的责任。孰重孰轻，不言自明。"

王之诰仰脸上望，不住地眨着眼睛，显然是踌躇难决。

"学生有一策，可解军门之忧。"李参议道，见王之诰立时伸长脖子盯着他，他面露得意之色，"令岢岚兵备道王学谟等增修城垣、急入收堡。如此，宣大守备一切如常，一卒不必西调；万一晋中遭劫，军门事先已有部署，绝无责任。"

王之诰慢慢靠回椅背上，沉吟不语。因大同镇密迩虏巢，担负着拱卫京师之任；且就地貌而言，大同镇地势开阔平坦，利用地形组织防御较难，故自洪武年间起就在此地广设卫所，布置重兵。大同镇内外长城全长八百里，又陆续修筑了诸多城堡，分为州县及卫所治所、居中应援城堡、长城边堡、腹里收保四类，达七十二城堡之多。无论是增修城垣还是急入堡，不是迎敌，而是避战。王之诰一时拿不定主意。

"我朝对虏方略就是防御,军门不必踌躇。"李参议劝道,"莫说北虏掠朔、应,便要攻大同,何尝能出战?想必军门对战例甚了然。"

大同有名的战例,王之诰自是知晓的。孝宗朝,鞑靼小王子率兵大举入犯,直抵大同城下,大肆掳掠,焚毁代王别业,代王胁迫巡抚冒险出战,结果大败,巡抚革职、总兵斩首。嘉靖中,俺答以数万骑入犯,巡按御史胡宗宪力督总兵张达、副总兵林椿出战,结果深陷重围,全军覆没,二帅皆战死。自此,边帅无有主动迎战者。

"北虏若掠朔、应,只要防御得当,城池不失,朝廷不惟不会追究,甚或嘉赏。"李参议又说。

王之诰缓缓地点了点头。当即,就由李参议执笔,写成令檄,盖上总督关防,令中军即刻传令。

岢岚兵备道王学谟的衙署在朔州城。衙两旁竖着"威远""宁迤"两座牌坊。王学谟本是刑部郎中,正受命侦办高拱遇刺案,突然被外迁按察副使。以江南文士到边塞整饬兵备,王学谟难免生出流放戴罪之慨,抵任后态度消极,整日诗酒自娱,别无兴趣,忽接总督令檄,他只是扫了一眼,就命书吏转发防区各县与各卫所了事。

过了旬日,有佥事提醒道:"兵宪,莫不如到各县巡视增修城垣一事。"王学谟从佥事的神态中已知其底蕴——以巡视为名,自可捞上一笔,也就懒洋洋地答应了。正待备马出行,忽听门外传来惊恐的叫声:"兵宪——大、大事不好!"

王学谟一惊:"何事惊慌?"

探报乃是阻胡堡的夜不收,他喘着粗气道:"鞑子、鞑子从阻胡堡打过来了!"

王学谟闻言脸色大变,惊问:"多少人,鞑子有多少人?"不待回答,就提袍想跨到马上去,只是腿脚不听使唤,亲兵上前连抬带推,把他扶到马上,出了衙署,向右一拐上了城墙,举目向西南望去,但见鞑子人马蹚起的尘土遮天蔽日,各色旗帜"哗哗"作响,喊杀声震耳欲聋。

"完了、完了!"王学谟腿一软,就要瘫倒,亲兵战栗着扶住了他。须臾,王学谟尖着嗓子道:"快,快!派十名夜不收,火速向军门禀报,十万火急,十万火急!"边踉跄着往下走,边急促地喘着气下令,"全城戒严，关闭城门！"几名亲兵架扶着把他扶上马，王学谟进了衙署，瘫坐在签押房的座椅上，突然缓过神儿来，"适才恍惚间看到一杆黄旗，可是俺答老酋的?"

左右道："是，我辈也看到、看到了。"

"这么说，俺答老酋亲率大军打来了?"王学谟说话间已然带着绝望的哭腔，"休矣，吾辈休矣！"

衙中人等见老爷先就泄了气，也都陷入惊恐中，有的到处穿梭，似要整备细软；有的四处乱找，似在寻觅藏身之所。有位书吏高声喊着："快传令所有墩台烽燧，点烟鸣炮，鞑子要攻大同啦！鞑子要攻大同啦！"只听报讯的炮声此起彼伏，从接连不断的炮声中，军民皆可听出，此番鞑子寇大同，不是小股骚扰，而是大军来袭。刹那间，朔州、应州、平虏、代州、右玉乃至大同城，陷入一片恐慌中。

顺利突破阻胡堡的俺答汗，骑在一匹纯白色大马上，发出一阵狂笑，用马鞭向不远处的平虏城一指："巴特尔们！让骏马在这南朝的原野上驰骋吧，喔哈哈哈！"

6

王之诰接到俺答亲率大军自阻胡堡入寇大同的急报，正要传令总督行辕移驻大同，李参议劝阻道："军门，俺答老酋狡黠万端，惯于声东击西，切莫被其牵着鼻子走。"

"大同有失，我这脑袋就保不住啦！"王之诰焦躁地说。

"宣府若有闪失，罪过更大。"李参议争辩道，"况大同城池甚固，周围各城堡粮饷所储甚丰，不会有失。"

王之诰不知所措，在节堂徘徊。大同方向前来禀报军情的人马川流不息。王之诰忐忑道："既知俺答率大军入寇，我闻而不往，恐科道论劾，行辕可不西移，但无论如何务必要走一趟。"言毕，不容李参议开口，就大声传令，"本部堂即赴大同督师！"因总督并非法定正式官职，也无固定品级，例兼兵部堂上官衔，以部堂自称。

总督出行，自有仪规。但王之诰念及敌情叵测，下令简从，只带了两千亲兵，衾夜西行。

此时，俺答汗所率六万大军，已在朔州境内安营休憩。赵全跟随俺答汗身后，进了临时搭起的营帐，献策道："汗爷，我大军当兵分三路，一路攻朔州，一路攻偏关，一路直插腹地！"

"喔哈哈哈！"俺答汗大笑，"薛禅说得对，传本汗的命令，明日一早，巴特尔们分三路进兵：左路脱脱率两万巴特尔攻朔州；右路五奴柱率两万巴特尔攻偏关；中路两万大军，随本汗横扫晋中！"

次日凌晨，东方一缕曙光尚未舒展开来，俺答汗连夜编组的三路大军即分头出发了。王之诰刚进大同城，就有多路探马来报，王之诰闻报，念念有词："张太岳料事如神，本部堂亦有此预感，老酋必掠晋中！"言毕，大声道，"速向兵部呈报羽书！"

接到宣大总督和大同、山西两镇塘报，兵部尚书霍冀急忙到文渊阁禀报徐阶，请示办法。

徐阶正在审阅经筵讲稿，见霍冀慌慌张张来谒，不禁蹙眉，面露愠色，待霍冀举着一叠塘报刚要说话，徐阶唤了一声："请张阁老来。"便埋头继续审阅文牍，待张居正疾步走了进来，徐阶方抬头问："大司马有何军情？"

霍冀忙做了简报。禀报完军情，他咬牙切齿道："这都是汉奸赵全的诡计，若没有赵全为前导，北虏何敢犯我腹地？"

张居正暗自感叹：玄翁对边务果然谙熟，预判何其精准！

"实不相瞒，老夫惴惴不安久矣！"徐阶开言缓缓道，"我天朝新朝开局，朝政纷扰，俺答老酋春季又引而不发，老夫恐今秋老酋会联络各部，攻我蓟镇，威胁京师。今次老酋倾巢而出，知我蓟镇台垣甚固，宣大防守严密，不敢东犯蓟镇，亦不敢正面攻大同、宣府，可证我秋防策正确无失。大同、宣府可保无虞。"语调中竟透出几许庆幸。

霍冀听了徐阶一番说辞，轻松了许多，恭维道："元翁老成谋国，安内攘外自是游刃有余。不过，如何应对战局，还请元翁赐教。"

徐阶笑道："呵呵，大司马，若老夫此时重申'以政务还诸司'，有推卸责任之嫌。不过北虏犯边数十年何曾间断？往者御敌之策，大司马自可鉴而用之。"见霍冀露出失望的神色，徐阶不得不有所训示，他清了清嗓子，郑重道，"当传令蓟镇，严阵以待，谨防土蛮乘机来攻；当传令宣府，日夜守备，谨防黄台吉寇南山。至于山西战事，阁部岂可遥度？自当由督抚临机应对。"

徐阶说话的当儿，张居正却在暗忖，倘若是玄翁，会有甚样画策？很可能乘老酋倾巢而出之机，出大同镇主力疾驰板升捣巢；或者集大同、山西两镇重兵于偏头关，关门打狗。可徐阶的意思，则还是惯常的套路，一味取守势，确保重镇不失，余不复顾，待其饱掠而去，自可恢复平静。

"江陵以为如何？"徐阶问。

张居正蓦地缓过神来，连连道："元翁英断，元翁英断！"

霍冀满意而去，张居正却心情沉重回到朝房，盯着《大明全舆图》山西一隅，久久没有移开，似乎闻到了血腥气息，听到了百姓无助的惨叫声。

此时，俺答汗所率大军已达大同西南朔州境内的屈湾。

"咔嚓"一声，随着胡刀凛凛寒光一闪，一颗人头滚落在地，"噗"的一声，血柱喷涌而出。另一个虏卒见一老者伏地躲避，勒马上前踩踏，惨叫声中，老者已成肉泥。还有一个少年见无处躲避，正好有一棵高大的枯杨在侧，遂用尽全力攀爬，一个虏卒拉紧弓弦，"嗖"的一声，弓弩穿透少年后心，将他钉在树干上，少年惨叫一声，两腿挣扎着蹬了几下，不再动弹。

此番大军寇腹地，赵全有意散播仇恨的种子，以塞和平之途，不停鼓噪着"杀杀杀"。俺答汗也有自己的主张。他意在向新君展示铁血军威，造成强大震慑力，以迫其调整嘉靖朝对北政策，故放任甚至怂恿将士对手无寸铁的百姓大肆屠戮。在死难者的惨叫声中，俺答汗用马鞭指着前方的一座城池道："又望见了凤凰城啦，老朋友啦！"

凤凰城即平虏城，北控大漠，据守西口古道，南接雁门紫塞，乃军事要冲。国初在此设老军营；后因此地极冲要而设平虏卫，筑城垣。相传选址修筑时，在北固山顶落下一只美丽的凤凰欲作蓄势待飞之势，人们视为吉祥之兆，故称为凤凰城。俺答汗多次掠朔州，对凤凰城颇是熟悉。望见凤凰城，俺答汗见大军一路奔驰，却不见南朝官军迎战，忍不住问赵全："薛禅，南军会不会故意诱我深入？"

赵全通过谍报探得，大同总兵孙吴接驻代州的大同巡抚王继洛令檄，命他谨防北虏回攻大同；山西总兵申维岳驻宁武关，传令入收堡，不得出战。俺答汗大军所过城堡，守军多者千余，少者几百，更不敢出战。赵全判断，官军不会组织大规模战役，遂信心十足地高叫："我勇猛坚毅的汗爷！官军在老百姓面前凶神恶煞，在汗爷统率的巴特尔面前，却胆小如鼠，成了缩头乌龟，哈哈哈！"

正说着，只见一队人马突然从一个山坡处冲杀出来，从着装可以看出，率军的是一名游击将军。

国朝驻守边镇的军队谓之边兵，每镇设总兵官总镇正兵；副总兵领三千人作为奇兵；游击将军领三千人往来防御，为游兵；参将分守各路要塞，互相策应，为援兵。向俺答汗冲杀而来的，就是游击将军阎振所率游兵。

北虏大军来袭，驻守凤凰城的文武官员察知虏势，仓皇间聚议，决定紧闭城门避敌。惟游击阎振慷慨道："国家养兵，守边疆、卫百姓，乃天经地义！如今眼看鞑子践踏我土，屠戮百姓，我辈军人却不敢一战，不惟让鞑虏轻视我天朝，也让百姓寒心、皇上失望，即使苟活，也不能安枕！"众人虽钦佩阎振的胆量，却也知道他有自己的苦衷。官守有归，阎振不是专守城堡的，而是往来防御的，若终不与北虏一战，事后追究，将难逃一死。所以众人也不便阻拦，答应开城门送其迎敌一战。

俺答汗数万大军如入无人之境，直到这凤凰城才遇到一位游击率千把人迎战，望着冲杀过来的官军，他不觉大笑："喔哈哈哈，南朝放出只老鼠，巴特尔们，勇敢的雄猫，戏他一戏，塞塞牙缝吧！"

话音未落，几个小头目呜里哇啦叫了起来，抢着出战。

"哈比赤，出战！"俺答汗一挥马鞭，下令。哈比赤乃俺答汗亲兵，都是百发百中的射士，闻令一阵欢呼，催马而出。

"轰！轰！轰！"三声巨响，一片红光黑烟中，几个哈比赤应声跌下马来。

俺答汗还是第一次近距离眼睁睁看着自己的亲兵被炸得血肉横飞，不由自主打马向后退了又退，口中言道："厉害！厉害！"

"汗爷，这是南朝仿古火器造出的火炮，叫三出连珠。"赵全显得无所不知，上前给俺答汗解说，言毕轻蔑地大笑，"哈哈哈，火炮固然厉害，可军人太草包，见到我草原雄鹰，大漠飞狐，官军就傻了眼、破了胆，火炮岂不成了迎送我大军的礼炮？哈哈哈！"

这当口，已有另一群哈比赤策马绕行，拉紧弓弩，箭矢像雨点般对着阎振射去。

"噗！噗！噗！"阎振的肩膀、大腿、胳膊上，连中十余箭，血流如注，疼得晕厥过去。

"快，快撤回来，撤回来，不然我要关城门啦！"平虏城城门上响起一阵阵催促声，传到了阎振军中。主将受重创晕厥，营中催促速返，几个军士把阎振扶伏马背，簇拥着仓皇退却。

"追——"几个哈比赤高声喊叫着，就要追赶。

"汗爷，这个乌龟壳没有多大油水，"赵全阻拦道，"官军已然闻风丧胆，我大军可先破石州，再下汾州，还捣太原！"

"喔哈哈哈！"俺答汗大笑着，挥鞭下令，集结队伍，即刻南下。

赵全又提醒道："汗爷，此番出兵，不同往昔。"

"喔，对对对！"俺答汗挥动马鞭，向天一指，高声喊，"无上荣耀的成吉思汗的子孙们，我勇猛的巴特尔！听着，此番出兵，所到之地，任行抢掠，所获人畜物产，谁抢的归谁！"

"哇啦——"军中顿时一片欢腾，数万匹战马纷纷腾起前蹄，发出一片嘶鸣，与欢呼声交织在一起，震天动地，在群山中回荡。

7

大同鼓楼街总督行辕里，宣大总督王之诰正召集大同、山西两镇文武大员，会商军机。

"军门，为防老酋回攻大同，确保大同万无一失，大同镇主力不可南调！"大同巡抚王继洛发言道。

山西按察使方逢时道："老酋已然南下，太原危在旦夕，两镇当协调行动，两面夹击。"

"两镇各有所守，若然行动协调，军门当亲临督师方可有济。"王继洛又说。

王之诰不满地看了王继洛一眼。怕大同有失，阻止大同镇出兵应援已经让王之诰颇是生气，此刻又说出要他亲自督师的话，明显是要把责任都推到他身上，王之诰便有了恨意。可从军机上说，王继洛的提议并非没有道理，他不好驳回，心里对王继洛越发恼火。

李参议见王之诰脸色阴沉，知他是为王继洛的提议而恼怒，不顾礼仪，起身反驳王继洛、方逢时道："军门一手托大同，一手托宣府，据报黄台吉欲借军门西顾之机寇南山，土蛮也蠢蠢欲动。军门不惟不能留此督师，还要亟夜返宣府！"

王之诰松了口气，也不想再拖延下去，遂起身道："北虏欲薄石州，分掠岚县、宁乡，声躁汾州，还出太原，本部堂命令：分山西总兵申维岳及刘宝、尤月、黑云龙四营之兵，尾贼而南；大同总兵孙吴与山西副总兵田世威，率军间出天门关邀击贼前，遏其东归；大同巡抚王继洛集结并督率大同以南各州县战堡官兵，驰援石州。本部堂坚信，只要将帅协力、三军用命，灭此老酋，即在此役！"说完，在众人极不情愿的"遵命"声中，匆匆而去。

大同总督行辕的军事会议刚散去，俺答汗所率大军已将石州团团围住。嘶鸣的战马声，各色战旗被风吹动发出的"扑棱哗啦"声，已是震天动地，石州百姓顿时陷入惊恐中。

"石州的官民听着——"这时，一个通事奉令向城内喊话，"识时务者为俊杰！我雄狮铁骑兵临城下，不占尔城池，只索财物。若识趣者，开门相迎，财物相献；如若不然，待攻陷城池，格杀勿论！"

通事一遍一遍地喊着，城内却无人回应。此刻，在满城百姓像无头苍蝇一样乱撞的混乱中，知州王亮采正在州衙召集紧急会议。

"以将军之见，守城可坚持一昼夜否？"王亮采以期盼的目光望着守备黄建南问。

"军人只知与石州城共存亡，他不复问！"黄建南悲怆地说。

户书小心翼翼，试探道："通权达变如何？须知汉奸赵全教北虏制造云梯冲竿，破城不难。北虏确乎为掠财物而来，若不能守城，与其城破血流成河，人财两空，莫如……"

黄建南打断他："敢言降者，不惟瓦解人心，且视我堂堂军人为无物，汉奸也！"他"嗖"地拔出长剑，向户书一指，"这兵刃不惟砍杀鞑虏，也可砍杀汉奸！"

王亮采忙起身劝解，安抚黄建南坐下，高声道："军门已亲临大同坐镇，只要我辈坚守一天，援军必可抵达。"说着，起身郑重向与会人等一一下达命令，众人领命而去。王亮采则偕黄建南登上西城门城楼，向西北瞭望，但见黑压压的人马在黄土弥漫中骚动。通事的劝降已然停止，敌阵似正在部署下一步行动。城楼上，一架铁棒雷飞炮已装好了火药，黄建南一声令下，"轰"的一声，一团火焰在敌阵燃起。这算是对敌人劝降的答复了。

赵全不惟面无惧色，反而得意一笑："汗爷，石州官儿敬酒不吃吃罚酒，上紧下令吧，我铁骑当踏平石州城，把这些不识时务的东西碾成粉末！"

"巴特尔们，攻城！"俺答汗挥动马鞭，大喊一声。

赵全扯开嗓子高声叫喊："石州城美女如云，财宝无数，巴特尔们，上啊！"

"忽"的一声，如大风卷动，一队队人马抬着云梯冲竿，在炮火掩护下向城墙冲杀过去。"轰轰轰！"城楼上发射出一团团火焰，一队虏卒尚未接近城墙，就被炮火淹没。炸碎的云梯竹竿乱飞，炸伤的马匹惨叫着狂奔，箭弩"嗖嗖"，宛如苍凉的挽歌……

一个时辰过去了，两个时辰过去了，攻城的云梯竹竿竟没有机会靠墙竖起。

"给我攻！"俺答汗气急败坏，声嘶力竭喊叫道。大军从四面八方向城池冲去。石州城池、俺答汗的军阵，淹没在浓烟和战马荡起的黄土中，已分不清是白天还是黑夜。

"援军呢？援军到哪里了？"城墙上，来回巡视的守备黄建南嗓子沙哑，大声质问。知州王亮采已然满身尘土，胡须粘连在一起，也顾不得梳理，石州城已被隔绝，两天来得不到任何外界的讯息，瞭望哨揉破了眼皮，也未望到援军的旗帜。王亮采无奈地摇了摇头。

"可是，火药已用尽……"话未说完，黄建南就疲惫地瘫倒在地，王亮采上前摇着他的肩膀，"将军！将军，务必坚持住啊！"黄建南猛地醒了过来，"明府，快动员绅民搬砖石上城墙，快！"王亮采忙回身下楼，又扭过头来打气道，"将军，再坚持一两个时辰，援军必到！"

"报！"代州，大同巡抚王继洛的行辕，探马向王继洛禀报，"俺答大军围攻石州，石州危在旦夕！"

"知道了！"王继洛烦躁地挥了挥手，待探马离去，一位幕僚上前道，"中丞，军门有令，中丞大人迟迟未动，恐……"国朝巡抚例带都察院堂上官衔，此职衔相当于唐宋御史中丞，官场即以"中丞"称巡抚。

"王之诰是老滑头！"王继洛边焦躁踱步，边大声抱怨，"明知老酋倾巢出动大掠晋中，事涉两抚、两镇，他却不在前线督师，反而命我这个大同巡抚置大同于不顾，督师去山西巡抚的地盘，是何道理？"

"中丞，隔墙有耳，军门听到了，必对中丞怀恨在心，届时秋后算账，中丞危矣！"一位幕僚担心地劝告道。

"本院不怕！凡事总得讲个道理出来！"王继洛不满地说。因巡抚例带都察院堂上官之衔，故自称"本院"。

"中丞身在官场数十载，终究还是书生。讲道理？道理者何？道理就是权力，权力就是道理。"幕僚老成地说，"须知人家的亲家翁是张阁老，而张阁老是首相的得意弟子，若军门严参中丞，中丞和谁讲理去？"见王继洛默然，幕僚继续说，"中丞若在代州不出……"王继洛烦躁地打断幕僚，"本院乃大同巡抚，值此紧要关头，不能离开大同境！况鞑虏十万大军，督几千人去送死，吾不忍为也！只要大同城池安然，所属州县城池不失，作为大同巡抚，要担何责？本院意已决，在代州不出！"

援军不见踪影，攻城的战斗还在持续。石州城墙上，云梯竹竿满布，头戴圆盔帽的虏卒像蚂蚁一般向上攀爬着。护城河里到处漂浮着尸首。城池里，枪炮因无火药而变哑，弓箭也已射完，就连石块也用尽了。疲惫的绅民还在搬运家用的桌椅板凳，士兵转手就向攀墙的虏卒砸去。王亮采已无力迈步，靠在墙垛上，气若游丝地问："援军，援军有消息吗？"

援军主力、山西总兵申维岳，就在三十里外的大武口。一天内应走完的路，走了整整三天。申维岳对总督王之诰也是满腹牢骚。此番俺答大军出动，若两镇不能协同作战，则毫无胜算；若要两镇协同，则总督当亲临督师。可王之诰仅仅在大同召集一次会议，仓促部署毕即东返了。申维岳深知，数十年来历次出击，都是损兵折将甚或总兵战死，尚无获胜的先例。今次总督只是敷衍塞责般部署，并无深思熟虑排兵布局，仓促间出战，无异于送死。但总督的军令，作为镇帅又不敢违抗，正苦恼间，幕僚出了个主意：且进且退。进，是为了做出服从军令的姿态，行军到开阔地，即有探马来报，假言鞑虏来击，申维岳就以地势平坦于虏骑有利为名，命向后撤退，佯为设伏。这样反复了几次，历时三日，才抵大武口。

"报——"探马在申维岳的马前下马滚地禀报，"石州失陷！"

申维岳摇摇头，道："传帅令，间走文水，驰援会城！"

已间道出天关的大同总兵孙吴也得到石州失陷的禀报，当即下令北撤，急援太原、汾州。

石州城里，赵全陪侍俺答汗登上城楼，歇斯底里地叫喊着："屠城！屠城！杀光敢抵抗汗爷的汉人！"虏阵一片欢腾，横冲直撞，见人就砍，顿时，砍杀声、惨叫声、求助声响成一片，大街小巷，死尸塞道，断壁残垣上被溅血染红。知州王亮采在两个衙役的搀扶下艰难地移向俺答的战马，试图出面交涉。赵全从官服判断出他是石州之长，遂用马鞭一指道："他，是这里的主官，胆敢抗拒汗爷，让那么多巴特尔丧命，把他剁成肉泥！"话音刚落，几个虏卒拥上前去，举刀一阵乱砍。赵全眼睛也未眨一下，满是快意，高喊道："哈比赤，全城搜索，把少女给汗爷统统抓来！"

过了一个时辰，俺答汗坐在石州州衙大堂，边喝着奶茶，边色眯眯地盯着站成一排、瑟瑟发抖的少女。一个少女突然忍不住大哭，赵全上前一刀，把少女劈成了两半，高声喝道："警告过尔等，务必顺从，不准哭泣，谁再不听命令，她就是尔等的例子！"

"只是，没有一个像也儿钟金那般可意。"俺答汗以美中不足的语气说。

"哈哈哈，汗爷，这晋中的女子，最是水灵，不信，请汗爷摸摸看！"说着，把一个丰满的少女两手一推，放倒在俺答汗面前的几案上，"刺啦"一声，扯去了衣裙，把内衣也剥了个精光，一个少女的裸体呈现在俺答汗面前。俺答汗伸手在少女的大腿上摩挲了几下，抱起少女就往后堂走，刚走了几步，又站住了，回头问赵全："薛禅，官军闻得我大军破石州，会不会围过来？"

"汗爷放心，我以脑袋担保，他们不敢！"赵全自信地说。

俺答汗还是不放心，嘀咕道："宣大有几十万大军嘞，万一明白过来，打咱个措手不及，那就完啦！"

"哈哈哈！"赵全一阵大笑，"汗爷，南朝明白不过来。因为，明白人在官场站不住脚。高拱是明白人吧，不是被赶走了吗？哈哈哈！"

大明首相

第二部

风虎云龙

第二章｜兄杀子客出塞家国萦怀
　　 　｜子殴亲仆辱官田舍务求

1

　　河南省开封府新郑县，县城东北十五里，有一个村庄，叫高老庄。村西边有一条河，谓之莲河，莲河上架着一座石桥，西南通县城，东南通官道。

　　高老庄有一二百口人，全是高姓，且是同宗一族。这个村庄的远祖居山西洪洞。元末战乱，叫高成的祖先偕祖母唐氏东走至新郑老沙窝，荆棘中藏匿数日，闻太祖皇帝定鼎，遂在此处安家，生息繁衍，渐成一庄。村庄民风淳朴，村民多以种田为生，与中原数以千计的村庄一样，出了新郑县，提起高老庄，便是知者甚少了。但到了国朝成化年间，高成玄孙高魁中举入仕，官至工部郎中，高老庄已是闻名左近州县了。正德年间，高魁之子高尚贤不惟是河南乡试解元，还中了进士，官至光禄寺少卿，高老庄就在河南声名大噪了。嘉靖年间，尚贤之长子高捷、三子高拱皆登进士第，二子高掇、五子高才也以举人资格入仕，这高老庄就在国中颇有名气了。

　　高老庄南头，有一座大院落，正房九间，东西厢房各六间，此即为高老庄赢得声誉的高魁、高尚贤、高拱三代老宅。虽则自高魁起即在新郑县城购地造屋，历经三代数十载，已成规模；但高老庄的老宅也是家人常居之所。高拱自隆庆元年五月底去国回籍，就径直到了高老庄居住。三个女儿的灵柩已然运到，早有村里的执事人等出面经理。村西就是高氏祖茔，但殇去的三个女儿按照风俗不能入祖茔。县城以西多有山峦，执事人等提议葬在那里，然高拱觉得女儿尚小，不忍远离，执意要在高老庄左近寻找吉壤。正是夏秋之交的季节，高拱头戴草帽，持杖在沙丘中踏勘多日，找到了一个荆棘丛生的高坡，将三个女儿安葬于此。

女儿灵柩下葬时，作为长辈，高拱不能到场。三日过后，首闻鸡叫声，高拱就独自骑着头毛驴，悄然出了院子，到了女儿的坟前，绕坟三周后，坐在坟前的沙地上，眼前又浮现出三个女儿生前乖巧可爱的情景。不知坐了多久，晨曦透过坟东一棵老槐树茂密的枝叶，投到了他的身上。正是这棵老槐树，才让高拱选定此处安葬三女的。那天走到这里，看到这棵老槐树，虽算不得挺拔，却也是难得的直顺。高拱突然想起十五年前受命到裕邸为裕王讲读，接到谕旨的前一日，他正好在家中栽种了一棵槐树，遂赋诗一首：

【五言律·种槐】

佳树映三台，门墙独尔栽。

芳荫他年被，灵根此日培。

雨露自先得，风霜应不摧。

岂期柯叶盛，终拟栋梁材。

他期盼裕王成为栋梁之材，来日带领大明继往开来，开一代圣治，成一朝明君。从此，高拱对槐树就情有独钟。看到槐树，就会想到裕王，想到当今皇上。他无日不思念皇上，也深信皇上不会忘记他。

"老爷，大老爷到了老宅。"身后响起高福的声音。他是在宅院寻老爷不到，猜到老爷可能在此，方找到这里的。

大老爷就是高拱的长兄高捷。他已罢官家居近十年，为了安慰三弟，特意从县城宅邸赶回高老庄的。

高捷长高拱十岁，中举晚一科，但登进士第早六年。初任户部主事，转任兵部主事、升员外郎，出任山东兖州知府，升山西按察副使、江西布政司参政。高拱在裕王府做讲官时，兄长高捷以都察院右佥都御史衔，提督操江兼管巡江，简称操江巡抚。他为人刚直豪爽，节侠自喜；为官惠贫摧强，植弱察奸，官声颇佳。只因触怒朝廷权要，被劾罢职。兄弟二人已然十余年未曾谋面。入夜，各自手持一把蒲扇，坐在院子西南角的鉴月亭下乘凉。说了一通闲话，终于还是说到了一直刻意回避的官场。

"弟为举朝所攻，国朝历史上何曾有过？"这是高拱第一次向长兄谈及被逐事，他尚未从罢职阴影中走出来，满是激愤，"弟反复问自己错在哪里？无非是孜孜然致力于兴利除弊以新治理，求治心切而已！"委屈、愤懑积压在心头，语调中流露出的是痛心疾首的伤感。

"因其异常，方可证非我弟有何罪错，委实是一场阴谋。"高捷平静地说。他叹息一声，"咱高家人刚而好胜，不为时俗所容。也罢，守着祖业薄产过清净日子，也未尝不是福气，三弟不必萦怀，一切忘却！"高捷罢职后，杜门谢客，口不谈世事，足不履公庭，为的就是忘却所受委屈，平静看待世间一切，特劝三弟也如此对待。

两人陷入沉默，能听到轻摇蒲扇的声音，远处不时传来几声蛙鸣。

"肃卿，"高捷打破沉默，叫着高拱的字道，"往日只是一心为国办事，时下朝廷不用你了，也该想想自己的事了。"高捷是在为三弟绝后而忧虑。他自己也是五十岁得长子务润、六十岁得次子务滋，三弟虚龄不到五十六岁，还来得及。

高拱会意，脑海里顿时浮现出珊娘的形象来。

自在高梁桥与珊娘匆匆一别，就未再谋面。他曾当面允诺要带珊娘告老还乡，可念及皇上一再慰留，他不得不出来视事，不料被举朝所攻，他心绪纷乱，沮丧愤懑，没有心思也无颜面再见珊娘。张居正建言他以退为进，暂避锋芒；房尧第也说，玄翁拜相一载，志不得抒，才不得展，受举朝所攻，若不再出，后人不识玄翁之才、之功，玄翁岂不以奸横面目载入史册？这番话刺激得高拱彻夜难眠。"一定要回来！"他暗自发誓，带珊娘回乡的念头，由此从脑海里彻底清除，遂差高福知会珊娘，他已打消告老还乡之意。刚对珊娘说了这话，几天后就不得不悻悻离京，他不知如何向珊娘解释，索性没有知会她。悄然离京时，高拱暗暗期待着能够见到珊娘，离开家门时左顾右盼，心神不宁；在潞河上了船，又向外张望良久，让船夫稍候，直到确认委实无珊娘的影子，才不得不启程了。一路上，他心里牵挂着皇上，也思念着珊娘，不断默念"后会有期"，以此为自己打气，也证明他没有欺骗珊娘。

高捷见三弟走神，提醒道："肃卿，想好了，说一声，我着人张罗。"见高拱沉默，他加重了语气，"肃卿，此事，不可久拖！"

正说着，县城宅第的管家高德突然进了院子，气喘吁吁道："大老爷，大少爷……"

高捷不等高德说完，蓦地站起身："务润闯祸了？"务润是长房长孙，加之高捷老来得子，颇是宠爱，所以他年纪不大，却染了些许公子脾气。不喜读书，却时常偷偷跑出去和城内顽劣少年相与，让高捷没少费心劳神。随着他年迈体衰，而务润一天天长大，高捷已力不从心，整日提心吊胆，生恐他惹出事端。

高德镇静片刻，说出了事情原委：务润与贩枣发家的新郑首富姜家少公子交好，将每年的压岁钱，交于姜公子放债，视其归还之期短长，加收利息若干。有一个借主借期逾半年，不足一年，姜公子命其按一年期付息，双方争执不下，遂在大街上动手相殴，又有玩伴加入其间，酿成群殴之事，惊动知县，着捕头将一干人等缉拿到衙门羁押听问。

高捷闻报，气得浑身颤抖，说不出话来。高拱也颇是惊讶。高家门风向为乡梓楷模，乡人提起高家，只有夸赞的份，何时有过让人戳脊梁骨之事？如今长房长孙居然大街之上与人群殴，要吃官司，岂不于家风有玷？下一代迄未有科场得功名者，眼看书香门第要断送在这一代人手里，这已然让人忧心的了；再出个生事为非之徒，谁能接受？高拱这样思忖着，一边命高德、高福把长兄扶到屋内休息，一边吩咐道："这件事，高家人通不许到衙门说项，任凭官府发落，绝不袒护！"

2

南直隶松江府，是国朝富庶之地，百姓善于经商，移居城市者甚多，府城也不得不渐次向外扩展。在府城东南角，有一座巍峨的寺庙，谓之南禅寺。寺旁，有一座大宅，是江南第一府邸，围墙厚且高，四角建有角楼，布有家丁在此瞭望；首门紧闭，门外站着七八个手提棍棒的彪形大汉。

这是首相徐阶在家乡营造的宅邸。

徐家本寒门，但自二公子徐阶及第为官，家业渐兴。徐阶三子无一有功名者，皆由恩荫得尚宝司之官。但尚宝官多半是虚衔挂名，故除次子徐琨在京侍父兼营商号外，长子徐璠、三子徐瑛皆在家乡居住。徐家一大家人并未分家，在大宅内又有几座小院，为三子各自所居。

这天清晨，在街上为徐府打理典当铺的徐五喜滋滋来见徐瑛，神神秘秘道："三少爷，松江府差省祭官顾绍，管押颜料银三千五百两，昨晚运至挑河口，堆放在张银家，何不把银子搞过来！"

徐瑛一听有三千五百两白花花的银子，两眼顿时放光，二人一番密议，遂召顾绍来见。徐瑛关切地问："顾兄，你押运三千五百两银子赴京，路上不怕被贼人劫去？"

"正为此犯愁，故尚未装船。"顾绍道，"少爷有何妙策？"

徐瑛道："不如让张银把银子运到敝宅，敝宅在京城商号提出银子送礼部就是了。"为让顾绍放心，他又道，"不瞒顾兄，松江府解京税银，都是这么办的。"

顾绍抱拳相谢，带徐五前去办理交割。可是，顾绍进京，到美玉商号提银时却被告知不知此事。顾绍忙赶回松江，到徐府探问。

"有这事？"徐瑛蹙眉做沉思状，"本少爷只记得张银欠的债一次还清了，别的都不晓得了。"

顾绍拿出文凭："这可是少爷亲笔所写。"

徐瑛点着文凭道："不错，上面写着：'收到顾绍、张银送来银三千五百两。'可这是张银欠本少爷的债，你怎说是颜料银？"

顾绍这才顿悟，忙跪地求情。

徐瑛弯身拍了拍他的肩膀，道："顾兄不必如此，律令上说，押送官银有失者，限期三个月赔补，三月期满，即尽其家财赔纳。快回去筹措银两吧！"说罢，一个眼色，打手一拥而上，把叩头求情的顾绍推出了徐府。

"哈哈哈，大傻蛋，就活该倒霉！"徐瑛望着顾绍的背影大笑道。

"少爷，平湖舅老爷来了。"徐五躬身禀报。因诓骗顾绍颜料银一事，徐瑛颇赏识徐五的机灵，遂把他调回府内当上了管家。

徐瑛一皱眉头道："事先没有知会，突然而至，不会有好事。但既然来了，就让他进来吧。"

"给姐夫请安！"须臾，一个高个子细高挑的男子进来，给徐瑛施礼。他是徐瑛的内弟陆绎。

时任浙江平湖卫指挥佥事的陆绎，是已故锦衣卫都督陆炳的长子。陆炳的母亲为先帝乳母。嘉靖十一年陆炳中武进士，授锦衣卫副千户。嘉靖十八年先帝南巡，深夜行宫起火，随扈的陆炳背先帝逃出火海，更得先帝恩宠，是国朝惟一一位三公兼任三孤的官员，炙手可热，权倾朝野，贪财无度，成为国中仅次于严世蕃的豪富。他为固宠自保，不吝杀人，结下不少冤仇。太仆寺卿杨爵疏谏先帝立太子，先帝怒，交陆炳下锦衣卫镇抚司诏狱，陆炳命酷刑拷打，竟致杨爵当场毙命；户部主事周天佐论救杨爵，遭廷杖六十，下镇抚司，狱吏遵陆炳授意，绝其饮食三天，致周天佐死于非命；陕西巡按御史浦铉紧急上疏，为杨爵、周天佐鸣冤，先帝暴怒，命陆炳差缇骑逮治，浦铉在镇抚司诏狱遭严刑七天后死去。陆炳既是先帝的宠臣，内阁大佬严嵩、徐阶争相讨好他，徐阶更以三子徐瑛娶陆炳长女为妻。陆炳给女儿的陪嫁仅田产即达三千亩，曾轰动一时。嘉靖三十九年陆炳去世，两年后严嵩被罢，徐瑛以有人要追论曾勾结严嵩的陆炳，需预为保全为由，将陆家巨额资财侵夺。徐家欺孤灭寡的传闻，也曾轰动江南。陆炳虽助纣为虐，欠有血债，但也有不少朝臣借其调护得全；加之徐阶当国，故一直未被清算。如今遗诏宣示，嘉靖朝遭打击的建言诸臣皆平反，杨爵、周天佐、浦铉均已昭雪，他们的家人故旧，纷纷建言追论陆炳，陆绎担心有变，忙从平湖赶到徐府，商榷对策。

"放心，莫说老头子还在位，即使老头子去国，朝廷大佬，哪个没有受过老头子的恩惠？"徐瑛豪气冲天道，"翻不了天！"

陆绎虽则点头称是，内心却另有想法。他此来，是想索回自家的资财，一则亲自进京打点；二则给几位死难者后人补偿赎罪，破财或可免灾。不意他刚提及寄存徐府的资财，徐瑛脸色陡变，"啪"地打了他一记耳光，厉声道："陪嫁的资财有要回去的道理吗？"

陆绎愕然。听徐瑛的话，似乎不再承认陆家资财寄存徐家的事实，急忙争辩道："哪个说要陪嫁？只说要回些寄存……"

徐瑛不待陆绎说下去，又是一记耳光扇了过去："想讹诈？"

陆绎虽比身材矮胖的徐瑛高出一头，却不敢还手，只得边往室外退却边与徐瑛争执。

"来人——"徐瑛一声喊，几个家丁"忽"地围拢过来，"把这个来讹诈的浑蛋拖出去！"家丁不由分说，架胳膊推屁股，将陆绎拖出了徐府。"再敢来此撒野，小心你的狗腿！"身后，传来徐瑛恶狠狠的警告声。

"徐五，你这就带人速去苏州，办几件投献的手续。"徐瑛吩咐说，或许是适才与陆绎争执的火气未消，他的话中充满火药味，"谁敢刁难，老子饶不了他！"

徐家田产之多为国中第一，除放高利贷逾期不还将抵押的土地收入名下外，多数是通过投献方式获取。国制，官员享有赋役优免权。小地主为了逃避赋役，假造买卖契约，纷纷将田产托在徐阶名下，谓之"投献"。不惟松江，就连苏州、湖州也有人前来投献。徐瑛吩咐徐五所办的，就是签订契约，将人带田划入徐阶名下，到官府办理过户手续，以便此后免征赋役。

徐五率十余家丁到了苏州，前期一切顺利，不意到县衙办理过户时却遇到麻烦。吴县知县一脸无奈地对徐五说，蔡知府颁了教令，言要清查田亩，行条鞭法，清查期间暂停办理买卖手续。又出主意说，蔡知府乃徐阁老提携，这个面子必是给的。徐五便拿着徐瑛的名刺，递拜帖求见苏州知府蔡国熙。

"这不是买卖，是投献！"蔡国熙在大堂听罢徐五的陈情，一脸怒容，"嘉靖二十七年朝廷所颁《问刑条例》明定：投献人发边卫永远充军，受献人家长参究治罪。奉劝徐家还是带头守法为好。"

"咱说你一个小小的鸟知府，竟敢刁难相爷家？"徐五因徐瑛事先有交代，底气十足，一跺脚，指着蔡国熙骂道，"咱看你小子这乌纱帽是不想戴了！"

蔡国熙自知，徐忠殴伤顾家一案虽以真作假遮掩过去，但已然开罪了徐阶；又见徐家愈来愈贪婪，索性一不做二不休，与横暴江南的徐府摊牌，遂一指徐五，怒斥道："尔何人，敢咆哮公堂，辱骂朝廷命官！"

他一拍惊堂木，"来人，重打二十大板，轰了出去！"

徐五被一顿暴打，狼狈而归，跪在徐瑛面前哭诉道："自打小的记事起，还没听说过江南的官员，谁敢动咱徐家的。那姓蔡的受相爷拔擢，不惟不知恩图报，反而如此欺凌徐府，还有天理吗？"

蔡国熙以真作假，整治前去采买吴丝的徐忠一事，徐瑛从二哥徐琨那里已然知晓，对他本存怨恨，又见他惩治徐家人不少贷，已是火冒三丈，当即修书一封，要二哥徐琨在京设法把蔡国熙赶出江南。徐五却等不及了："若不给姓蔡的颜色看看，恐自此以后，江南的官员都敢对徐家不敬了。"徐瑛以为有理。但蔡国熙乃苏州知府，去苏州兴师问罪，必震动朝野，苦思冥想，忽想到苏州知府亦受驻节松江的苏松常兵备道节制，必会来松江参谒禀事，遂亲自到兵备衙门，嘱其一旦蔡国熙来谒，即提前知会徐府。

不几日，兵备衙门差人知会，蔡国熙明日来谒。徐瑛既兴奋又紧张，仿佛要面对一场大战。他召徐五来见，密议办法，整备停当。次日，徐瑛差人到兵备衙前专候，一旦蔡国熙出衙，即速报知。这边，徐瑛预备了四艘小船，每船男女各四人，先行在蔡国熙必经的泾河里游弋；另有男女仆从二百人，在两岸等候。

刚交未时，蔡国熙出了兵备衙门，乘轿到了码头，换船西行。官船甫开动，前后各两艘小艇合围过来，高声叫骂着，岸上也忽地涌出数百男女，与艇上之人呼应而骂。蔡国熙放眼望去，这些男女竟都赤裸上体，一伙人高喊："蔡国熙——"另一伙人则喊："王八蛋——"艇上男女不停地往官船上吐口水、扔土块。蔡国熙见状，只得躲进舱内，吩咐船夫躲闪围堵，小心行驶。约莫两刻钟，蔡国熙的官船动弹不得。此时，围观的民众已是人山人海。又过了约莫一刻钟，徐瑛佯装行色匆匆地坐轿赶到，大喊道："这是做甚？蔡知府纵然欺压良善，声名狼藉，自有官府治他；尔等纵有千般冤屈，自可到官府控告，安得在此围船申冤？都退去吧！"经徐瑛一番喊叫，四艘小艇方留出通道，在众男女的咒骂声中，蔡国熙的官船得以缓缓前行。

回到苏州，蔡国熙愤然上本求去。拜发了奏疏，也不等吏部文凭，即收拾行装回广平老家。

为父申雪南返的文坛盟主王世贞，在苏州浒关码头正要登岸，忽见岸上人山人海，忙问："怎么回事？"

"蔡苏州辞官归乡，苏州绅民不舍，皆来追留。"先王世贞南归的外甥曹颜远禀报道。

王世贞颇是惊讶："喔？蔡苏州有名望，得民心，何以辞官？"

曹颜远遂把徐家"噪船"之事禀报舅父，王世贞先是吃惊，继之则脸色一沉，呵斥道："'噪船'这等事，于徐府声誉有损，焉能传布？此后有人谈及，当为徐府辩诬！"曹颜远喏喏，又禀报说，苏州名流要为舅父接风，正在望海楼候着。

王世贞步履缓慢地下了船，叹息道："在京勾留了八个月，身心疲惫已甚，免了！"又恨恨然道，"若不是奸人高新郑从中作梗，何至于此！"

3

高拱虽则归里，但按制可阅览朝廷颁发的邸报。因为务润之事他不便差人去县衙取邸报，又想了解朝政动向，有些坐卧不安。正踌躇要不要差高福进城一趟，县衙吏书拿着近期的邸报来谒。高拱如获至宝，埋头翻看起来。

"故总督蓟辽右都御史兼兵部左侍郎王忬子、原任山东按察司副使王世贞上书讼父冤，乞行辨雪，以申公论。诏复王忬官。"

"到底是独独先给王忬昭雪了。"高拱叹息一声，"张经、李天宠、胡宗宪呢？难道不比王忬更冤？"

"三弟，王世贞乃文坛盟主，闻得有整齐一代国史之志，示恩于他，关乎身后评价。徐老终归是想得长远啊！"高捷接言道。他曾在南京任职，对王世贞多有了解。

"只为自身计，殊非大臣体。如此执法不公，朝廷还有甚公信力！"高拱愤愤然，把手里的邸报丢到一边，又拿起另一份翻看。

"苏州知府蔡国熙奏称衰病不堪供职，乞辞免所任，准致仕。奉圣旨：行令本官，准回籍调理。病痊之日，有司具奏起用。"

"这蔡国熙本为徐老推崇，治苏官声颇佳，年纪轻轻，何以突然辞职?"高拱很是不解地说。

"三弟,官场上的事,不牵挂也罢。"高捷劝道,"尝谓水至清则无鱼,咱们老高家的人,太讲规矩了,屈己却不能奉人,与当下官场格格不入,还是远离些好。"

正议论间,高福禀报,新郑新任知县寇声带着高务润到了。高捷忙躲进里屋,对高拱道:"我丢不起这张老脸,无颜面对父母官。三弟支应一下吧。"

高拱只得出面延接。他命高福将务润带到书房读书,将寇知县引进堂屋入座,沉脸道:"明府因何放人?此来,是要高家承明府的情吗?"

寇知县尴尬一笑,道:"回阁老的话,互殴双方已达成谅解,且伤势不重,是以放人,焉敢言承情二字?"

高拱又问:"若是寻常百姓家,明府也会这般对待吗?堂堂知县将释放的人犯亲自送到家里。"

寇知县愣神良久,方笑道,"呵呵,高阁老,学生初来贵邑,按例当拜谒乡官缙绅,闻得高阁老家居,学生特来拜谒,让令侄带个道而已。"他本有结交高家的念头,见高拱满脸严肃,说出话来令人难以应接,不得不打消此念,说了几句场面话,便喏喏告退了。

估摸着知县已走远,躺在东间床上的高捷大声道:"把那个逆子给我带过来!"

务润战战兢兢进了房间,跪在地上,一语不发。高捷拿起扫床的掸子,照着务润一阵猛打。务润只是蜷缩着身子,不喊疼,也不求饶,反而让高捷没有台阶可下,越发生气,只打得自己气喘吁吁没了力气,才丢下掸子。

高拱见长兄教训儿子,背着手在院子里徘徊。"肃卿——"里屋传来长兄的唤声,高拱走过去,高捷以微弱的声音道,"家里请的那个叫刘旭的教席,心不在焉,恐不能约束务润,我看就辞了他,不许逆子再回县城,就辛苦三弟,在此老宅课逆子读书。"

高拱应承一声,拉起务润,见他满身红肿,吩咐高德、高福更衣伺候。

只教了务润不几日,高拱就知此子心思全不在读书上,指望他科场

大明首相

第一部

风虎云龙

得售，恐是一厢情愿。更令高拱担心的是，务润总是嘴唇紧闭，目光中满是哀怨甚或仇恨。"大哥，此子既无心读书，何必勉强？闻得江南以经商为时尚，务润若有此志趣，不妨顺了他的意。"

"断断不可！"高捷语气坚定道，"高家耕读世家，书香门第，安得不务本业！"

高拱无奈，只得硬着头皮继续课务润读书。

"天使来啦！天使来啦！"这天上午，高拱正在书房教务润读书习字，就听得院外一阵惊喜的嚷嚷声，忙出屋查看，但见"钦差""回避"的牌子下，省府县三级官员簇拥着上次护送自己回籍的行人张齐，来到了大门外，高拱忙出门迎接。

"皇上思念高先生，特遣使存问。"张齐道，随即正了正衣冠，正色道，"皇上口谕！"待高拱跪地，张齐宣谕，"赏高先生白金一百两、蟒衣两袭！"高拱叩头毕，延接张齐等人入内。堂屋里早已临时加置了椅子，端上了几碟鲜枣，众人行礼如仪，说了一番礼仪话，张齐等人便告辞而出。

"玄翁，学生昨日临出衙前看到邸报，虏酋俺答率大军侵入晋中，石州失陷了。"河南布政使梁梦龙悄声对高拱道。

"竟有这事？"高拱惊讶地说。张齐等人不知发生了什么，都停下脚步，把目光投向高拱，他却顾不得礼数，情绪激动地说，"州城失陷，自庚戌之变以来所未有；今日有之，圣怀必为之忧！"众人闻言，愕然相顾。

送走天使，高拱请长兄到堂屋叙话，郑重道："皇上必不弃弟，弟也放心不下皇上。朝廷之上，不可无忠诚、刚正、远识之重臣。气有夙养，可以当大事而不慑；谋有豫定，可以平大难而不惊；猝遇缓急，国有所赖以为安，民有所仗以无恐。只要皇上不弃，弟已决心舍身报国，他不复顾矣！"

"三弟的心思，大哥明白。"高捷道，"不过目下皇上并未召三弟赴朝，即使召用，也不妨家事嘛。"

"大哥，弟已近花甲之年，即使有了子嗣，不能抚育管教其长大成人，万一成生事为非之辈，我高家门风为之有玷，恐我兄弟九泉之下不得安息矣!"

高捷闻言,两眼发直,默然良久,吃力地站起身道:"三弟不必再说,为兄明白了。"言毕,佝偻着身子,步履蹒跚地回东间休息去了。

皇上差天使存问、赏赐;梁梦龙传递的石州失陷的消息,让高拱再也不能安心在高老庄居住。他嘱咐高德照管务润读书,便带上高福,骑驴回到县城。他要到县衙去阅看邸报,了解石州失陷情形。

只过了一天,已是深夜,高拱到卧室准备休息,高德神情慌张地跑了进来,惊恐道:"老爷,老宅出大事了!"

"甚事?"高拱不悦地问。

高德一脸惊恐,支吾良久也未明言,高福已牵来毛驴,两人将高拱扶上毛驴,一路小跑,赶往高老庄。村庄已是一片漆黑,唯有高家老宅里还有灯光摇曳。高捷躺在床上,手上、脸上满是血迹,见高拱进来,气若游丝地说:"三弟,我把那个逆子,逆子……"他吃力地喘着气,吐出了两个字,"杀了!"

"啊?"高拱闻言,大惊失色,忙四处寻找着。

高德带高拱到了厢房,务润浑身是血,直挺挺地平躺在床上,身体已然僵硬了。高拱顿足道:"家门不幸,家门不幸!"转身回到高捷的卧室,激愤地说,"大哥焉能如此! 焉能如此!"

高德搬过来一把椅子,高捷示意三弟坐下。对高德道:"我没有气力了,你来说给三爷听。"

尽管高德前言不搭后语,胆战心惊、颠三倒四说了一通,高拱还是听明白了:务润偷偷跑出去,和贩枣的姜公子骑马游荡,所到之处大喊大叫,称今年鲜枣必得卖给姜家,不的,要你好看云云。有乡邻将此事报于高捷,高捷一怒之下,手刃亲子!

"我高家门风,不能毁在这个逆子手里!"高捷自辩道,"我还活着,他即如此;我六十六了,活不了几天了,我一死,还不知他会惹下甚样事端,我不能留下这个隐患!"

"大哥不该如此,不该如此!"高拱语调痛楚地说。他叹了口气,"既然事情已然发生,再说什么也晚了。大哥多保重身体,务润的后事,弟来经理。"

高捷勉力抬起手，向外指了指："连夜埋了吧，传扬出去，终归不好。"见高拱犹豫不决，高捷捶床道："就这么定了，快去办!"

高拱无奈，只得吩咐高福、高德拿蒲席把务润裹上，用毛驴驮到村南的一个沙丘，挖了一个深坑，匆匆葬了。

高捷健朗的身体，陡然间垮了，回到县城的宅邸，即卧病在床。半个月后的一天，高拱被叫进大哥屋内，屋里已然挤满了人。二哥高掇举人出身，在南京任金吾右卫千户；五弟高才举人出身，任南京都督府都事；六弟高揀以贡生授凤阳府判，均不在老家；高拱和侄辈都到齐了。高捷声音低沉道："我自知将不起，今日一言后事。高老庄老宅，永不分割；县城宅邸，适志园就归肃卿居住。我居官虽久，然性倔强，尔辈所知；惟俸金在，可分散。"他把钥匙递于高拱，"由三弟分散之。"

高拱道："大哥，务滋年幼，留着他们母子开销吧。"

"那反倒生分了。"高捷摇头道，"咱高家甚时都是一家人，我无须担心他们母子，方决意分散俸金的。"

高拱不便再言，遂打开床头的一只小铁箱，取出银两，诸兄弟姊妹及一二仆人，各有遗惠。高捷看着高拱分毕，端坐而逝。

办理完长兄的后事，高拱满脑子全是石州失陷一事。思来想去，忽生一计，忙召房尧第来见。

4

张居正散班回家，正在更衣，管家游七在门外禀报："老爷，有一位远道来的客人要见老爷，见还是不见?"

"谁?"张居正警觉地问。

"从河南新……"游七"河南"两字一出口，张居正大声道："不必再说! 速带他到书房来见。"

须臾，一个儒生装扮的男子进来施礼："学生房尧第，字崇楼，奉玄翁之命，拜见张阁老。玄翁有书在此，请张阁老过目。"说着，从袖中掏出一函，捧递于张居正。

张居正审视着房尧第，口中道："喔，崇楼，早闻大名，幸会幸会!

玄翁还好吧？"

房尧第答："玄翁身体倒健朗。惟得知石州失陷，皇上苦思防虏策，玄翁忧心如焚，夜不能寐！"

张居正点头道："玄翁尽忠国事，令人感佩！"说着，指指旁侧的座椅，示意房尧第入座，他则低头展读高拱来书：

边事孔棘，中外藉藉，皇上宵旰西顾，圣怀重虑。主忧臣辱，仆虽在野，身已许国，安得不以为虑？今特遣门人房尧第趋前问候，详议一事。

张居正忙问："崇楼，要议者何事？玄翁有何见教？"

"计除汉奸赵全！"房尧第答。

"不谋而合！"张居正惊喜道，"迩来我也一直琢磨此事。"他突然一蹙眉，叹了口气，"数十年来，朝廷屡降明诏，苟能擒斩赵全者，爵通侯，赏万金。然则，审彼量己，图之甚艰。"

"惟其如此，才值得一做！"房尧第信心满满道。

"喔？那最好不过。但不知崇楼有何画策？"张居正兴奋地问。

房尧第道："此番学生要深入虎穴，意在策反赵全部属，利用北虏上层与板升汉奸之间的矛盾，除掉赵全，招降李自馨等人。"

张居正虽钦佩房尧第的勇气，却认为此举太过冒险，且把握性不大，故闻言默然。房尧第看出来了，便道："学生曾多年游北边，也去过板升，无论边哨抑或板升，都有熟人朋友，可资利用。惟请张阁老在内主持。"

"需要我做什么？"张居正问。

"学生与玄翁反复商榷，要做成此事，"房尧第郑重道，"其一，请朝廷再发明诏，有斩擒赵全等汉奸者，明颁赏格，除赵全外，如李自馨等，许其归顺。此诏当布之遐迩，传之虏中。其二，请张阁老密示大同总兵，嘱其为学生提供支持。"

"皆可办！"张居正爽快地答应了。

不出旬日，房尧第带上在老家找来的仆从名房山者，买马直奔大同城。因石州失陷，大同总兵孙吴被劾听勘，副总兵赵岢署理总兵，他接阅张居正密函，款待房尧第唯恐不周，席间拍着胸脯道："房先生尽管说，要钱给钱，要人给人，要物给物！"

房尧第安顿下来，持总兵所颁银牌，赶往平虏卫的败胡堡，径直来到守堡最高武官——操守的府衙前。但他并未亮明身份，也未拜见操守，而是以客商身份，约见操守府旗牌官鲍崇德。

鲍崇德是应州人，世代军户，十来岁时被北虏掳去，在板升过了六七年，学会了番语，后来逃回应州，照例袭军职，被委败胡堡操守府做通事，兼责汇总谍报。他在板升时，与化名房楼、以商人身份到那里贩货的房尧第相识，结为朋友。一晃多年过去了，忽见房楼名刺，鲍崇德惊喜不已，忙出府相见。

三十多岁的鲍崇德虽人高马大，却是极细心之人。他知房楼来此险境，绝不会是为游山玩水，必有所图，不能为外人道，也就脱去军服，打扮成商人模样，相见略事寒暄，就领房尧第到一家酒肆，找了僻静处的一张桌子，点了菜肴酒水，这才问："房兄此来？"

房尧第探身向鲍崇德凑了凑，低声道："欲到板升去，有使命在身。"他亮了亮总兵银牌，见鲍崇德点头，又道，"此行需鲍兄助：一则请鲍兄指教，如何去板升为宜；二则请鲍兄荐一通番语者。"

鲍崇德"嘶"地吸了口气，眼珠飞转着。须臾，露出轻松的神情，待店小二端上了酒菜，为房尧第斟上一盏，又自斟一盏，举盏相碰，饮毕，道："大同与板升走私甚盛，房兄不妨仍以商人身份前去。"他转头扫视四周，见无人关注到此，又道，"时下赵全辈为俺答筑宫殿，密遣奸细窃入各城，易买金箔并各色颜料，被边军截获不少，若房兄携颜料去售卖，必受其欢迎。"言毕，向房尧第使眼色，笑道，"哈哈哈，掌柜的生意尚未做成一笔，就要弟帮找美姬侍候，未免心急了些。"

房尧第会意，两人谈些风月，饮了酒，吃了饭，走出酒肆，见周遭无人，鲍崇德才解释道："没有法子，此地奸细甚多，或扮作僧道，或诈为口外饥民行乞入边，侦我虚实，防不胜防。"他指了指前面的玉皇阁说，"走，权作游览，边走边谈。"

不到一个时辰，房尧第求助鲍崇德的几件事都有了眉目，两人抱拳告别。房尧第回到客栈，叫上房山回大同晋见署理总兵赵岢，一面命人整备颜料、金箔，一面传檄召山西布政使承差杜经、干鲁忽赤千户所墩军夜不收栗见勤来见。这是鲍崇德向房尧第举荐的。杜经乃李自馨同窗好友，而栗见勤是鲍崇德同乡，两人一同被掳板升，又一同逃回，谙熟番语。

这天夜里，又是墩台与北虏约好的交易之夜，栗见勤指着房尧第向纳闷不已的怯里马赤解释："上头的兄弟要来做大买卖。"

一番讨价还价，怯里马赤答应护送房掌柜去板升，房尧第则送给怯里马赤等人每人银锭一双。

房尧第一行四人，皆是商人装扮，每人骑着一匹马，栗见勤和房山的马背上驮着颜料、金箔；杜经的马背上驮着银钿耳坠之类的首饰及干粮酒肉；房尧第则把装有银锭、金叶子的布袋放在自己的马背上。怯里马赤三人骑马护送。

国朝严禁与虏贸易，违者有杀身之祸；俺答汗则力主与国朝贸易，不管是公开还是走私，都受欢迎，房尧第所携又是俺答汗建殿急需的颜料，且由虏兵护卫，一路上并未遇到阻拦，三百里路程，不到两天工夫就到了。

虽是深秋时节，但映入房尧第眼帘的丰州滩，崇山环合，阡陌良田万顷，城郭宫室满布，已今非昔比。与屡遭蹂躏的北边城乡比，这里竟是一片生机！

接近板升，护送房尧第一行的虏兵悄然南返，只剩下房尧第主仆四人，一边四处张望，一边往宣化门走去。刚要进城门，突然，几个手持胡刀的汉人围了上来，一个小头目大声呵斥道："站住！从哪里来？到此做甚？"

"大同商贾，来宝地购马尾到扬州贩卖。"房尧第答。

"哼哼！"小头目围着房尧第转来转去，"大同墩台烽燧满布，关卡林立，如何能放你等过来？我看你不像商人，倒像是个官儿，定然是南朝的奸细！"说着，一挥寒光闪闪的胡刀，高叫一声，"来呀，把这几个奸细给我绑了！"

第三章 | 元老无长策失众望
弟子谋自用出暗招

1

经过徐阶并科道力争，经筵在立冬前一日终于得以举行。这天辰时，皇上御文华殿，面南坐定，传谕百官入内。鸿胪寺官员将书案一张摆在御座之前；另一张则摆设在数步之外，为讲官所用。参加听讲的官员鱼贯而入，分列书案左右。先一日用楷书恭缮的讲义已陈列于案几之上。鸿胪寺赞礼官一声呼唱，两员身穿红袍的讲官和两员身穿蓝袍的展书官出列。他们都是点过翰林的学问家。讲官面对皇上，展书官在书案两侧东西对立。就位后，讲官叩头，礼毕，左边展书官膝行接近书案，打开御用书本讲义，用铜尺压平。此时，左边的讲书官——礼部侍郎赵贞吉已站在中央位置，开始讲说。

皇上对经筵本无兴趣，只是禁不住内阁、科道三番五次谏诤才不得不敷衍的。他坐在御座上，恍惚间，仿佛回到了裕邸，高拱的影子顿时浮现在眼前。

高拱陛辞离京已然五个月了。开始一两个月，皇上思念甚切。多亏凤儿体贴入微，找了一位西域美女，安置于翊坤宫，经凤儿手把手调教，床笫技艺大增，直把皇上身心牢牢拴住。陈皇后几度向皇上进言，皇上不惟不听，索性以利于皇后养病为由，将她赶出了坤宁宫别居。科道联翩相谏，皇上置若罔闻，并对科道屡屡言及宫闱之事甚为不满，传谕徐阶稍加训诫。整日里色酒相娱间，皇上竟也把对高先生的思念，忘却了八九分。倘若不是这经筵讲官又讲起四书五经来，皇上脑海里，或许依然是翊坤宫里愉悦的场景。

"高先生去国已五个月了！"皇上口中喃喃，叹了口气，颓丧地向下滑动了一下身子，懒洋洋地看了一眼对面的讲官。只见他个头不高，身材消瘦，须发尽白，略带四川口音的官话，抑扬顿挫，声音甚是洪亮。半个时辰下来，皇上只是对讲官银发皓须和洪亮的声音留下印象，对讲官讲些什么，并没有听进去，甚至讲官的职务和名字，竟也懒得去记。

按例，左边讲官讲经毕，即由右边讲官讲史。待右边讲官正要出列，皇上突然向上坐直了身子，懒洋洋道："今日就不必再讲了。"

众臣面面相觑，旋即把目光投向徐阶。徐阶出列，躬身奏道："启奏陛下，经筵既讲经又讲史，乃是祖宗成例，臣恳请陛下……"

皇上面露愠色，打断徐阶，厉声道："难不成是朕不听讲史，石州方陷的吗？"

徐阶闻言，浑身战栗，颤颤巍巍跪地叩头："臣无能，臣有罪！"

李春芳、陈以勤、张居正也忙走到徐阶身后，跪地叩头。吏部尚书杨博等见状，也依序跪地叩头。皇上道："众卿都平身吧！"待众臣起身归位，皇上又道，"迩来夷情踵至，诸边不靖，以致京师戒严，绅民惊恐。众卿有何定边之策？"

皇上的话令众臣大感意外，又颇为振奋。一年来，皇上主动垂询国务，尚属首次。看来石州之陷对皇上刺激甚大，颇有振作求治之愿。不少人为此感到欣慰欢忭，文华殿里顿时群情振奋。徐阶却隐隐有种不安，忙奏道："鞑虏寇晋中，陷石州，奉旨下御史勘问，已有处分意见，正可奏明皇上。"

皇上皱了皱眉，良久才道："也罢，众卿听来，一道商榷。"

徐阶奏道："臣等据宣大总督王之诰参奏、宣府巡按御史姚继可勘奏，议得：山西镇总兵申维岳避敌不战，始则逗留不进，虏遂薄石州城；继则且进且退，石州遂陷；石州既陷，维岳寻间道走文水，虏得大掠孝义、介休、平遥、文水、交城、太谷、隰州间；虏疲而退，维岳终不敢战，致使众虏顺利出关。身为总兵，畏敌如虎，当斩！山西镇副总兵田世威，奉令率军间出天门关邀击贼前，遇其东归，世威却避于平虏城老营不出，当斩！大同镇总兵孙吴，援石州不力，革职闲住！大同巡抚王继洛，故违宪令，驻代州不出，谪戍；岢岚兵备王学谟，接总督宪令，恬不为意，无战守之备，谪戍！"

众臣发出"喔"的惊叫声。

"同为总兵官，大同镇总兵孙吴，何以只受革职处分？"礼部侍郎、经筵讲官赵贞吉不解地问。据御史姚继可勘奏，孙吴始则援石州不力，继则闻石州陷而不救；虏疲而撤时，申维岳与之相约夹击，及虏出岢岚东，孙吴竟以超出防区为由，率兵返回大同。御史的勘奏已载于邸报，故一听孙吴只是革职，赵贞吉禁不住追问。

徐阶不知作何答，只好说："请本兵答之。"

兵部尚书霍冀不住地擦汗。大同总兵孙吴闻石州失陷之报，第一件事即火速差人进京，携重礼贿馈权门。徐阶的公子徐琨、兵部尚书霍冀、都察院左都御史王廷，都收受了；张居正、杨博婉拒了。霍冀既已收受重金，不能不千方百计为之掩饰，便解释道："孙吴未违抗军令，且在石州失陷后驰援太原、汾州，虏攻汾州而不能下，掠太原之计未成，乃孙吴之功。"

"汾州未陷，乃山西按察使方逢时之功！"兵科都给事中欧阳一敬大声道。他知孙吴有使来京通贿，却未上门贿己，心生恼怒，遂借机发泄，"北虏既陷石州，赵全遣团伙入城为内应，方逢时早有防备，迅疾缉拿，得预修备，待北虏至，急攻不能下，汾州得保。"

"不必再争！"皇上不耐烦地制止道。

"那么，宣大总督王之诰何以不追责？"赵贞吉又大声道，"皇上继位方一载，虏陷石州，竟有屠城之祸；丑虏又大掠孝义、介休、平遥、文水、交城、太谷、隰州，屠戮男女以数万计，粮食牲畜难计其数，所过萧然一空，死者横路，肝脑涂于郊原，哭声遍于城市，情何以堪？"

王之诰早已重礼相馈，就连张居正也收下了，故而无人议及王之诰之责。霍冀忙辩护道："王之诰事前已有预见，传令王学谟增修城池，急入收堡；事中又急赴前线议军机、授方略，已属尽职。"

"哼哼！"赵贞吉冷笑一声，"且不说石州之责，就说丑虏攻汾州不下，是时入边已达二十余日，在内地久，人困马乏，又遇大雨，马倒过半，皆挂马鞭徒步归，所掠财物也无力携去，多弃于道，浸寻蹒跚，至十日余始出边，而我无一人御之者。王之诰若真有为国尽职之心，何不集结大军夹击？须知，大同镇兵员达十余万，加上山西镇及驰援的宣府镇两参将所领，已有近三十万！丑虏不过五六万，若此时夹击，岂不是灭虏良机？"

霍冀恐引火烧身，不敢与赵贞吉辩，目光投向张居正。王之诰是张居正的同乡，又是儿女亲家，众人似乎都等待他表态。张居正只得奏道："臣请皇上下旨，勒王之诰罢职听问！"

皇上恨恨然道："着王之诰罢职听勘！"

"庙堂无过乎？"赵贞吉不依不饶，继续追问，"秋防策有防丑虏掠晋中之案否？"

徐阶汗涔涔下，又一次跪地叩头："老臣无能，请皇上罢斥！"李春芳、陈以勤、张居正随之跪地请罪。霍冀浑身战栗，也急忙跪地叩头不止。

"晋中之祸，除申维岳、田世威问斩；王继洛、王学谟谪戍；孙吴革职、王之诰回籍听勘外，余朕悉从宽宥。今内外官尚多虚言误事者，卿等宜专心谋国，务期实心共济，不得仍蹈前非，纵虏得志。违者，必置之重典不贷。"皇上凛然训谕毕，方命徐阶等平身答问。待徐阶等归位后，皇上又说，"朕本非过问处分边臣案，防虏之策，图之宜豫。元辅，对防虏之策如何切实讲究？"

徐阶未料到皇上一反常态，一再追问，竟哑口无言，良久才支吾道："宜、宜集思广益。"

"启奏陛下，"李春芳忙替徐阶打圆场，奏道，"石州之'石'与'失'谐音，臣以为当为之更名，臣斗胆建言，改石州为永宁州；又当精心选将调兵，加意防守。"

赵贞吉不屑地一笑，以沉痛的语气道："嘉靖中以来，权臣贪墨，将士离心，文武解体，丑虏跳梁，边境骚然，生灵暴骨。堂堂天朝大国，养兵百余万，竟无如之何。去岁国库所入仅二百二十余万，而用于北边之费，即达三百四十余万。国库被掏空，兵马疲于调遣，举国受此拖累，凋敝不堪。"说着，声调哽咽起来，"臣实不忍言之，以伤圣怀。臣愿为皇上进言者：善后之计有二：一则目下宣大方受虏祸，士气低沉，宜用首相巡边，以示朝廷振边之意；二则汉奸赵全等恶贯满盈，为患甚烈，石汾之祸，鼠子谋也，朝廷当明诏中外，得赵全首级者拜都指挥，赏万金！"顿了顿，再次提高声调，"至于根本之计，臣以为，肃贪严纪为军政之首，修墙设险为防御之要；攻守相用为战略之策。"

皇上露出难得的笑容，问徐阶："元辅何意？"

徐阶暗自叫苦，但已无可推脱，只得道："陛下殷殷垂询防虏策，臣敢不奉旨进言。然事在关外，臣等实难遥度，宜令边臣计奏，再据边臣所奏，由文武群臣集议，各陈所见，务实讲求预处之策。"

"喔？"有人发出惊诧的叫声。不知是惊诧于徐阶的圆滑还是他竟如此漫语上覆。

皇上不满地看了徐阶一眼，沉脸道："今边事久坏，无为朕实心整理者，但逞辞说、弄虚文，岂不误事？"

众臣愕然！

2

刮了一整天北风，到了傍晚时分，似乎老天爷渐渐没了力气，偃旗息鼓了。刻漏显示已过申时，该散班了。张居正正欲起身，大理寺左丞海瑞突然到朝房造访，让他颇是惊讶。因为海瑞其人一向性格孤僻，甚少与人交往酬酢。张居正与他素无渊源，不知他此访意欲何为，当即就警觉起来，虽然很是客气地请海瑞入内就座奉茶，却也摆出一副公事公办的样子。

海瑞似乎觉察到张居正的戒备，开门见山道："张阁老，去岁下吏上疏触雷霆之怒，元翁尽心调息，对下吏有救命之恩。张阁老是元翁的得意弟子，今日下吏有几句话，想让张阁老转达于元翁。"

"海寺丞，元翁朝房几步之遥，何不当面陈情？"张居正问。

"下吏一不愿公开说，二不愿当面说，俱是为元翁留面子，也可说是下吏有私心吧，毕竟不想背上忘恩负义的罪名。"海瑞解释道。

张居正一笑道："海寺丞于私是给元翁留面子，于公即是顾大局。有话请讲，居正当原原本本转报元翁。"

海瑞道："这第一桩，是前些时经筵上，皇上垂询防虏策。臣工总抱怨皇上不理国务，经筵上主动垂询边事，诸臣始奉玉音，可元翁竟无长策登对，漫语上覆，此事已引起朝野哗然相议。往者国政每有失，就说皇上不理朝政所致，此后再推给皇上，谁还相信？再者，元翁不能答皇上垂询，赵贞吉则条对甚详，且言宜用首相巡边，旋即竟将赵出为南京礼部尚书，道路传闻，元翁这是以明升暗降手腕排斥异己。"

张居正不语。

海瑞又说："第二桩，郭朴为人长者，何以不容？元翁果休休有容乎？对此，中外啧有烦言。北虏忙于画策南侵，国朝首相则忙于逐同僚，士林耻之，有内斗内行，外斗外行之议，人皆信然。"

张居正仍不动声色，面带微笑看着海瑞。

"这第三桩，胡应嘉因妄言调外任，不数月就升湖广参议；欧阳一敬带头逐高新郑，遂晋太常寺少卿。未免痕迹太露。元翁久历官场，谙达政体，岂不知此为用人大忌乎？若说非他主动，何不阻之？无非公开宣示，凡为首相出力者，将超次拔擢。海某要问，是谁在结党？"说着，海瑞的语调沉痛起来，"闻高新郑去国时叹曰：'目今非乡愿不可以得人。'痛哉斯言！我朝诸公，稍升高位，便是全然模棱养望，因因循循，度日保官。孟子曰：'自以为是，不可以入尧舜之道。'今之谓也。不少人在问：若徐去高留，局面会如此吗？"说完，抱拳告辞了。

张居正呆坐良久，踌躇着该不该向徐阶转达。此刻，他突然明白了曾省吾说过的"徐阁揆聪明反被聪明误，张相公一箭双雕得实惠"这句话。曾省吾从一开始就明白，驱逐郭朴对徐阶威望有损；而秋防策袭故套，一旦出现大纰漏，则会让中外对徐阶的执政能力产生怀疑。这样一来，既赶走了郭朴，又让徐阶威信大跌，不得不乞休，内阁大佬一个个灰溜溜走开，则实权自然落到他张居正的手里。一箭双雕者，此之谓也。

这等思路，未免太自私太阴暗，于公于私都交代不过去。张居正暗忖，况且，徐阶声望受损，作为他一力提携的弟子，也是中枢重臣，能脱干系？这样想着，张居正坐不住了，起身疾步往谒徐阶。进得徐阶的朝房，吏部尚书杨博也在。见张居正进来，便起身告辞。徐阶拿过厚厚

大明首相
第二部
风虎云龙

的一叠文稿，边阅看边问："何事？"

张居正斟酌道："师相，适才海瑞造访学生，言及几件事，让学生转报师相。"

徐阶仍未抬头，也未置可否。张居正只得把海瑞的话，简要说了几句。徐阶这才抬起头，示意张居正坐下，很是不屑地说："闻得海瑞对当下的职务不满意，称无事可做，他找你发这些怨语，无非是想再升官罢了！"推了推手头的文稿，又道，"正好，适才杨吏部来，与老夫商榷人事，南京通政司有缺，不妨把海瑞提拔到通政司任右通政。一个举人出身的人，做到大九卿，想必他该满意了吧！"

张居正暗自吃惊，惊讶于徐阶手腕之老辣。但他还是提醒道："听海瑞弦外之音，不少人对举朝攻高新郑颇有悔意，甚至有若高新郑在位，局面不会如此之说。"

"是要警惕别有用心的小人在背后煽惑，为某人复出摇旗呐喊！"徐阶恶狠狠道，顿了顿，又道，"人心不古，当务之急是正人心。非正人心无以正风气；非正风气无以新治理。明日灵济宫开讲坛，老夫要亲自去讲，讲稿尚未审看，叔大如无他事，就回吧。"

张居正对讲学一向嗤之以鼻，一听徐阶竟然把讲学说成是新治理的抓手，不由得生出厌恶情绪。他瞥了徐阶一眼，突然觉得如此陌生，徐阶脸上的几道皱纹，显得丑陋不堪。但他掩饰得滴水不漏，微微一笑道："师相嘱学生倾力边务，学生不敢懈怠，故明日讲学事，不能躬逢其盛。师相，北虏屡侵，边镇多事，皇上谕群臣详筹防虏策，学生再三思维，目下御北之计，莫过慎选边帅。学生以为，把戚继光北调，防虏或可有济。"

"此事固然当行，"徐阶捋着胡须，缓缓道，"然则，科道对戚继光多有论议，言他刻薄严酷，行止有亏。今若征调北来，势必又是一番论劾，届时，调，则逆舆情；不调，则损朝廷威信，岂不陷入进退维谷之地？"

戚继光所练"戚家军"行连坐法，作战不力而战败，主将战死，所有偏将斩首；偏将战死，其辖所有千总斩首；千总战死，其辖所有百总斩首；百总战死，其辖所有旗总斩首；旗总战死，其辖队长斩首；队长战死，全队十名士兵全部斩首。对此，科道每每攻评为严酷，有违名教；

且言戚继光多与朝臣交通，有行贿之嫌。故徐阶担心科道攻讦而不敢决断。张居正急了："师相，语曰，多指乱视，多言乱听。开言路、集众议是对的，但谋在于众，断在于独。近年来，朝廷里议论太多，意见横出，一听叽叽喳喳，就不敢做事，虚旷岁时，成功难睹。以学生愚见，认准的事，他叽叽喳喳他的，我决断我的！"

徐阶一翻眼皮，看着张居正，不知是欣赏还是责备。

张居正浑身不自在，低头道："师相，朝野对朝廷御虏策非议颇多，当有新举措，以安人心。不的，必有起复新郑之议起。"

徐阶打了个激灵，微微叹了口气，道："戚继光北调事，叔大找欧阳一敬，他是兵科都给事中，他若上疏建言，内阁票拟允准就是了。"

张居正急忙拜谢告辞。

"叔大，时下人心浮动，要严防有人背后搞小动作！"徐阶对着张居正的背影道。

3

户部右侍郎陈大春原以为，高拱下台之日，应是他升迁之时。可事实出乎他的意料之外。始则徐阶言六部尚书、侍郎满员，需寻机腾挪方可，待礼部左侍郎赵贞吉被排挤出京，徐阶又说礼部侍郎例用翰林出身者，结果右侍郎升左，又拔擢殷世儋补右缺。待到胡应嘉和欧阳一敬都升迁了，陈大春更是按捺不住，徐阶却说，正是因为他们两人升迁了，得霖你才要再等等。陈大春也知道，因为胡应嘉、欧阳一敬的拔擢，朝野议论纷纭，对徐阶声望有损，徐阶谨慎从事，也有其道理。但陈大春心里着急，暗忖：再等等？等你老头子卷铺盖走人后再说？他盘算再三，朝廷中最有潜力的大臣，无过于张居正了，正好他又是徐阶的弟子，转投他的门下也是顺理成章。但他又不敢贸然登门，就隔三岔五请曾省吾到潮州会馆宴饮。

这天，两人又聚在一起，陈大春神神秘秘道："三省，你有所不知，前些天皇上谕户部，命查太仓银出入数奏闻，户部呈报后，昨日又发手诏：'帑藏之积，何乃缺乏至此？'可见皇上不惟对边事失望，对财用无着也大不满嘞！"

曾省吾接言道："岂止边务、财用，对用人也不满啦！"

今春首开经筵，皇上见讲官换人，便追问，那位声音洪亮的白发讲官安在？徐阶奏报说已迁南京礼部尚书。皇上不悦，手诏内阁：调赵贞吉回任。元翁无奈，只得把礼部尚书之位腾挪出来让赵贞吉担任，令一直病休的尚书高仪回籍调养。这件事尽人皆知，都说皇上对内阁不满，对用人也不得不亲自上手了。

"还不止这些嘞！"陈大春一笑道，"元翁声望，来自《嘉靖遗诏》。可近来对《嘉靖遗诏》的质疑声也出现了。礼科给事中张卤建言，宜对嘉靖朝获罪诸臣加以甄别区处，不能一概平反复官。礼部议覆：设不稍为区别，则朝廷励世之典，遂为臣下市恩之私，其何以劝天下后世？这不是针对元翁的吗？"

两人边说边喝，陈大春已有几分醉意，摇头叹息不止："陈某替他办多少事，到头来却……"他带着哭腔道，"我也明白了，官场上贴得越紧分量越低。正是我死心塌地追随，又帮徐二公子捞钱太卖力，老头子怕提携我会遭物议，方故意压着我的。"

曾省吾安慰他："霖翁，张阁老欣赏霖翁，不必灰心。"说着又和陈大春碰了一盏。

从潮州会馆出来，曾省吾径直到了张居正家笑逐颜开道："太岳兄，连陈大春都疏离了，足见徐相气数已尽。所谓背靠大树好乘凉，可眼看这棵大树枯朽不堪，遇风即倒，若不躲开，不死即伤。"

张居正正在研读高拱未上的除八弊疏稿，听曾省吾一番说辞，突然有了主意，道："我与元翁恩义在而治道别矣。时下官场萎靡，一意维持，毫无振作之象，唯遇事议论纷纭，莫衷一是，令人担忧。故不妨就朝政大端向皇上奏陈，如此，则不惟向中外宣示，张某绝非元翁的影子；且对打破死气沉沉、一意维持的局面亦大有助益。"

曾省吾大为赞赏，建言张居正迅疾行动。一连数日，张居正散班回家，就在书房埋头拟写。他斟酌再三，以为当务之急有六事：省议论、振纲纪、重诏令、核名实、固邦本、饬武备，遂写成《陈六事疏》，修改了一遍又一遍，好几次都准备呈奏了，又放回了案头。无论曾省吾如何催促，他还是踌躇着没有报出。固然，此举可向中外宣示他与徐阶治道的不同，可惟其如此，必令徐阶伤感甚至恼怒，事态会如何演变，实在不在他的掌控中，他不想冒得不偿失之险。

一拖就拖到了隆庆二年的七月。初二这天，皇上颁诏内阁："秋防届期，不知各边已有备否？"

"显然，皇上对边务不放心，对内阁疲沓敷衍不满意。"在张居正的书房里，曾省吾研判说，"不能再拖下去了。拖下去，对国家、对你张太岳，都不利。"

张居正轻摇蒲扇，吟起了诗：

> 孤灯照雨嗟难曙，
> 短翼凌风叹不如。
> 强饮浊醪求暂睡，
> 梦魂偏到旧山居。

曾省吾惊问："何人所作，如此灰暗伤感？"

"此为元翁新作。"张居正答。

"喔？"曾省吾大喜，"那就是了，他老人家既然魂牵梦萦回故乡，遂他的愿就是了！"他看了张居正一眼，似乎明白了他此时吟出这几句诗的用意，"待我会会陈大春！"话音未落，就要告辞，刚走几步，又回身道，"那个陈大春，极想见你，太岳是不是见见他？"

"不见为好。"张居正道。

"太岳，以我观察，官场上，小人有时比君子更有用。"曾省吾老成地说。他又转回坐下，郑重道，"太岳，你资历浅，人脉不丰，陈大春带头来投，徐相人脉皆归张，是好事啊！"

张居正沉吟良久，方道："你代我问候他，就说张某素知得霖才识。"曾省吾刚要走，张居正又道，"三省，务必记住，张某人可不愿落得背师弃友、落井下石的恶名。"

"我会把握好，不然何以这么久迟迟未出手？"曾省吾颇是自信地说。

"怎么，张阁老有意接纳？"潮州会馆里，陈大春兴奋地问曾省吾。

这次是曾省吾主动相约的，陈大春猜想，定然是张居正那里有了回复。

曾省吾把张居正的话转达给陈大春，但又擅自加了一句："张阁老甚愿与霖翁协力谋国。"

陈大春始则兴奋，继之又露出失望情绪："张阁老是要陈某递上投名状？"

"哪里话！张阁老委实太忙。"曾省吾挤挤眼道。

陈大春顾自喝了几盏闷酒，一抹嘴道："索性赌一把！"

曾省吾暗喜，却佯装吃惊："霖翁何出此言？"

陈大春举盏与曾省吾重重碰了一下，一饮而尽，俯身桌案，对曾省吾道："再这么下去，皇上必会把高新郑请回来。我知道张阁老与高新郑是好友，可高新郑回来张阁老就得乖乖听他的，对张阁老何益？我陈某愿张阁老接掌朝廷实权。要做到这一点，只能请元翁早日颐养天年。"

曾省吾做沉思状。

陈大春微眯双目，露出凶光："三省，我陈某人乃元翁心腹，而三省是元翁得意弟子的门客，你我来做，不会有人怀疑。"

"呵呵，霖翁喝多了吧？"曾省吾扭捏着，但又担心陈大春打消此念，又补充道，"省吾愿闻其详。"

陈大春打了一个酒嗝，道："最近遇到一件事，突然觉得可资利用。"

"喔？"曾省吾喜上眉梢，却不急于追问，而是举起酒盏，"来来来，省吾敬霖翁一盏！"

陈大春又干了一盏，舌头有些短了，虽然有些语无伦次，不断重复，但曾省吾还是听明白了，两人密议良久，计策已定，陈大春吩咐招来两个美姬，一人扶着一个，进了客房。

4

隆庆二年七月十七日，内阁里的气氛甚是异常。阁臣在中堂会揖，彼此相见，竟无一语，默然抱拳一揖，各自就位。徐阶脸色阴沉，眼泡浮肿，只是不停地捋着白须；李春芳则是愁容满面，坐立不安；陈以勤一向超然，仰脸沉吟着；张居正虽一脸茫然状，但他心里明白，进攻的炮火打响了。

"御史张齐劾大学士徐阶不职状。"李春芳拿起一份奏疏低声读了起来。刚读了事由，就停住了。

张居正佯装吃惊，瞥了一眼徐阶，从表情看，他显然已知情，虽还镇静，但将胡须的手还是微微颤抖，却依然笑着道："兴化，何以不读下去？照例，老夫当回避，但不妨听听，略做回应，请诸公兼听明断。"

李春芳只好道："张御史弹章略言：阶事世宗皇帝十八年，神仙土木，皆阶所赞成；及世宗崩，乃手草诏，历数其过。阶与严嵩处十五年，缔交联姻，曾无一言相忤；及严氏败，卒背而攻之。阶为人臣不忠，与人交不信，大节久亏。比者，各边告急，皇上屡屡宣谕，阶略不省闻，惟务养交固宠，擅作威福。天下惟知有阶，不知有陛下。臣谨昧死以闻。"

"哼哼！"张居正冷笑道，"张御史所论，与齐御史去岁所言，基调如出一辙，有何新意？此时张御史炒冷饭论劾执政，必有内情，当请都察院彻查之！"

"啊？"陈以勤惊讶地叫了一声，"江陵护师心切，可这等话说不得的，言官论劾大臣，那是他的职责，怎能说出一个'查'字？"

这正是张居正所期待的效果。但他之所以敢那么说，是因为他心中有数。

那天在潮州会馆，陈大春向曾省吾讲述了御史张齐的一件事：国朝自太祖皇帝起，边军行屯田制。但制久弊生，嘉靖年间，屯田之制已崩坏。如何除弊，议论纷纭，提出过各种对策，都是利弊兼有。张齐奉旨存问高拱回京后，皇上特喻吏部，拔擢张齐为御史，随即奉命赴宣大赏军。张齐一到宣大，就有不少盐商恳求他向朝廷建言改制。张齐回朝后上本，言恤边商、革余盐等数事，均被徐阶以"窒碍难行，徒增纷扰"为由一概否决，张齐对徐阶满腹怨言。陈大春还对曾省吾说，徐阶二公子徐琨揣度张齐替盐商说话，必是得了他们的好处，得好处居然没有他的份，就在乃父面前说不要给人家当枪使云云。徐阶方将张齐的建言停格。曾省吾追问张齐是否受盐商之贿，陈大春言一个叫杨四和的盐商是张齐父亲张栋的友人。或许他给张齐或者乃父好处也未可知。曾省吾大喜，与陈大春密谋一番，由陈大春出面，鼓动张齐上本弹劾徐阶。

刻下，在内阁中堂里，当张齐的弹章终于摆到了面前时，张居正最关心的是徐阶的反应。

"就张御史所论，老夫不能不辩白一二。"徐阶阴沉着脸说，"据张御史所论，写青词，老夫既不能独辞，也不能逃避责任；永寿宫之重建，老夫罪无可逃。其余三端，则与老夫职掌未合：我朝革丞相，兵事尽归兵部，阁臣之职是票拟，凡内外臣工疏论边事，观其缓急，拟请下部看详，兵部题覆。中间行之力与不力，乃在边臣，非阁臣所能代为，今如张御史所奏，必使内阁侵夺部院职权，阁臣越俎而代庖不可。"

张居正闻言，禁不住撇了撇嘴。徐阶为推卸责任，又把内阁定位到国初时仅备顾问的角色了。倘如此，还入阁做甚？他一时大起反感，徐阶再说什么，也听不进去了，心里盘算着事态该如何了结，一个新计策，遽然间在脑海里成形。

徐阶向内阁同僚一番辩白后，即按例回避，离开了文渊阁。李春芳执笔票拟："徐阶辅弼首臣，忠诚体国，朕所素鉴。张齐辄敢肆意诋诬，姑调外任。"次日，徐阶的辞呈并自辩文再下内阁；秉笔的陈以勤在徐阶的辞呈上票拟："卿即出视事，不必再辞。"

"兴化，九卿科道迄无一言留元翁，元翁必倍感凄然。"内阁中堂，张居正愤愤不平地对李春芳说，"我意，把杨吏部请来，和他商榷一下，让他带头挽留元翁，你看如何？"

"喔，江陵所言极是！"李春芳附和道，"快去请杨吏部来。"又对张居正道，"杨吏部来了，有劳江陵与之谈。"

过了一个时辰，吏部尚书杨博迈着方步进了中堂，三阁臣起身相迎，杨博抱拳一揖："不知诸公相召，有何赐教？"

落座奉茶，李春芳努努嘴，让张居正说话。张居正遂道："博老啊，元翁被论，去意甚坚，九卿科道，迄无一言慰留者，而去岁元翁求去，部院寺监、翰林科道，纷纷上本请留元翁，想必元翁也是历历在目；今番元翁已然两上辞呈，却无一本请留，情何以堪？博老能不能带头挽留元翁？"

"所谓此一时彼一时也！"杨博叹息道，他一笑，"不过，为元老存体面，愿一试。”

张居正起身向杨博鞠躬，杨博一惊：“张阁老，此大礼杨某岂敢受之？”

“此乃居正以元翁弟子身份，向博老表达拜托、感谢之意！”张居正解释道。

李春芳、陈以勤、杨博无不动容，夸赞张居正重情重义，张居正窃笑。散班回到家，他提笔写了一封密柬，只有七字：徐阶倦不愿任矣！密封好，吩咐游七：“拿上我的名刺，去东华门李芳的宅子，将此柬奉呈。”

次日午后，张居正在朝房正要躺下小憩，李春芳慌慌张张闯了进来，抖动着手中的文牍，不知所措道：“江陵，这……这可如何是好？”

张居正接过一看，是徐阶所上第二道辞呈，皇上钦批：“准致仕，赐驰驿。”心里一阵暗喜，但表面上却装作生气的样子，愤愤不平地说：“安能如此？元翁乃元老重臣，大有功于社稷，怎么第二道辞呈就准了？且准致仕而又不依例加恩，倘无‘赐驰驿’三字，那就等同于勒致仕处分了！”

“江陵，怎么办？”李春芳惊慌失措，焦急地问。

“请求皇上召见阁臣，面争！”张居正决断道。

“只能如此了。”李春芳附和，“我这就写本。”

“兴化，九卿有挽留元翁的奏本吗？”张居正问。

李春芳答：“杨吏部适才差人来知会，说联络九卿科道上本，诸公甚为难，结果只有吏部尚书杨博、都察院左都御史王廷有本，请留元翁。”

这是张居正预料到了，正因如此方刻意拜托杨博联络九卿上本的，以此让徐阶知趣些。他感叹一声：“大势去矣！兴化看，皇上不愿留元翁，百官无意留元翁，奈何？”沉吟片刻，又道，“照目下的情势，恳求皇上挽留元翁亦无可能，不如为元翁争礼遇为好。”

“江陵，你的意思是不再争留元翁？”李春芳吃惊地问。

张居正叹口气道：“兴化，杨吏部说得对，此一时彼一时也，还是面对现实吧。”见李春芳茫然无措，张居正恨恨然道，“张齐此时论劾元翁，似有内情，当知会台长一查，若能整治张齐，也可为元翁出口气！”

大明首相

第二部

风虎云龙

5

八月初的京城，早上已有凉意。崇文门外，阁臣李春芳、陈以勤、张居正并部院堂上官、科道翰林，足有二百多人，按序站立在城门两旁。须臾，一辆装饰华丽的四轮高级驿车慢慢驶了过来，致仕元老徐阶一袭布衣，打开车帘，抱拳向两边摇晃不停。

七月十九日，钦批徐阶准致仕，赐驰驿。在张居正主导下，李春芳、陈以勤、张居正觐见皇上，先说徐阶内阁首臣，谙达政体，乞皇上留之。皇上谓徐阶年高，且求退再三，故卒从所请。李春芳遂照事先所议，不再乞留，言徐阶在阁十五载，请皇上优礼之，并把嘉靖初年名相杨廷和致仕礼遇说了一遍，皇上允之。徐阶黯然整备一番，知会行人司，拟于中秋节前陛辞离京。张居正提议隆重送行，李春芳即以内阁公本移司，遂有今日之场面。

"喔呀，瞧今日场面，怕是大明历史上除杨廷和外所仅见了！"

"还不是人家刻意栽培弟子，破格提携，方有今日之场面！"

"七年前严嵩致仕，是偷偷出京的；去岁高拱回籍，送行的只是一个吴兑。"

"还说呢，吴兑要不是去送高拱，何以本该晋升员外郎，却被搁置了？"

人群里不断响起的议论声，徐阶都留心听着，当听到有人提到高拱的名字，他本就强颜欢笑的面孔顿时僵住了，忙用袖口去擦拭眼睛以为掩饰。

驿车驶到了阁臣面前，停下了。徐阶复又抱拳，凄然道："此番作别，实乃永诀，诸公珍重！"言毕，老泪纵横。他向张居正招了招手，张居正忙趋前鞠躬，徐阶伸手拉过他的双手，紧紧攥着，流泪道："叔大，国事、家事，为师都拜托于你了！"

"老师……"已是泪流满面的张居正哽咽着，良久，才神情庄重地说，"老师甄拔陶引，学生方有今日，老师恩情，重于丘山，学生不能仰报于万一，一切皆请老师放心！"说罢，又禀报道，"老师，御史张齐，必会严处!"

徐阶蓦地松开张居正的手,扭过头去,把车帘"哗"地拉上了。

"老师,珍重!"张居正对着缓缓驶去的驿车道。

徐阶泪流不止,直到张家湾,情绪才稍稍平复下来。一应要带回松江的物件,次子徐琨已先期运走,徐阶只是带着随身行李,轻装就道。驿车驶到潞河,改乘官船,一路南下。船到济宁,刚停稳,王世贞的拜帖就递过来了。他因父亲得昭雪而复出,任大名兵备道,上任途中得知徐阶致仕,特意在济宁迎候。

两人相见,王世贞对徐阶下野愤愤不平,唏嘘良久,半是安慰半是夸赞道:"无论如何,存翁堪称贤相,嘉靖以来内阁首揆,可谓救时良相者,惟存翁与杨廷和而已。"徐阶号存斋,故有"存翁"之称。

"呵呵,元美过誉了!"徐阶道,"去岁元美为令尊昭雪,因高新郑与老夫水火,竟受殃及,拖了八个月之久,老夫深有愧焉!"

类似这样的话,徐阶已在王世贞面前说过多次,可每一提及,都会激起王世贞对高拱的仇恨。不过,此番他未再恨恨然大骂高拱"巨奸大恶",而是忧心忡忡道:"高新郑与今上关系非同一般,存翁去国,高新郑会不会起复?晚生为之忧!"

徐阶笑而不语。

王世贞见状,微微颔首,道:"喔,想来存翁已有安排,晚生也就放心了。"说着,即请徐阶下船赴宴。

过了几天,船到扬州。这是国朝仅次于苏州的繁华大邑,徐阶要在此游览一两日。刚停船,又有拜帖递来。徐阶看了看,皆是门生故旧,正可让他们陪着在扬州一游,遂吩咐:"皆不必上船,随老夫一同到城内去。"正欲下船,又递来一张拜帖,徐阶一看,拜帖中夹着海瑞的名刺,知是海瑞所差,忙吩咐进舱来见。施礼毕,来人道:"海通政本欲来谒,只是旬间一妻一妾接连故去,不便前来。"说着,把海瑞的手札奉上。

徐阶颇是惊讶:"喔呀?海通政一妻一妾一旬间都殁了?"他关切地问,"何以出此不幸之事?"

来使只是点头,并未回答。徐阶不再追问,展开书札一看,只见上

写着:

> 瑞不幸有荆妇之变，哀苦中忽闻尊公致仕，不觉骇叹！今天下较五、七年前，天渊矣！然南北未宁，水旱日甚，以太平视之，亦天渊也。倚赖元老，今日急事，何至有是！何至有是！君子不能一日忘情天下，况公通籍三十多年，国禄君恩，天高地厚，有不可解其心者耶！万一论久而定，天启圣衷，行止之间，似当别为斟酌，多后日之功，补前日之过，亦公厚自为计之道也。闻舟即抵维扬，遣官办候迎，致私愿，惟留意。

见徐阶已阅毕，来使从袖中掏出一锭银子，道："这是海通政让卑职带给存翁的，说是还……"

未等来使说完，徐阶正色道："刚峰这是哪里话，收起来！"

海瑞被任命留都通政司右通政后，即差人赴琼州接老母、妻女到南京团聚，到了徐闻，方知徐阶已差人导之出疆，厚给路费，万里而北，宾至如归。海瑞甚是感激，原本对徐阶的一肚子怨气，遽然间烟消云散了，反而有些过意不去。若将所有花销都还于徐阶，他宦囊羞涩，一时也拿不出来；暗自算了算，若是自己去接，花费要一锭银子，遂特差官办到扬州迎候，照此付给徐阶。

来使为难地说："存翁若不受，卑职何以交差？"

徐阶道："海通政有家变，本应略致赙仪，又恐海通政不受。不如两不相欠吧！"言毕不容来使再开口，即起身下船去了。

在扬州停留两日，正要启航，三子徐瑛领着叔父徐陟赶了过来。只见徐陟一身素服，低头跟在徐瑛身后，进得舱门，"腾"地跪倒在徐阶面前，一边自扇耳光，一边痛哭不止。

徐阶想起前年徐陟居然发揭帖揭其隐事，闹得南北两京沸沸扬扬，恨不得一脚把他踢出舱外；又见胞弟忏悔如此，再不宽恕对徐家声誉有损，也就忍着没有发作，只是一语不发。徐陟哭泣良久，请求兄长宽恕的话不知念叨了多少遍，徐阶才沉着脸说："罢了！"

徐陟因与徐瑛争夺本家一个寡姑的遗产而闹翻，一时赌气投书攻讦兄长，辞官回家后，眼见徐瑛风生水起，乃南国一霸，自忖斗不过他，不如与他和解，借势一同发财，遂不顾叔父之尊，携厚礼负荆请罪。徐瑛既已得利，又见叔父屈尊赔罪，也就与之冰释前嫌。此番亲自带着他来迎徐阶。徐阶一见幼子与徐陟和好如初，不愿再纠缠过去，也就宽恕了徐陟。徐陟如释重负，起身道谢，擦去泪痕，讨好道："二哥二十年不曾回乡，松江民风越发刁诈，就连徐府也屡遭刁民讹诈，弟与侄子们苦苦支撑，方保住家业无虞。"

"是啊阿爹，"徐瑛附和道，"目下仇富之风甚盛，对徐府眼红的人比比皆是，阿爹切莫信了刁民的谎言诓语。"

徐阶早就闻知乡里对子弟奴仆多有恶评，又听徐陟、徐瑛一番说辞，预感会有事体出现，心情陡然间沉重起来。

果然，船到京口，忽见江面上密密麻麻的小船，望不到边际，岸上也有黑压压的人群，都在向徐阶的官船围拢。

大明首相

第四章 | 居正踌躇满志欲展鸿猷 海瑞牢骚盈篇得抚江南

1

送别徐阶，回到文渊阁，三阁臣照例中堂会揖。李春芳不再推辞，移坐于左侧首位。

"都察院左都御史王廷，发给事中张齐奸利事。"秉笔的陈以勤拿起一份文牍说，"张齐奉命赏军宣大，有盐商杨四和者，是张齐之父张栋之友，他馈赠张齐五千金，请他回朝廷后替盐商说话。张齐建言被徐阁老驳回，盐商杨四和见事不遂，竟跑到张齐老家，向乃父索要那五千两银子，闹得左邻右舍都晓得了，张齐见踪迹败露，不惟内惭，且恐得罪，遂上本弹劾徐阁老。"

"怀私攻讦大臣，可恨！"张居正恨恨然道，"宜令锦衣卫逮张齐父子，送镇抚司鞫实以闻。"

"这……"陈以勤嗫嚅道，"恐有堵塞言路之嫌。"

"言路？"张居正不屑地说，"多指乱视，多言乱听，科道少说些，朝政也不至于如此纷纷扰扰！"

李春芳、陈以勤愕然。但自徐阶乞休，近一个月间，中外章奏如何票拟，皆听张居正一言而决，两人谁也不愿与张居正争论，也就按他的口授票拟了。张居正体验到一种从未有过的畅快感，走起路来也油然生出几分豪迈。

可是，曾省吾却给他泼了一瓢冷水："徐老去国，朝廷百官人心涣散，议论纷纷，都说时下的内阁是国朝历史上最弱的内阁。已经有人说，当请高新郑回来了！"这天晚上，在张居正的书房，曾省吾颇是忧心地说。

这是张居正的一个心病。他曾经向高拱承诺，有机会当为其复出转圜。徐阶走了，不正是高拱复出的机会吗？可是，恩师徐阶恳求他的，则是万毋使高拱复出。

徐阶临走前，张居正单独去谒，两人密谈良久。徐阶拉着张居正的手，将身家性命托付于他。张居正郑重向徐阶做了保证。徐阶当面交代次子徐琨，徐家的在京商号到了换季时，要把布匹提前送到张府。

这才嘱咐张居正说："高新郑乃今上最倚重的老师，放之归亦是迫不得已，老夫去后，必有复新郑之议。老夫亦知叔大与新郑交谊甚厚，然官场上，情谊是靠不住的。务必阻止新郑复出！不的，他不惟会报复老夫，叔大也将无展布之机。"张居正闻言默然。到底要不要履行诺言，请高拱回来，张居正一时拿不定主意。听曾省吾说到朝野有复高之议，他试探着问："以三省看，百官愿不愿意请玄翁回来？"

"以我看，大家都很矛盾嘞！"曾省吾道，"于公，多以为有高相在，当能开创隆庆之治；但又担心高相眼里揉不进沙子，大家的日子不好过。"他狡黠一笑，"太岳，其实你跟高相学了不少治国安邦的实学，又跟徐老学了官场的智术，已非高相可比矣！"

这话虽有些不中听，可张居正却颇认可。他微微一笑，陡增自信。

曾省吾扬了扬下巴，挤挤眼道："那位老奸巨猾的徐揆，做梦也想不到是谁把他赶下台的吧？最后不还得恳求你保护他。太岳兄，青出于蓝而胜于蓝啦！"

"三省，身在朝廷，不能为私情而忘大义！"张居正正色道，"存翁治国乏术，国事日非，岂能坐视？请存翁下野，非为私，乃为国！"

"那是那是！"曾省吾道，"可是，天下谁都不识君哪，太岳，得赶快把你的《陈六事疏》呈上了。让朝野看看，张居正非徐阶的影子！"

张居正踌躇着："是不是太急了些？毕竟，存翁刚去国不足旬日。"

"再晚，复高相之议甚嚣尘上，你怎么办？"曾省吾道，他像是突然想起什么，"太岳，你拿奏稿来，我再看看。"

张居正伸手从书案上拿过奏稿，递给曾省吾。

"惟我皇上践祚以来，正身修德，讲学勤政，"曾省吾读着，突然笑了起来，"太岳，说皇上勤政，未免……不过也对，总得让皇上心里高兴了，才好择纳嘛！"言毕，又接着读起来，"讲学勤政，惓惓以敬天法祖为心，以节财爱民为务，图治之大本，既已立矣！"曾省吾抬头看着张居正，"啧啧"道，"老辣老辣，这几句话，先把皇上的责任排除掉。"又读道，"但近来风俗人情，积习生弊，有颓靡不振之渐，有积重难返之几，若不稍加改易，恐无以新天下之耳目，一天下之心志。臣不揣愚陋，日夜思维，谨就今时之所宜者，条为六事：一曰省议论，一曰振纲纪，一曰重诏令，一曰核名实，一曰固邦本，一曰饬武备。"他"哗啦啦"翻到最后，点着"饬武备"说，"太岳，在这里，当加上请皇上'亲临校阅'一节。"

"三省是说，请皇上大阅?"张居正摇头，"国库空虚，圣驾大阅又要糜饷数十万，不妥吧?"

"皇上凭什么赏识你?"曾省吾瞪着眼道，"要让皇上感受到你心里装着他，他才对你另眼相待。"说着站起身，手臂向上一挥，"戎装登坛，大阅三军，旷世荣典，何等威仪，皇上定然动心!"说罢，把奏稿递到张居正手上，"太岳，快改吧，早日呈上!"

张居正欣然接受了曾省吾的建言，把疏稿又改了一遍，在徐阶去国十天后，《陈六事疏》呈达御前。过了几天，皇上的批红送到了内阁："览卿奏，俱深切时弊，具见谋国忠恳，该部院看议以闻。"

李春芳阅罢，愣了半天，默然不语。陈以勤埋头读了一遍，喈嚅道："江陵此疏，可谓之政纲矣!"

张居正一脸庄重。他不在乎此二人的反应，这两人，一个是同科状元，一个是自己会试时的座师，寻章摘句的御用文人而已，都不足以与为有。他关心的是皇上的御批，朝野的反应。

这天早朝甫散，礼部尚书赵贞吉快步走到张居正身旁，以揶揄的语气道："张阁老，你的政纲老夫拜读略!"

"不敢当!"张居正拱手道。

"哼哼!"赵贞吉突然冷笑一声，"不言自用而自用之心已明，你张叔大有何功可记？还不是前宰援引，遽升高位！你做礼部侍郎，经过会推了吗？入阁，经过会推了吗？若说是皇上简任，须知，彼时皇上甫继位，万机待理，安得只想着提拔你张叔大的事？若说你给皇上做过讲官，也不过几个月工夫，皇上就如此念念不忘？这就罢了，如今又不安于位，未免太操切了吧？"

张居正被赵贞吉说得面红耳赤，又听到科道群里响起幸灾乐祸的一片讥笑声，顿时又羞又怒，却也不知如何发泄，只得一摔袍袖，径直向文渊阁大步而去。

"徐阁老倡言开言路，张阁老上疏，首事即为省议论，这是要尽反前政吗？科道是不是都要闭嘴？"不知是哪位言官，故意对着张居正的背影大声道。

"他凭什么要别人闭嘴？"又有科道高声道，"古人云，集思广益；他却说甚'多言乱听'，真是谬论！他要真的当国，那科道还有活路吗？"

张居正都听到了。他知道，百官并不信服他，被他视为政纲的《陈六事疏》，不惟未给他带来声誉，还招致一片嘲讽，遑论改变萎靡、散漫的官场风气了！

"太岳兄，不要着急嘛！"当晚，曾省吾就跑到张居正家里，劝他道，"吾兄资历浅，人望不够，这是事实；皇上又远不像信任高相那样信任吾兄，只能先做出些事来，让朝野看看，慢慢会被认可的。"

也只能如此了。张居正暗忖。此后的几个月里，他埋头边务，部署秋防，总算没有大的闪失，张居正这才从被嘲讽的阴影里走了出来。

转眼间，到了隆庆三年初春，这天，阁臣聚中堂议事，张居正秉笔票拟，一眼看见吏部奏请升任海瑞为通政司左通政的奏疏，勃然大怒："吏部有没有规矩？"

自徐阶去国，吏部尚书杨博即不再就用人之事与内阁沟通，内阁票拟时，李春芳、陈以勤一向照单全收，张居正也无可奈何。但他心里却压着一股火；不唯如此，他倡言省议论，把清流多嘴视为当今官场第一大患，吏部却把最爱发议论的海瑞调回来，这让张居正难以忍受，终于抑制不住爆发出来了。

"呵呵，俗话说，会哭的孩子有奶吃。"陈以勤一笑道，"江陵也不必较真儿了吧!"

"海瑞不过举人出身,只因谏言先帝,从主事到京堂,连升五六级,位列公卿,还要怎样?"张居正板着脸道,"怎么吏部又要提升他,还要内调朝廷?"

陈以勤道:"海瑞在北京就牢骚满腹,说无事可做,何况到了南京?必是海瑞的不满之词传到吏部,把吏部上下都吓着了。"

"是啊!"李春芳皱眉道,"此人振臂一呼,足可引导舆论,若把矛头指向吏部,不啻引火烧身。是以急忙腾挪,题奏把海瑞升任朝廷通政司左通政。既然吏部题奏,内阁就不要阻拦了,不的,海瑞把矛头对准我辈,我辈也吃不消的!"

张居正见堂堂朝廷重臣,胆小怕事如此,不觉好笑,喊了声:"来人!"书办进来候命,张居正本想说"把杨博叫来",可话到了嘴边,又收回去,停顿片刻方道,"你去吏部,知会冢宰,就说我这就去拜访他。"

吏部尚书杨博虽则资格老、威望高,但听凭阁老登门来拜,毕竟与体制不甚相合,只好随书办来到内阁。张居正忙吩咐看座奉茶,笑着道:"冢宰,近来官场风气渐有好转,说空话的少了,做实事的多了,虽鄙人《陈六事疏》发其端,然多亏冢宰公相助,太平之休,庶几可望。"他先向杨博暗示背景,才点到正题,"海瑞名气大,次第拔擢自是应当,然亦不能不顾及前后左右。海瑞升右通政不过数月,再擢升,未免太频,于公于私,都说不过去。"

杨博猜到了张居正要见他的事由,神情沮丧地从袖中拿出一份文牍,苦笑着道:"此为海瑞自陈疏,请张阁老过目。"

按制,朝廷四品以上官员年终照例需向朝廷述职,谓之自陈,杨博所持即为海瑞的自陈疏。张居正接过匆匆浏览了一眼,默然无语。

杨博叹气道:"海瑞对自己的新职务不满意。他抱怨说当这个通政,只是专管查看呈奏给皇上的公牍,毫无责任。"

"当时并未细阅,以为刚给他升了职,不会有怨气。"李春芳起身道,走到张居正书案前,拿过海瑞的自陈疏细细看了一遍,"喔呀,牢骚盈篇嘛!海瑞意思是说,朝廷的大佬们表面上恭维提携他,实则是让他升官而不让他负实际的责任。这怨气委实不小嘞!"

杨博眉头紧锁，道："是以腾挪出朝廷通政司的位子给他。"

李春芳一笑："呵呵，海瑞阳求罢免，阴为要挟，他是提醒我辈要给他一个能负实际责任的官职。"

杨博点头道："兴化所言极是。海瑞气象岩岩，端方特立，朝中百官多疾恶之，哪怕站着和他交谈几句的人都没有，遂使他陷入空前孤立境地。这当亦是他郁郁不平的一个缘由。是以在朝廷给他安置官位，还是难以摆脱此一困境，终归还会发牢骚，不知届时会出何样状况。"

"这就是了！"张居正忙接言道，"难道他再发牢骚，阁部还要再给他腾挪位子？这成什么话！"不等杨博回应，"既然如此，安置海瑞事，不可轻率，待斟酌成熟后方可实行。"他举起吏部的奏疏，"冢宰，此疏先放一放，如何？"

"呵呵，张阁老，"杨博笑道，"驳正部院题奏，乃内阁本分，吏部安得置可否？"言毕，抱拳告退。

李春芳听出杨博的弦外之音，是把搁置海瑞升职的责任推到了内阁，忙道："江陵，此事……此事……"支吾良久，也未敢驳了张居正的主张。

张居正只是不愿把海瑞调回北京，至于如何安置他，此前并未斟酌过，看李春芳、杨博的意思，不安置好海瑞，阁部似有不得安生之忧，心里也就不禁暗暗盘算起来。

"江陵！"李春芳见张居正陷入沉思，便唤了他一声，"苏松近来水患甚烈，竟是流民遍地，令人担忧！户部奏请先把部分漕粮挪作赈济灾民，我看还是准了吧。"

"吴地最难治，简直就是鬼地！"张居正烦躁地说，"谁知是不是那些个江南籍的缙绅故意夸大其词。漕粮国脉所系，安得轻动？"

"那以江陵之见呢？"李春芳没有了主意，问道。

"鬼地难治，非有良有司不能济事！"张居正道。话一出口，眼前豁然一亮，不觉暗喜。

2

运河里的一艘大船，船头挂着一盏硕大的纱罩灯，船上分列着身穿号衣的兵勇，远远看去，即知乃是一艘官船。这艘船不惟日夜兼程，且行速要比其他船只快了许多。即便如此，主人还是不断催促，巴不得喘息间就能到达苏州。

船上的主人，穿的倒是一袭布衣，头上戴顶方巾。除了偶尔到甲板上活动一下筋骨，与身穿皂衣的仆从谈笑一两句，白天黑夜，都把自己关在舱间里，时而奋笔疾书，时而蹙眉沉思。

"海安，那些贺礼、程仪，都退净了吗?"他问进来续茶的仆人。

"老爷，都退回去了。"被唤作海安的仆人答。

一个多月前，皇上突然下旨，任命海瑞为都察院右金都御史、总督粮储、提督军务，巡抚应天、苏州、常州、镇江、松江、徽州、天平、宁国、安庆、池州十府及广德直隶州，简称应天巡抚，亦泛称江南巡抚。这个出人意料的任命震动朝野，海瑞也感到惊讶，但这正是他所期盼的职位，到京领凭、陛辞后，即迫不及待前往苏州赴任。

依官场旧例，得知海瑞出抚江南，籍贯在这十府一州的官员纷纷送来了礼品贺金。海瑞忙在宅门贴出告示，拒绝接收贺礼，并命海安把已送的礼品一一退还，不得例外。随后，海瑞便集中精力思忖治理江南之计，在船上也无暇他顾。适才，他已把包括应兴应革、接送迎往，事无巨细共三十六款的《督抚条约》起草完毕，见海安悄然进来，想起贺金之事，便顺嘴问了问。

海安刚要退出，海瑞叫住他："老爷我不过是举子出身，由死囚而寺丞、由寺丞而通政，两年间跃升巡抚江南的封疆大吏，真是做梦也没有想到的事。"他将了将已然花白的胡须，"是以老爷我要舍身报答朝廷，干出个样子来，也要那些人看看，我海瑞不是光会耍嘴皮子的人!"他拿起刚拟好的《督抚条约》文稿，"你把这文牍收好，记住，一到巡抚衙门，就交付刊印，颁发十一府州，并广为张贴，要百姓周知，以便检举违例者。"

"嘿嘿，老爷的名气就把人给镇住了呢!"海安得意道，"小的一路听人说，得知老爷巡抚江南，府县的一些官员，纷纷辞职了呢!"

"哼，他们是屁股上有屎，不敢见人，躲了!"海瑞冷笑道。

海安又说："老爷，听运河的客商说，江南的富豪大户，闻听老爷要去，纷纷把红色的大门改漆成黑色的呢，连差派到苏州督办织造的太监，也赶紧减了车马随从哩。”

“太祖皇帝圣训说，礼立而上下之分定，分定而名正，名正而天下治矣！官员出行的车马随从、官民住宅服饰，都有详细规定；可时至今日，纲纪废弛，奢靡成风，违例越分不以为耻，甚或可炫耀于人。老爷我治江南，就是要除积弊，复太祖之成法，不循常，不变旧。江南缙绅闻知老爷我的治吴方略，方幡然醒悟，知昨日之非，是以仓皇改过嘞！”两年的京官生涯，海瑞实在太孤独了，常常和仆从海安说个没完，也不管他是否听得懂。他指着海安手中的《督抚条约》，“所谓新官上任三把火，老爷我的第一把火，就是要狠刹江南官场的奢靡之风，务必照太祖皇帝的圣训，尚俭朴，知节约！”

海安壮了壮胆道：“老爷，咱们出京时，用船夫、杂役三十多人，德州以下又增加不少，少说也超过百人了，这咋回事啊？”

“用夫百余，均是照朝廷规制，分所应当。”海瑞解释道，“这是朝廷重巡抚的威仪所定。有了威仪，官民憬然，用人行政方可顺畅。”

海安面露喜色：“这么说，老爷做了抚台，往后鸡鸭鱼肉都可吃得上了！”

海瑞笑道：“不能这么说，但也可以这么说。不过，说了你也未必懂。”海瑞又指了指海安手里的文稿，“《督抚条约》写着呢，巡抚出巡各地，不准设宴招待。但巡抚乃朝廷大员，须稍存体面，接待时准有鸡、鱼、猪肉各一样，惟不得供应鹅和黄酒，不准超过伙食标准：物价高的地方纹银三钱，物价低的地方两钱，但应将蜡烛、柴火等开支一体计算在内。”

海安懵懵懂懂，见海瑞谈兴正浓，又问：“老爷，都说这苏州松江一带最难治，是咋回事？”

“这地方科举最盛，出的进士、举人不计其数；江南又是财富之地，做生意的也不少，因此之故，达官贵人多的是，盘根错节，相互勾连，除非像有担当不怕得罪人如老爷我者，谁不发怵？”海瑞有几分得意地说，“嗯，据闻吴地刁民最多，这大抵也是难治的一个缘由。”他又补充道。

"哦，小的知道的，一年前致仕的徐阁老，就是这边人呢。他可是老爷的恩公哩！"海安察言观色道。

海瑞背起手，仰脸沉吟，口中喃喃道："徐阁老，松江府华亭县人，江南第一大户！"说话间，目光中流露出一丝忧虑，继之则是轻蔑，"法之所行，不知其为阁老尚书家也！"他用力挽了挽袖子，仿佛即将投入一场战斗。

就在海瑞说到徐阶的当儿，松江府城徐阶宅邸，前来拜谒的文坛领袖王世贞恰好正与徐阶谈到海瑞。

王世贞在起复为大名兵备道不久，旋即升任浙江参政，赴任途中前来拜谒徐阶。徐阶致仕后，在府内建造一座佛堂，带着两个随从住进去，与家人也甚少相见，外人就更不用说了。不过王世贞是徐府常客，徐阶总是将他延至佛堂倾谈。

"前年为了逐高新郑，学生曾拜访过海瑞，他对天下贫富不均最是痛恨，言'欲天下大治，必行井田；不得已而限田，又不得已而均税，尚可存古人遗意'。如此看来，海瑞抚江南，必对缙绅不利。以他的行事风格，摧抑豪门大户，恐在所难免。"王世贞忧心忡忡道。

徐阶笑而不语。他致仕已一年余，高拱并没有复出，说明自己的得意弟子张居正听从了他的劝告，这让他感到欣慰。一手栽培的得意弟子在朝廷掌握实权，继任者李春芳对自己亦执弟子礼，还有甚可担心的？况且当年调息海瑞上疏事，可谓有大恩于他，他总不至于恩将仇报吧？故而，徐阶远不像王世贞那样为海瑞的到来而忧心。

王世贞并不了解徐阶内心所思，而是替他担心，劝道："存翁，家里田亩未必要那么多吧？那些投献的，放贷抵押愿意赎回的，不妨退出去一些。"他知道徐阶乃江南第一大户，仅田产即达几十万亩之多，加之道路传闻，徐阶子弟暴横乡里，一方病之，如坐水火，诉冤告状者不绝于途。还在徐阶致仕回籍途中，船到京口，被数百艘舟船拦住去路，徐阶以为是迎接他的，一问方知是松江府绅民前来诉冤的，诉苦的状纸一下子就递上三千多份，意在求徐阶做主，约束子弟以泄众愤。徐陟、徐瑛极言诉冤者皆刁民，徐阶纳其言，对诉冤者悉为不理，反而命护送他的行人传示镇江知府派兵将围船告状的乡人武力驱散。乡人没有料到徐阶祖护子弟如此，至是把仇恨转到了他身上，控告徐阶的民众成群结队。这件事在江南传得沸沸扬扬，王世贞为之扼腕；加之闻听海瑞出抚江南，生恐徐府会惹麻烦，特来提醒恩公。

"不能中了刁民的奸计。"徐阶不紧不慢地说。

"退地？说得轻巧，你以为是退二斤米呢？"一个矮胖子正好进来了，听了王世贞的话，怒目相视，大声嘲讽道。王世贞认出此乃徐阶的三公子徐瑛，正要施相见礼，徐瑛抖了抖手中的一叠文书，"元美，你瞧，今年水灾，又有一大批贷款还不上，一万两千亩的地契又改姓徐啦！"见王世贞愕然，徐瑛不依不饶，"我说元美，你是不是收了那些失地之家的好处，来替他们做说客的？"

王世贞一脸尴尬，心中不悦，索性不理会他。

徐瑛向徐阶面前凑了凑："阿爹，儿子访得，近来刁民闻得海瑞前来抚吴，蠢蠢欲动，儿子想再招些家丁，阿爹以为如何？"

"不是已有千把人了吗？"徐阶问。

"不够嘞！"徐瑛说，"有几家刁民，得盯紧了，不的，他们又跑出去告状。告状咱倒不怕，惟是对咱家清名有损。"

徐阶不想让王世贞知道这些，不耐烦地挥挥手，让徐瑛出去，对王世贞歉意一笑："小儿辈意殊不尔，元美不必介怀。"

"存翁，对后辈不可溺爱。"王世贞提醒道。

徐阶抖了一下稀疏雪白的胡须，慨然一叹道："老喽，不想再操心了。"

王世贞心里一沉，暗忖：此老聪明一世，不意晚节不保。看来，徐府要有大麻烦了。

3

苏州府嘉定县城东十余里处，有一座油布大帐，是八月初搭起来的，一个月来，江南巡抚海瑞除偶尔出巡或回苏州巡抚衙门官邸问候母亲外，都驻节于此。

这天一早，海瑞刚要出巡，忽见官道上有一台绿呢大轿晃晃悠悠往这边而来。海瑞望去，掰指细数，鼓吹旌旗八人、舆夫杠夫二十四人，不觉动怒，命海安道："你带几个人去，截住此轿，问是何人所乘！"

须臾，海安回禀："此乃浙江巡抚谷中虚所差官轿，到松江接新任布政使莫如忠到杭州赴任。"

海瑞闻听，疾步上前，命令道："布政使莅任，何须如此奢靡？吹鼓旌旗一人足够了；轿夫杠夫八人即可，其余人等，都返回去！"

一个执事上前禀道："抚台，下吏乃浙江官员，并不归抚台管辖。"

"凡是路过本院辖区的，俱要照本院的禁奢令办！"海瑞语气强硬地说。

海瑞七月中旬抵达江南巡抚驻节的苏州，翌日，他在船上拟好的《督抚条约》就刊印颁发。时下的官场，新官到任，总要颁发冠冕堂皇的文告，无非做做样子罢了。可官场皆知海瑞是说到做到的人，辖下的十府一州大小官员，无不战战兢兢，不敢违反教令，酒食征逐、昼夜酬酢之风一时为之禁绝。今日，海瑞又对路过此地的外埠官员开刀了。毕竟是在海瑞的地盘上，来接布政使的浙江官员不敢违抗，只得乖乖地照海瑞的话去做。

"谁说官场奢靡之风刹不住？一纸通告，风气遽变，关键是做上官的，要言行一致，率先垂范！"海瑞不无得意地对海安说。海安对老爷佩服得五体投地，也多了几许豪迈。

"不过是禁绝了本就不该做的事，这不算本事！"海瑞又说，"该做的事做起、做成、做好，那才叫本事嘞！"他指了指前方的工地，"这件事，不是老爷我，谁能这么快做起来？"

海瑞得抚江南，本就缘于江南水患。解水患、抚灾民自是他的头等大事。故海瑞一到任，就外出巡视踏勘，方知水患之由：黄浦江上接淀泖及浙西诸水，下通浩瀚长江，变得十分宽阔；而吴淞江下游潮泥日有积累，通道填淤，非常浅狭，故泄洪不畅，一旦降雨超乎凡常，必致上游州县遭遇水灾。但此等情状非今年才有，几任江南巡抚、苏松各府县掌印官，并非不知，也不是没有人建言过，可多年过去了，并无整修之举。海瑞明察暗访，梳理出症结乃在经费无着，民工招募不易；治理方略众说纷纭，难以决断；田亩占用关涉缙绅权贵，实难触及。可海瑞不避嫌怨，召集沿江各府县掌印官到巡抚大堂训话："水患是表，患之根本在于为官者不敢担当！本院意已决，开浚吴淞江，济目前之饥，兴百年之利。本院已上《开吴淞江疏》，请朝廷拨款，款项不足者，府县腾挪凑补；用以工代赈之法，招徕饥民、流民上工就食；凡治理所需占地，通不许讨价还价，一律先行占用，待工程完竣再议善后；本院驻节工地，各府县掌印官一律驻地督工。"只用了不到两个月，从嘉定县黄渡至上海县宋家桥，八十里河道治理疏浚即告完竣。昨日，朝廷颁谕嘉勉，绅民更是称颂不已，海瑞大感欣喜。

明日就要撤帐回衙了，海瑞竟有些不舍，用罢晚饭，独自出了大帐，在吴淞江边漫步。已是九月中旬了，江南的夜晚也有了几分寒意，海安拿过一件夹斗篷给他披在身上。

江水急速流淌着，时有几道波浪，在月光的映衬下粼粼一闪，仿佛发出挑逗的一笑。海瑞望去，也报以欣喜的笑意。这笑意里，有得意，也有感慨。

"到底比在京城做官强多了，只个把月工夫，吴地官场风气为之一变，清江之事也办成了，总算没有白拿俸禄啊！"海瑞望着新疏浚的吴淞江，对跟在身旁的海安道。

"可是，老爷，这边的事办完了，那些个饥民怎么办？"海安指着不远处星星点点的帐篷问。

"你小子不愧跟老爷久了，知道思谋事情了。"海瑞笑道，"老爷我早已成竹在胸。老爷我巡视苏州府县，即知今年水患之由，除了这吴淞江，还有一个常熟县的白茆河，浅狭太甚，水不能消泄，亦需治理。"

"老爷，何不一道奏明朝廷，同时动工？"海安问。

"这你就不懂了！"海瑞得意地说，"白茆河去年已整修过，若一起奏请，恐朝廷不会允准。更关键的是，开浚吴淞江告成，到青黄不接时分，饥民无从取食，正可再修白茆河，以工代赈。"

"老爷还说当巡抚如人入暗室模样，以小的看，老爷心里明镜儿似的！"海安赞叹道，话音未落，他突然惊恐地说，"老爷，看，那里有两个黑影在往这里移动！"也不等海瑞说话，就大声道，"亲兵！亲兵！"

几个亲兵闻声疾跑过来，海安指着黑影，道："拿下！拿下！"

"抚台大人——"是两个黑影那里发出的声音，"我辈是松江缙绅，特来参见抚台大人的。"说着，次第下了马。

"喔？海安，你去问问，是何人？"海瑞吩咐，"果是缙绅，即请大帐相见。"说着，快步往大帐走去。

须臾，海安带着两个人进来了。一番寒暄，海瑞才知道他们是松江华亭县的袁福徵、莫是龙。论科举资格，都是他的前辈。

"抚台锐意兴革，敢于担当，清浚吴淞江，通流入海，民赖其利，功莫大焉！"落座后，袁福徵抱拳赞叹说。

"是啊，道途间巷，皆闻'海青天'之赞！"莫是龙附和着。

"二位贤达夤夜来访，有何见教？"海瑞虽心里美滋滋的，但对面接受奉承，还是有些不习惯，只得截住他们的话题，问道。

"知抚台老大人忙于兴修水利，不敢打扰；闻得大功告竣，即将撤帐回衙，我辈代松江绅民特来向老大人控告乡官。"袁福徵将着雪白的胡须道。他是嘉靖二十三年进士，比时下内阁里的李春芳、张居正还早一科，又是文坛名流，年过花甲，夜奔数十里告状，令海瑞大为吃惊。若说乡官，袁福徵也做过朝廷命官，致仕还乡，亦属乡官之列，他这个乡官要控告的乡官，恐非等闲之辈。

"我辈要控告者，乃致仕首揆徐存斋！"莫是龙接言道，"徐存斋纵子为恶，横暴乡里，绅民苦之久矣，求告无门，华亭乃至松江，真可谓暗无天日矣！特恳求海青天拨云见日，让松江百姓感知人间尚有公道！"他是举人出身，乃父就是浙江布政使莫如忠，父子都是江南文坛名流。

海瑞半信半疑，问："存翁在朝，一向以蔼然长者示人，贤达所说，真有所据？"

袁福徵道："徐家多年来放高利贷，稍有延迟即侵夺田亩。徐府一沈姓账房偷偷知会，徐家田赋在华亭者，岁运米一万三千石，岁租九千八百余两，上海、青浦、平湖、长兴者不计，佃户不下万人。"

"更有甚者，"莫是龙以惊叹的语气道，"抚台老大人可知，松江几无细民矣！"

"此话怎讲？"海瑞惊讶地问，"难道松江百姓都成了富豪，没有小民小户了？"

袁福徵解释道:"自徐某执政,独操国柄,势焰张甚,苍头满乡城,无敢犯者。数千金之家,一旦被徐家奴仆垂涎,必中以祸,不收拢到徐家不罢手。然其人既折入徐家为奴,便狗仗人势,又施毒于他人。久之,人都乐意充当徐家的奴仆,不惟可以免去赋役,还可借势谋利。抚台或许不相信,徐家的奴仆,已达数千之多。强者得为权利,弱者亦可避徭役,有司多苦之,百姓无天日!"

海瑞不敢相信,但从两人的叙述看,又不像造诬,遂道:"存翁在堂,子弟焉敢如此?"

袁福徵道:"徐存斋归家,独居一室,以二童子自随。家柄任诸子,不令关白。"他无奈地长叹一声,"乡民本冀望于他,他却概不问闻。此老态度如此,有司奈何?绅民田产被夺,本已冤屈;上控诉冤,要么石沉大海,要么竟遭徐府摧折,此等情状,谅抚台老大人不忍坐视。"

海瑞赴任两个月,虽忙于救灾、治水,对徐阶家族横暴乡里之议,也有耳闻,他也一直在思谋着应对之策。听了袁福徵两人的一番陈词,海瑞对徐阶已是满腔怨怒,遂义形于色道:"本院已然申明,只知有国法,不知什么阁老尚书!请二位贤达放心,所诉之事,本院绝不取巧回避,必有区处!"

话虽这么说,但海瑞并无良策。送走袁福徵、莫是龙,他在大帐内久久徘徊,躺到床上,还在苦苦思忖。"放告!"海瑞突然大声说。他披衣起床,没有叫醒海安,自己动手点上蜡烛,提笔拟写文告。边写,还自言自语说着:"百姓求告无门,冤苦殊甚,先要医了这个弊病!"

写好文告,天已放亮。海安知道老爷有早睡早起的习惯,便进来侍候。

"去,迅疾刊印此文告,今日务必颁发下去,广为张贴,让民众周知!"海瑞吩咐道。虽一夜未眠,却并无倦意,反而异常兴奋。巡抚衙门每逢初一、十五大开正门让百姓告状,国朝二百年所未有,今日要在应天巡抚衙门实行,海瑞怎不兴奋?

九月十五,是第一次放告的日子。一大早,苏州城的书院巷里已是人头攒动,如同大集。待巡抚衙门正门开启,人流如潮水般涌了进来,还夹杂着"冤啊冤啊!""请青天大老爷做主!"之类的哭喊声。

大明首相

第一部

风虎云龙

海瑞见状，急令衙中一应属员放下手头事务，全部出面接待，分头记录，造册呈报。一天下来，属吏们个个口干舌燥，声音沙哑。海瑞望着书案上一摞摞状纸和登记簿册，竟达六千余份，慨然道："何谓为民？这就是为民！为民做事是我辈的本分，苦些算甚？老爷今夜不打算睡觉了，要看看这些状纸，明日就升堂开审！"

"嘶——""喔呀！"晚饭后，坐在书房阅看状纸的海瑞，不时发出惊叹的声音，"这这这……"

"老爷，啥事让老爷这般吃惊？"侍候茶水的海安忍不住问。

"首日放告，诉帖六千余，竟有八成是松江府的，松江府又有八成是控告华亭徐府的。"海瑞捋着胡须，不安地说，"看来升堂开审不是个法子，这么多状子，何时能审完？"

"交给府县去审就是了。"海安建言道，因自己为老爷想出了主意，他脸上露出几分得意。

海瑞摇头道："不妥！正是府县官官相护，冤不得申，绅民才上控的，岂能交下去？"

"啊？"海安一指书案上堆积如山的诉状，"这些，老爷都要亲自审？那老爷不是青天，是神仙嘞！"

海瑞捋着胡须沉思，不再理会海安。须臾，他发出一阵大笑："哈哈哈，何需一一审来，老爷自有妙招！"说着，提笔起草文告。海安急忙研墨铺纸，海瑞向外一摆手，"略做整备，过几天老爷要到松江巡视，会一会徐阁老！"

"老爷，都整备些什么？"海安问，"要不要备礼？"

海瑞神秘地说："礼物，老爷我亲自整备。"

大明首相

第二部

风虎云龙

1

隆庆三年中秋前后，大枣丰收季节，高拱又回到了高老庄老宅居住。每天早起，用罢早饭，他便角巾布衣，骑着条毛驴，到田间四处走走。正是打枣季节，有的喊"三叔，来吃个枣吧"，有的叫"三爷，过来歇歇，吃俩鲜枣"，高拱或招手一笑，或卜驴驻足，边帮着主人捡枣，边拉拉家常。

这天，高拱骑驴自东里而归，站在首门的一棵大枣树下四处张望着。听到远处有人唤他："阁老！"抬眼望去，一位道士疾步向他走来，快近前时，边施礼边道，"贫道想请阁老一起喝两盅。"见高拱踌躇，道士"嘿嘿"一笑道，"听说前些日子阁老与里中沙弥共饮哩！"

"呵呵，"高拱也笑了，"你见我既与僧游，当不会拒你；我还真不好拒你嘞！"他向道士招了招手，"既然你到了我家门口，今日就由我做东了，走，跟我进家同饮。"

两人进了家门，对坐在院中葡萄架下的一张方桌前，桌上摆着一盘鲜红饱满的大枣。高拱和道士各自手拿蒲扇轻轻摇着，边山南海北地闲谈，边等候家人整备佐酒的菜肴。高福从门口走了过来，禀道："老爷，门外有人求见。"说着，递上一张名刺。高拱一看，名刺很特别，只有七个字：丹阳邵方号樗朽。

"邵大侠？"高拱吃了一惊。那年在紫阳道观相见，他对邵方颇有好感，觉得此人眼界开阔、识见超凡，确乎有侠者之风；但毕竟是江湖人士，交接广泛，目无羁绊，高拱不得不存几分戒心，故而几年来既未再晤面，也未通音讯，此番突然千里迢迢到访乡村，不知有何盘算？

道士见高拱对着手中的名刺沉吟，知趣道："阁老，此次不算，下次贫道再邀。"

"喔喔，也罢也罢！"高拱心不在焉地说，又吩咐高福，"你送道长，再请客人来见。"高福已走出凉棚，高拱又道，"客人来了，就让他在此等候。"说罢，起身进了书房。

书房里，高拱并没有看书，坐在一张梨木雕花圈椅上沉思着。邵方与官场中人多有交通，远道来此，用意不明，故有意冷落他。明知邵方已在葡萄架下候着，高拱并未出来相见，待高福去请了几次，才缓步走了出来。

"喔呀，高先生，恕晚生直言，"邵方见到高拱，边施礼边感慨道，"几年不见，高先生老了许多啊！"

"喔！怎么，樗朽，你一个人来的吗？珊娘可好？"高拱迫不及待地问。回乡两年了，他牵挂着皇上，也牵挂着珊娘，虽则这份牵挂深深埋在心里，见到邵方，还是情不自禁，开口就问到了珊娘。

邵方望着高拱，良久才道："高先生未免太克己了。可是克己也好、无己也罢，怎么样呢？朝廷竟不容立足！"

高拱摇摇手制止道："不谈这个！"

"呵呵，高先生问及珊娘，晚生不能不谈及这个。"邵方笑道，"彼时珊娘知朝臣群起攻先生，心为之碎，竟病倒了……"

"珊娘、珊娘病了？"高拱打断邵方，焦急地问，"珊娘当早已康复了吧？"

邵方道："珊娘游高梁桥受了寒，听到举朝攻先生为之忧心，高先生被迫去国时，珊娘正躺在床上，高烧不止，晚生久未得珊娘讯息，差人赶到京城，方知珊娘已卧病半个月了，不是差人及时赶到，恐珊娘已不在人世了。"

"她一个女子，煞是可怜！不过到底是痊愈了，那就好！"高拱松了口气，又问，"珊娘何在？"

邵方并未直接回答，而是长长叹了口气："痴情如珊娘者，世间几稀耶！"

高拱内心五味杂陈，又不愿在邵方面前表露，也不好再追问下去，忙转移话题以为掩饰："大侠迩来又到海上去了吗？泉州开关，情形如何？"这是他一直想知道的。

"呵呵，晚生知先生必垂询此事。"邵方道，他喝了口茶，又拿起一颗红枣，咬了一口，用手指点着道，"嗯，肤赤如血，味甘于蜜，煞是好吃。"吃完了一颗鲜枣，拍了拍手，方道，"高先生强势推动，海禁得开，可谓大明开国以来最重大的事件！"

"最重大？不至如此吧！"高拱一笑，"情形到底如何？"

邵方喜形于色："朝廷于前年初开放漳州府月港，设督饷馆，从此民间私人海外贸易得到朝廷认可，商人出海贸易摆脱了走私的非法境地。晚生访得，东南沿海商船鳞次栉比，排队到督饷馆申领船由和文引，装货出港、入港验货。大批商人走出国门，拓展海外市场，大明的货物出口量激增，沿海造船业、制造业突飞猛进。月港一地，所贸金钱，一年轻轻松松也得有百十万，公私并赖。开关不到三载，每年都有大笔关税上解，月港遂有'天子东南银库'之绰号！"

高拱倍感欣慰，道："那就好，那就好！"

邵方目光悠远："晚生总以为，开海禁这件事非同寻常，可惜当世无人意识到。"

"大宋从不禁海，只是国朝行海禁罢了。"高拱说，似对邵方的说法不以为然。

"时代不同了。"邵方道，"在海上所见所闻，总感觉时下列国海上贸易皆甚活跃，世界似乎进入了互通有无的大航海时代。高先生力推开海禁，鼓励民间海上贸易，与大航海时代相呼应，我大明当有新转机了。"

高拱陷入沉思，难道自己那个奇怪的梦，与之暗合？但他的思绪很快还是转了角度，道："樗朽你看，政策对路，困扰国朝的大难题就不再是难题。海禁一开，不惟倭患消弭，还造福商民，真不明白囿于祖制而自裹其足者，是何用心！"

"可惜啊，像先生这样识见超迈、才干绝伦的豪杰之士，朝廷竟不容!"邵方说着,猛地一拍桌子,"天理何在?"

桌子上的两个茶盏发出"哐啷"的响声,盘子里的几颗鲜枣在桌面上滚动几下,掉落在地。邵方歉意一笑,弯腰去捡。

高拱默然良久。他不想和邵方谈论官场的话题,一则邵方毕竟是江湖人士,与他谈论官场未免有失分寸;二则谈论此一话题,势必勾起他的伤感,他不愿去揭这个伤疤。待邵方捡完滚落在地的鲜枣刚要开口,高拱高声唤道:"高福,酒菜整备如何?"

高福道:"回老爷的话,客人远道而来,适才小的到莲河边走了一遭,正好有几个捉鱼的,小的一去,争着把捉到的鱼给小的,要小的带回给老爷尝尝,这不,鱼刚拾掇好。"

"呵呵,不急不急!"邵方道,"屈指算来,高先生乡居已两年半了,这两年多光阴,不知先生是如何度过的?"

2

"高福,你把新刻的集子给大侠拿来一观。"高拱吩咐,又扭过头来对邵方说,"这两年,乘归里之暇,将在嘉靖四十五年三月至隆庆元年五月所撰笺、表、文、疏,辑录成《玉堂公草》。惟关涉内阁有关机密、人不与知者不敢泄,故又名《纶扉内稿》。另将在翰苑中秘官署撰写的文官敕诰集录成帙,名曰《外制集》。"

"先生打算就这样读书、写作度过此生?"邵方显然对这些集子了无兴趣,便问。

高拱也觉得这些集子确非邵方这类江湖人士所关心,便唤已走进屋内的高福:"高福,刻的集子就不拿了,我送李中丞的那首诗的抄本,拿来请大侠一观。"

去春,河南巡抚易人,李邦珍抚豫,高拱以自己珍藏的《子昂画马图》相赠,并题诗一首。

【七言古·子昂画马图歌赠河南李中丞】

卷中此马画者谁,毛鬣欲动风骨奇。

尺缣能收上闲骏，意态便欲随风驰。

天闲十二纷相蠹，想是晴郊初出牧。

大宛雄姿宿应房，渥洼异种龙为族。

金羁玉勒不须跨，且看连钱五色花。

忽见麒麟出东枥，还疑𬴃𬴃涉流沙。

沙边青草茸茸起，上有垂杨覆河水。

围人骑放绿荫中，参差牝骒成云绮。

我观此马皆能逐电不见尘，安得蕃息日适河之滨。

边关已息烽烟警，上苑因同首蓿春。

吴兴妙手谁堪伍，遗墨流传自今古。

人间驽辈徒纷纷，哲匠抢求心独苦。

拟将此幅比琼瑶，寄赠佳人云路迢。

天阙昔曾窥立仗，霜台今复忆乘轺。

手持黄纸临中土，甲兵十万胸中吐。

皋夔事业待经邦，韩范威名先震虏。

氛祲潜消塞北场，河山坐镇汴封疆。

成皋归来放战马，嵩阳今作华山阳。

嗟乎！宵旰九重犹拊髀，奇勋早奏明光里。

愿徵颇牧入禁中，坐令天下之马休逸皆如此！

邵方虽无功名，但读书颇多，他反复默诵高拱的诗作，喜不自禁道："高先生，此作鼓励李抚台匡时济世，慷慨有为，岂不是夫子自道？然则，先生切望天下大治，边关熄烽，若无先生这般绝世豪杰出，怎能做得到？"

高拱不语，拿起一颗鲜枣，送到嘴边，又放了回去。

邵方又细细品读了一遍，惊叹道："自古雄才大略之人，每乏悲天悯人之心；高先生不惟雄才大略，更兼悲天悯人，胸襟何其宽阔，识见何其超迈，真不世出之豪杰耶！"他指着最后一句，"这'坐令天下之马休逸皆如此'，就把高先生的襟怀、识见展露出来了！以贸易取代刀兵，以和平取代战争，这是大手笔啊！"

高拱摆摆手："樗栎浮想联翩，未免解读过甚。该吃饭了吧，尝尝咱这中原村落的农家菜，别有一番滋味哩！"

邵方意识到高拱在有意回避着什么，突然诡秘一笑道："不瞒高先生说，来贵乡之前，晚生去了一趟松江，见了徐老。"

高拱正往正房堂屋走，闻言一怔，停下了脚步，想说什么，又止住了，继续往屋里走。邵方不再言声，跟在高拱身后进了堂屋。餐桌就摆放在堂屋正中。高拱默然坐在首位，目中无人地拿起筷子，顾自吃了起来。邵方有些尴尬，就在西向的一椅子上坐下，抓起筷子，埋头吃菜。

高家招待客人的午餐，一盘凉拌荆芥、一盘油炸花生米、一盘韭菜炒鸡蛋、一盘炒豆腐、一盘肉丝炒梅豆，两条清蒸鱼盛在一个瓦盆里，还有一盘是本地晒的瓜酱，用葱花炒过的。

高福拿来中牟所酿、号称汴中秋露白的梨花春，给两人斟上，高拱却视而不见，并不举盏。高福见状，忙端来两碗擀面条，分置于两人面前。邵方即知必是高拱因自己提到去谒徐阶的话题生出戒备，似乎不愿触及官场上的事。暗忖：士大夫都是有偏见的，以为布衣百姓不该过问国家政事，以为江湖人士都是胸无点墨、鼠目寸光、混吃混喝的骗子。相比徐阶，高拱对他已是很客气了，而且他从高拱的言谈话语间，能够体会到对他的尊重甚至欣赏。豪杰之气也是有气场的，他想，我与高先生就有这个气场。他暗自打定主意，午餐就不必多言了，待晚上再与先生商榷。于是他不住地夸赞几盘菜肴好吃，大体上是因为有些饿了，也可能是此前未曾吃过感到新鲜吧，邵方觉得这简单的菜肴煞是好吃，唯有那两条鱼做得不敢恭维。

"高福，安置邵大侠到厢房歇息！"高拱放下碗筷，吩咐了一声，就顾自出了堂屋。

邵方暗喜，这说明高拱并没有送客的意思，遂拱手道："高先生若不嫌弃，晚生愿与先生把酒纵论天下大计、古今豪杰！"

高拱没有回应，又吩咐高福："杀只鸡炖上。"

邵方安心了。或许是旅途劳累之故，他躺在厢房的一张草编床上很快就睡着了，待睁开眼时，外面已然一片黑暗。高福听得屋内有了动静，便推门去请。

菜还是那几样，只是梅豆换成了丝瓜，盛鱼的瓦盆里换成了鸡块。或许是睡足觉的缘故，邵方和高拱都是情绪饱满的样子，喝起梨花春来，觉得格外香醇。邵方夸赞了一句："好酒！"放下酒盏，边夹菜边道，"晚生敢问先生，豪杰者，何谓？"

高拱抬头向屋外张望，见院子里洒满月光，起身道："走，搬到鉴月亭去喝！"

鉴月亭建在院子西南角，一个圆顶方形亭子，亭子中间砌着一个石桌，四边各有一把石凳，乃高家人赏月纳凉去处。高拱手拿酒壶，邵方端了两碟菜，余者高福来回跑了几趟，酒席移于亭下。

村庄初夜，月光皎皎，微风习习，煞是宜人。高拱面南坐定，抬头望月，慨然道："局曲之士难于立功，利巧之人难于任事，自古济天下之务者，固非豪杰不能也！豪杰之士所以能成天下之事者，以心为主，以才为用。"

"豪杰何心？"坐西面东的邵方问。

高拱答："忠，可贯金石；诚，可质神明；无欲而恒清，无著而恒平。此即豪杰之心。"

"又何谓豪杰之才？"邵方不等高拱喘气，又紧追不舍地问。

"明，足以察治乱之机；断，足以剖纠结之惑；强，足以胜艰大之任；权，足以酌变通之宜；审，足以藏机；敏，足以应卒。此乃豪杰之才。"高拱不假思索答道。

邵方频频点头，道："所谓豪杰，抱赤诚之心，怀不世之才，不袭故套，不避嫌怨，成天下大事者，可否这么说？"说着，举盏敬酒，又问，"那么，高先生以为，谁可称豪杰者？"

高拱略加思忖，道："昔周公相成王，制礼作乐，众所周知；管、蔡是其懿亲，而毅然征讨之而不少贷，此岂凡人所能为、所肯为？孔子摄相鲁国，强公弱私，众所周知；而杀国中威望甚高的少正卯，此岂人之所能为、所肯为？盖大义为重，毋宁灭亲；大奸是除，毋宁拂众。谋国不计身危，不恤其始之谤，真万代之师表。而后代诸贤，如萧何、如周勃、如狄仁杰、如曹玮，皆一时之杰也。"

两人边喝酒边畅谈着，虽都已微醺，而谈兴却似刚起。夜慢慢深了，寒意渐渐袭来，高福拿来两条粗布单子，胡乱叠了几下，给两人搭在腿上。

"高先生，对永嘉张文忠公如何看？"从周说到大明，从太祖朝说到了嘉靖朝，邵方提到了嘉靖初年的首相张璁，这是位有争议的人物。

张璁博学多才，但七次进京会试都名落孙山，直到四十七岁才得中，嘉靖元年观政礼部。因先帝以藩王入继大统，对俱已故去的伯父孝宗皇帝、生父兴献王如何称呼，引发了一场大争论，谓之大礼议。朝臣多半主张称孝宗为皇考，独张璁上《大礼或问》，主张称孝宗为皇伯父。大礼议导致一大批主张尊孝宗为皇考的朝臣遭受严酷打压，死伤流放者百人。张璁却因此深受先帝宠信，不次超擢，直至当国执政。他刚明果敢，慷慨任事，不避嫌怨，针对积弊，清勋戚庄田，罢天下镇守太监，持身特廉，痛恶贪官，又大力革新用人行政，一时苞苴路绝，百吏奉法，海内治矣！嘉靖初年国朝气象一新，有"嘉靖之治"美誉。但因大礼议中迎合帝意，正人君子以谄媚小人视之，张璁的声誉蒙上一层道德污垢，贬者众而扬之者寡。

高拱却对张璁颇敬佩。他觉得议礼之事无关国政，大可不必掀起大风波，折腾了近二十年，消耗君臣无数的精力，故对张璁的表现并不为意，而对他主导的革新事业又大为赞赏。此时，听邵方提到张璁，高拱突然抓起酒盏，把满满一盏酒猛地喝了下去，脸上浮现出痛苦、愤懑的表情，叹息道："先帝病革时，我即建言内阁研议遗诏，徐老躲躲闪闪，不意却背着同僚，私下起草了遗诏。这遗诏又翻大礼议旧案，难道还要折腾下去？照我的本意，当重墨肯定嘉靖初年天下鼓舞若更生的勋业，延续此一革新路线，开隆庆之治新局！"

邵方道："徐老对高先生戒心很重，见高先生不好驾驭，百计排挤。高先生以不世出之豪杰，新朝甫开就下野了。时下内阁，李春芳代柄，他与陈以勤皆好折节礼士，却乏经国之才；至于张居正……"

"张叔大，且胜我！"离京两年多，高拱甚思念好友张居正，一听邵方提到他，颇是动情，一竖拇指，夸赞道。

邵方摇了摇头，道："高先生，阻止高先生复出者，张居正也！"

"你说甚？"高拱大惊，"何出此言？"

"晚生从徐老处探得。"邵方道。

3

一个多月前，邵方到松江拜谒徐阶，门公见他是布衣，死活不肯通禀。他拿出一锭银子，说了不少好话，方把拜帖递进去。徐阶虽未拒见，却面无表情，冷冷问："何事求见老夫？"

"存翁当国，持重稳妥，人望甚高，时下中枢乏人，何不出而主持？"邵方开门见山表明了来意，"晚生进京转圜，谋复存翁首相。"

徐阶一脸不屑，以满是轻蔑的目光打量着邵方，道："你要真有这本事，何不给自己先谋个官位？不克自计而为老夫计，荒唐！"

邵方微微一笑："不意当国数载之人，竟是井底之蛙，不知神龙屈伸变化！"

徐阶面露怒容，道："江湖术士，安知枢要！自嘉靖朝以来，唯有此一年来阁臣同心、宫府和谐，不可妄生事端！"言毕，怒气冲冲地喊了声："送客！"

讲到这里，邵方突然笑了起来："哈哈哈！徐老以为晚生真要为他复相奔走的，做梦吧！"他兀自喝了盏酒，"高先生，晚生之所以去访徐老，乃是意欲探究，徐老罢相已然一载有余，何以皇上迄未起用高先生。"

这句话，点到了高拱的痛处。他去国一年余，徐阶下野。高拱以为自己复出的时机到了。多者半载，少者一两个月，就会接到起用的诏旨。可是，半年过去了，没有；一年过去了，还是没有！常常，他坐在书房读书，耳边仿佛听到有驿马的奔驰声，待出门查看，却又失望而回。他几乎每天都会到门口张望，希望看到飞奔而来的驿马。

难道，皇上把我忘了？初回新郑，皇上旋即差人送来赏赐，说明皇上是牵挂我的，怎么说忘就忘了呢？还有好友张居正，他说过时机成熟会予以转圜，徐阶去后，内阁迄未添人，但李春芳、陈以勤无相才，惟靠张居正一人而已，然张居正焉能独自挑起如此大任？所谓时机，这不是最好的时机吗？何以一直没有起用的消息？高拱常常这样自问。但他不想在邵方面前表露，反而以责备的语气道："任用大臣，权在朝廷，大侠人在江湖，何必关切!"

邵方不以为意，自顾按着自己的思路说下去："高先生，徐老的话，含义很深啊! 此前晚生差人去接珊娘，在京盘桓数月，访得徐老将国事、家事一体托付张居正。如此推断，则张居正对徐老必有承诺，是以晚生断言: 阻止先生复出最力者，乃先生之好友张居正也!"

高拱心里"咯噔"一声，仿佛有股乱麻倏然堵在胸口。他不敢相信，也不愿相信，自己的金石之交会违背对自己许下的诺言，阻止自己复出。可细细想来，邵方此言，并非故意挑拨。刚下野时，他与张居正各相望不忘，时通书函，近来张居正的书函越来越少了; 徐阶离京仅十天，张居正即上《陈六事疏》，俨然政纲。这当不是巧合。徐阶忠告张居正阻止高某人复出，张居正不得已答应下来，也是意料之中的。如此看来，好友张居正也是左右为难啊! 这样想来，高拱虽心里多少有些伤感，但还是很快体谅了张居正的难处，遂呵斥邵方道："不可妄言! 自古论相属君王，焉能妄言臣僚左右某人可否居相位?"

邵方"呵呵"一笑："可今上沉湎酒色……"他意识到高拱乃皇上的首席老师，彼此情谊深厚，忙收住了。

高拱手里正搓着的一颗鲜枣"咚"的一下掉到地上，微微弹跳了两下，滚出了亭子，他怅然默念了一句："难怪皇上把老师忘了，原来如此!"始则失望、继之愤恨的情绪遽然涌上心头。必是一二阉人为一己之私，导皇上纵欲! 想到这里，他握紧一只拳头，往石桌上狠狠砸了下去，刚想骂冯保，话到嘴边又咽了回去，出言道："何人胆大妄为，竟如此污我皇上?"

邵方忙转移话题道："朝政亦如逆水行舟，不进则退。倘若无得力人物主持，恐一路滑下去，不可收拾。先生岂忍坐视?"

"恋官之心不可有，恋君之心不可无。"高拱喝了口茶道，慨然道，"若乃君恩深厚，倚任多年，一朝别去，遂漠然以忘情，亦岂大臣之道? 故恋官者，患失之鄙夫也; 漠然以去者，小丈夫之悻悻者也。然而恋官者常千百，恋君者不十一。但某人究是恋官抑或恋君，二者实难辨明，故世人每以漠然而去者为高，谓之有道之士，差矣! 到底是恋官还是恋君，只有自审自知，不便语人。固不可戚然于其中，亦不可漠然于其外。"

邵方赞叹道："先生蒙受偌大屈辱，却依然心态平和，原来自有妙解。"他望着亭外，天已有放亮迹象，便不再绕弯子，壮着胆子笑道，"先生若能拿出二万两银子，晚生可保先生复相！"

高拱"哈哈"大笑，拱手作道谢状："大侠是故意出谐语吧？二万两银子，呵呵，卖了我也凑不够！"他连连摇手，"莫再提，莫再提！"

邵方收敛了笑容，郑重道："晚生自是知晓先生家贫，不可能有若多银两；不必先生出一文钱，宫中司礼监陈洪乃先生乡人，素仰慕先生，若得先生手札，晚生谒之，银子可立办。"

高拱见邵方非是笑谈，竟是要他以太监陈洪为介谋再起的，当即摇头："走中贵人的门路谋官，非正人君子所当为，亦必为后世所诟病，只一个'谋'字，即为高某所鄙夷，况是透过中贵人！"

邵方并不气馁，道："先生亦以狄仁杰为豪杰之士，晚生甚赞同。可当年狄公为相，正值武后临朝，男宠专权，狄公与世委蛇，自污之事非少。晚生以为，卓识奇才，为匡时济世，决不能过于爱惜一己之声名，拘束了自己的行动。"他站起身，躬身施礼，诚恳道，"先生乃今上之师，今上又委政阁臣，正是先生建功立业之良机。先生重返中枢，展布经济，于私，则后世知先生非流俗之辈，乃谋国之干才，当世之豪杰；于公，为大明开辟新出路！先生隐于郊野，不惟是先生个人之损失，更是国家之不幸，万望先生听晚生一言！"

高拱蓦地起身，腿脚麻木，没有站稳，忙弯身扶住石桌，轻轻甩了甩腿，以深沉的语调道："容我三思。"

第六章 | 海青天念旧情软硬兼施
徐恩公不买账遭受重创

1

松江府地界东西一百六十里，南北一百五十二里，初只辖华亭一县，前元时，割华亭县东北一部新设上海县，国朝嘉靖二十一年又割华亭县和上海县各一部，新设青浦县。皆归松江府所辖。华亭县与松江府治所同城。自苏州至松江一百八十里，走水路最为便捷舒适，但海瑞要巡视已开工的白茆河疏浚工地，还要遍访富室劝借救灾款项，也就未坐官船，而是乘轿前往。

九月的一天午后，海瑞坐着六抬大轿进了松江城。因《督抚条约》明定，上官出巡通不许接送迎往，府县官虽接到滚单，知海巡抚莅临，也不敢出迎，遵饬令在华亭县衙等候，只是暗地差便衣一路跟踪，随时通报消息。

海瑞的大轿刚进了镇海门，就看见一群人聚在一起，边行进边举臂高喊："还我土地！还我土地！"这群人走过去，须臾又有一群人走过来，同样喊叫着。海瑞正纳闷间，有一群人发现了官轿，"哗啦"围了上来，左近一群人见状也向这边涌来。海瑞因惦记着去见徐阶，也就未说出自己的身份，只是掀起轿帘扫视着。

"青天大老爷，给我等小民做主啊！"一个老者对着轿子边作揖边恳求着，"那徐家四十多万亩地，还来夺我等小民的几分地，天理何在啊！"

一个中年人挤过来，愤然道："青天大老爷，徐家无恶不作啊！他夺小民的地，小民不从，动手就打，"他侧过脸，"看，一只耳朵被打烂了！"

一个年轻人大声喊道："算了吧，这些官老爷，哪个不怕徐家，到十五那天放告，去苏州说给海青天试试吧！"

"海青天未必敢动徐家，不的，他怎就不到这松江来嘞？"有人提出异议。

海瑞放下轿帘，命轿夫快走。众人不知轿中正是海瑞，惟知是官都怕徐家，也就不再阻拦，复又聚拢着呼喊口号去了。

走了一箭远的路，轿子进了华亭县衙。苏松兵备道、松江知府率府县一干人等列队躬身迎候。海瑞下了轿，脸色阴沉，不发一语，背手径直往大堂走去。大堂里已然摆放好了桌椅，海瑞在正中面南的椅上落座，府县官员正要行参谒礼，海瑞制止道："罢了，都入座，我观这城里大街小巷，有民众囚服破帽，率以五六十为群，沿街攘臂，叫喊呼号，是怎么回事？"

知府胆怯地说："回抚台的话，抚台日前颁发教令，命大户退田，民人遂争相前去徐府索田，不得要领，便聚众游街。"

海瑞"放告"一着，诉状盈室，多为田亩之事。他虑及一一审明判决，事所难能，遂想出以教令代替审判的法子，通令大户自动退田。他知徐阶乃第一大户，又是一品高官，且诉状所指又集矢于徐府，方决意到松江一行，意在压徐阶带头退田，以为示范。听知府所禀，徐家似乎对退田令多有抵触，海瑞不禁怒火中烧，质问道，"徐家有多少地？"

众人沉默。恐海瑞发火，知府转向华亭知县："贵县，快回抚台大人的话。"知县嗫嚅道："这个……"他用袍袖轻轻擦了擦额头上的汗珠，"道路传闻，有说二十四万亩者，亦有说四十五万亩者。"

"道路传闻？显系一笔糊涂账！"海瑞冷笑一声，厉声道，"本院已明令行一条鞭法，以一县之田，承当一县之役，按亩征银，差徭由官府雇募，百姓免除力差，何以松江连清查田亩的事也未做？"

众人皆噤口不敢言。海瑞即知必是徐阶从中作梗，"腾"地站起身，"本院这就去拜会徐阁老！"

"禀抚台，徐府门前早已被民众所围，恐……"知府为难地说。

"怎么回事?"海瑞问。

知府道:"往者田主为逃避赋役,投献徐府;可闻得抚台行条鞭之法,投献已不划算,欲将田亩要回,徐府不退,遂起而围闹。"

"投献乃违法之事,难道徐家竟公然为之? 官府何以不闻不问?"海瑞怒气冲冲质问道。

知府尴尬一笑:"抚台老大人,法不外乎人情。清贫之家出个做官的不易,每每倾家族之力供其读书;士子获得功名、进入仕途,安得不回报家族? 帮其免除赋役,即是回报之一着。是以亲族之间的投献,官府素不问罪,遂有非亲族之人改其姓,说是亲族,连人带田一体投献,官府也甚无奈。"

"难怪时下假货充斥,这弄虚作假之风,源头就是为官之人!"海瑞一甩袍袖,"本院非要治他一治不可!"说着,迈步走出大堂。

县衙东边是南禅寺,间壁就是徐府。海瑞徒步而行,远远望见南禅寺旁是一排排精舍,不觉奇怪,问知县:"这禅寺精舍如此之多?"

知县道:"回抚台老大人的话,非为禅寺精舍,都是徐府的,乃徐府家丁、仆从所居。"

海瑞若不是事先听到过袁福徵、莫是龙所控,真会被眼前的景象所震惊。如此看来,虽"江南无细民"之说显系夸张,养这么多家丁奴仆,也足可证徐家委实为富不仁,暴横乡里之说恐非空穴来风。他默然良久,脖子一梗,快步向徐府而去。徐府首门外挤满了人,外层是攘臂高呼的民众,里层有一二百家丁,人挨人围成人墙,挡在那里。有人望见差弁兵丁簇拥着一群官员向这边走来,便"忽"的一下围拢过来。兵丁正要清道,海瑞摆手制止,对人群喊道:"海瑞在此,前来徐府,就是让徐阁老把田退给你们的!"

这一声喊,惊得众人愣了良久,待缓过神儿来,在欢呼和喊冤声中,"忽"地就闪开了一条道,海瑞命随行的府县官员回衙办事,只带海安一人进了徐府。早有家丁飞报徐阶,管家徐五奉命小跑着到了首门,正遇见海瑞走了进来,遂躬身径直引海瑞前往徐阶的佛堂。

徐阶一袭布衣,站在堂口迎接,施礼毕,延海瑞入室。海瑞略一打量,佛堂果萧然若僧庐,笑道:"存翁通籍四十余载,当国执政七年,如今独居禅室，不问世事，宛若苦行僧也！"

"老夫自谢政归里，杜干请，绝苞苴，丈室萧然，布衾缊袍，已然至敝，从来只有两样菜蔬下饭，偶尔以脯醢佐之。"徐阶一脸委屈地说，他叹了口气，"敝宅未曾分家，人口多，耗费大，不能不节省啊！"

海瑞未及开言，管家徐五手捧一尊银器进来了，禀报道："老爷，小的这就差人去银店毁之？"徐阶向外摆了摆手，以无奈的语气对海瑞解释道，"花销甚大，入不敷出，又不能让皇家所赐流落民间，只得毁了，锻成银锭，以补家用。"

"喔？"海瑞微微一笑，从袖中掏出一锭银子，放于条几，"存翁，隆庆元年七月底，学生奉命出京往留都赴任，拟接老母团聚，存翁命人先行赐路费北上，学生感铭。去岁差人在扬州候驾，本欲奉还，存翁却之。今日闻存翁家贫如此，学生越发当致还了。"

"这……"徐阶尴尬地说不出话来。

海瑞蹙眉道："江南乃鱼米之乡，富庶之地。不意遭此水患，吴中大饥，流民遍野。学生一面申明朝廷救助，一面劝借富室以解燃眉之急。日前学生曾到溧阳劝借，有前太仆卿史公者，乃溧阳首富，学生劝其出银三万两，史公虽不情愿，到底还是拿出三万以应。"他一笑说，"学生此番拜谒，本想请存翁捐出所余以赈乡里的，听存翁适才言府中甚贫，学生不敢出口矣！"

徐阶越发尴尬，以反复端起茶盏饮茶掩饰，良久方道："所谓瘦死的骆驼比马大，敝宅再贫，终归有些转圜的法子，即使砸锅卖铁，也不能不带头捐资抚饥。况还要看刚峰的面子呢！"说着，他向外喊了声，"来人——"对应声而来的徐五道，"你去知会账房，即捐三千两救灾。"

海瑞忙起身揖谢，随即也向外喊了一声，"来呀——把包裹奉上！"海安应声而至，把一个包裹抱了进来，放到几案上。徐阶纳闷不已，海瑞吩咐道，"打开，请存翁过目。"待海安打开了包裹，海瑞反客为主，请徐阶上前观看。徐阶起身走到几案前，看了一眼，都是些大小不一形状各异的纸张。海瑞拿起一张，递到徐阶手里，"请存翁细观。"

徐阶只扫了一眼，顿时面色通红，方恍然大悟：海瑞把控告徐府的诉状带来了！但他喘息间即镇静下来，示意海瑞返座，笑道："呵呵，刚峰闻时下江南有'种肥田不如告瘦状'之谚乎？"他呷了口茶，缓缓道，"家下田宅虽不敢言无，然也原无十万，况四十五万乎？郡县田册俱可考。即使是十万亩，亦多是亲友所寄，然自老夫罢官，各见失势不足凭依，又因行条鞭法，寄存敝宅已有害无利，俱已收去。"

海瑞喜上眉梢："喔！这么说，行条鞭法，到底对均田是有益的！"

徐阶不愿接这个话茬，继续道："至于明白置买者，老夫已奉刚峰教令，退还原主，再加上因田租无收，不得不卖去者，已及三分之一矣！"说着，将几案上的一个簿册拿给海瑞，"这是敝宅退卖田亩清单，请刚峰过目。"

海瑞没有想到，徐阶已然响应退田令，将部分田亩主动退还了原主。他暗自算了算，按徐阶的说法，徐家田亩不足十万，退还原主及卖去者三分之一，大体在三万亩有奇了。他粗粗浏览了一下清单，慨叹道："存翁盛德出人意表，学生感佩之至！"顿了顿，又道："道路传闻、诉状所控，言贵府田亩四十五万有奇，存翁则言不足十万，存翁乃国之元老，出言一向谨慎，学生焉敢疑？只是讹言四出，终归对存翁令名有损，学生即令有司清查田亩，还存翁清白就是了。"

徐阶愣了一下，他以为自己主动退田三万亩，已然给足了海瑞面子，海瑞只有感谢的份了，不意竟还要清查实数，分明是不相信自己的话，这让徐阶甚是恼怒。但海瑞所说理由又冠冕堂皇，他不好反驳，只得勉强挤出一丝笑意，道："甚好！刚峰肯加查实，有无四十五万便可立见。"随即长叹一声，"田既少则所入薄，所入薄则家人自不能多养，只观家下无歌童，无食客便可类推也。"国中时尚，富室多养戏班子，又常收揽一些舞文弄墨的清客。故徐阶以无歌童、无食客来证明徐家非富室。

"喔？"海瑞道，"既然存翁提及，学生倒想问问，府外偌大一片精舍，可是贵府仆从所居？"

徐阶本意是想以无歌童戏班来证明自家田亩少，养不起，以打消海瑞清查田亩之念，就此了结退田之事的；不料竟弄巧成拙，被海瑞一问，他竟无言以对，强忍怒气，对海瑞道："刚峰，老夫垂暮之年，只想要个安生，别无他图了。宅中事老夫已不过问，遑论府外之事？"

岂不证实了此老放纵子弟暴横乡里之传言？海瑞暗忖，遂开言道：

"喔！那就不劳存翁了，请管家来。"

管家徐五闻巡抚相召，只得进来听命。海瑞问："贵府家丁仆从可有一籍记之？"

徐五看着徐阶，见他闭目不语，不知该如何应对，支吾良久也未明言。

"拿来一观！"海瑞以命令的语气道。

徐五自知隐瞒不住，只得磨磨蹭蹭去取簿册。这当儿，海瑞忽以好奇的口气道："学生听得一则掌故，想向存翁求证。"

"喔？"徐阶一笑曰："刚峰亦有此雅好？但不知是何掌故？"

"学生曾闻，先帝鉴于严嵩纵子为恶，常谕阁臣教子。时内阁惟存翁与袁慈溪二老，慈溪相公谓'臣无子可教'……"海瑞不再说下去了。

徐阶脸色陡变。这件事，发生在严世蕃伏诛时。有鉴于严嵩纵子为恶，皇上特谕阁臣约束子弟，当袁炜说完自己无子可教后，徐阶说："臣长子璠尝获罪，幸陛下矜宥；余子尚年幼。"先帝曰："有子不教，何以不为严世蕃？"徐阶惶恐叩头谢。不过一来年光景，时下徐阶纵子为恶的传闻又起，松江为之喧腾。忽闻海瑞提及"掌故"，徐阶明白这是海瑞在旁敲侧击，变相告诫。徐阶颇是难堪，但瞬间恢复了镇静，微微一笑道："官场上讹言流布，自是难免。道路传闻，刚峰是孝子，唯对妻女刻薄，几任正室非死即休。此等讹言，一笑置之就是了。"

海瑞不意徐阶以他的家事反击，正要解释，徐五拿着簿册进来了，海瑞沉默着，随手翻看了片刻，道："存翁，贵府家仆数千，苍头满乡城，安知无怙势施毒于人者？强者得为借势谋利，弱者亦避徭役，也难怪诉状盈筐！"他以不容置疑的语气道，"存翁，请籍削之，留百十个以供役使可也。"

徐阶默然。海瑞不便再逼，起身深揖道："存翁，学生奉钦命巡抚贵地，欲为江南立千百年基业，还请存翁多加教诲，学生若有得罪之处，敢请存翁宽宥！"

徐阶抱拳回礼，道："老夫虽在野，然则门生故旧不在少数，老夫必请他们施以援手，助刚峰成功！"

海瑞听出了徐阶的弦外之音，心里默念着："哼！威胁我吗？先帝以刚暴闻名，海某照样强辞谏言，这世上有我海某惧怕的人吗？"这样想着，一言未发，头也不回，快步出了徐阶的静室。

2

徐阶带头退田三万亩的消息，很快就在江南传开了。大户之家无一幸免，都被要求退田的民众所围困，闻得连徐家已然退田，各大户不得已之下，只好效仿。越是有人要回了自家的田亩，要求退田的民众越多，一时间，江南十府一州，陷入退田大战，缙绅之家鸡飞狗跳，无一日安宁。

徐府门前，更是人山人海。徐家退田三万亩，仿佛往地上撒了鸡食，招来一群群抢食鸡。要求退田的民众，逢初一、十五到苏州巡抚衙门上控，平时则在徐府门前聚集，或呼喊口号，或哭天喊地，煞是喧嚣。徐瑛又急又气，每天到佛堂问安时，都会催促徐阶想法子平息事端。"难道李春芳、张居正作壁上观？"徐瑛愤愤然道。

"兴化、江陵都已致函海瑞，只是他不听劝告，一意孤行。"徐阶叹息道。

"他们就不该差这个浑蛋巡抚江南！"徐瑛抱怨说。见从阿爹这里讨不到法子，徐瑛便找到叔父徐陟，商榷对策。

"杀鸡骇猴！"徐陟目露凶光，咬牙切齿道。他自小顽劣，脾气暴躁，早就忍耐不下去了。与徐瑛一番合计，挑选了一批家丁，手持棍棒，大声喊叫着，饿狼般向围在徐府门前的人群扑去，来不及躲闪的民众，顿时被棍棒抡翻在地，惨叫声、哭喊声响成一片，首门前的空地到处是殷红的血迹。

十月十五，巡抚衙门前，上控的人群里，几十个或头包白布，或脖挂绷带的人，格外引人注目。他们跪在衙门前大声哭喊，一遍遍诉说着被徐家殴伤的经过。

海瑞闻知，怒火中烧，刚要喊人，旋即又冷静下来，提笔给徐阶修书一封：

瑞至松江日，满领教益。惟公相爱无异于畴昔也。殊感殊感！近阅退田册，益知盛德出人意表。但所退数不多，再加清理行之可也。昔人改父之政，七屋之金须臾而散；公以父改子，无所不可。

"老爷，徐家殴伤几十人，不拿凶手吗？"海安疑惑地问。

"老爷自有计较！"海瑞得意地说，"老爷断案，关涉财产者，与其屈小民，宁屈富户，以救弊也，因财产对小民至关重要；关涉面子者，与其屈富户，宁屈小民，以存体也，因面子对富户更重要。这些被殴伤者，若徐家退田给他们，他们也就满足了。若径直捕人，难存故相之体，徐家没有面子，退田之事或更难，双方皆输，殊属不可！"说罢，吩咐差弁专程到徐府投书。

接阅海瑞书函，徐阶差点背过气去。恰好李春芳的书函也到了，随函还转来了海瑞给他和张居正的复函，徐阶看了又看，但见最后一段写道：

存翁近为群小所苦太甚，产业之多，令人骇异，亦自取也。若不退之过半，民风刁险可得而止之耶？为富不仁，有损无益，可为后车之戒。区区欲存翁退产过半，为此公百年后得安静计也，幸勿以为诟。

此前，听到海瑞要求放告、退田的消息，徐阶即致函李春芳、张居正，意在请二人提醒海瑞，不可波及徐府。显然，李、张二阁老的提醒海瑞不惟不听，反而先拿徐府开刀。徐府已然主动退田，给足了海瑞面子；不意他却不依不饶。徐阶恼羞成怒，吩咐徐瑛道："你差人知会知县，应退之田已退尽，徐府再无半寸可退，万勿再来骚扰！"他重重喘了口气，又道，"也请知县转告海瑞，老夫死后不会葬在松江，让他不必为老夫百年后之事费心！"

徐瑛见阿爹终于强硬起来；又见殴伤数十人，海瑞并未追究，胆子越发大了起来。他把海瑞封送的诉状粗粗翻看一遍，见有一诉状写着："徐府田赋仅华亭一县，岁运米即达一万三千石，岁租九千八百余两，上海、青浦、平湖、长兴者不计，佃户不下万人。"徐瑛眼珠子快速转动着，道："定然有内鬼！"说着即带上几个贴身家丁，气冲冲地到了账房，把几个账房先生召集起来，逐一审问，见一个叫沈元亨的支支吾吾，徐瑛用手一指，"就是他，给老子狠狠地打！"

沈元亨被打得遍体鳞伤，又被徐瑛逐出了徐府，他的家人旋即加入了上控的行列。

徐忠的家人也躲过徐府家丁的监视，到巡抚衙门上控。两年前，徐忠奉徐琨之命到苏州采办吴丝，因知府蔡国熙不买账，他便故意滋事，殴伤三人，被蔡国熙捕获，被杖六十、徒四年。徐忠家人找徐府求救，徐府咬定徐忠是骗子，苏州之事与徐府无涉。徐忠老父遂不停地到苏州巡抚衙门上控。

顾绍因颜料银被诬骗，按律发边卫充军。官府催缴赔纳，以致连累其父顾鼎监并其妻俱自尽。顾绍闻讯，偷偷潜回松江，具状上控。

几桩事积在一起，海瑞已难以再忍。他拍案而起，"哗啦"一声抽出一根令签，传令松江府即刻逮捕徐陟、徐瑛、徐琨并徐府家丁头目徐成、徐远，不得有误！

松江知府接令，即调集人马，前排兵勇手持令旗、肩抗杀威棒，后排则刀枪在手，寒光凛凛，直奔徐府。早有人惊恐地报于徐阶。徐阶没有料到海瑞会如此决绝，眼睁睁看着府衙兵勇将徐陟、徐瑛、徐琨一干人等捆了，绳索串连，牵押而去。

发生在徐府的这一幕，立时传遍松江城。民众欢呼雀跃之余，一群群涌到徐府门前，或高声叫骂，或索要田亩，或帮腔凑热闹，直把徐府当成了戏台。

"老爷，这这这……奈之何？"管家徐五惊慌失措，不断到首门向外张望，反身再向徐阶禀报，"老爷，看这阵仗，刁民要闯进来！"

徐阶除了唉声叹气，竟也束手无策。良久，他声音颤抖地喊了一声："来人——拿刀来！"

"老爷，这……"徐五不解，神情紧张地看着徐阶。

徐阶老泪纵横，哽咽道："留两人在佛堂，持刀侍侧，有急老夫即自裁，免得受刁民所辱！"

徐五也只得从命，但就这样坐以待毙，毕竟心有不甘。他逼着新延揽而来的幕僚吕光，无论如何想出对策来。

吕光乃浙江绍兴人，号水山，早年犯有命案，逃亡河套，备知厄塞险要，遇赦得解，走京师，曾受知故相夏言。夏言失势后销声匿迹多年，日前投于徐阶门下做幕僚。此人见多识广，有几分狡黠。但时下这等场面，却是不曾遇到过的。武力弹压已不敢，唯有家丁围成人墙拦阻。可家丁已然在海瑞压力下削籍过半，不敷差遣。眼见徐府前后左右，日不下千余人围堵，吕光计无所出，羞于见人，躲在屋内不敢露面。挨过两日，即收拾行李，欲不辞而别。管家徐五惶惶然东走西奔，正遇吕光要走，便呵斥道："见死不救，临阵脱逃，算什么？"

吕光蔫然退回，突然灵机一动，道："嗯，有了！取泥粪，贮积于厅，见有拥入者，就泼他娘的！"

徐五闻言，干呕了几声，镇静片刻，无可奈何道："也只得如此了！"遂命人汇集水桶和府中的坛坛罐罐，在茅厕淘出粪水，摆在首门内的廊道内；又差几个家丁在此守候，一旦有强行闯入者，即以粪水泼之。

次日午，果有几个壮汉冲破了人墙闯进首门，几个家丁急忙端起两个盛满粪水的木盆，照着闯入者泼了过去。闯入者没有防备，被粪水兜头一浇，惊叫、呕吐着退了出去。

3

担任浙江布政司左参政分守杭嘉湖、开府吴兴的文坛盟主王世贞听到徐府遭难的传闻，急忙乘船赶到松江徐府问安。

"海瑞其人，不结党、不怕死、不爱钱，是他的长处；然则，不虚心、不读书、不晓理，动辄耍煞癫，殊无士大夫之风！"王世贞感叹道，又捶胸顿足道，"吴地民风本已刁险，受海瑞煽惑，更是刁民蜂起，江南鼎沸，以贱凌良，以奴告主，令人扼腕！"但只发感慨毕竟难解徐阶近忧，遂画策道，"存翁，学生意，不妨以柳跖名义，状告伯夷、叔齐兄弟倚仗父势侵夺其田产。"

徐阶一惊，旋即明白过来了：柳跖乃春秋战国时人，是盗贼无赖的代名词；伯夷、叔齐以宁死不食周粟饿死首阳山闻名，乃是高廉君子的代名词。王世贞意在以此劝诫海瑞，投状人中不乏诬良为盗、颠倒是非的奸诈刁顽之徒，不可凭诉状为难缙绅富户。但以堂堂致仕首相之尊写这样的状子，徐阶还是有些踌躇。王世贞又劝了几句，徐阶叹息几声，果提笔以柳跖名义，写了一封控告伯夷、叔齐的匿名状。

当天，王世贞就赶到苏州，赴巡抚衙门拜会海瑞。他是进士出身，做五品的刑部员外郎时，海瑞才中举；但时下海瑞位居巡抚，他只是布政司参政，地位悬殊，心里不免酸楚，好在海瑞并未以部属礼相待，而是延之二堂，宾主列坐，王世贞有了面子，一脸笑意，夸赞道："刚峰不怕死，不要钱，不结党，真是铮铮一汉子；闻刚峰一意澄清，爱民如伤，可谓践行祖训第一人！"

"多谢大参谬奖！"海瑞答。大参，是对参政的尊称，他对王世贞以职务相称，一副公事公办的样子，感慨道，"今人居官，且莫说大有手段，为百姓兴其利、除其弊，只是不贪一分一文，禁身边人不做违法事，便是再好不过的好官了！"

王世贞心中不悦，也不得不改了称呼，以诘问的语气道："抚台在朝固有持平之论，今抚此土，使元老不得保有家室，是谁之过？"

海瑞愕然曰："有这事？"

王世贞道："抚台专抑豪强，来诉者无不准行，勿论虚实，徐家大不堪，存翁命人持刀侍侧，有急即自裁，诸子至囚服待理，人皆危之，其状惨甚！"

"存翁自取，其奈之何？"海瑞冷冷道，"若据律法，存翁恐亦难免牢狱之灾，本院正是念及其元老身份，只是劝令他退田，依法拘押徐陟等人，虽以此昭示本院执法不阿，但亦为减缓百姓不满，已然兼顾公谊私情，此不可谓爱人以德乎？若大参真为存翁计，便是劝他退还小民田产。小民既得田产，他事自可转圜。"

"然则，退田当依律法，不能无端瓜分富户田产。律法明定，土地因不能还贷而被放款者占有，五年之内，仍可用原价赎回；超过五年则自然不能再赎回，遑论退还？如今刁民只说某地原属他家，就要求退还，显系侵夺富户田产。对此违法刁民，抚台不惟不制裁，竟一意维护，世贞断难理解！"王世贞因是苏州大户，家族田亩亦不在少数，这类事也多有经手；加之他做按察副使多年，审理田产纠纷的案件不少，故所知甚详。

海瑞早有预备，回敬道："法亦明定，放贷利率不得逾三分，且不论借款多久，利息总数不得逾本金之半。徐府放贷如是乎？"顿了顿，又道，"至于超过五年不能赎回，总要用凭据说话。"

"民间借贷，每以口头协议行之，哪里都有凭据？"王世贞辩驳道。

"凡无凭据者，与其屈小民，宁屈富户！"海瑞断然道。

"抚台以为这样公平吗？"王世贞问。

"公平？徐府田亩数十万计，小民无寸土，公平乎？"海瑞反驳道，"若说公平，则当行井田制。"

王世贞见海瑞态度强硬，不再与之辩，遂拿出徐阶所写柳跖告伯夷、叔齐的诉状，诡异一笑道："世贞这里有封诉状，请抚台受理。"

海瑞展读之，不觉怪异，细思之，知徐阶是借以讽喻他的，并不在意，顺手拿过此前颁发的《示府县状不受理》文告，递给王世贞看。王世贞展读之，见开头写着："刁讼惟江南为甚，略无上事，百端架诬，盖不啻十状而九也。"可是，接着却说，"虽十状九诬，不可弃之。十人中一人为冤，千万人积之，冤以百以十计矣！含冤之人不得申雪，可以为民父母哉！"王世贞阅罢，冷笑道："抚台这个教令，实则还是谕令府县不得以刁民诬状多而不受理民众诉状。"

"来人！"海瑞传令，对进来的书办道，"再发抚示，示府县严治刁讼！"随之，边思忖边口述：

照得江南刁讼太甚，本院已约府县官无惮烦琐，不为姑息。正欲变刁讼之风为淳睦之俗也。为此，仰各府县官晓谕各百姓，今后告状须从实致辞，不得一语架空，自取重罪。然乡官安静，族人家人作害，其实皆倚靠乡官名色，不可执以诬告论之。

口述毕，海瑞转向王世贞："大参，还有什么指教？"

王世贞知海瑞对徐府事无意从中稍加委曲，大失所望，只好讪讪告辞。

大明首相

第二部 风虎云龙

徐阶虽对王世贞出面转圜不抱希冀，但得到他的禀报，还是有几分意外。看来，只要海瑞稳坐江南巡抚的位子，徐家的苦头只会越来越多了！

"水山，你这就到京城走一趟，越快越好！"徐阶大口大口地喘着粗气，吩咐门客吕光道，"京城商号里有的是银子，花多少都不必计较！"

1

房尧第一行尚未入板升城池，就被守门兵勇捆绑着，押往赵全的土堡。赵全命分头审勘，几个人只说来此做买卖。因杜经、栗见勤与房尧第事先并不熟识，细问之下，便露出不少破绽。赵全又见四人所携颜料及金银珠宝甚多，正可收归己有，也就不再细勘，传令亲兵将四人押出土堡处斩。

"小的乃李自馨总角之交，此番是来投奔他的。"无奈之下，杜经求饶说。赵全闻听此言，越发认定这四人身份可疑，冷笑一声，向亲兵挥挥手："砍了！"

亲兵押着房尧第四人出了土堡，迎面碰上了俺答汗的义子恰台吉。恰台吉早就对赵全满腹怨气，在他的土堡四周布下眼线，四个南朝客商被押进土堡的消息，喘息间就报到了他那里。恰台吉闻讯，决定亲自到土堡一探究竟，正好碰上房尧第等人被押出堡门，便举刀拦住，问道："这是要做啥？"

"这几个人乃南朝奸细，遵把都之命，拉出去处斩！"赵全的亲兵回应道。

"哼哼！"恰台吉冷笑道，"别忘了这是谁的地盘！他姓赵的无非是投奔过来保命就食的奴仆，居然在这发号施令，让老子碰上了，就是不许！来呀——"他一勒马缰绳，坐骑转了个身，恰台吉挥动着手里的胡刀，吩咐自己的亲兵，"把这几个人带走！"

栗见勤一副乖巧的样子，讨好地说："嘿嘿嘿，谢大台吉救命之恩！小的几人来做买卖，带了不少货，还有银子，都被……"他抬了抬下颌，扭着头向赵全的土堡，"给收去了。"

"来呀！"恰台吉又吩咐亲兵，"去，给老子统统要回来！"

就这样，房尧第一行被恰台吉救了下来。得知救他们的竟是恰台吉，房尧第大喜。他事前已闻得恰台吉敌视赵全，本有设法接近他的设想，不意有此巧遇，遂对赵全一番痛诋，发誓与之不共戴天，让恰台吉越发高兴，收留在营中，以为分化汉人、打击赵全之用。房尧第一边买购马尾，一边观察时机，不久，即得以与李自馨秘密会面。

李自馨毕竟是读书人，在此蛮夷之地，尽管锦衣玉食，然而寄人篱下，尤其是俺答汗身边的爱将恰台吉、五奴柱，每每对他和赵全怒目相视，说不定哪一天就会死在他们刀下，是故心情极为烦闷。但他自知多年来为虎作伥，残害国朝，思归而不敢，时常处于纠结中。得知房尧第等人的来意，他苦笑道："自馨岂无思家之心？然则，七年前率亲随秘密降归，竟被拒，焉敢再试？"

房尧第自是掌握此情况。那年李自馨秘密降归，大同巡抚急报兵部，兵部惧有后患，令勿即许之，李自馨已过了小黑河，不得不沮丧地悄然北返。房尧第知道李自馨必提此事，早有准备，遂道："国朝对板升汉人刚颁下招降明诏，想必你已知晓。此诏把赵全排除在招降之外，就是专门让你看的，朝廷冀望你率众回归。"他又指着杜经道，"杜兄本是布政使衙门吏员，若无高层旨意，杜兄焉能前来？故请不必怀疑朝廷招降诚意。"

这番说辞让李自馨颇是动心。但他不敢贸然行事，遂以白春、魏良相、田汝光、田淮、王现五人先行试探，又以手帖密函大同总兵赵岢，表达降归之意。房尧第见事可成，遂约定先行南返，以为接应，独留杜经与李自馨相机行事。此一情形，大同总兵赵岢随即差急足投书，密禀张居正。

张居正拿不定主意。若李自馨降归是真，一旦接纳，科道会不会群起而攻？若李自馨降归是假，到头来朝廷体面全无，惹出一大堆是非出来，岂不被动？可既然当初答应支持房尧第冒死入板升招降，如今有了进展，他若置之不理，未免不近人情。思来想去，提笔回书：

李自馨等来归之意，其诚伪固未可知，然朝廷既有诏招降，则又不可漠视，当密图之。受降如受敌，不可轻忽。轻举妄动，恐堕奸人之计。

赵岢接阅密函，不知所措，召房尧第相议。

"张阁老此函，模棱两可，委实不好把握。"房尧第道，"不妨先将白春等人来归之事呈报朝廷，若朝廷依招降明诏授职、奖赏，则李自馨降归之事方可继续行进。"赵岢然之，遂先将白春等人来归事密奏兵部。

兵部尚书霍冀不敢决断，委郎中曾省吾谒张居正请示方略。张居正与曾省吾商榷良久，决定由兵部题奏。过了两天，兵部题本发交内阁，张居正道："对板升汉人招降一节，元年诏书，如李自馨等，明许其归顺，白春等五人率众降归，兵部题奏，将此五人各授本卫百户，赏银五十两。此奏当准，以昭大信而劝来者。"

"张居正，你说甚？老夫耳背，你再说一遍！"新入阁的赵贞吉突然大声道，以轻蔑的目光投向张居正。

李春芳、陈以勤、张居正愕然失色！

十天前，皇上忽颁谕旨，简任礼部尚书赵贞吉入阁。两天后，恰逢经筵，待讲经毕，赵贞吉突然出列，奏道："老臣嘉靖十四年进士及第，入朝报国。二十九年秋，狂虏犯顺，臣力沮群奸封贡之议，遂为所构，贬职降用。至三十六年秋，复蒙先帝收录，升户部侍郎。到任仅一月，恨臣者暗令言官逐臣回籍。陛下继统，召臣来效。臣十年两逐，青衫去国，白头回朝，自当竭尽驽钝，以报天恩；然在籍闲住已久，年力就衰，焉能谬列中枢？"

皇上答："卿素秉真慧，身负特操，慷慨谋国，朕已知之，不可再辞，内阁乏人，卿宜即入办事。"

赵贞吉慨然道："近日朝廷纪纲、边防、政务多有废弛。臣欲舍身任事，未免招怨。伏望皇上与臣做主，容臣得以尽力。臣誓不敢有负任使！"

此言一出，朝班哗然！大臣当众要求皇上为其撑腰，以便由他舍身任事，这样的情形，谁曾遇到过？可皇上赏识赵贞吉，出自宸断命他入阁，众人也不便多言。赵贞吉资格老，且性耿直，官场上都知道他是个厉害的角色，不好共事。张居正、李春芳都预料到了，内阁的宁静必因此老的入阁而被打破，可怎么也想不到，他首日到阁议事，竟以这样的阵势亮相！

士林体统，科举出身者，皆取字、号；除了皇上，谁敢当面直呼其名？赵贞吉竟以轻蔑的口吻直呼"张居正"，怎不令人大吃一惊。李春芳恐张居正与之争执，忙以商榷的语调道："吉老，兵部的题奏，还是准了吧？"赵贞吉号大洲，以"大"或"洲"后缀"翁"字皆不雅顺，故士林即以"吉老"称之。李春芳念及赵贞吉乃前辈，为表尊崇，不愿以他的籍贯"内江"代称，也就以"吉老"相称。

"少不更事！"赵贞吉瞪了一眼张居正，冷笑着道，"大张旗鼓，招降几个投靠丑虏的汉人，纯属没事找事！"

往者，凡兵部事，李春芳和陈以勤凭张居正一言而决，从不提出异议，今日见赵贞吉上来就否决了张居正的提议，李春芳不知所措地把目光投向张居正："江陵，这……"

自看到赵贞吉入阁诏书，张居正就心情大坏。他的《陈六事疏》也好，辛辛苦苦操持了一年多刚结束不久的大阅也罢，都没能让皇上对他高看一眼，到底还是信不过他，要一个年近古稀的倔老头入阁拜相，这已让张居正颇是郁闷了；不意赵贞吉甫入阁就当众轻蔑、侮辱他，他的心里像着了火，烧得面色通红，浑身战栗！他本想拍案而起，与赵贞吉对骂，终究还是忍住了。但他也不想示弱，脸一沉道："兴化，我执笔，照此拟票；你是首揆，你定夺！"

李春芳为难地咂了咂嘴，正不知如何回应，赵贞吉"哼哼"冷笑了几声道："也罢，老夫不与少年计较，就照张子说的办！"说着，"哗啦"一声合上折扇，"没事找事，走着瞧吧，丑虏必以铁骑回应！"

2

兵部尚书霍冀接到宣大塘报，急忙赶往文渊阁，习惯性地进了张居正的朝房，边擦汗边道："张阁老，宣大总督陈其学接谍报：俺答亲率虏骑数万攻蓟镇！"

"攻蓟镇？"张居正吃惊地重复了一句，"速传檄蓟辽总督谭纶、蓟镇总兵戚继光，婴墙摆守，严阵以待！"言毕，突然叹息一声："大司马，刻下内阁是吉老做主，你不该来见我。"

"这……"霍冀急得跺脚，"十万火急的事，到底谁说了算？"

张居正不答，却一笑道："大司马，俺答来攻，正是吉老所盼！"

"啊？"霍冀惊讶道，"怎会有这等事！"

张居正叹息道："大司马不信？喘息即可验证之。"他起身拉着霍冀的袍袖，"走，让李兴化主持阁议吧。"

李春芳见张居正和霍冀相偕而来，即知有军情要事，一听说鞑虏犯蓟，吓得脸色陡变，惊慌道："二十年前'庚戌之变'，鞑虏即是此一路线，看来此番鞑虏是要与我决战了！快，快请吉老来，大家商榷办法。"

须臾，赵贞吉进了李春芳的朝房。尚未坐定，李春芳便道："大司马，快说，快说！"霍冀刚说了两句，赵贞吉就"哼"了一声："老夫说什么来着？果不出老夫所料！"，

张居正看着霍冀，挤了挤眼。霍冀对赵贞吉顿起反感，没好气地说："军情紧急，岂是幸灾乐祸之时！"

"你这是什么话？"赵贞吉脸一红，"腾"地起身，质问霍冀。

李春芳忙拉住赵贞吉袍袖，赔笑道："吉老吉老，快请坐，事体紧急，还请吉老画策！"

赵贞吉边坐边气嘟嘟道："克虏之道，重在料敌先发，敌欲动我先动，以我火器骑射之长，克敌弓弩骑射之短，重创敌于塞上，方为制胜之法。"

"主动出击？"张居正惊诧道，"朝廷赋予戚继光之责是守，而不是攻！"

"哼哼！"赵贞吉瞪着张居正，"张子，老夫问你，你小子可曾见过丑虏，抑或去过北边？"

李春芳忙打圆场："吉老吉老，我辈哪里像吉老见多识广，是以请吉老画策。"

"京师戒严，调近畿各镇驰援！"赵贞吉决断道。

"好好，大司马，你快照此题奏吧！"李春芳忙道。

"先说好，这是内阁的指示。"霍冀不满地说，言毕，梗着脖子匆匆而去。

须臾，兵部题奏报到会极门，司礼监掌印太监李芳闻报，火急火燎来到内阁，李春芳不时擦拭额头上的汗珠，向他通报情形。李芳悚然，命文书房散本太监在内阁守候，有本进呈，即送乾清宫批红。

掌灯时分，张居正顾自走出朝房，登轿返家。刚上了长安街，就见路人行色匆匆，到了常走的大耳胡同，竟不能通行。游七忙去探究竟，方知京师百姓闻得"庚戌之变"将重演，顿时陷入恐慌中，一些胆小者拖家带口要逃难，把胡同口堵上了。张居正正踟蹰着要不要绕行，书办姚旷骑马追来："禀张阁老，兴化阁老请张阁老速回文渊阁！"

张居正只得调头折返。一进内阁中堂，李春芳、陈以勤、赵贞吉和霍冀都在。新任兵部侍郎魏学曾也在座。前不久，在张居正的提议下，湖广嘉鱼人方逢时被提升为辽东巡抚，魏学曾提升为兵部侍郎。

施礼间，李春芳解释道："蓟镇羽书，侦得虏已西行，犯在旦夕。大司马来阁通报，是以请江陵共议对策。"

张居正不觉窃笑。惊慌失措者，此之谓也！俺答虚张声势，声东击西，庙堂竟惶然失措，又是戒严，又是调各路之兵，且看还有甚样举措。他不慌不忙坐定，喝了口茶，一语不发。

魏学曾道："元年北虏犯晋中，宣大总督王之诰请调宣府总兵马芳西援，朝廷未允准，遂有石州之陷，事后颇受非议，此番可否调马芳西援？"

霍冀道："宣大说虏骑要犯蓟镇，蓟镇说虏已西进，再有塘报说犯宣府也未可知，拿不准嘛！"

李春芳忙道："存翁当国，始终把守护京师、陵寝置于首位。马芳西援，万一黄台吉突袭宣府，攻南山，皇陵震动，如何是好？"

"国朝屡屡受辱，误只误在一个'守'字！一味取守势，就是被动挨打！"赵贞吉起身道，"宣大、蓟辽，沿线诸镇，当协力共济，取此守彼攻，彼攻此守之策！"

"请赵阁老说明白些，以便下吏遵循。"霍冀没有好气地说。

"亏你是本兵！"赵贞吉怒气冲冲道，"兵部要负起责任，不要各自为战。若虏攻大同，则饬令宣镇编组精锐飞驰板升捣巢，反之亦然！"

"万一黄台吉部断我军后路，奈何？"霍冀质疑道，"抑或黄台吉乘机南侵，宣镇精锐分散，马帅如何兼顾？"

"万一万一！甚事不是你这个'万一'给坏了？"赵贞吉不满地说，"还不是怕担责？"

霍冀也不示弱，与赵贞吉大声争执起来。李春芳见状，忙劝解道："二公不必争执，请皇上宸断吧！"

皇上虽极不情愿，但军情紧急，也不得不在平台召对。待李春芳禀报毕，皇上不悦地说："内阁竟无主张？"

阁臣羞愧得不敢抬头，李春芳叩头道："敢请皇上宸断！"

皇上道："仍诫督抚将领协力战守，务保无虞！"说完，起身迈步往乾清宫走。李春芳、张居正、赵贞吉分明听见皇上叹了口气，念叨道："若高先生在，断不至如此！"

3

大同镇败胡堡，位于朔州城西北，堡内设操守官一员，所领官军不足五百，马四十六匹，边当极冲，迤北通板升，虏骑一驰呼吸可至。隆庆三年九月的一天，俺答汗率两万骑兵，趁夜黑风高，飞驰到败胡堡前，见官军无敢出堡迎战，一挥马鞭："闯过去！"

一阵砍杀，堡门须臾间被冲开，两万铁骑呼啸而入。

驻跸怀来的宣大总督陈其学接报，急召宣镇总兵马芳在辕门面授机宜："马帅，俺答南侵，始则东进，忽又调头向西，破败胡堡掠应州、山阴，恐其再调头攻大同，本部堂已传檄大同总兵赵岢率部遏于紫荆关，马帅可大张旗鼓西援，但当且进且退，以防黄台吉突袭宣府。"

此前，宣大、蓟辽各有塘报，禀报俺答动向，兵部、内阁未形成御虏方略，皇上召对，只是训谕"诫督抚将领协力战守"，内阁无可奈何之下，拟旨九边督抚、各镇将帅相机行事，确保无虞。陈其学从谕旨里读出朝廷大佬不是不敢担责，就是意见不一，他叹息不止，便以确保大同、宣府无虞为目标排阵布局，对俺答寇应州既不能置之不顾，又要防范黄台吉突袭，遂有且进且退之计，所盼者乃俺答饱掠而去，宣大复归平静。

过了几天，大同镇总兵赵岢八百里加急呈上塘报，言俺答闻听宣府镇总兵马芳率部援大同，担心遭两面夹击，下令撤退。宣大总督陈其学闻报大喜，差人携重礼进京呈报。

内阁中堂，张居正见奏疏暗喜，朗声道："宣大总督陈其学奏报：有虏入大同镇七日而去。因该镇事先已探得虏情，予为整备，是以北虏无所逞，总兵赵岢等先有邀击，后有俘斩之功，宜加赏录。"不等赵贞吉开口，他忍不住发泄压抑已久的愤懑，"初闻北虏犯蓟，庙堂惶惶，举措纷纷，费以数十万计，小题大做而已！"

赵贞吉听出张居正是在挖苦他，冷笑道："陈其学所奏，果属实否？边臣一向扬胜掩过，黑幕重重，非尔少年所解！"

张居正强忍着，在陈其学的奏疏上拟出"该部议赏"四字。他本就有与赵贞吉赌气的意思，见兵部好几天竟无题覆，遂召霍冀来见。

"张阁老，大同总兵赵岢与巡按御史姚继可势同水火，我担心御史会揭出什么事来。"霍冀说出了迟迟未议赏题覆的缘由，"届时岂不被动？"

"这么说，果有黑幕？"张居正质问，心里也忐忑起来。

霍冀目光游移，神情慌乱道："黑幕？甚样黑幕？没有的事！"兵部、兵科收受边防督抚将帅贿馈已是公开秘密，能替他们遮掩的自会遮掩，霍冀刚收了陈其学的馈赠，一听"黑幕"二字，便警觉起来。

"吉老认定有黑幕，大司马慎之！"张居正提醒道。

正说话间，书办抱来一摞公牍，张居正忙翻看，只翻了几下，就看到巡按大同御史姚继可的奏本，慌忙浏览了一遍，颓然地丢到书案上，有气无力道："大司马，你看看吧。"霍冀一看，姚继可奏本写着：虏破败胡堡入境七日，吾兵无敢发一矢一兵一卒，敌攻陷堡塞，杀掠人畜者甚多，宜正诸臣玩愒之罪。

"陈其学这不是欺君吗？"张居正突然一拍书案，大声道。

霍冀一笑："嘿嘿，张阁老，陈其学久历沙场，赵岢身经百战，将才难得，当设法保全才是！"他向前凑了凑，语调变得诡秘，"倘若较真儿追究责任，岂不是尚未交手，先就败给那位老先生一局？朝廷恐无你我立足之地矣！"见张居正默然，霍冀又道，"此本下科道勘核就是了，科道那里我去疏通；边务文牍一向由张阁老看详，只要张阁老顶住，事必可解。"

张居正对霍冀本极反感，但一想到要受赵贞吉的奚落，甚或因此而去位，心有不甘，不得已只好接受他的建言。

"怎么样？嗯！"赵贞吉看到姚继可的奏本，幸灾乐祸地说，又以教诲的口气对张居正道，"尔少年尚需历练。"

张居正一言不发，顾自提笔票拟："着该科勘实以闻。"

半个月后，兵科给事中张卤奏报：

始虏谋犯我，谍者实先知之，守臣亦不惮征战以待虏顾。当虏破镇胡堡入，总督陈其学令赵岢戒备紫荆关，遏制其南下，岢遂提兵远屯。虏虽有陷堡寨、掠粮畜，我军常有出边，稍有斩获。虏虽纵横两路而不敢睥睨三关，是岢遏紫荆之故。

"哼哼！"赵贞吉阅罢，冷笑几声，晃着奏本道，"似这等漫然两可，避匿不参，是何道理？"他喘了几口粗气，又道，"该科虽欲掩饰，然陈其学掩过欺君，已然坐实，当罢职拿问！"

张居正有些心虚，但还是争辩道："既已下科道勘实，而科道并无陈其学掩过欺君之说，内阁总不能硬给当事诸臣定罪吧？"

"上下欺蒙，利益勾连，边事是以日坏！"赵贞吉愤愤然道，"不惟要拿问陈其学，还当查查背后的勾连！若说复核，当命巡按御史姚继可核报！"

李春芳忙道："好好，下巡按御史核报！"

过了不到十日，巡按御史姚继可复勘上奏，略言：

北虏自镇胡堡入寇。总兵赵岢戒备紫荆关，提兵远屯，参将方琦等皆不设备，游击施汝清等又萎畏葸不前，遂令怀、应、山阴间任虏蹂躏，陷堡寨大者二所，小者九十一所，杀掠男女数千人，掠马畜以万计。赵岂不自引咎，乃逞故昏以欺督抚，督抚不察其过听以欺陛下，此三臣罪可胜言哉。

"还有甚说的？"赵贞吉怒目相视，对张居正道，"张子，你说吧，该如何处置？"

张居正回避着赵贞吉咄咄逼人的目光，假意奉承道："吉老明察秋毫，深谋远虑，居正仰慕不已。"顿了顿，才缓缓道，"姚御史的奏疏，当下吏部、兵部议处题覆。"

"大同失事情弊已昭布人耳，掩过欺君之罪则毋庸置疑，还要下部题覆？"赵贞吉大声质问道，"此举，不是推诿，即是掩过，老夫断不赞成！"

李春芳不愿把事端闹大，下部议处至少还能推延几天，免得目下争执不下，遂笑道："呵呵，吉老，不妨先让兵部议出个底子来，内阁再商榷之。"

赵贞吉不好再辩，却仍强硬地说："也罢，若吏兵二部胆敢朦胧题覆，要一并追究！"

过了两天，吏部、兵部题覆发交内阁：总督陈其学戴罪任事；总兵赵岢戴罪立功，参将方琦、游击施汝清等交御史提问。

"戴罪任事、戴罪立功者云，就是不追究的代名词而已！"赵贞吉气得嘴唇发紫，手颤抖不停，"吏部、兵部如此朦胧题奏，太不成话了！如此，纲纪何在？天理何在？"

李春芳搓着手，六神无主地看看赵贞吉，讨好地一笑道："呵呵，吉老，处分边臣乃吏兵二部权责，要不先按二部题覆拟旨？若皇上认为不妥，自可驳回。"

赵贞吉起身一甩袍袖，大步往外走，边走边道："内阁如此姑息，令人齿冷，老夫只好陈于皇上了！"

李春芳忙追出来，恳求道："吉老直接奏陈皇上，让皇上知内阁不和，百官笑阁臣无状，对大家都不好，请吉老给春芳一个面子！"

"老夫隐忍久矣！此事断断不能朦胧过关！"赵贞吉坚持说，他向李春芳抱了抱拳，"老夫亦知事体至此，非兴化本意；然则，若兴化能够主持，又安得被张子玩于股掌？兴化愿忍受，老夫不能！"

李春芳既尴尬又惊讶，嘴唇嚅动着，却不知说什么。张居正闻言，既恨且惧，精神为之恍惚，散班回家，吩咐游七召曾省吾来见。

"太岳兄，你受陈其学的馈赠了？"曾省吾问，不等张居正回应就以老练的语气道，"以太岳兄的地位，非心腹之人不可收受其馈。"

张居正摇摇头，默然良久，神色沮丧地说："三省，那个老家伙锋芒毕露、轻慢欺辱，难以忍受。思维再三，只有两条路，一则我递辞呈回老家，一则请玄翁回来。"

"万万不可！"曾省吾断然道，"太岳兄忧思天下，怀为万世开太平之志，尚未展布经济，稍遇小挫，焉能思退？至于请高相回来，道路传闻，目下徐老已被海瑞摆布得水深火热，高相复起，徐老岂不闻之惊怖，且夕死之？太岳兄罪莫大焉！"

张居正沉吟不语，抬眼看游七在书房门口探头探脑，烦躁地瞪了他一眼。游七缩了一下脖子，拿着一张拜帖进来了。张居正接过一看，皱起了眉头，顺手递给了曾省吾。

"喔？此人就是江湖上常提到的邵大侠吧？喔哈，"曾省吾好奇地说，"要不我也一起见见？"

"不见！江湖术士，跑到官场到处游荡，成何体统！"张居正语带厌恶地说。

游七回话去了，张居正叹息道："三省，你看，目下的局面如何应对？"

"赵老头儿一副舍身任事的派头，咄咄逼人，肆意张扬，书生意气罢了！岂不知一举而树众敌，让部院大臣和他斗，不待太岳兄去理会！"曾省吾接言道。

正说着，游七又进来了，禀报道："老爷，适才递拜帖的客人让小的再报，说他是从河南新郑来的。"

曾省吾一听"新郑"二字，不待张居正说话，就抢先道："不能见不能见！万一是说复高相之事，怎么应对？"他转向游七，"就说老爷从不见江湖人士，请大侠自重！"

4

看到赵贞吉的奏本，皇上顿起烦恼。往者遇事，尚有内阁可依仗，近来内阁主张不一，动辄要他宸断，委实是给他出难题。

"万岁爷，早朝时刻已到。"司礼监掌印太监李芳近前提醒道。

"你去知会一声，就说朕昨夜染恙，早朝免了！"皇上不耐烦地说。

李芳打量了皇上一眼："可是万岁爷龙体康健……"话未说完，皇上勃然大怒："大胆李芳！你想做朕的主？"

皇上是想回避与臣下见面，担心臣下面陈，要他当场决断，他不知该如何作答。与其在百官面前尴尬为难，不如索性免朝。可赵贞吉所奏，终归要有个说法，他叹了口气："若是高先生在就好了！"抓耳挠腮拿不定主意，便吩咐御前牌子备舆辇。李芳传旨回来，远远望见皇上的舆辇到了西二长街，忙一溜小跑追过去，气喘吁吁问："万岁爷这是要去哪里？"

"你管得太多了！"皇上回头呵斥一声。

李芳跪在舆辇前，叩头道："万岁爷，科道对皇后别居屡屡上本谏净，万岁爷总到翊坤宫而不去看望皇后，老奴恐科道又要……"

"大胆！"皇上有气无处发泄，正好撒到李芳身上，"你不必跟在朕身边，退下！"

皇上进得翊坤宫，径直来到后殿，李贵妃施礼毕，忙过去扶皇上坐定。皇上拿出赵贞吉的奏本，说："凤儿，你给看看。"话音未落，正好冯保领着太子——隆庆二年由徐阶领衔奏请立翊钧为太子——来给李贵妃请安。皇上拉着太子的手嘘寒问暖，李贵妃则把手中的文牍递给冯保，说："你也看看。"

冯保偷偷看了一眼皇上，见皇上面色并无异样，小心翼翼地接过文牍，匆匆浏览一遍，低声道："大同的这些文武之臣也太不成话了！"他知赵贞吉为皇上所宠信，就顺着赵贞吉奏本里的意思说话，"他们还敢欺君，兵部、内阁如何还替他们掩饰？"

"兵部、内阁皆言将才难得，姑且宽宥之。"皇上没有责备冯保，反而接上他的话说，"北虏不时入寇，每次都杀、罢一批边臣，委实也不是法子。"

"喔？是这样，也难怪内阁、兵部有姑息之意。"冯保又顺着皇上的意思说，他眼珠子转了几转，建言道，"万岁爷，先帝爷爷驾驭大臣，乃是令其相互牵制，是以先帝爷爷虽身居西苑静摄，却大权不至旁落。万岁爷不必为大臣相争烦恼。"他晃了晃手中的文牍，"似这等事，万岁爷不妨召见阁臣，姑为两解之。"

皇上默然良久，方道："退下！"

冯保出了一身冷汗，忙叩头退出。

"这个冯保，倒是有主张！"皇上指着冯保的背影道，"可惜他是内官，内官对朝政太有主张，不是好事。"说着，上前抚摸着李贵妃的脸颊，"李芳说朕不去看皇后，总来翊坤宫，可朕就是想来。"

李贵妃脸颊泛起红晕，眼睛妖媚地眨着，嗔怪道："哼，皇上来翊坤宫，还不是总想那事！"一句话挑起了皇上的欲望，蓦地把她抱住，情不自禁地伸出舌头，往她的朱唇送去，李贵妃也伸出嫩舌迎合，两人的舌头搅缠在一起，伴随着急促的喘息声，慢慢移向床帏……

过了一个时辰，李贵妃见皇上睁眼望着天花板沉思着，便轻轻抚摸他的前胸，说："皇上，国务要紧，还是回去理事吧！"

皇上重重叹了口气，道："若高先生在，朕就不必操心了，就能天天在翊坤宫陪凤儿了！总有人给朕说，若请高先生回来，恐朝廷纷扰；可是，不用高先生，不惟财用捉襟见肘，仅就边防言，始终没有一点法子，反而为失事后如何追究责任闹得不可开交，不也是纷纷扰扰？"

"皇上，祖宗家法甚严，后宫不得与朝政，凤儿不好替皇上分忧呀！"

"能让朕快活者，凤儿也！"皇上又在她光溜溜的身体上摩挲了一阵，方由都人侍候穿衣，出了寝殿。

"万岁爷，小奴有一事密奏！"刚出了翊坤宫，冯保跪地奏道。

"何事？"皇上问。毕竟适才冯保建言让他有了回应赵贞吉奏疏的办法，且冯保掌东厂，有密报也属常理，遂屏退左右，"奏来！"

冯保从怀中拿出一个锦盒，轻轻打开，对皇上道："老奴给万岁爷暨摸了件宝物，请万岁爷过目。"

皇上接过一看，是根象牙雕件，再细细端详，上好的象牙上雕刻着一个美人。

"此谓之'牙美人'，万岁爷！"冯保对皇上说，"据闻当年严世蕃花重金搜求，也未到手。"

"啧啧，世间果有这般美丽的女子？"皇上紧紧盯着牙雕上的美姬，赞叹着问冯保。

"回万岁爷的话，此女谓之'牙仙'，老奴还真替万岁爷寻到了呢！"冯保得意地说，"万岁爷让老奴领东厂，老奴誓死回报天恩，这样一件小事，不待吩咐，老奴自会去办。"

"在哪里？"皇上两眼发光，急切地问。

冯保诡秘一笑："万岁爷召见完阁臣，回寝宫即可见到。"

适才皇上出翊坤宫时，心里一直盘算着要召回高拱，可此时他的脑海里，全被"牙仙"填满了。越是想"牙仙"，越是对阁臣事事要他决断不满，一到平台升座，就对跪在面前的四位阁臣道："朕继大统三载，京师两度戒严。北虏犯边，生灵涂炭，朕宵旰忧之，你们辅弼大臣，无化解之策，事后又为处分失事边臣争执不下，朕何所眷赖！"

"臣惶恐之至！"李春芳连连叩头，"所谓君忧臣辱，臣忝列阁臣之首，不能解君父宵旰之忧，羞愧无以言状，请皇上罢斥！"

赵贞吉叩首道："老臣以为，边事败坏，皆因赏罚不明，纲纪不张，故老臣昧死以求，望皇上做主！"

皇上适才与李贵妃一番缠绵，已是筋疲力尽，又想着会"牙仙"之事，不愿听阁臣争执，便道："卿等当同心共济，不可存私心。大同总兵赵岢避事殃民，本有常律，姑降三级；总督陈其学降俸二级，巡抚李秋夺俸半年。"他转向赵贞吉，语调和缓下来，"赵卿奏本所言，皆公忠体国之语，朕心嘉悦。这件事到此为止，但以后关涉国防边务，内阁当由赵卿先拿主意。"说完，起身而去。

张居正额头上冒出汗珠，慢慢站起身。

"张子，早前你不是拟票议赏吗？"身后的赵贞吉揶揄道，"拿你的俸禄去赏吧！"说罢，一甩袍袖，越过张居正昂然而去。

张居正步履沉重，一想到回内阁，不知赵贞吉又会说出甚样蔑视自己的话来；而这两年自己主持的边务，遭皇上一顿斥责，权力也被断然剥夺，实在无颜面对同僚，他佯装咳嗽了两声，声音低沉地对李春芳道："兴化，居正偶感风寒，浑身酸痛难忍，需请假休沐三两日调理。"

李春芳自然准假，又一番好言相慰。

张居正并没有病，在家闲了两天，却比患病还要难受。他深深体会到，生为男人，能够忙于处理公务，行使权力，是何等快慰之事。这样一想，突然对高拱生出怜悯之情。两年多了，不知他是如何熬过来的。他走到窗前，对着沉沉夜幕，发誓般自语道："无论遇到什么事，无论采取什么手段，我张居正，绝不能放弃权位，死，也要死在权位上！"

"老爷，张翰林求见！"身后传来游七的禀报声。

"快请！"张居正兴奋道。

须臾，张四维快步进了书房。他刚升翰林院掌院学士，听到张居正患病的消息，特来探视。但一看他在书房会客，即知患的是心病，遂一笑道："岳翁痊愈的很快嘛！"

张居正示意张四维入座，仰脸叹了口气，道："人心叵测，时事艰难，吾以拙直之性，不能浮沉和光，以保荣禄，惟当引去，庶可逭责耳！"

"呵呵，此非岳翁风格！"张四维笑道。为了试探张居正，他把适才听到的一个消息说了出来，"学生听闻，大同、宣府两总兵对调。"

"什么？"张居正张大嘴巴道，显然吃惊不小。

张四维道："闻得赵阁老力言，一则赵岢与巡按御史姚继可势同水火，欲借以曲处之；再则大同独当虏酋俺答一面，宜以勇将镇守，宣府镇总兵马芳屡有捣巢之举，勇将之名远扬。"

"赵岢一直在大同镇从武，马芳则长期驻守宣府。此番对调，使二帅皆处于生疏之地，岂是兵家宜为？"张居正愤愤然道。

"呵呵，岳翁不是要'引去'吗？何以闻此情绪激动？"张四维笑着问。

"看来也只能'引去'了。"张居正颓然道，像是自言自语，又像是回应张四维。

"岳翁，难道没有别的法子吗？"张四维试探道，他不再说下去了，而是叹息一声，"岳翁的生死之交玄翁近来如何？玄翁去国，倏忽间快三年了吧？"说罢，施礼而去。

张居正听出了张四维的弦外之音。这些天来，这个念头从未自他脑海中消失过。刻下，他已无踌躇余地。张四维一走，他即唤来游七，吩咐道："你今晚即拿我的拜帖去李芳私宅，约定个会面时辰，越快越好，我要亲自去拜访！"

1

紫禁城乾清宫东暖阁，司礼监掌印太监李芳拿出一份文牍走到御案前，躬身奏道："万岁爷，这是吏科给事中戴凤翔的奏本，老奴以为，不宜发交内阁拟旨，故请万岁爷钦裁。"

"为何不能发交内阁？"皇上不悦地问。

"万岁爷御览一下就知道了。"李芳说着，把文牍递了过去。

皇上一看，只见上写着：

臣昨闻道路流言，皇后移居别宫已近一年，又有言睿体抑郁成病，皇上略不省问者。臣实痛之。臣谓人臣之义知而不言当死，言而犯忌亦当死。臣今日固决死然，愿陛下一听臣言，复皇后于中宫，时加慰问，则臣死贤于生。

"太过分了！"皇上大怒，把奏疏往地上用力一摔，"皇后因为有病移居别宫，也来指责朕，科道欺朕，以至于此！"

"万岁爷息怒。"李芳捡起奏疏，劝道，"言官也是一片忠心。"

皇上用奇怪的眼神看着李芳，突然大声道："锦衣何在！"守在乾清宫外专责护驾的锦衣校尉应声而来，皇上指着李芳，吩咐道，"把这个欺君犯上的贼人拿了，押镇抚司禁锢！"

李芳"嗵"地跪地叩头，声音颤抖地问："万岁爷，老奴所犯何罪？"

"哼哼，宫闱之事，外臣何以知之？定然是你勾结外臣，要他们出面为皇后说话！"皇上怒气冲冲道，"内官勾结外臣，是何罪，你自当知之！"说完一甩手，命校尉把李芳押走。良久，皇上怒气稍息，把秉笔太监张宏找来，问："你说，谁可接掌司礼监？"

"照例，当是冯保。"张宏道，"不过……"

"照例轮到冯保，可他不安分，不可掌司礼。"皇上道，"就让御用监掌印陈洪接印吧，你将此事知会内阁。"

此时，内阁中堂里，阁臣们正饶有兴趣地议起学理来了。

"我大明熙洽二百年，人心丕变，文教大兴。王阳明先生语人曰致良知，湛若水先生则教人随处体认天理。春芳以为，舍天理，非良知；舍随处体认，非致良知。"李春芳虽平和，但以首相之尊，遇事受制同僚，内心颇是酸楚；他长于阳明之学，不时要有所展示，以便在心理上稍有补偿。

赵贞吉接言道："有道君子，只要心存仁义，或儒或释或道皆无不可。老夫虽与王学一脉相承，却以儒兼禅，阳明先生之学拟禅而不言禅，而老夫拟禅之学不必不言禅。"

李春芳奉承道："吉老善讲学，从者甚众，师事吉老者，在朝盈朝，居乡满乡。"

张居正本不愿参与他们的谈论，但一听"讲学"二字，顿起反感，便插话道："居正窃以为，近世学者，多不务实，而独于言语名色中求之……"

话未说完，赵贞吉冷笑一声打断他："妙理何易谈，小子但知韩、柳之文耳！"

闻此言，张居正怒火冲到了胸膛，憋得满脸通红。正尴尬间，司礼监秉笔太监张宏进了中堂，唤了李春芳一声："李老先生，万岁爷让老奴知会内阁，司礼监掌印太监李芳禁锢，御用监掌印太监陈洪接司礼监印。"

"啊！"张居正禁不住惊叫了一声，沮丧不已。在裕王府时，张居正就与李芳相善，本想请李芳在皇上面前替高拱说话的，刚约好了到府拜访的时辰，不意李芳竟遭禁锢。难道这是天意？一整天，他都心绪烦乱，无精打采。待散班回到家里，刚下轿，正低头往里走，忽听有人唤，扭头一看，竟是高拱的门客房尧第。不待他施礼毕，张居正拉住他的袍袖就往书房走。

"招降李自馨之事未协，功败垂成！"房尧第垂头丧气道。

"怎么回事？"张居正问。

"日前，山西布政司承差杜经陪李自馨之侄李德霖到大同接洽，新任大同镇总兵马芳下令将李德霖斩杀！"房尧第沮丧地说。

张居正道："两镇易帅，此事未来得及与马帅沟通，马帅不知底细，也不相信李自馨会降归，斩杀李德霖，倒也符合常理。"

房尧第起身深揖道："学生辜负了玄翁和张阁老，无地自容矣！"说完急忙告辞。

"都是那个老伙计坏了大事！"望着房尧第的背影，张居正顿足骂道，"任由老家伙轻慢、羞辱？"他自问，又自答道，"张某断难忍受！"

"老爷，松江有客人来，已在茶室候了一个多时辰了。"游七进来禀报道。

张居正靠着椅背，仰脸看着天花板，一言不发，似乎游七这个人根本就不存在。

"老爷，客人说是徐相爷差来参谒老爷的。"游七往张居正跟前凑了凑，又说，伸出双手递过一张拜帖。

张居正默然接过，扫了一眼，他还是第一次看到"吕光"这个名字，眉头紧锁，踌躇良久，方有气无力道："到花厅来见吧。"

吕光身材矮瘦，须发全白，却行止利落，在他叩头施礼间，张居正先开口问："存翁可好？"

"回太岳相公的话，老太爷身体倒还硬朗，只是被那海瑞折腾得苦不堪言！"吕光落座间回答道。

这些情形，张居正多已了然，但他故作惊讶："竟有这等事？存翁大有恩于海巡抚，他焉能如此？"呷了口茶，又道，"海巡抚甫到任，我就致函于他，嘱他务必关照存翁；他回函说诸举措必以爱护存翁为宗旨。以海巡抚之为人，安得言而无信？"

"哎哟哟，太岳相公有所不知，那海瑞举措乖张，鱼肉缙绅，尤以欺凌徐府为甚！"吕光快嘴快舌，把徐府的遭遇添油加醋述说起来。

张居正强忍着听了几句，打断他："存翁差你来，有何见教？"

"老太爷请太岳相公伸出援手，拯救于水火！"吕光抱拳道。

张居正沉吟片刻，道："存翁所托，我自有区处。"说着，夸张地端起茶盏，表示送客。吕光见状，知趣地告辞了。

"游七，你这就去叫曾三省来一趟。"张居正吩咐。游七转身要走，张居正问，"那个邵大侠，你可找得到？无论如何要寻到他，我要与他一晤！"

2

西直门大街东南端，有一家名曰"钱塘斋"的酒楼，虽然名气远不如萃华楼那么大，却也以烧制地道的杭州菜肴颇受浙人的青睐。这天傍晚，曾省吾早早到了钱塘斋二楼的雅间，点好了酒菜，忐忑地候着要请的客人。

曾省吾多半会在湖广会馆宴客，但今日的两位客人，一个是浙江人，一个是江西人却生长在浙江，他唯恐两人耐不住湖广菜的辛辣，特意找到了这里。几天前，张居正召曾省吾相见，把徐阶差人求援的事知会他，嘱他在科道中物色人选，给徐阶一个交代。曾省吾连续找了好几位言官，在湖广会馆宴客，可一旦暗示论劾海瑞，一个个噤若寒蝉，不是佯装没有听明白他的意思，就是借故把话题岔开。曾省吾无奈，又慎重梳理了一番，觉得时下惟戴凤翔、舒化两给谏求名心切，动辄上疏批评皇上，论劾海瑞的事，或许愿意出头。

约莫过了一刻钟工夫，吏科给事戴凤翔、刑科给事中舒化相偕而来。这二人都是嘉靖三十八年进士，时下在科道中颇是活跃。曾省吾延两人入座，先开口夸舒化："舒给谏敢言，把皇上、东厂都一顿指责！"冯保受命提督东厂，建言皇上命东厂密察百官。舒化奏言："驾驭百官，乃天子权，而纠察非法，则责在科道，岂厂卫所得与之？"此疏一上，百官无不为之叫好。

"戴给谏也名声大噪啦！"曾省吾又夸戴凤翔道。此前，戴凤翔上疏说："今灾异频仍，皇上应勤于政事，虚听纳，以答天戒。"对这类建言，皇上一向置之不理，今番却一反常态，钦批道："然。今岁灾变异常，上天示警，朕心深切兢惕。尔内外臣工痛加儆省，修举实政，共图消弭，以仰成仁爱之意。"这也让百官大感意外。

舒化道："曾郎中看出来了吗？皇上对政府、部院，是越来越不满了。"

曾省吾沉默了片刻，不想冲淡了今日的主题，忙道："喔，二位给谏，今日我要引荐一个人，给二位给谏爆些料！"说着，拍了拍手，须臾，吕光走了进来，曾省吾指着他道，"这位是前宰存翁的幕宾吕水山。"

戴凤翔、舒化似乎明白了曾省吾请客的用意所在，气氛顿时有些压抑。吕光又是敬酒，又是布菜，颇是殷勤。酒过三巡，便开口历数海瑞在江南的乖张举措。

对海瑞在江南的作为，朝廷早就传得沸沸扬扬了。江南十府出进士最多，在外居官者自是不少。他们即使不是缙绅出身，也已变为缙绅；而海瑞的举措，多半对缙绅不利，故而官员们相见，免不得数落一番海瑞的不通人情。大家都感觉到了，不惟江南官场，即使是朝廷里，也已然充斥着对海瑞的不满情绪，只是慑于海瑞的名望，轻易不敢公开发起攻击而已。惟其如此，一旦发起攻击，则推倒海瑞的可能性极大。戴凤翔、舒化委实有些动心。

"时下吴地告状成风，若是善良百姓，虽使之诈人尚且不肯，哪里肯乘风生事？"吕光愤愤然道，"整天东奔西走告状的，有几个是善良百姓？然放告、退田之风一起，士大夫之家，不肯买田，不肯放债，善良之民，坐而待毙，海巡抚所行，以利民始，以害民终，岂得谓之善政哉？"

"喔呀，这恐怕就连海瑞也没有想到吧！"舒化感慨道。

吕光只字未提徐府之事，而是摆出一副为民请命、为国除害的姿态，侃侃而论，语调颇是真诚："窃以为，海巡抚最大的失误是不知体，既做巡抚，钱粮是其职业，岂有到任之后不问里甲粮长侵收，却去管闲事。海巡抚之意无非为民，然不知天下最易动而难安者，人心也。刁诈之徒，禁之犹恐不及，况导之使然耶？今刁诈得志，人皆效尤，以致抛家舍业，空里巷而出，数百为群，闯门要索，要索不遂，肆行劫夺。鄙人恐这样下去，过不了一两年，东南之事，必有不可言者。"

舒化频频点头，道："江南乃国赋所系，宜慎选疆吏，似海瑞这般不谙政体，哪里能治理江南？"

一直沉默的戴凤翔突然扭过头去，盯着曾省吾问："曾郎中，是不是可以认为，中枢对海瑞已然失去信任？"

曾省吾笑而不答，举盏敬酒。

戴凤翔酒盏举在唇边，却没有喝，盯着曾省吾，以试探的口气道："江南重地，政府不能听凭海瑞这么胡闹下去吧？"

曾省吾斟酌良久，方道："内阁大佬早就致书海瑞，多有劝告，可他置若罔闻。"

"郎中的意思是，政府欲动海瑞，只是没有借口，要我辈出面论劾，以便下手？"戴凤翔追问。

曾省吾笑道："呵呵，二位给谏，这家菜馆的杭州菜怎么样？正宗吗？"

舒化义形于色道："我辈言官，不平则鸣，与政府的态度无涉。不瞒郎中说，我看到海瑞那个《督抚条约》，琐碎无比，切切于片纸尺牍间，即觉有失体统；又闻得江南缙绅怨声载道，正欲上本一论！"

"朝廷到底尚有仗义执言之士啊！"吕光感激地向舒化连连抱拳道，似乎要为舒化论劾海瑞找到道义支撑，又道，"海巡抚固可称清官，叫鄙人看，贪官可恨，人人知之；清官尤可恨，人多不知。盖贪官自知有把柄，不敢公然为非；清官则自以为我不贪钱，做什么事都不是出于私心，刚愎自用，一意孤行，害人误国，不知凡几矣！"

曾省吾笑道："呵呵，吕先生这几句话，有见地！"

"鄙人闻得，海巡抚也有上不得台面的隐事呢！"吕光诡秘地说，"海巡抚在南京通政任上，一妻一妾旬日间接连神秘死去了呢。"

"喔，有隐情吗？"戴凤翔来了兴致，追问道。

"鄙人访得，这海巡抚自幼丧父，由寡母养大。其母甚严厉，对儿媳极苛刻，海大人对母则极孝顺，为此已然休了两任妻子……"吕光神神秘秘道，"道路传闻，海巡抚这第三任妻室，乃不堪婆母凌辱自杀身亡；

至于那位侍妾，索性就是因为触怒海母，被残忍手刃！"

"喔呀！有这等事？"舒化惊讶道，停了片刻，摇摇头道，"恐是揣测，不可妄言。"

吕光鼓动道："科道有风闻而奏的特权，既然有此传闻，何不奏请皇上着法司澄清之？"

曾省吾见吕光已然把用意点破，估摸着事体已成了八分，下一步就是吕光的事了，自己在场反而多有不便，遂一拍脑门："喔呀！今晚部堂有事商榷，差点忘记了，省吾得上紧走，失陪失陪！"说着，佯装慌张地施礼而去。

"春雨，"舒化叫着戴凤翔的字道，"怎么样？我也先走一步。"

吕光挽留不住，送舒化出了门，从袖中掏出一个小锦袋，里面装着一张金叶子，塞给他："请给谏喝茶的。"

"不可！"舒化瞪起眼睛，断然道，"如此，则上本之事某不能为也！"

吕光尴尬一笑："呵呵，既如此，鄙人收起来就是了。鄙人钦佩给谏的风骨！"

回到包间，见戴凤翔独自坐在那里，悠然地喝酒吃菜，吕光便猜出他的心思，不觉暗喜：只要肯收钱，就会听使唤。遂从袖中把另一张金叶子也掏出来，一并装到锦袋里，塞到戴凤翔的袖中，道："存翁问候戴给谏，请戴给谏帮忙！"

戴凤翔"啪"地放下筷子，道："好！吕先生爽快！"

吕光又掏出徐阶事先拟好的弹劾海瑞的疏稿，递给戴凤翔："请戴给谏参酌。"

3

曾省吾从钱塘斋酒楼出来，刚要上马，忽见有一个头戴方巾、身着棉袍直裰的人对他拱手道："这位可是曾郎中？"

"你是何人？"曾省吾问。

"在下乃丹阳邵方是也！"那人答道，"曾郎中，不知可否借一步说话？"

"喔呀！邵大侠，幸会幸会！"曾省吾忙拱手回礼，"正要找大侠，就请大侠与我一同到张阁老府中一叙。"几天前，张居正即吩咐游七去找邵方，可游七四处打探也未找到邵方踪影，为此还遭张居正一顿呵斥。

能够面见张居正，邵方求之不得。他到访新郑就是为了斡旋高拱复出。当他提出请高拱给御用监掌印太监陈洪写封便柬时，高拱踌躇良久，最终没有答应，郑重回复道："祖制：宫闱不预朝政，戚畹不干国典；臣下不得交结朋党，不得交结近侍，此乃禁条，意深矣哉！高某无论如何不能干此禁条。不的，即使当国执政，也觉理亏，何以表率百僚？"但他也没有阻止邵方进京斡旋，还把张居正曾经答应时机成熟将为之转圜的话说给了邵方，暗示他可与张居正接洽。邵方进京后即登门拜谒张居正，却吃了闭门羹。他知道张居正是在故意回避，也无可奈何，只得设法接近内官大珰。宫中能够在皇上面前说上话的，就是李芳、冯保、陈洪、孟冲几个人。可是，他一个江湖人士，若无得力之人引介，结交大珰并非易事，只得以所携重金在京城采买了不少瑰异，与司礼监一个叫殷康的太监有了交通。司礼监设掌钥太监一名，例选年高德劭、为人忠厚者充任，殷康者即是。殷康过寿，邵方以所购宝物博其欢，道："此乃新郑高公之意。高公贫，无钱购买这样的奇宝。我为天下计，尽出囊装，代此公为寿。"听邵方这么一说，殷康方知其竟有所图，面露难色。恰在此时，皇上突然圈禁李芳，内官大珰无不战战兢兢，不敢生出事端，邵方所托之事，就这样拖了下来，只得再谋谒张居正，请他相助。听说曾省吾乃张居正心腹幕僚，有意先与他一见，便外出跟踪于他。

曾省吾本来是极力反对张居正为高拱斡旋的。但势比人强，赵贞吉咄咄逼人，张居正难以忍受，力主斡旋高拱复出，两害相权取其轻，曾省吾也就改变态度。以高拱复出压制赵贞吉，伺机取代李春芳首揆之位，待障碍一一扫清，届时再做计较。

到得张居正家里，在花厅候了小半个时辰，张居正方出来，一见面就问邵方："闻得尔曾到访新郑，在为起复玄翁奔走？"

邵方暗忖：他明明知道上次我拜访他即为斡旋高先生复出，方拒而不见的，如今相召，语气强硬，这是何意？这样想着，看张居正的眼神就有些异样。

张居正觉察到了，他也暗自感叹：此人非庸常之辈，对事体似已洞若观火。两人对视的瞬间，他的脸色阴沉下来。

邵方回避着张居正的目光，如实道："晚生为天下计，近来与诸大珰交游，即谋高先生再起。张阁老若肯施以援手，此事可成。"

张居正欲言又止，脸色却越发难看了。

邵方感到张宅非久留之地，便把自己的画策说了出来："陈洪乃高先生乡人，当愿意在皇上面前替高先生说话。若张阁老赐晚生一纸手札，晚生……"

张居正怒目圆睁，厉声打断他："如此说来，尔竟与中贵人游处，且声言谋玄翁复相？"望着手足无措的邵方，他目露凶光，"朗朗乾坤，清明之世，竟有江湖术士攀援中贵人，谋以国相授人，岂非咄咄怪事？"

邵方懵了，嗫嚅道："张阁老，这……"

"若真如尔所言，不惟令朝廷损威，也使玄翁蒙羞。身为朝廷重臣、玄翁好友，于公于私，本阁部都不能坐视！"张居正义形于色道，"本阁部郑重警告尔，尔进京谋玄翁再相之类的话，以后通不许再吐一字，也不许再滞留京师，否则，必治尔诈钱蒙骗之罪！"说完，一甩袍袖，起身而去，走了两步，又转身道，"尔或可不走，坐等玄翁回朝，不过到那时，尔想走，"他发出两声瘆人的冷笑，"恐也走不得了！"

邵方愕然失色，忙道："晚生、晚生这就离京！"言毕，踉踉跄跄出了花厅。

曾省吾大惑不解，追着张居正进了书房，问："这，怎么回事？"

"此人所为，令朝廷损威，玄翁蒙羞，焉能不赶他走？"张居正答。

曾省吾恍然大悟，笑道："太岳兄，不止这个吧？太岳兄是怕高相回朝后承了那个邵大侠的情吧？"

"好了，我还有事要办，三省可以走了。"张居正向外挥了挥手道。待曾省吾刚走，张居正即召游七，吩咐道："你快去外边雇顶小轿，亥时一刻到后门候着。"又拿出一张拜帖，"你先去东十王府西夹道陈洪的宅子，约定亥时三刻造访，务必格外谨慎，不得为外人知之！"

到了亥时一刻，张居正着一身长袍直裰，头戴方巾，独自一人出门上了小轿，命轿夫绕了几个胡同，悄然停在司礼监掌印太监陈洪的宅前。

大
明
首
相

第
二
部

风
虎
云
龙

陈洪已在首门内迎候。适才，见了游七送来的张居正的拜帖，陈洪大吃一惊。朝廷大臣不得私下与内臣交通，乃是皇皇祖制，赫赫律条所明定，张居正竟黄夜造访私宅，他岂不大感意外？但内阁大臣主动来访，陈洪又不便拒绝，便把闲杂人等支出院外，他站在首门等候。彼此相见，低声寒暄了一句，就悄然进了花厅。宾主落座，两人的额头上皆是汗珠满布，彼此为此相视一笑。

"迩来李芳得罪圈禁，老公公荣升掌印，宫府熙洽，内阁颇为大内得人而贺！"张居正恭维道。

"多谢张老先生！"陈洪一摆手道。他五十多岁年纪，圆圆的脑袋，四方脸，一副谨小慎微的样子。

花厅里一时陷入沉默。陈洪拿出张居正的拜帖，道："还于张老先生，免得有后顾之忧。"

张居正接过拜帖塞入袖中，道："呵呵，老公公谨慎端正，居正钦佩不已！"他呷了口茶，"居正黄夜叨扰，有一事想陈于老公公。"

"喔，那不妨明言。"陈洪有些紧张地说。

"新郑玄翁，乃老公公的乡党，想必老公公甚知之。"张居正缓缓道，"古人云，贤者在野，宰相之过。居正不敢冒称宰相，然亦谬赞钧轴，渴盼贤者如玄翁者，能为国展布，解君父宵旰之忧。"

陈洪神情紧张地说："喔，是这事。"他向四周看了看，压低声音道，"老奴亦知，今日与老先生相见，大干禁条，张老先生自是不会泄于人者，故不妨实言相告：李印公乃裕邸旧人，只因在万岁爷面前数言外廷事，万岁爷才对他失去信任。目下万岁爷时常发脾气，我辈无不战战兢兢，还真不敢言外廷事嘞！"他见张居正有些失望，往张居正座前凑过半个身子，又道，"近来万岁爷总是念叨高老先生，以老奴看，不待外人言之，万岁爷也必召高老先生回来的。"

张居正一笑："多谢老公公相告。"言毕，起身拱手告辞。

陈洪起身相送，半是恭维半是赞叹道："高老先生有张老先生这样的朋友，真是福分哩！"

4

内阁中堂里，几位阁臣刚聚齐，尚未开议，赵贞吉晃着一份邸报，问陈以勤："南充，这李葵庵以礼部郎中出为延平知府，外边多有议论，甚不平之，你可听到了？"郎中与知府虽同为五品，但以五品京官外放五品地方官，舆论即认为有贬谪之意。李葵庵接到诏书，即恳请乡党赵贞吉为其做主，赵贞吉对吏部尚书杨博正窝着一肚子火，便借机发难。

陈以勤担心卷入是非，只是一笑，并不接话。

"兴化，你听到否？"赵贞吉问李春芳，语带怒气。

"喔，呵呵，先吃茶，吃茶！"李春芳笑着，举起茶盏道，"今次所沏之茶，是宝庆贡茶，皇上钦赐，诸公当用心品尝，呵呵！"

赵贞吉摇摇头，又瞥了一眼张居正，并不问他，而是"啪"地把邸报往书案上一摔，气呼呼地入了座。

张居正一反常态，慨然道："往者严分宜、徐华亭当国，遇有中外员缺，选曹或送揭帖于内阁看过，或来谒陈述，然后注选。时下不然，内阁对铨政，只有等因奉此的份了！"

赵贞吉冷笑了几声，听不出是对张居正的不屑，抑或对吏部尚书杨博的不满。他低头拿起一份文牍，是巡按山西御史郜永春劾总理屯盐金都御史庞尚鹏的弹章，吏部题覆："尚鹏才堪策励，宜留用。"赵贞吉看罢，大声道："哼哼，这庞尚鹏在山西总理盐政，就驻节杨吏部的家乡，杨吏部的亲家就是山西最大盐商，御史参劾庞尚鹏，吏部不分青红皂白，一意维护他，连避嫌也不计了，未免太过！"他唤了一声，"来人！到吏部，叫杨博来说！"

李春芳想阻止，又怕引火烧身，支支吾吾道："吉老，这……"

"老夫倒是要看看，吏部眼里，还有没有内阁！"赵贞吉赌气道。

过了一个时辰，杨博进来了，李春芳忙起身相迎，吩咐看座奉茶。

"杨吏部，我四川李郎中，如何外放他做延平知府？"赵贞吉脸色阴沉地质问。

杨博坦然答："李郎中在部中，无甚才望。"

“哼哼！”赵贞吉冷笑，“我记得前不久，杨吏部在礼部任郎中的儿子升了提学，想是你儿子，因有人望，故升做提学？”

杨博语塞，一脸尴尬状。

“郜永春论劾庞尚鹏心术狡猾，行事乖谬，吏部就拿‘才堪策励’四字让庞尚鹏朦胧过关？”赵贞吉继续质问。

杨博虽比赵贞吉小一岁，中进士却比他早六年，以士林规矩乃是赵贞吉的前辈，如今当众受到他的一番指斥，实难忍受，“嚯”地站起身，拂袖而去！

李春芳追送了两步，又怕赵贞吉不悦，进退两难，站在那里尴尬地搓手不止。

“吏部的题覆，驳回！”赵贞吉气鼓鼓道。

李春芳为难地说：“吉老，驳回岂不是对杨吏部不信任？是不是……”

赵贞吉道：“那好，明日朝会，老夫面奏皇上，让皇上宸断，你们不必劝阻！”

翌日早朝毕，四品以上官员进殿朝会。与往日无精打采慵懒地倚在御座不同，今日皇上不惟端坐，手里还拿着一份文牍御览着。鸿胪寺赞礼官宣布朝会开始，皇上先开口了：“朕览户部疏，”他晃了晃手里的文牍，“方知有开纳事例，不禁骇异！朕继统三载，只能靠卖官鬻爵过日子吗？”玉音沉痛中带着不满。

户部尚书刘体乾出列回奏道：“启奏陛下，自陛下登极，先后开纳银一百七十二万五千六百有奇，已充边饷。”

皇上问：“那么十三省户丁粮草、盐引税课银，通计三年支用，现存几何？”

刘体乾奏道：“各项银两自元年以来，已给经费凡九百二十九万有奇，存者二百七十万有奇，边饷各项尚需支三百万有奇，计所入不能当所出。”

皇上叹了口气，又问：“国库所入不足以供边饷，这是何故？”

刘体乾奏道：“国家备边之制，在祖宗朝止辽东、大同、宣府、延绥四镇，继以宁夏、甘肃、蓟州为七镇，又继以固原、山西为九镇。今北虏猖獗，为保京师和祖陵，密云、昌平、永平、易州又与九边俱列矣！库府空而国计日绌，田野耗而民力不支。供边之费与日俱增，实已不堪重负。今岁灾异互现，恐所入减而所出增，臣等枯坐愁城矣！"

皇上突然身子前倾，扫视众臣，怒气冲冲道："灾异频仍，多因部院政事不调，致伤天地和气！"

此言一出，众臣错愕，李春芳、陈以勤、张居正、赵贞吉四阁臣并吏部尚书杨博、户部尚书刘体乾、礼部尚书殷世儋、兵部尚书霍冀、刑部尚书黄光升、工部尚书朱衡、都察院左都御史王廷，都出列跪地，异口同声道："臣无能不职，乞皇上罢斥！"

"都起来吧！"皇上把脸扭到一边，无奈地说，"你们明知朕不可能把你们都罢斥了，方这般说，也只会这般说，就不能想想法子，替朕把朝政打理停当？"

众人起身归位，大殿内一时陷入沉默。赵贞吉出列，朗声道："启奏陛下，臣有话要说。"他拿出郜永春的弹章，提高声调道，"巡按御史代天子纠察四方，既然御史论劾某官，即使真假难辨，亦当令其听勘；可吏部对郜永春论劾庞尚鹏的奏疏，却以'才堪策励，宜留用'题覆。若然，则此后有丢城失地之辈，只要说一句此人有才，就可以不予追究了？臣以为吏部这等题覆，不惟不宜准之，还要问问吏部因何如此题覆！"

皇上把手中的文牍往御案上一摔，高声道："近来吏部不查各官贤否，应去应留，专事掩饰，殊为欺诈！"

杨博大惊失色，复跪地叩头："臣有罪，乞皇上罢斥。"

"准杨博致仕！"皇上断然道。

众臣惊诧莫名，皇上因何像是突然变了一个人？

5

内阁中堂里，张居正不紧不慢地读着刑科给事中舒化的弹章：

海瑞著节先朝，诚一代直臣。然迂滞不谙事体，闻其在应天，科条约束，切切于片纸尺牍间，以难过客，恐非人情。夫道在日用，当官者不必出于寻常之外而别为调停；政贵于民，善治者岂在创新奇之法，以抗夫时俗？如海瑞者，宜于任清秩，以风激天下之士，盖所以全地方，亦所以全瑞也。

　　这是张居正预料得到的。几个月前，为安排海瑞职务事，阁部计无所出，正接到江南水患严重的奏报，张居正暗喜，提议腾挪出江南巡抚一缺，让海瑞出任。以海瑞的行事风格，必大力抑富济贫，而朝廷高官、科道翰林，不少来自江南十府，绝不会坐视。他让江南富户鸡飞狗跳，江南出身的缙绅必让他声名狼藉。届时，海瑞正义化身、道德领袖的桂冠将蒙上厚厚的污垢，再对朝政或大佬指手画脚，也就失去了道义力量；况且，海瑞折腾的是张居正心目中的"鬼地"，他不心疼。果如所料，刚过半年，弹章就上来了，正是指摘海瑞不谙事体的。

　　赵贞吉感叹道，"海瑞勇于任事，倒也难得，只是未免急于求成，又善出风头，是以不恰舆情。舒给谏的弹章，我看说得入情入理。"

　　"海瑞对存翁多有为难，似不符朝廷全元老体面之意。"一向不品评人物的李春芳，打破惯例，感慨了一句。

　　陈以勤也打破沉默，道："江南人言籍籍，朝廷物议沸腾，这样下去，对海瑞的声誉也大不利，这江南巡抚，海瑞似不宜再做。"

　　李春芳以商榷的语气道："江陵，就照此意拟票？"

　　"可是，诸公并未有明确主张啊！"张居正两手一摊道。

　　李春芳为难地说："不的，著吏部题覆？"

　　张居正道："可吏部尚书空缺，关涉海瑞的事，他们会以为内阁回避矛盾。"

　　李春芳没了主意，向赵贞吉求助道："吉老看，该如何措置？"

　　"用人所长，乃铨选之本。当初因何让海瑞去抚吴！"赵贞吉抱怨说，他睒睨张居正一眼，似乎认定责任在他，"倒是把海瑞当刺儿头打发出去了，如今如何收场？莫如调海瑞回都察院坐堂，足可震慑朝廷奸邪贪墨之徒！"

　　李春芳道："可是吉老，科道论劾之人，反而调都察院坐堂，必遭物议。"

"科道一言而罢封疆大吏，朝廷威信难免受损，还是先慰留海瑞为宜。"张居正建言道，"拟'海瑞节用爱人，勤事任怨，留抚地方如故'，如何？"

陈以勤、赵贞吉沉默不语。关涉海瑞的事，谁也不愿固执己见，给海瑞留下话柄。李春芳一副踌躇难决的表情，转向赵贞吉："吉老，我看这事先这么办吧。目下有件事不能不办：吏部尚书不可久缺，皇上准杨吏部致仕，却未简任接替之人，春芳以为内阁当上公本，请求皇上允准尽快会推。"

"兴化说的是，吏部尚书之位不可久悬。"赵贞吉点头道。

李春芳遂亲草疏稿，四阁臣列名，当天就上呈了。

可是，四天过去了，内里寂静无声，李春芳沉不住气了："会推冢宰的公本，皇上何以还没有批下来？"

"内阁公本没有批下来，论劾海瑞的弹章可又来了！"执笔的陈以勤举着一份文牍道，"吏科给事中戴凤翔论劾海瑞七大罪。"

"喔呀，罪名这么多？"李春芳皱眉叫苦道，"如何是好？"

陈以勤不紧不慢地说："戴给谏论劾海瑞七大罪状：一、滥受词讼，致使律法扫地，罗织成风。二、田产分赎，违例问断，致使棍徒不营活计，专谋夺产。三、客兵既已散归，而兵粮仍派如故，致使众心汹汹，莫不思乱。四、公差所省者小，而所费者大，名虽爱民，实则蠹国。五、妄禁佃户不许完租，致使佃户结赖其租，产户空赔其税。六、不遵明例，妄禁不许还债，致使强暴劫掠苟生，柔软束手待毙。七、一妻一妾同日暴卒，隐情当究。"

"看来海瑞是惹众怒了，弹章一道比一道火力猛，若再不处分他，恐科道把矛头对准内阁。"李春芳忧心忡忡地说。

"关涉海瑞，国人瞩目，兹事体大，既然皇上发交内阁，内阁还是先议出道道来，别推来推去的。"赵贞吉道。

"海瑞当有辩疏，待他的辩疏奏来，内阁再议不迟。"张居正建言道。

赵贞吉一撸袍袖道："你小子，没有受过弹劾吧？处分不处分被劾者，取决于自辩疏？"他"哼"了一声，"等辩疏，无必要！"

"不罢海瑞，江南骚动，科道也不会善罢甘休。"李春芳叹了口气道，

大明首相
第二部
风虎云龙

"罢海瑞，恐后世谓我辈不容直臣，委实难啊！"

陈以勤道："为全朝廷大臣之体，纾江南缙绅之困，还是罢了海瑞巡抚之任为妥。"

"南充所言极是。"赵贞吉道，"兴化，我看就这么办吧！"

李春芳正踌躇间，书办禀报："司礼监掌印太监陈公公到——"

随着一声高喊，陈洪手捧谕旨进了内阁中堂："圣旨到！"他举起手中的谕旨，尖着嗓子喊了一声。

李春芳、陈以勤、张居正、赵贞吉跪地接旨。

"原任大学士高拱，着以原官掌管吏部事，便差官取来，吏部知道，钦此！"

"啊？"阁臣齐齐发出惊讶的叫声，跪地接旨。

从地上爬起来，陈以勤不解地说："本朝成宪，居内阁者不出理部事，理部事者不复与阁务。皇上怎么……"

赵贞吉疑惑地看看李春芳，又与陈以勤对视一眼，道："阁臣主看详、拟票，若兼领铨政，则与汉唐丞相无二，犯太祖高皇帝不得复设丞相之禁。"

张居正从惊诧中缓过神儿来，道："阁臣领铨政，也不是没有先例。武宗朝焦芳以阁臣掌吏部事数日；世宗朝方献夫以阁臣掌吏部事近一月。"

"拟于不伦！"赵贞吉高叫一声，"你小子说的那些故事，都是十天八天临时代管，可皇上的谕旨可是让高新郑以原官掌管吏部事，是一回事吗？"赵贞吉大声诘问，仿佛破祖制让高拱掌管吏部的是张居正。

"兴化，起用新郑回阁，臣下无权置喙；但以阁臣掌管吏部，是破太祖禁令，兹事体大！内阁缄默，科道不会缄默，还是觐见皇上，陈明厉害，请皇上收回成命。"从不提出建言的陈以勤忍不住提议道。

李春芳一脸苦楚，不知所措，沉吟良久，方道："这个……先找陈公公，让他把内阁的想法奏陈皇上如何？"

"也罢，总之要让皇上知道，内阁对破祖制不忍缄默。"赵贞吉以决断的语气道，"对科道也好交代，不的，科道必把矛头对准内阁。"

李春芳仿佛得了圣旨，忙差书办去请司礼监掌印太监陈洪到阁。

一盏茶工夫，陈洪就到了。听完李春芳的陈情，他面露难色，却还是答应了。过了一个多时辰，陈洪再次来到中堂，尖声道："万岁爷口谕——"四阁臣跪地听宣，陈洪清了清嗓子，"朕意已决，内阁并戒谕科道，不得渎扰！"

中堂里顿时一片寂静。良久，赵贞吉开言道："戴凤翔弹劾海瑞的弹章，批吏部题覆！"

话音未落，门外响起嘈杂的吵闹声，李春芳忙起身出去查看，但见吏科给事中戴凤翔、刑科给事中舒化，都察院御史李贞元等科道十多人，个个义愤填膺，口中道："我辈必要皇上收回成命！"

"成何体统！"张居正突然出现在科道面前，"内阁是尔等可恣意进出、任情吵闹的吗？"

"张阁老，阁臣兼掌吏部，权过唐宋宰相，置太祖禁令何地？"舒化义形于色质问道。

"呵呵，正要去宣谕的，"李春芳挤出笑容，"内阁已然向皇上陈明利害，皇上已有口谕，不得渎扰，就是上一万道奏本，皇上留中不发，奈之若何？"

李贞元向前挤了挤，以耸人听闻的语气道："科道闻听高新郑复起又兼掌吏部，都炸了锅啦！"

"怎么，要抗旨？"张居正厉声道。

"不敢。"戴凤翔躬身道，"维护祖制，科道职责所在；谏诤皇上，亦科道本分。阁臣兼掌吏部一事，我辈必抗争到底！"

李春芳突然灵机一动，转身回到中堂，拿着谕旨念了一遍，一拍脑门："喔呀，皇上谕旨只是说以原官掌管吏部事，何时说兼掌？"他向众人拱了拱手，以恳求的语调道，"诸公请回，维护祖制，内阁当仁不让！"

舒化等人这才一脸狐疑地退出了。

"兴化，你闹的什么玄虚？"回到中堂，赵贞吉不解地问。

李春芳"嘿嘿"一笑，有几分得意："先平息了科道情绪再说。"

"哄骗？"张居正侧脸问。

"先朝阁臣起复，也有不再任阁臣，专掌部务者。"李春芳解释道，"皇上谕旨说'掌'而不说'兼'，我辈即理解为是起复新郑来做吏部尚书的，这不就不违祖制了吗?"

"喔?"赵贞吉道,"既如此,去河南迎高新郑入京,不可差行人,由吏部咨兵部差官去取就是了。"

"恐皇上不是此意。"张居正提出了异议。

李春芳苦笑道:"遽闻新郑起复,朝野震动,他们不便阻止新郑复出,就拿破祖制说事,一旦闹起来,内阁招架不住啊!待新郑到京,人们已慢慢接受了现实,未必会再闹。"

"到底是状元出身!"张居正嘲讽了一句。

高拱复出的消息,顿时成为京城的头号新闻,一时各衙门已无心办事,官员们三三两两聚在一起,嘀嘀咕咕,不时发出"啧啧"声。

张居正散班回家,茶室里已等有十多人候见。曾省吾从后门带着陈大春、吕光一同进了张居正的书房专候。待张居正刚一进来,曾省吾就问:"太岳兄,高新郑以亚相兼掌吏部?"

张居正点头,脸上挂着抑制不住的笑意。

"都说今上胆小怕事,如此破祖制的惊天大事,今上倒是断然做了!"曾省吾感慨道。

"岳翁,高新郑此来,有排山倒海之势,得预为准备啊!"陈大春提醒道。自徐阶去国,他就成了张府的常客,总是一副忠心耿耿的样子。

"得霖说什么?"张居正惊讶地问。

"焉知来日高新郑不会压制太岳兄? 一旦受高新郑压制,太岳兄怎么办? 若不预为准备,届时就来不及啦!"曾省吾替陈大春回答道。

张居正这才注意到徐阶的门客吕光也在。一看便知,曾省吾、陈大春和吕光听到高拱复出的消息,在一起紧急商榷过。

"妄言!"张居正厉声呵斥道,挂在脸上的笑意却蓦然消失了。

1

京师元宵节灯会，例以正月十八收灯。至此，自入正月以来的城中游冶寂静下来。次日，都中男女倾城而出，纷纷到西郊白云观联袂嬉游，席地布饮，谓之耍烟九。是日不惟游人塞途，且各地道士不期而集者，数以万计。大内的太监，也会在这一天散钱施斋。

隆庆四年正月十九日，晨曦中，到白云观耍烟九的人或成群结队或三三两两，向城门移动。西四牌楼大街上，踏着已然冻得有些坚硬的积雪，一个身着棉袍、戴着方巾又加了一对暖耳、足穿针线纳底的粗布棉鞋的男子，带着两个仆从，不紧不慢地走着。边走，还不时指指点点，相互议论着。

这正是刚刚到京的高拱，带着高福、高德一起微服私访。

隆庆三年腊月二十二日，皇上下旨召高拱再起。内阁与吏、礼二部会揖商榷，由吏部咨请兵部差指挥一员，日夜兼程赶到河南新郑宣旨接人。大年初二，高拱接到了谕旨，虽兴奋地赋诗抒怀，却也并不感到意外。他始终有一个坚定的信念，皇上是不会忘了他的，回朝只是早晚而已。令他不安的是，时光如梭，岁月匆匆，望六之人，精力渐衰，来日无多，容不得从容等待了。这也是他未阻止邵方进京斡旋的原因所在。如今已是隆庆四年，按时俗纪龄，他已五十九岁，这个年纪已属老迈，亲朋故旧、乡邻同伴中，强半活不到这个年纪，忠君报国，到了只争朝夕的关头了。从邸报中，又每每看到皇上对朝政无起色忧心忡忡，不满之词屡屡见诸谕旨，每当看到这些，高拱就心急如焚，夜不能寐，恨不得一步跨到京城，替皇上分劳赴怨。因此之故，接到诏命，他没有按惯例扭捏一番，而是立即轻装就道，未携家眷，先带着高福和此前为长兄做管家的高德，顶风冒雪，乘驿车仆仆北上。昨夜悄然入京，今日一大早，他就带着高福、高德上了西四牌楼大街。高福、高德一路劳顿，本想睡个安稳觉，天还未亮，就被老爷硬生生从热被窝中叫起，委实不理解老爷何故如此。

"恐天亮后访客盈门，不如外出一避。"高拱解释道。两个人也只好极不情愿地随老爷出了门，只是不知老爷此行，究为何事，问了几遍，老爷只是笑而不答。到得街上，高拱专注于商铺店面，过了西四牌楼，就拐向草厂街而去。京城人都说，这一带虽街道不甚宽敞，却人烟稠密，店铺林立，是京城商家聚集之地。天早已大亮，街上的行人也渐渐多了起来，只是开张的店铺甚少，远不像传说的那般热闹。高拱停下脚步，四顾而叹："如此萧条，实出意外。"

"喔呀，老爷，快看，那有家饭铺好像是开张了！"高福惊喜地大叫了一声。京城过正旦节，向喜居家聚餐，街上酒馆饭铺也就少有开张。三人走了个把时辰，早已饥肠辘辘，忽见一家卖早点的饭铺幌子摇曳，有人进出，高福自是喜出望外。

三人移步到了饭铺门口，正要入内，突然一个只穿了身单薄内衣的中年人惊恐地从眼前飞奔而过，后面几个官差模样的人边高喊"抓住他！别让他跑了！"边呼哧呼哧喘着粗气紧追不舍，不远处，还传来女人和孩童的哭泣声。

高拱刚想吩咐高福前去打探原委，却见几个官员打扮的人匆匆走了过来，他们像是刚遇到一起，彼此拱手施礼，对擦身而过的追逐视而不见，旁若无人地交谈着。

"吃完饭去看看，到底真的假的。"一个人说，"若是真的，索性都知趣些，免得受辱。"

"不管真假，都不会是空穴来风，高胡子脾气大，快意恩仇，报复起来怎生了得！"另一个说。

高拱一惊，正欲上前查问，又听有人道："唉，仁辅，看来这次你起复的事就不必想了。"

仁辅？高拱暗忖，这不是户部司务何以尚的字吗？朝会上请皇上赐尚方宝剑杀我的那个人。他转过身去，用余光觑了一眼，几个人已进了饭铺。

"高德，你去，听听适才进去的那几个人说些甚话，要做甚。"高拱吩咐高德。高德初来京城，官场上没有人认得他，高拱便差他去探听。

高德麻利地进了饭铺，高拱则带着高福继续向东走去。走出一箭远的路，到得一家布店门前，女子的哭声正是从里面传出的。高拱抬腿进了店门。门外虽挂着布店的幌子，店里却寸布未有，只望见一位满头白发的老妇，怀里揽着一个四五岁的孩童在哭泣。高拱向高福努了努嘴，示意他上前询问。

"这位大娘为啥事哭嘞？适才被追的那个人，就是从你家跑出来的吧？"高福问。

老妇哽咽着道："还不是当行买办闹的！"

京城实行铺户当行买办之制，各行业铺户须轮流义务当差，替官府采办所需货物。高拱早就听说此制弊病甚多，商人多有烦言，正可借此了解一二，便走上前问："官府采买货物，不是照价给钱的吗？"

老妇摇头道："我一老婆子，哪知道里面的名堂，只知道谁家轮到当行买办，谁家便走了霉运。隔壁冯家，冯掌柜，去年生生被逼跳井死了！"

"喔呀！"高拱叹息一声，"那我过去看看。"

老妇道："顶梁柱殁了，生意哪里还做得下去？一家人早不知去处了。"

"商人之累！商人之累啊！"高拱感叹着走出布店。

回到街上，主仆二人往回张望，没有看到高德的身影。停了片刻，高拱问："高福，记得你说过豆腐陈家开的商号就在这一带？"

"呦，原来老爷是为了找珊娘啊！"高福恍然大悟似的，"那走走走，俺带老爷去陈大爷的商号，不远不远！"

"就你能！"高拱用老家话呵斥了一句。虽说此番上街非为此而来，但之所以出门拐到草厂街，正是因为他印象里，以售卖各地方物闻名的陈大明商号就在此地，而陈大明与邵方是好友，或许从陈大明那里，能够打听到邵方和珊娘的消息，这当然是他所期盼的。眼看能得到珊娘的消息了，适才的劳累感顿时消散，紧跟在步履变得欢快的高福身后，转过一个小巷，来到了"大明方物商号"前。

这是一进的院子，颇是宽敞。只是大门紧闭，了无商家气息。高福用力拍打大门，良久，才有一个仆从模样的年轻人慌慌张张地跑来打开了大门，打量着高拱，问："找谁？"

"哎哟，别磨蹭了，找你家老爷陈掌柜！"高福拽着高拱的袍袖不由分说闯了进去。年轻人见来者气度不凡，不敢阻拦，跨前一步引着高拱到了内室。

屋内已然搬空，一个中年人颓丧地在当间的地上抱膝而坐，似乎已没有抬头的气力。高福认出此人正是陈大明，只是比过去瘦了许多，也黑了许多，他近前一步弯下腰去，惊诧地问："这是咋啦？"见陈大明依然低头不语，高福大声道，"这是高阁老嘞！"

陈大明勉强抬起头，吃惊地看着高拱，想从地上起身，却怎么也起不来，只得侧坐着，双手摁地，勾头道："高阁老，失礼了！"

高拱早就知道陈大明经理的商号售卖各地方物，在京城甚是有名，今日一见，竟是如此惨状，甚惊讶，便问："何以如此？"

"生意破产，房屋抵债，委实不舍，特来告别。"陈大明戚然道。

"破产？"高拱惊问，屈身盘腿坐在地上，"不妨说说，怎么回事？"

"唉——"陈大明长叹一声，"敝号本以吴丝、绒褐起家，怎奈徐家二公子徐琨也开了一家方物商号，垄断了京城的买卖，敝号生意就此一落千丈；鄙人原想再寻货源，遂押房贷款，到西南去了大半年，在贵州水西采买了大批天麻、漆器，雇马队返京。不料水西土司安国亨和他的堂叔打了起来，好不容易逃出战场，货物已损失过半，又遇前去征剿的官军，把马队扣留征用……"

"你是说，贵州有战事？"高拱半信半疑，瞪大眼睛问。

"看那阵势，是要打大仗啊！"陈大明感叹说。

"要打大仗？到底怎么回事！"高拱焦急地追问，"就你所见所闻，快说来我听!"

2

贵州西北部,川、滇、黔三省交界,山峦重叠,沟壑纵横、河谷交错,自古就是彝民聚集之地,以受朝廷册封的土司统之。自前元时,朝廷以乌江上游的鸭池河为界,分为水东、水西二土司。水西地域东北接遵义、仁怀;东南邻贵阳、开阳、息烽;南交安顺、镇宁、普安;西靠威宁、赫章;北与四川古蔺接壤。国朝洪武五年,前元所封水西宣抚使霭翠归顺大明,入朝袭职,太祖皇帝下诏,授为贵州宣慰使,位列各土司之上。英宗皇帝则赐水西七十二世土司以安姓。自此,水西土司世代以安为姓。八年前,霭翠与奢香夫人第十二世孙安国亨袭职。此人疏通驿道,劝农辟地,察瞻贫困,颇有作为。

去年夏末,贵州总兵安大朝莅任。按制,土司为武职,当受总兵节调。新帅到任,各土司例当参谒。安国亨姗姗来迟,看着帅帐外亲兵列队两侧,刀戈相接,他却毫无敬畏样,两手空空,旁若无人,一边与陪同而来的亲信吴琼谈笑风生,一边大摇大摆地进了帅帐。

坐在高大虎皮帅椅上的安大朝见安国亨深目长身,面鳞齿白,一脸傲慢,心中不悦,待安国亨行礼毕,便厉声道:"尔即水西土司?访得尔一向恃众跋扈,谒上官,辞色不善,可有此事?"

安国亨坦然道:"本宣慰使内修政令,外勤王事,常思报效!"说着,手舞足蹈,高声吟诵自己的诗作一首:

> 冠盖同登万里澄,王回气概自今增。
> 吾生幸际明时会,自愧无才报未能。

"有此诗作,足以说明土司纯心向化。"安大朝没有想到安国亨汉文竟如此高深,便顺口夸奖了一句。安国亨洋洋得意,与吴琼鼓舞欢噪着正欲辞去,安大朝突然大喝一声:"站住!"话音未落,他"嚯"地起身,指着不知所措的安国亨斥责道,"尔是想反叛朝廷吗?本帅视尔,就是釜中之鱼而已。尔兵有几多？能与云南、贵州、四川、湖广的官军一比吗？且不说官军，尔地盘有四十八部酋长，本帅铸四十八印信授之，朝下令，夕灭尔矣！"

安国亨忙跪地叩头不止，直到安大朝命他出去，才起身讪讪而去。

按制，土司不得筑城，安国亨的贵州宣慰使府，设在离贵阳三百里、毕节城东北一百里处一个叫大方的寨子旁的螺蛳塘畔。安国亨从贵阳回到大方宣慰使府，好几天都闷闷不乐，府内亲随战战兢兢，还是有几个被他暴打。

吴琼是亲兵总领，番语呼为慕魁，他知安国亨好淫，忙找了几个女子陪安国亨在府中淫乐。可过了两天，安国亨又发起无名火，一个亲兵被他一脚踢断了肋骨，这让吴琼颇是焦急。这天午时，吴琼带其妻若姝来见。若姝虽皮肤黝黑，却五官极美，身段娇柔如水，早与安国亨相通。也正因此，吴琼方深得安国亨信任，竟命所部谒吴琼皆叩头，礼如谒土司。郁闷之际的安国亨见若姝身着薄麻裙，对他娇媚撩拨，一时兴起，命人拿来酒菜，三人围坐地上，痛饮起来。

"苴穆，"吴琼叫着彝民对土司的称呼，"那安总兵给苴穆下马威，或许是想让苴穆给他上贡，不妨备些方物银两，私下谒之。"

"休想！"安国亨不屑地说，"我辈就守在水西这一亩三分地里，他奈我何？"说着，在若姝的脸颊上亲了一口。若姝呻吟着去抚摸安国亨的裆部，安国亨被她撩拨得欲火中烧，用力撕扯若姝的衣裙。须臾，宣慰府明堂的地上，安国亨和若姝滚作一团。吴琼见状正要回避，安国亨叫住他，又传来两个美姬，与吴琼倒地双拥。不多时，明堂里响起了此起彼伏的淫荡的呻吟声。

正当安国亨在若姝的娇喘声中淫兴大发时，宣慰府同知安信走了进来。他对安国亨的宣淫场面多有目睹，见此场景，也只是夸张地咳了几声，并未退出。安国亨向外挥了挥手，以厌恶的语气道："出去！"

"苴穆，今年入贡，朝廷定方物为大木，目下尚未采伐停当，照此恐不能按期运验，苴穆用心督一下才好。上次入贡，过限一月，朝廷因我违例只给半赏。今年不能再过限了。"安信安然地站在几个赤身裸体交媾在一起的男女面前，一口气把来意说了出来。

"给四十八则溪传令，谁误期，砍头！"安国亨边在若姊身上用力，边不耐烦地说。则溪，是对土司所辖部落首领的称呼。

安信劝谏道："苴穆，这样宣淫不成体统，传扬出去，于安氏令名有损。"

"够了！用不着你来多嘴！"安国亨起身呵斥安信，"别忘了谁是主人！"

安信默然。四十多年前，安国亨的祖父去世，其父袭职，因年幼，由祖父之弟安万铨摄宣慰使之职，直到安国亨袭职，水西一直由安万铨掌管，属民只知有安万铨，不知有苴穆。几年前，安万铨去世，临终前，命长子安智偕母疏琼出居织金，次子安信留事安国亨，由朝廷任命为水西宣慰使府同知，位同一国之丞相。叔祖安万铨掌权四十年，安国亨对他们父子嫉恨在心，这仇恨目下都转嫁到了堂叔安信身上。

安信年长辈高，又自觉理直气壮，不便对安国亨发火，遂转向赤身裸体伏地的吴琼，用力踢了一脚，骂道："无耻之徒！"

吴琼躲避不及，被踢得满地打滚，若姊也跟着呜哇大叫。安国亨大怒："安信无礼！罚赔吴琼马一匹，明日交马！"

安信无奈又不甘心，灵机一动，次日出高价将吴琼之弟吴珂的马买来，赔给了吴琼。吴琼见此马乃胞弟坐骑，即知安信是故意戏弄他，遂将此事禀报安国亨，挑拨道："安信是故意用这个法子发泄对苴穆的不满。"

"此马赐予吴珂，命安信把自己的马赔于吴琼！"安国亨当即下令。

安信知安国亨是在故意羞辱他，忧愤交加。当晚，在家中借酒浇愁，酒酣之际，突然拔出长剑，长叹道："朝廷若出了奸臣，有担当的大臣要清君侧；如今苴穆被小人环绕，若不除去吴琼，则水西千年基业、八十代传承，就要毁于一旦！"他持长剑在空中舞着，咬牙切齿道，"我必杀了那个小人！"

吴琼早在安信身边安插了卧底，一个叫阿产的安信亲随悄悄溜出寨门，一溜烟跑到吴琼寨中，把安信的话禀报于他。吴琼知安国亨早有除掉安信之心，忙到苴穆府向安国亨添油加醋禀报一番。安国亨正在与若姊饮酒作乐，听了吴琼的话，大笑三声，对吴琼道："命你带阿第、吴珂、吴彤、务卒、恶卒、何高，即刻捉拿安信，就地砍头！"

安信早已大醉，恍惚间有几个人影突降眼前，他将犀角杯高高举起，醉眼蒙眬道："来，陪爷干了这一杯。"吴琼走上前去，手起刀落，安信的人头滚落在地。

不多时，安信被杀的消息就传遍水西各部。别居安顺州织金之地的安信兄长安智与其母疏琼闻讯，惊恸不已，悲愤交加，发誓为安信报仇雪恨。安智一面整备土兵，又驰马急约他的姐夫、永宁土司奢效忠，合兵于朵泥桥；一面带着二百亲兵，携带重礼，与其母疏琼一起急赴会城贵阳，向巡抚王铮告变，乞发兵征讨。

王铮对安国亨目无上官早已不满，闻报震怒，饬令毕节兵备道杨应节率兵提安国亨到案，听候发落。可是，过了十余天，兵备道禀报说，找不到安国亨人影，只知水西兵马集结于朵泥桥，与永宁土司奢效忠开战。

"兵备道必是受了贿赂，替安国亨通风报信。"巡抚王铮怒不可遏道。他一边上章参劾杨应节受安国亨之贿，故违军令；一边召总兵安大朝来见，商榷对策。

在巡抚衙门二堂，王铮把安智告状之事约略说了几句，就黑着脸怒气冲冲表明自己的判断："安信乃宣慰府同知，虽属土官，也是朝廷所授，安国亨擅杀之，又不服拘提，这不是造反吗？"

安大朝新官上任，立功心切，遂道："请军门下令，卑职朝发兵而夕灭之！"军门，本是对总督的尊称，安大朝为表对王铮的尊重，便以军门称之，他抱拳拱手，又给王铮打气道，"这些年，南倭北虏欺我天朝，谁不窝火？灭此土夷，当可振士气、悦君心，机不可失！"

王铮提醒道："彝人全民皆兵，又占地利，不可小觑。又访得彝族土司间无事则互起争端，有事则相为救援。战端一开，彝人血流成河，其他土司或明或暗援助安国亨也未可知。仅贵州一省兵力，不足以万全。还是奏请朝廷，调川、桂援军合剿。"

"请军门放心！"安大朝拍胸脯道，"本镇三万兵马足以灭此叛贼！"他随即"嘿嘿"一笑，"只是粮草军饷，还请军门足供。"

"一旦开战，耗费甚巨，贵州穷乡僻壤，哪有那么多粮草军饷？"王铮为难地说。

"此番打仗也是为安智复仇，先让他出点血，解燃眉之急，也是应该的。"安大朝急于进军，便建言道。

"喔！这不失为一策。"王铮兴奋道，"安帅可召安智商榷进军事宜，本院即向朝廷奏请出师平叛。"

3

京城隆善寺南的一条街道里，一座四合院前，一大早就不断有人进进出出，引得附近闲来无事的市民三三两两聚在一起围观。

高德从饭铺出来，跟踪着那几个官员，也来到了四合院前。见几个人进了院子，他只得等在外面。

适才在饭铺，高德听这几个人在议论，说到的人和事他都一无所知，但议论的话题他听明白了：高拱回朝了，他必定要报复那些赶他走的人。几个人还举例说，刻下道路传闻，一个叫欧阳一敬的人闻听高拱回朝的消息，吓得肝胆破裂而死。几个官员就是要去欧阳一敬家看看这事到底是真是假。那些人说得绘声绘色，仿佛亲眼所见，高德听得心惊肉跳。因这事关涉老爷，他得探听明白好向老爷禀报，遂跟踪几个人来到这里。

"这、这是欧阳、欧阳敬的家吗？"高德走到一个倚在路边槐树上的老者面前，指着四合院问。

老者打量着高德，道："不是欧阳敬，是欧阳一敬！喔，你是哪家官爷的管家，也来打听这事儿？"不等高德回应，老者就得意地说开了，"喔呀，真是不得了啦，你知不知道，那个叫高拱的相爷是当今万岁爷的老师哩，当年呢，被人硬生生给赶跑了，如今万岁爷把他请回来了，赶跑他的那些官爷都吓坏啦！"他抬起下颔向四合院一扬，"喏，看到了，这家老爷欧阳一敬，当年是言官，和一个叫胡应嘉的言官，带头骂高相爷，骂走高相爷，两个人被徐相爷给升了官，如今高相爷回朝，京城都在传嘞，欧阳一敬吓得破了肝胆，呜呼哀哉了。这不，引得不少官爷来探虚实嘞！"

"哎哟，俺的娘诶！"高德惊叹道，"那，欧阳一敬死没死啊？咋没见

大明首相

第二部 风虎云龙

办丧事嘞?"

"死倒是没死,卧床不起是真的。"老者说,"说是递了本要辞官的,到底还是害怕哩!"

"这这这……这不是瞎传吗?"高德一时不知该怎么办,急得在老者面前转着圈来回走动。

"瞎传?"不知何时围过来凑热闹的人插话说,"听说,就连朝廷里的大官,也怕了,都察院里最大的大都爷,还有刑部的尚书,都递本辞官啦!"

"都说,那个告老还乡的徐相爷,怕是老命难保哩!"另一个人接言道。

"想想看,这什么阵仗?"老者竖起拇指晃了晃,"高相爷,委实厉害! 看样子,他一回来,朝廷没得安生咯!"

高德一跺脚,急匆匆往草厂街去寻高拱,好禀报探得的消息。急头怪脑找了半天,也不见人影,只得沿原路回家。

此时,高拱还在听陈大明讲述他在贵州的见闻。

陈大明仅就传闻所得讲述一通,高拱已知,水西土司生乱,朝廷要派大军征剿。此事出乎他的意料之外。北虏之患日亟,两广不靖,不意贵州又冒出战事,生灵涂炭,圣忧愈深,财用更是不堪其负。他的心情顿时沉重起来,无心再查访,叫高福道:"高福,这就回家!"说着即欲起身,可腿麻得不听使唤,高福忙搀他起来,慢慢往外走。他适才已到左近轿行雇了顶小轿候在院内,高拱坐进轿中,吩咐轿夫赶路。

到得家门口,不出所料,首门外站着一群人,茶室里还有不少人在候着。小轿甫落地,"忽"地走出一群穿官袍的人。

"师相——"

"玄翁!"

一群人唤着,围拢过来施礼。

高拱已是两顿饭没有吃了,适才听陈大明说贵州的事,一时忘记饥饿,此时已是饥肠辘辘;双腿麻木也未完全缓过来,一下轿方知站立不稳,房尧第、高福急忙搀扶,才勉强站住,他向众人扫了一眼,穿官袍的大体都是他的门生,韩楫、程文……另外一些人多半是哪家的管家仆从来递拜帖的。他向外摆了摆手，对一群门生道："你们都回去！"语气有些严厉，门生们不敢说话，看着老师被搀扶着往里走。

跟在身后的高德想说话，又觉得场合不对；不说话又憋得慌，急得忽而转到左边，忽而转到右边，不住地在自己脸上抓挠。

房尧第边走边禀报道："玄翁，礼部尚书殷世儋、户部尚书刘体乾、翰林院掌院学士张四维……"

高拱有些不耐烦："不必细说，但说有无张叔大的拜帖！"

"呵呵，张阁老何时送过拜帖？"房尧第笑着说，"不过他的管家游七一早就来过了，等回音呢！"

高拱之所以匆匆返家，就是急于从张居正那里得到贵州的消息，忙吩咐道："叫张阁老来见！"又对高福道，"在首门说一声，就说老爷一路劳顿，不见客！"

"哎呀老爷，俺可有急事得说嘞！"高德忍不住道。高拱没有理会他，待在花厅坐定，问房尧第："有吃的吗？拿些来填填肚子。"

"玄翁，翰林院张院长差人送来酒菜。"房尧第笑着道。

"这个子维，想贿赂我？"旋即一笑，"他有钱，不是花的公帑，吃一次大户无妨！"

"还有我嘞！"高德忙道，"我也没吃饭呢！"

高拱边往餐厅走边道："你进饭铺怎不吃饭？"

高德哭丧着脸道："老爷，还说嘞，俺进饭铺点了两个火烧、一碗小米粥，拿出高福给俺的一张嘉靖钱钞，掌柜的却摇头，要俺拿纹银去买，说钱钞如今只是玩好，用不得。"

"喔？有这等事？"高拱吃惊地说。

高德凑上前去，道："老爷，还有更奇怪的事嘞！俺去那个叫欧阳一敬的宅子那边了，京城里，恁多的长舌妇嘞！"

高拱在餐厅坐定，喝了口茶，虽然没有说话，眼睛却紧紧盯着高德。高德从领命进了饭铺说起，不住嘴地向高拱禀报起来。开始，高拱心里竟生出几分快意，听着听着，面色凝重起来，高德禀报毕，高拱用力一拍餐桌道："这些人，想干什么？"

"看来，事体不简单！"房尧第眨巴着眼睛，蹙眉道。

大明首相
第二部
风虎云龙

"张子维家距此不远，你快把他叫来。"高拱吩咐房尧第道。

高拱尚未吃完饭，张四维就匆匆赶到："玄翁——"他唤了一声，躬身施礼。

"师相！"跟在身后的刑科给事中韩楫跪地叩头。

"伯通，你咋又来了？"高拱叫着韩楫的字，不悦地说。

"呵呵，玄翁，伯通在四维家吃饭，刚吃了一半，听玄翁召四维来见，就急急赶来了，伯通只好跟着来，吃后半顿。"张四维替韩楫解释道，说着，不等高拱让座，拉住韩楫打横坐了下来。

高拱方想起两人都是山西蒲州人，便沉着脸道："乡党乡党，就是同乡结党，这等事，不要做！"见张四维和韩楫面色尴尬，又问张四维，"昨日车到良乡，刻意停了半日，算计好了行程，在元宵灯会收灯后悄然入城，免去接迎之礼，子维，怎么满京城都知道我到京的消息了？"

"呵呵，玄翁，阖城官员都竖起耳朵听着驿车声呢！"张四维笑道。

"师相，学生听说……"韩楫想插话，高拱打断他，问："贵州土司叛乱，要用兵？"

"是有这么回事，具体情形四维不知。"张四维答。

韩楫迫不及待道："师相，学生听说，有人传布，说皇上谕旨只说师相以原官掌管吏部事，称'掌'不言'兼'，故此番师相复出只是吏部尚书，而不是阁臣。"

"什么？"高拱一惊，夹菜的筷子"啪啦"掉落在盘子上。

"他们还说，此次到河南接师相还朝，不是从行人司差行人持玺书谕旨，而是吏部以咨文行兵部，由兵部遣指挥前往，这分明不是迎接阁臣的规制。"韩楫又道。

张四维忙替高拱捡起筷子，送到他手里，劝慰道："起复大臣，差何官迎接本无定规，玄翁不必介怀。"

"哼，他们是怕师相复出，想制造麻烦，东拉西扯找到些形迹便造谣惑众！"韩楫愤愤然道，"师相要实施报复之说，更是弥城腾天！"

房尧第叹息一声道："国人无是非观，屈从权势，惑于人情，不问是非。即使徐家真的如传闻那样横暴江南，玄翁若依法惩治，舆论必目为报复。报复的帽子，是会压死人的。玄翁甫出，报复的讹言就这样传布京城，背后很不简单。"

"清者自清！"高拱道，似乎对"报复"的传言并不在意，他关注的是说他只是吏部尚书而非阁臣的传言，幽幽道，"原本想明日递本陛见的，看来还不能着急，得把事体厘清了方可。"说完，放下筷子，起身往花厅走。

张四维跟在身后，劝慰道："四维闻得，今官场有一番议论，一人倡之，千万人和之，举国之人奔走若狂，翻覆天地，变乱黑白，此谓之讹言。时下京城虽讹言四起，也不过一两个人随口一说，不明真相者四处传布，如此而已，玄翁不必理会。"

"学生不作如是观。"韩楫道，"背后大有文章！"

"老爷，张爷到了！"外边传来高福的声音。

高拱快步走进花厅，在主位落座。

"中玄兄——玄翁——"张居正急切的声音随之传进花厅，须臾，他快步走了进来，见高拱坐在花厅左侧的一张座椅上，忙趋前施礼，深情唤道，"中玄兄，中玄兄啊！"泪水不禁夺眶而出。

高拱见张居正如此，也颇是动情，忙起身拉住他的手，声音有些哽咽："叔大，叔大你来了，来，快来坐，坐！"

张四维、韩楫见状，急忙告辞。

"中玄兄啊，我兄回来，弟总算有了倚仗；若兄再晚回来一二个月，弟不能存矣！"张居正握住高拱的手，语调沉痛地说。

"叔大何出此言？"高拱吃惊地问。

大明首相

第二部 风虎云龙

第十章 | 僚友倾诉真假难辨
君臣相见疑虑顿消

1

高拱举袖擦拭了挂在眼角的泪花，拉住张居正进了书房，两人隔几坐定，张居正道："这两年玄翁过得很郁闷吧？弟在朝廷更郁闷嘞！"遂迫不及待地把赵贞吉对他的轻蔑、欺凌诉说了一遍。

"赵内江尚属风节之士、正直之臣，'奸佞''阴险''刻薄'之类的字眼，我委实不敢与他联系到一起。"高拱直言不讳道。

张居正并不解释，又把皇上下旨起复高拱，赵贞吉力主召对，要皇上收回成命的事绘声绘色描述一遍。

高拱暗忖：难道，目下京城到处在传布的那些讹言，是赵贞吉背后捣鬼？张居正见高拱有些走神儿，似乎对他的话存有疑问，随即转换了话题："玄翁，我把那个什么邵大侠给赶走了！"

"怎么回事？"高拱问。

"一个江湖术士，在堂堂帝都，斡旋相臣复出之事！"张居正义形于色道，"且不说他没有这个能耐，便是有，传将出去，对朝廷、对玄翁，抹黑甚矣，万万不可让他一日留！"

高拱尴尬一笑："呵呵，叔大做得对。不过那个邵方倒是有些见识的。"

"即便如此，江湖术士到处夸夸其谈，恐将来史书上会将玄翁复相，归为术士花钱贿赂中贵人而得，岂不是大污点吗？"张居正愤愤然道，他欠了欠身，向高拱这边靠了靠，"是以弟不妨把原委说于中玄兄。"顿了顿，蓦地仰起脸，继续说，"去岁，虑及徐老初致仕，弟未敢提及复玄翁事；待时机一到，即约见李芳，不巧的是……呵呵，后来弟又亲赴陈洪宅，与他密议。不过，这种事，是万万说不得的！"

高拱并不知道他被召回，其机是发自皇上还是谁的进言，张居正的一番话让他明白了，还是好友张居正兑现承诺，转圜所致，顿时有豁然开朗之感。此前，他是有心结的。邵方到访新郑时说到张居正是阻止他复出的症结，虽不相信，却也黯然神伤；他暗示邵方进京后与张居正接洽，几个月过去却迟迟未见动静，高拱确有过张居正阻止他复出的闪念。此时，他暗暗嘲笑自己的狭隘，向张居正抱拳："叔大，尽在不言中！"

"元年，玄翁被举朝所攻，弟未能站出来为兄说一句公道话，心有愧焉！"张居正还礼道，"徐老那样对待玄翁，委实过分，若换作他人，谁能堪之？弟虽缄默，焉能无是非之辨？是以二年夏，弟与李芳谋，徐老去国矣！非弟背师忘恩，实是盼玄翁早日回朝，一新时局。"

原来徐阶去国，竟是叔大背后操纵，高拱吃惊之余，越发觉得张居正可亲可信，不愧金石之交！他激动起来，起身握住张居正的双手，声音颤抖道："叔大，愚兄啥也不说了，自此以后，兄弟协力同心，替皇上打理朝政，成一代圣治，中兴大明！"

"堂堂之阵，正正之旗！"张居正重复了一句当年两人香火盟誓时他曾说过的话。旋即，两人心照不宣地大笑起来。

笑过之后，两人归位，不约而同举起茶盏喝茶。高拱喝了一大口，放下茶盏，问："叔大，贵州也起战端，要征剿水西？安氏之乱真相如何，安国亨果叛乎？朝廷是否查清楚了？"

张居正正慢悠悠地品茶，闻言把盖子"啪"地用力一盖，道："非我族类，其心必异！安国亨一介小丑，叨承世官，也敢不把朝廷放在眼里，毒祖杀叔，拜将封官，斩关掠地，招祸门庭，乃自作之孽！"

"话不能这么说！"高拱正色道，"战端一开，数省兵粮征调，万千生灵涂炭，事体非小，不可不慎之又慎。"

张居正原以为高拱是支持发兵的，听他如是说，愣了片刻，又觉不宜与之争辩，便低下头，声音低沉道："若玄翁另有主张，弟当惟我兄马首是瞻。不过，弟有一言，不能不陈于我兄者：皇上命玄翁以亚相兼掌吏部，实已破祖制，玄翁成真宰相矣，炙手可热，触之者焦！朝野为之侧目。时下京城浮议四起，官场人人自危，都说玄翁势必报复。若玄翁甫视事即否定此前定策，浮议俨然坐实矣！百官惶惶，人心大乱，恐除旧布新之事难以推进。故弟劝玄翁非不得已则暂不推翻此前所定之策。"

高拱沉吟良久，觉得张居正乃肺腑之言，言之有理，不得不放弃继续商榷战和之事的做法，转而问道："叔大，京城何以起这么多的谣言？"

"也不都是谣言。"张居正笑道，"召玄翁回朝的差官刚出都门，都察院王台长、刑部黄大司寇就递了辞呈，皇上已允准。此二公私下说，之所以引去，乃因元年逐高之事忤玄翁，目下势难共立朝班。"

"是走是留，是他们自己的事，与高某何干！"高拱恼火地说。

张居正一笑："呵呵，此二人德不配位，走了也好，正可让玄翁甄拔可意之人上位。"

高拱也笑了："呵呵，是得用些勇于任事的干才了，尤其是谙熟边务兵事又不袭故套的军旅才。叔大也斟酌一下，有无可用的干才，改日商榷之。"

张居正点头，又道："兵部也有望换人。"

高拱忙问："我看霍冀是恋栈之人，怎会无故引去？"

"和赵内江互构之故。"张居正道，"赵内江赶走了杨吏部，认定皇上对他宠信不移，又见皇上责备部院政事不调，似有兴革之愿，便想借机再表现一番，怎耐识见有限，不得要领，竟拿京军三大营之制开刀。霍冀对赵内江早已不满，遂与之辩论，皇上命廷议之，英国公张溶等十六人请分营练兵，如赵内江言；成国公朱希忠等二十八人请一仍其旧，如霍冀言。皇上从众议，赵内江弄巧成拙，迁怒霍冀，唆使给事中温纯劾劾之。昨日，弹章已发交内阁。连杨博那样的老资格都斗不过内江，霍冀岂是对手？去职已成定局。"他见高拱专注地听着，遂又提醒道，"内江好斗，对玄翁之来又甚抵触，玄翁当慎之。"

"斗来斗去，甚无谓！"高拱感慨道，"叔大，我辈既已决意做一番伟业，而精力有限，内斗之事，当力避之。"

张居正苦笑道："非我辈有内斗之愿，是人家存心排挤，躲也躲不掉。"他用余光一瞥，觉察到高拱情绪变得有些烦闷，恐有话不投机之嫌，忙补充道，"呵呵，玄翁此来，弟无须再担心了，从今往后，弟只存一念：全力襄助玄翁开新局！喔，对了，玄翁再相，可有政纲遍示中外？抑或让《除八弊疏》终见天日？"

这话，问到了切要处。高拱侧过脸来，看着张居正道："时下官场袭故套、畏担当，习惯于混日子，就怕有人打破此一局面，况京城浮议盈天，人心惶惶，一旦提出兴革的系统设想，公之于众，先就成众矢之的，自陷孤立；不如踏踏实实做起来，应兴应革，一件一件地做，先立规模，日积月累，渐成气候。"

话未说完，忽听外面一阵躁动，高拱、张居正两人都屏息静听，"嚓嚓"的脚步声临近，管家高福慌慌张张跑了进来。

2

高福、房尧第两人在首门与不断涌来的谒者周旋，被拦在门外的访客递了拜帖，陆续打道回府，忽见一个须发皓白的老者，一下轿，既不递拜帖，也不报姓名，却对着院内大叫："高中玄可在家？高中玄，老赵来访你！"说着，大摇大摆径直往里闯。

高福跟在老者身后，小声道："这位老爷，我家老爷不见……"话未说完，老者"哈哈"大笑，"你家老爷有没有给你讲过庚戌年老夫谒见严嵩的事？"见高福摇头，他道，"那年老夫还是国子监司业，盛气谒见首相严嵩于西苑直庐，严嵩老儿辞而不见，老夫斥骂门公良久，适逢工部尚书赵文华趋入，被老夫拦着骂了一顿！哈哈哈，官场的老人儿，谁不知之？"高福闻言一缩脖子，待回过神儿来，急忙小跑着慌慌张张进内禀报。

张居正神情紧张道："是赵内江。真没想到他会来谒。必是为离间我兄弟而来！"

"中玄！"随着朗声一唤，赵贞吉已阔步进了花厅，高拱和张居正已从书房到了花厅就座，忙起身相迎，赵贞吉见张居正在，瞪了他一眼，"张子到底年轻，腿快嘞，腿快，嘴也慢不了！"

张居正镇定一笑："呵呵，吉老难道不知道，居正与玄翁乃香火盟，大哥回来，做小弟的不该来谒?"说罢，拱手昂然而去。

"内江，老当益壮嘛!"高拱边示意赵贞吉入座，边道。

赵贞吉边入座边对着张居正的背影道："世间所谓妖精者，张子其人也!"

"这……"高拱惊讶得说不出话来，良久才道，"内江，言重了!"

"新郑，"赵贞吉改了称呼，用力抖了抖官袍，瞪眼道，"你不信? 你听到了吧，适才他说甚? 他以为一旦说了香火盟，就堵住了我老赵的嘴，休想!"

高拱道："呵呵，内江对江陵有成见嘛!"

"不是成见，是事实!"赵贞吉嘴角挂着几丝鄙夷的冷笑，捋了捋胡须道，"此人算是把他老师徐阶那套智术学得炉火纯青，全以诈术驭人，言语反复无实。人有不合者，必两利而俱存之。怒甲，则使乙制甲; 怒乙，则使甲制乙。他则回互隐伏，操纵其间，纵横颠倒，机变甚巧!"

"哈哈哈!"高拱仰脸大笑，"江陵本事甚大嘛! 不过内江的本事更大，他隐伏机变，不是也被内江你看破了吗?"

赵贞吉见高拱不信其言，颇是着急，起身在花厅背手走了两圈，又坐下，问："他是不是说杨博是我赶走的? 他是不是说，霍冀被劾是我唆使的?"见高拱不语，他侧过身去，伸手拍着高拱的手臂，"新郑啊，你当也有耳闻，时下京城浮议四起，都说新郑要恣意报复，这背后，必有人操纵! 新郑，所谓知人知面不知心，慎之，慎之!"

"嘶——"高拱重重地倒吸了口气。一听赵贞吉主动说到谣言背后有人操纵，不禁悚然，越发确信这背后定有隐情。适才听张居正一番话，甚感赵贞吉可疑; 而赵贞吉则近乎指实乃张居正所为。这倒让高拱无从判断，顿生烦恼，一扬手道："不说这些，置之不理可也!"随即笑问赵贞吉，"内江此来，就是和我说这些?"

"不说这些，我老赵还真不会来!"赵贞吉坦言，他托着自己雪白的胡须，慨然道，"新郑，看到了? 十年两逐，白头还朝，垂垂老矣! 承蒙皇上厚恩，钦点老夫入阁。"他又指了指高拱，"新郑也是望六之人啦!"

高拱不解其意，只是顺着赵贞吉的话，感慨道："是啊，要只争朝夕了!"

赵贞吉见高拱未会意，又道："不瞒新郑说，听到让你兼掌吏部的谕旨，我还真有些不满。但转念一想，新郑乃皇上的老师，又是朝野公认的干才，当国执政乃新郑的本分，不意甫进新朝，竟被徐华亭以辣手逐出都门。"他苦笑了一声，"其初，我老赵还真以为是新郑不安于位，急于夺了他的首揆之位；旋即，我老赵也被赶到了留都，方悟出徐华亭并非休休有容，实乃嫉贤妒能，排斥异己之辈。不唯如此，徐家在江南真是无法无天，苏州知府蔡国熙秉公执法，竟被徐家噪船羞辱！是以我听说海瑞抚江南的诏命一下，继任苏州知府溜了，便让吏部把蔡国熙复职了。"

高拱已从四起的浮言中体认出，凡关涉徐阶之事，他必须谨言慎行，所以对赵贞吉的话，只是报以微笑，并未接言。

赵贞吉慨叹道："新郑啊，你我都是受过挫折的人嘞；且你我之任，都是出于皇上本意；新郑你也是磊落之士，胸无城府，我老赵也是耿直之辈，有话说当面。既如此，"他用手指了指高拱，又指了指自己，"你我就当惺惺相惜，协力为皇上做事。然则，有人心存诡计，交构其间，我恐新郑被其蒙骗，内阁无端生出是非，排挤倾轧，误国误己，这才登门造访，一抒胸臆。"

高拱被赵贞吉的坦诚打动，向他拱手道："内江，彼此打开心结，一心谋国，方不辜负皇上的信任！"

赵贞吉点头道："我老赵自去岁入阁，愤人臣阿比成风，政体隳坏，怀私匿情，俗弊财殚，慨然舍身任事。耿耿此心，天日可鉴！此亦是赵某有望于新郑者！"他情绪有些激动，语气却甚庄严，"目今国家积弊已甚，新郑刚毅爽朗，文章蕴藉，有八面应敌之才，居皇上宾友亲臣之任，振而新之，正在此时，不可让也！"

高拱被赵贞吉的话激得热血沸腾，更为他能说出这番话而感动不已，禁不住大声道："内江，谋断相资，豪杰游处！"说着，向赵贞吉用力拱了拱手，目光在他饱经沧桑的脸上掠过，见他不知是因为老迈还是一时激动，眼角竟挂着泪花，这与张居正所描述的那个霸道、狠毒的横臣形象，无论如何也吻合不上。但不管怎样，他二人确有误解是毋庸置疑的。

时下内阁五臣，李春芳、陈以勤不足以与有为，余下三人若能同心协力，一新时局指日可待。这让高拱颇感振奋，有意化解赵贞吉与张居正的矛盾，遂道："内江，江陵年轻，仕途一直顺遂，或许受不得委屈，这也可以理解，不必苛求。江陵亦是有抱负之士，又不乏谋国之才，愿我辈师师济济，协力谋国，开创隆庆之治！"

"新郑，你来了，我老赵与张子，不会再有冲突了！"赵贞吉幽幽道。言毕站起身，"新郑，你也倦了，别过！"

"不不，内江，再留片刻，我有事要与内江商榷。"高拱连连摆手，请他坐下，"内江，贵州，非用兵不可吗？"

"内阁、兵部、科道、抚臣，众口一词，皆言非用兵不可。"赵贞吉边后退着落座，边答道。

"用兵的依据为何？"高拱追问。

"水西土司叛乱。"赵贞吉答。

"因何断定安国亨叛乱？"高拱继续追问。

"抚臣奏报。"赵贞吉如实道。

高拱提高了声调："水西，本大明疆土；土夷，亦天子臣民。果叛乱，征剿可也；若仅是部族内部仇杀，抚臣、兵备出而主持，遵律法、酌彝俗为其两解之可也，朝廷为何兴师动众出兵挞伐？"

"喔呀！新郑可谓深谋！"赵贞吉恍然大悟似的，继之又面露难色，"可是挞伐之令已下，焉能收回？"

高拱见在赵贞吉这里有缓和余地，便试探着道："诏命甫下，势难收回。可否变通一下？此事我未与闻，不便出面，就请内江给抚臣王铮修书，嘱他不必急于进军，甚或暗中暂停征讨，待朝廷另作区处，如何？"

赵贞吉思忖片刻，道："不妨一试。"

高拱顿感赵贞吉爽快，确是可合作共事之人，脑海里突然闪出一个念头，踌躇着要不要向他略作暗示，赵贞吉已起身抱拳："新郑，上紧投本，早日陛见，到阁视事！"

3

紫禁城内建极殿，是皇宫三大殿之一，殿后居中、高踞三缠白玉石栏杆之上，与乾清门相对者，谓之云台门。两旁向后者，东为后左门，西曰后右门，即云台左右门，亦曰平台。

隆庆四年二月初二，刚交了辰时，身着一品官袍的高拱就在司礼监掌印太监陈洪的导引下，穿过建极殿，来到了后左门。在一座三楹小殿的正中，皇上已端坐在面南的御座上等候。闻得"橐橐"的脚步声传来，皇上欲起身相迎，又知礼仪不允，欠了欠身，又坐了下来，身子前倾着，等待着高拱的到来。高拱虽急切地想看皇上一眼，但照例只能低头进殿，伏地跪拜，不敢仰视。

"先生快请起，赐座！"皇上亲切地说。

高拱听到皇上的玉音，有些虚弱，不禁心疼，在谢座的瞬间，他轻轻擦拭了一下泪水模糊的双眼，慈祥的目光投向了皇上，见皇上面色泛黄，瘦弱不堪，心里"咯噔"一声，以爱怜的语气道："皇上竟消瘦了许多。"

皇上回避着高拱的目光，道："先生几次投本请求陛见，朕都没有回应，先生着急了吧?"

"老臣进京已十余日，无时不想早仰天颜。"高拱深情答道，语调中又有几分惆怅。

听到韩楫言及传闻他此次复出只是吏部尚书而非阁臣，高拱一时激愤，随即上本请辞，以便皇上再发谕旨，澄清传闻。次日，皇上颁谕："卿辅弼旧臣，德望素著，兹特起用，以副匡赞；铨务暂管已有成命，不允所辞。"这道谕旨使得谣言不攻自破，高拱即投本请求陛见。两年多来，他日夜思念皇上，巴不得到京就能见到皇上，可是大内迟迟没有回应，拖了近十日，方有今日陛见之谕，其间，他不免心存疑虑，不解其因，暗忖：难道皇上变了? 抑或另有隐情? 此时忽听皇上提及此事，高拱不免感伤。

皇上突然笑了："朕知先生一旦出而视事，必夙夜尽瘁而不知自身，先生一路劳顿，朕是想让先生多休息几日。"说着，忽又叹了口气，"这两年，先生受委屈了。"

听了皇上的话，高拱释然了，泪水涌出了眼眶，哽咽道："臣何谈委屈！只是不能替皇上解宵旰之忧，让皇上劳累至此，臣于心不忍！"

皇上叹息一声："朕受教于先生，岂无新治理之念？然继统三载，国事竟无大起色，能不忧心？"

高拱拭泪道："臣必为皇上进忠直，黜谗邪，振纲纪，正风俗，崇举敦明之治！"

皇上郑重道："记得当年在裕邸，先生给朕讲过这样的话：'凡吃俸禄的，都是百姓供给，若不要紧的官添设太多，不要紧的人虚支廪，百姓岂能供得起？必是裁去冗滥官役，只是要紧当事的，才许他吃禄。'时下国库空虚，边饷供给不上，要裁汰那些冗滥官役才好。"

"皇上还记得臣说过的话，臣无尚欣慰。"高拱道，"举凡边政、财用、吏治、风俗，应兴即兴，当革即革，循名核实，尊主庇民，必达致富民强国不止。"

"先生受累。"皇上道，说着，紧蹙的双眉遽然一舒，"朝政，赖先生振而新之！"

"皇上孜孜求振作，新治理，天下幸甚！"高拱振奋地说。君臣想到一块儿了，他深感欣慰。自进京后，高拱就急欲把握陛见良机，迅疾开启革新之局，一刻也不愿耽搁。这些天在家里，闭门谢客，独自坐在书房沉思。以阁臣兼掌铨政，与祖制不合，皇上毅然为之，实乃不世之遇！从与张居正、赵贞吉的交谈中可知，朝野都体认到了这一点。赵贞吉说他居皇上宾友亲臣之任，振而新之，不可让也，在高拱看来，既是鼓励，亦是鞭策；既感兴奋又觉压力巨大。曾经无数次憧憬的握权处势，以开创一代圣治的愿景，在年近花甲之际终于实现了，他怎不心潮澎湃？这一切，就要从陛见开始了。那么，陛见时向皇上说些什么？在接到诏命的那一刻起，他就一直在思考着，本已有了头绪：不妨从纠正《嘉靖遗诏》入手，把嘉靖朝前期的中兴气象，与后期的弊政区隔开来，终止翻大礼议之案，使隆庆朝在震荡中得以调适，完成与嘉靖初期革新路线的对接，从而开启隆庆朝革新之局。可是，高德所禀京城的浮议，张居正所言官场人心惶惶，都让高拱意识到，对徐阶及其当国时的施政，不能贸然触动，否则必掀起轩然大波，使自己陷入争斗的旋涡。"河清几时，日已中晷"，他暗自感叹，哪里有精力去应付争斗？故而不得不放弃从纠正《嘉靖遗诏》入手的想法。既如此，又该从何入手？他想到了直陈革新之必要，但他又深知皇上的心理，因少年时代的压抑，变得极度缺乏安全感，稍有风吹草动，就会紧张不安，皇上对他的革新主张会不会一时难以接受？昨夜辗转反侧良久，也没有拿定主意，遂决计今日陛见，见机行事。不意皇上主动说出了期盼朝政振而新之的话，怎不让高拱欣喜不已！

"臣窃以为，制度、律法设立之初，即做不到尽善尽美，不可能无弊；方今立国二百年矣，旧制行之既久，其弊更不可胜言，乃袭为故套，无复置议者，此士风日败，而治理所以不兴也。变法改制，当为治国切要！"高拱不失时机地向皇上陈述他的治国理念。

皇上点头道："先生所言极是。"又以求教的语气道，"然则，众人皆谓处常则守经，遇变方用权，似乎权变乃不得已者，只能偶尔用之。"

高拱仿佛又回到了当年，就像裕邸时为裕王剀切敷陈那样，面对御座上的皇上，他侃侃而论："秤之为物，杆谓之衡，砣谓之权。无论是衡离权抑或权离衡，皆不可。离开权，如何量轻重？怎言不得已始用之，而得已时可不用？《易经》云：奇之为阳，偶之为阴；阳或变而之阴，阴或化而之阳，刚或摧而为柔，柔或往而从刚，其理不可定也。是故，事以位异，则易事以当位，法与时迁，则更法以趋时。故曰：'不可为典要，惟变所适。'"

皇上听得津津有味，以赞赏的语调道："先生说的是，法与时迁，更法以趋时！"

"臣替皇上打理朝政，无他，先一个'实'字，踏踏实实一件一件做下去，挽刷颓风、振兴朝政；再一个'变'字，凡不合时宜者，据实变之，惟变所适，先立规模，见其大意，而后乃徐收其效！"高拱以有力的语气道。

皇上望着须发花白的老师，饱含深情道："《传》曰：有非常之人，然后有非常之事；有非常之事，然后有非常之功。朕于先生，有厚望焉！"

"臣决不辜负皇上的信任，鞠躬尽瘁，死而后已！"高拱语调深沉地说。

"先生上了年纪，也要善自珍摄。"皇上嘱咐道。

"惟其如此，臣方要惜桑榆之景，只争朝夕！"高拱以坚定的语调道。他深情地注视着皇上，蔼然道，"皇上，务请珍摄龙体，善养精神，期无疆之万寿！"

　　皇上面露尴尬之色。

1

高拱一到内阁，部院寺监、科道翰林，照例分批来贺。

"诸公，我闻京城讹言腾天，都说高某要报复。今日向诸公表明心迹：人臣修怨者负国，高某不敢假朝廷威福行其私。往者攻讦过高某者，高某一概忘怨布公，请诸公共鉴之！"每批来贺者，总会听到高拱慷慨激昂地说出这番话来。

送走最后一批来贺的翰林，高拱未再进中堂，欲到朝房小憩，张居正拿着一份文牍跟了进来，笑道："呵呵，这就有道难题考验玄翁来了！"说着把文牍往书案上一丢，"李兴化请玄翁拿主意，玄翁看看吧！"

高拱拿起一看，是海瑞上的《被论自陈不职疏》，他匆匆浏览一遍，仰脸道："海瑞言戴凤翔所论'无一事是臣本心，无一事是臣所行'，颇是沉重，还带着几分激愤。往者他总是攻讦别人，今日方知被攻讦的滋味，不好受嘞！"

张居正坐下，郑重道："玄翁，此事不可小视。海瑞在江南一意澄清，但此公迂滞不谙事体，举措多不近人情，搞得鸡飞狗跳，朝野物议腾天，言官联翩论劾。阁部已决计罢之以息舆论，却又多有顾虑，迟迟未题奏，把烫手的山芋丢给了玄翁。"

高拱把文牍往前一推："我看目今官场因循拖沓，倒是需要海瑞这样的人，廉节自守又勇于任事，委实难得。"

张居正提醒道："元年逐高，海瑞出了大力，若顺舆情罢海瑞，必被误为玄翁是报复海瑞；若独持异议保留海瑞，又会被误为玄翁用海瑞报复徐老，岂不左右为难？"

"'报复'二字，不在我心里。"高拱淡然道。

张居正蹙眉道："玄翁磊落，自可这样想。可一旦保留海瑞，科道那里……"

不等张居正说完，高拱一扬手："海瑞所为，必是触动了某些人的利益，要革新总要触动既得利益，畏首畏尾何谈革新？"

张居正沉吟片刻，蓦地抬起头，看着高拱："玄翁复出，科道抵触情绪很大。玄翁立足未稳，又与科道为敌，恐非上策。罢海瑞已是举朝共识，若玄翁独持异议，不惟背上报复徐老的恶名，科道又要纠缠不休，为一个海瑞，与科道纠缠，岂不误了大局？"

高拱默然，良久方道："叔大提醒得对。百废待兴、万机待理，不能纠缠于一人一事。"他重重呼了口气，"吏部即题覆，罢了海瑞巡抚之职。"说着，站起身，"叔大，陛见时我已向皇上请准，晨理阁务，午视部事，今日午前要到吏部去，你知会兴化一声。"

这是高拱第一次从内阁赶往吏部理事。午时的阳光照得轿子里的他一身暖洋洋的。掀开轿帘，看着轿子穿午门、端门，从承天门左券门出来，过长安街，向东南行一箭远的路程，在吏部衙门首门内降落。轿夫一路疾行，到了吏部，头上冒出热气。高拱下了轿，近乎小跑着往后堂走去，官袍角裾发出"飒飒"之声。

吏部两侍郎，四司郎中、员外郎、主事，早已接到堂单，要他们于午时三刻在后堂会揖。刻漏显示已近三刻，新任管吏部事大学士高拱风风火火进来了。

此堂乃吏部会揖之所，堂的北侧放置着一圈长条几案。高拱在中间一把座椅上落座，喝了口茶，扫视众人，道："诸位，吏部掌铨政，必其至正，乃不夺于干托之私；必其至公，乃不狃于爱憎之素。必有独运之才，乃可酌群品而当其用；必有独照之鉴，乃可破似是而识其真。归根结底要一个'公'字。为此，本阁部要先立规矩。"他顿了顿，伸出食指，"其一，公铨选。往者选人，文选司主事、郎中与尚书三人商榷而定，今本阁部改之：侍郎、员外郎都应参与选政。凡选用四品以下官员，通于后堂集议共选，文选司以天下官单俱送后堂，共同查对，揭其当升者付郎中，郎中付侍郎，侍郎呈本阁部而定升迁。"

"玄翁，这……"左侍郎靳学颜附耳道，"祖宗成例，侍郎不与选政，员外郎不得看单，改为会商，恐司官会生怨气，还是……"

"只要一本公心，何惧招怨？"高拱断然道，"盖光天化日之下，十目十手所共指视，非惟人不得其私，即本阁部欲有所私，亦不能也。"说着又把中指伸出，"其二，建簿册。吏部职在知人，人不易知，幸诸位早计之：某人德，德何如；某人才，才何如，书诸册。某人不德，不德何如；某人不才，不才何如，书诸册。某人乃所亲见，某人乃耳闻，某人何人所荐，书诸册。皆签名封记，月终呈于本阁部。此后，举凡考察、推升、降调、罢黜官员，不能只凭巡按、上官一言，还要参酌簿册。慎之哉，本阁部且以此见诸君贤。"

到了用午饭的时辰了，高拱却浑然不觉，继续说："日前本阁部陛见，面陈圣听并深获嘉许者，可用一句话概括之：法与时迁，更法以趋时；也可用《易经》上的四个字代之：惟变所适。诸位也可认为，此即高某的政纲。目下吏治积弊甚多，人所诟病，举凡用人、考察、回避等等诸制，应兴应革，各司皆须上紧梳理，次第推行。可先从皇上宵旰所忧者边务、财用入手。边务，吏部不惟对边臣选用，还要对上至兵部、下至沿边有司的设职用人一整套制度加以革新；财用，无非开源节流，开源非吏部所关，节流却当仁不让，要拿出裁减闲衙冗员方案，此一事先做起来，靳侍郎专责，旬日内拿出方案。"

靳学颜又附耳道："玄翁，该用饭了。"

高拱一扬手，大声道："民以食为天，不能逆天，呵呵，吃饭！"

司务厅也已接到堂单，高阁老每日午时皆在部用餐。待高拱进了尚书直房，司务厅差厨役把食盒送到，将饭菜摆于书案。高拱坐下，刚咬了口馒头，左侍郎靳学颜进来施礼。高拱抬眼一看，见他虽身材伟岸，却一脸猥琐，不悦地问："何事？"

靳学颜点头哈腰道："玄翁，有件事想请示。"见高拱未出声，他道，"玄翁适才有示，用人当后堂公议。下吏看，有些人选恐不宜公之于众。"

说着，拿出一份文牍，道，"尚宝司丞何以尚守制期满，当起复；南京都察院右都御史刘自强考满，当推升；南京都察院御史尹校考满，当推升；河南提学副使杨本庵考满，当推升。"

"何以四人不能付公议?"高拱问。

"嘿嘿，玄翁，这个……"靳学颜眨巴一双小眼睛，"玄翁心里定然有数。"

高拱自是知道的。隆庆元年举朝逐高，户部司务何以尚在朝会上高声大叫，请皇上赐尚方宝剑诛杀奸臣高拱，徐阶以破格升尚宝司丞以赏其功；工部侍郎刘自强则在尚书坚不赞同以公本逐高的情形下，以白头疏上奏，吁请皇上逐高，遂升南京都察院正堂；御史尹校则自南京以京察拾遗，攻讦高拱无大臣体，当予罢斥；新郑县公举高拱长兄高捷入乡贤祠，独河南学政杨本庵力持之，指其忍薄杀子，遂被搁置。靳学颜必是因为这些原因，方来请示的。

"掌铨政，要在至公，万不能狃于个人爱憎。至于曾经攻讦过高某的，午前高某已在内阁宣示，忘怨布公!"高拱凛然道，顿了顿又道，"侍郎提到的这四人，该起复起复，该推升推升。此后遇到此类情形，照今日所说办理，不必有顾虑。"

靳学颜喏喏告退。刚走到门口，高拱问："靳侍郎，科道论劾海瑞一案，不能再拖，上紧题覆。"

靳学颜回身，又眨巴下眼睛，道："原本拟以'巡抚地方，非海瑞所长'题覆；不过，用他在江南，制裁松江大户，倒是……嘿嘿嘿。"

无非是说用海瑞报复徐阶。高拱暗忖，鼻腔中发出"哼"声，大声道："罢去海瑞巡抚一职，我赞同；但不要朦胧题覆，要以理服人，重新拟稿，送来核签。"

2

苏州府常熟县支塘乡，有一座贺舍庙，是前元宗藩宴客之所。国初改为庙宇，供祀猛将。隆庆四年初，江南巡抚海瑞为督疏浚白茆塘之工，临时驻节于此。这座古庙旁有古银杏三株，所结白果名佛指甲，质糯味香，远近闻名。这天午时，海瑞用罢午饭，正站在银杏树下仰头上望，一匹快马奔驰而来，海瑞转脸看去，隐约可见骑马者是巡抚衙门的书办。须臾，快马在离海瑞几步远的地方停下，书办下马施礼，双手呈上一份邸报。从他的表情看，似乎邸报上载有不好的消息。海瑞拿起邸报急忙翻看，映入眼帘的，正是在他回应戴凤翔弹章所上《被论自陈不职疏》上的一段长长的批示：

> 看得都御史海瑞自抚应天以来，裁省浮费，厘革宿弊，振肃吏治，矫正靡习，似有惓惓为国为民之意。但其求治过急，更张太骤，人情不无少拂。既经言官论劾前因，若令仍旧视事，恐难展布。相应议处，合候命下，将本官遇有两京相应员缺，酌量推用。遗下员缺，先行会官推补。

海瑞双手颤抖，满脸憋得通红，怔怔地看着不远处的工地，良久不发一语。海安见状，忙上前接过邸报，顺手搀扶着海瑞的臂弯往贺舍庙里走。刚走了几步，海瑞停下来，低声道："免巡抚一事，先不要张扬，以免影响河工。"

进得庙内，海瑞颓然跌坐椅上，牙关紧咬，明显是在极力抑制自己的愤怒，他脸色铁青，嘴唇发紫。良久，长叹一声："唉——天下事，果不可与俗人为之也！"

海安问："不让老爷做巡抚，那老爷不是说，还有一个总督粮储的官吗？还让不让老爷做了？"

海瑞茫然的眼神里，流露出不屑的光芒："总督粮储，本就是闲差，做不做甚无谓，总归是他们容不下老爷我这样的官！"

"老爷，这个高相爷，怎么一上来就与老爷过不去，是不是因为当年老爷骂他，帮徐相爷把他赶走了，他报复老爷？"海安道，他又夸张地惊叹道，"唉呀耶！前一阵都在传，说这高相爷上来，非把那些赶他走的人往死里整不可！"

海瑞猛地站起身，一把夺过海安手里的邸报，展于案上，弯腰勾头，快速浏览着。反复看了若干遍，紧锁双眉，若有所思地扶案转回到座椅上，点着邸报道："海安，你看这何以尚，当年可是请尚方宝剑要诛杀高新郑的，可这回起复了，升南京光禄寺少卿。而原来的少卿尹校，当年违例拾遗高新郑，对其羞辱至甚，这次却调任朝廷的光禄寺少卿了。还有以白头疏逐高的刘自强，升南京户部尚书了。"海瑞在官场无朋友，只能和海安说说心里话，此时他满肚子愤怒与委屈不知如何发泄，也不知向谁发泄，海安适才一番话提醒了他，遂拿起邸报细细观看，一看就连何以尚、尹校这些人也照常起复、推升，就觉得高拱报复他之论似乎不能成立，"高新郑若真要报复，他最想报复的当是徐存斋，而老爷我正在迫徐存斋退田，他的三个儿子也被羁押待审，高新郑何不顺水推舟，让老爷我继续做下去？"

"那会不会是徐相爷找朝廷里的人干的？"海安又问。

"我看，高新郑经过一次挫折，怕了！怕得罪科道，怕得罪徐阶的门生故旧。"海瑞说着，突然一阵大笑，"哈哈哈！哈哈哈！就连高新郑也怕得罪人了，朝廷里，宁无一人是男儿！"

海安手足无措，慌了神儿，待海瑞镇静下来，问："老爷，这该咋办？"

"收拾行装，等天黑了就回苏州，交印！"海瑞吩咐道，海安刚转过身，海瑞又道，"笔墨伺候，老爷要给高新郑修书。"

"这下，徐相爷该高兴了！"海安边手脚不停地忙活着，嘴里边嘟哝道。

海安只说对了一半。几个月来，徐府上下，个个神经紧绷，过得胆战心惊。外面讨公道的乡民不绝如缕；官府的传票不时送来；羁押在华亭县大牢的徐瑛等人日日求救。阖府人等都不晓得，这样与海瑞硬抗下去，还能坚持多久。府中的妇人们先就失去了耐心。这天，儿媳们怀抱幼子稚女，又来向徐阶哭诉。她们跪在静室门外，哭天号地不止，徐阶躲在室内也暗自垂泪。

"阿爹——阿爹——"随着一声声激动的高叫，徐瑛突然狂奔而来，顾不得哭泣的女流，径直闯进了静室，惊喜道，"阿爹，海瑞被罢了，罢掉了！"说着，转身对门外的女流大声道，"你们都走开，走开！"

徐阶擦拭了一下泪眼，惊问："你，出来了？"

"都出来了！"徐瑛喘着粗气道，"海瑞罢职，谁还敢关咱徐府的人？谅他不敢！"说着，把从华亭知县那里拿到的邸报递过去，"阿爹请过目。"

徐阶慌忙举起邸报，急切地浏览着。

"花费千金，就将海瑞这昏官逐去，为江南缙绅搬掉了一块堵在心口的大石头！快哉！"徐瑛抑制不住激动的心情，口中喃喃。见管家徐五进来道喜，徐瑛吩咐，"把遣散的家丁叫回来，外面谁敢再闹，棍棒伺候！"

"昏话！"徐阶把邸报往书案上一丢，凄然道，"驱走恶狼，又来猛虎，咱徐家的苦日子，还刚开头！"

徐瑛也已听说高拱复出的消息，不安地问："怎么，那高胡子真要报复？"

"高未忘情也！"徐阶像是在喃喃自语。这是刚接到的张居正来书中的一句话，正是这句话，让徐阶如坠深渊。

"'未忘情'？那就是要报复了！阿爹，怎么办？"徐瑛哭丧着脸问，见徐阶不语，他又问，"这张居正指望得上吗？"

"还说呢，"徐五插话道，"闻得就是张居正帮高胡子复相的！"

"你说什么？"徐瑛瞪大双眼，闪着凶光，盯着徐五，仿佛是他把高拱请回了朝廷。

徐五低头回避着徐瑛的目光，又说："倒是也听说，高胡子要忘怨布公。"

"忘怨布公？"徐瑛以争辩的口气道，"我要是无端受那么大的屈辱，如今复出了，我……"话说一半，突然悟出失言，忙缩了缩脖子，住了嘴。

"不过，又听说，最早弹劾高胡子的那个淮安人胡应嘉，在老家为他母亲守孝，闻得高胡子复出的消息，当场就被吓死了！"徐五又说。

"真有其事？"徐瑛惊恐的眼神瞥在徐五的脸上，问。

徐五摇头，道："说不好，都这么传。"

徐瑛跺脚说："阿爹，这可如何是好？"

徐阶像是闭目养神，嘴唇却不住地嚅动着，过了许久，以少有的有力的语气道:"你差人去京城,知会吕光,他不必回来,就住在京城,这边再差几个人,不干别的,专门与他联络,随时通报京城的消息!"

3

申时过半,天快黑了,高拱还在吏部直房里批阅文牍,张居正闪身进来了。

"喔?阁老降尊纡贵来体察下情?"高拱笑着说,指了指书案前的一把椅子,"我猜猜叔大此来何意,"停顿片刻,不假思索道,"人的事!"

张居正会意一笑:"呵呵,都察院、刑部正堂本就缺员,玄翁等待陛见期间兵部尚书霍冀因与赵内江相构而罢去,得上紧补上啊!"

"叔大有人选?"高拱问,

"人选没有,惟选人原则,欲进言玄翁。"张居正郑重道,"还是选便于驾驭者,不的,掣肘太多,施政不畅。"

高拱沉吟良久,道:"朝廷用人,还是要体现一个'公'字,方可取信于朝野。我反复斟酌,都察院,不妨让赵内江兼掌。"

张居正惊得蓦地向后一仰身,却没有说话。

高拱在赵贞吉登门造访时,已然生出此念,只是顾及张居正,他没有在陛见时面奏,打算和张居正商榷后再说。他预料到张居正难以接受,已有说辞:"内江每遇事泥古,不通时变,且争强好胜,诚亦有之,然其忠诚许国,奋不顾身,何可掩也?台长为讽议之臣,我观内江,行云流水,一过即休,未尝有丝毫芥蒂胸中,叔大也就不必对他耿耿于怀啦!"

张居正道:"既然玄翁意已决,居正夫复何言?"

"执法不公,乃官场积弊之首。刑部执掌司法,一举一动,对正风俗影响甚大。是以大司寇当选老成清慎,峭直梗介,不阿随之士。我看葛守礼可任之,当请皇上召回简任。至于兵部,我倒是有属意之人,但时机未到,先付诸会推,大家公选,皇上圈定。"

张居正默然。

"我还猜得到,叔大最关心的是,谁接替海瑞巡抚一职。"高拱笑道。

"江西按察使殷正茂如何？"张居正脱口而出。

高拱摇摇头："叔大的这位贵同年，不是合适人选。"

张居正并不问其故，又道："贵省布政使梁梦龙如何？"

"你的这位门生，也不是合适人选。"高拱笑道。说着，从一堆文牍里检出一封书函，向前一推。

张居正拿起一看，是海瑞写给高拱的私函：

学生竭尽心力，正欲为江南立千年基业，酬上恩、报知己也。纷纷口舌，何自而起？可怪！可怪！此事古已有之，不平之恨，一笑而散矣！但生百疾举发，是实不能再当官事。家乡万里，老母年八十一，能将之而去，又能将之而来耶？是以一向不敢言疾，今则万万不得已矣！恩之君父，惟明公少加赞成，人情世态，天下事亦止如是而已矣，能有成乎！母子天性，熙熙山林，舍此不为而日与群小较量是非，万求一济，何益！何益！生去意已决，惟公成就。诸事垂成中止，不得其平而言，非悻悻然见颜面也。惟公勿以为讶。

"海瑞此函，看似坚辞，实则是对朝廷'候用待补'一语不满，想要朝廷上紧给他推补新职。"张居正把书函向高拱面前一推，指着道，"玄翁看这句话，'老母年八十一，能将之而去，又能将之而来耶？'说得再明白不过了。"他一蹙眉，不解地说，"他不是还保留着总督南京粮储一职吗？"

"海瑞分明是不愿做闲差，且这个闲差即将革除。"说着，高拱又把一份文牍往张居正面前一推，"吏部按我的要求，拿出这个裁减冗员方案。"

张居正一看，留都各衙门共裁革冗员十二：吏部主事一员，户部员外郎二员，礼部主事一员，刑部主事一员，工部员外郎一员，都察院都事一员，通政司右参议一员，光禄寺少卿一员，国子监博士、学正各一员，太仆寺寺丞一员。看罢，侧脸问："这里没有总督粮储一职啊？"

"南都御史杨邦宪上本，奏请将总督粮储裁革，"高拱又把一份文牍推给张居正，"吏部查照正统、嘉靖朝事例，总督粮储当仍令南京户部侍郎带管，不必专设。这样一来，总督粮储一职，也就不复存在了。只能着海瑞照旧候用，遇有员缺推补。"

"玄翁的意思呢？"张居正问。

"让海瑞做南京都察院佥都御史如何？"高拱看着张居正问。

张居正摇头道："玄翁未到时，内阁也曾议过，认为科道论劾海瑞，却调他去做科道上司，不免给人以报复科道的观感。"他眉毛一挑，"不唯如此，还有一层，也请玄翁虑及：海瑞固然勇于任事，大言抨击因循苟且，但他的着眼点与玄翁未必相合。他公开宣示'欲以身为障，回既倒之狂澜；以身为标，开复古之门路'。这和玄翁主张的'惟变所适'岂不南辕北辙？玄翁孜孜于行新政、开新局，倡言更法以趋时，改制革新，海瑞会赞成？不赞成会保持缄默？"

高拱仰靠在椅背上，缓缓道："这么说，为大局计，不得不牺牲海瑞了！"语调中流露出无奈。言毕，蓦地向前倾身，问，"海瑞所揭徐老之事，叔大以为是真是假？"

海瑞在《自陈不职疏》和给内阁大佬、京中熟人书函中，揭徐阶不法三事：一曰产业之多，令人骇异；二曰在苏松、京师广设店铺以牟利，又钻营打点，广延声誉，希图再起；三曰纵容子弟家人武断乡曲，残害百姓，小民詈怨而恨，两京十二省无有也。

"徐老甚可恶！"张居正恨恨然道。

高拱叹了口气："执法不公是大弊，海瑞所行并无大错，但却不能立足；继任者既要奉朝廷之法，又要沉稳老练，是以接替海瑞的人选，不宜用新进，要用老成。"

张居正这才明白高拱否决殷正茂、梁梦龙的原委，道："玄翁所虑极是。"

高拱道："此番进京过保定，闻得保定巡抚朱大器官声甚佳。他早我三科中进士，资格甚老，行事稳重却又不乏锐气，我意以他补江南巡抚，叔大以为如何？"

张居正一笑道："呵呵，玄翁当年在翰苑，被选中在中秘撰理文官诰敕，对中外官员经历最是熟悉；今又悉心查访，识人用人，最是恰当！"

高拱自嘲一笑："只是如此一来，不惟又要挨海瑞痛骂，后世还要诟病高某甫掌铨就罢海瑞，不容直臣。"

张居正正色道："玄翁有大胸襟，不会斤斤计较个人得失。既然是为大局牺牲海瑞，端赖大局能否如愿一新，若时局为之一新，后世或可体谅。"

"此言甚是！"高拱一扬手道，"当务之急是安边！"

大明首相
第二部
凤虎云龙

第十二章　海刚峰痛骂举朝皆妇人　高中玄纵论兵事乃专学

第十二章　海刚峰痛骂举朝皆妇人　高中玄纵论兵事乃专学

1

海瑞交卸了巡抚关防，便到了南京。他还有一枚总督粮储的关防。总督南京粮储，编制只是一员，并无僚属。他又上一本，请求朝廷把他的这个职务解除。因已呈请辞职，除按例到南京吏部报到缴凭外，就只能在临时赁居的小院里等候。焦躁、愤懑，在这令人窒息的等待中与日俱增。

已是阳春时节，海瑞闭门不出。这天午后，海安从外面回来，走到海瑞临时卧室兼书房里禀报说："老爷，有急足送来一书。"

海瑞急忙拆开来看，是内阁大佬张居正写来的。展开一看，上写着：

仆谬忝钧轴，得参庙堂末议，而不能为朝廷奖奉法之臣，摧浮淫之议，有深愧焉。

读到"奖"字，又看到"奉法之臣"四字，海瑞心中涌出一股暖流，对张居正的感激之情油然而生。读着读着，海瑞琢磨出，这是张居正向他表达歉意的。从字里行间可以读出，朝廷不会留他了。

"海安！"海瑞大叫一声，"收拾行装，回老家去！"

海安做捂嘴状，海瑞意识到自己情绪失控，急忙到门口伸头向外查看，见没有动静，才放下心来。他怕老母为他担惊受怕，哪里敢让母亲

167

知道这一切？

"老爷，有啥好收拾的，说走，抬腿就能走。"海安小声说，"不过，老爷，还是再等等吧，老爷名气这么大，朝廷里，谁敢罢了老爷的官？"

海瑞两眼发直，愣愣地在板凳上坐着。

"老爷不是说皇上啥事都让内阁做主吗？都说内阁里是高相爷说了算的，终归是这高相爷要罢了老爷。"海安又探究起这个话题来。

海瑞突然叹息一声："隆庆元年，徐华亭不容高新郑，老爷误听人言，攻讦高新郑，替徐华亭评功摆好，说他清廉、大度，回过头来看，老爷我做错了。"语调中满是惋惜，又带自责。

海安道："老爷，小的听来听去，咋还是觉得是高相爷为了报复老爷，罢老爷的巡抚呢？"

海瑞摇摇头道："老高是个率直性子，他说要忘怨布公，我看不会是言不由衷，不然他不会罢了老爷我的巡抚。老爷看他不是报复，是被'报复'这两个字困住了！"

正说着，忽闻外边有人叫门，海安忙去查看，是南京吏部差人来送邸报的。海安领他去见海瑞，差官面无表情道："海大人，你这个总督粮储，裁了！"说完，把邸报递给海安，转身走了。

海瑞怕自己听错了，一把夺过邸报，一目十行地阅看，看到裁汰南京冗员的诏书，他停住了，用手指点着，逐字逐句地看，总督粮储果然在列。

"哗啦"一声，海瑞把邸报向上用力一抛，跺着脚，悲愤地大叫道："想罢老子的官，罢就是了，还这样羞辱老子！"言毕，喘气声越来越大，渐渐地，又觉得呼气不畅，憋得脸色发乌。

海安见状，忙上前搀扶着海瑞往床边挪动，又腾出一只手在海瑞胸口用力抚拊着，帮他顺气。海瑞半躺在床上，喘了一阵粗气，突然伸手把海安推开，握紧右拳，猛地砸在床铺上，赌气似的蓦地起身下床，走到一张破旧的书桌前，提起笔，刚写下"为告养病事"几个字，又转头对海安道："你快去，买船票，明日就离开南京，这等世界，做得成甚事业，回老家，当农夫！"

海瑞含泪辞别金陵，坐船南返，过饶州，至余干时，他胸中的怒火，已然慢慢被一种快意所取代。他估算着，此时，朝廷应收到了他的《告养病疏》了，他想象着，朝中百官会是怎样的反应。

李春芳第一个看到海瑞的奏本，嘴巴大张，良久没有合上。当阁臣都传阅毕，李春芳解嘲道："呵呵，这个海刚峰，竟说举朝之士皆妇人也！照他这么说，我这个内阁首臣，就是个老婆子喽！"

陈以勤"嘿嘿"一笑，高拱沉着脸，把海瑞的《告养病疏》又细细看了一遍，把其中的一段反复阅看着：

今诸臣全犯一因循苟且之病。皇上虽有锐然望治之心，群臣绝无毅然当事之念……人无奋志，治功不兴，国俗民风，日就颓敝。乞皇上敕令诸臣，不得如前虚应故事，不得如前挨日待迁，必求仰副皇上求治之心，勿负平生学古之志。不求合俗，事必认真。九分认真，一分放过，不谓认真，况半真半假乎？阁部臣之志定，而言官之是非公矣。阁部臣如不以臣言为然，自以循人为是，是庸臣也，是不以尧舜之道事皇上也！

高拱又想起了三年前自己为举朝所攻，不得不像海瑞这样以告养病的借口回籍闲住，那时的心情是何等愤懑、委屈、不甘，海瑞此时的心情，当也如此，他能体会得到。所不同的是，海瑞临走前直抒胸臆，慷慨陈词，而他的这些话，句句说到了高拱的心坎上。可这样忧国忧民、慷慨任事之士，却被自己亲手打发掉了。同情、愧疚和焦躁的情绪笼罩在他的心头。他右手重重地拍在海瑞的奏本上，大声道："再不振作，那就真是妇人不如了！"

"喔呀，我有些担心！"赵贞吉呃嘴道，"海瑞的自辩疏里，大骂科道，说他们逞己邪思，点污善类，营营止樊，人憎惧惮。这不一竿子打倒一大片吗？都察院里快炸锅了，不是咱老赵资历老有本钱，还真压服不了他们。这回好，海瑞又火上浇油，竟痛骂举朝皆妇人，科道还能不能忍得住，咱老赵不敢担保！"

赵贞吉说完，同僚都将目光转向了高拱。

"内江，转告你那些御史，"高拱冷冷道，"海瑞去留是高某的主意，海瑞骂的都是高某，他们不必往自己身上揽！"说着，气呼呼地把眼前的文牍往外一推道，"有精力不去盯着那些贪墨枉法之徒，颓靡塞责之辈，揭而攻之，和海瑞较什么劲？"言毕，抱拳向李春芳、陈以勤、张居正、赵贞吉晃了一圈，"诸公，海瑞的事，到此为止吧！"

"只怕止不住！"赵贞吉低头嘀咕了一句。

2

朝会的一应礼仪已毕，高拱一抖朝袍，躬身奏道："皇上，臣有本奏。"

"高先生奏来！"皇上抖擞起精神，大声道。

高拱缓缓道："臣有《议处本兵及边方督抚兵备之臣以裨安攘大计疏》一道，今将其要领面陈皇上。"不等皇上回应，就说开了，语速不知不觉加快了，"二三十年来，边关多事，调度为难，兵部之任尤重。可臣亲眼所睹，总督每遇员缺，惶惶求索，不得其人，难道真是国家乏才？非也！实因无储养之道所致！"顿了顿，突然提高声了调道，"兵，乃专门之学，非人人皆能者。若用非其才，固不能济事，若养之不素，虽有其才，犹无济于事。可兵部官员，却与他部无别，不择其人，泛然以用，今将他官调兵部，明将兵部之官迁他部，人无固志，视为传舍，不肯专心于所职，如此，如何储才？做兵部官者又如何能称职？"

"高先生说的是！"皇上以赞赏的语调道。

"这件事，要从兵部司属抓起。"高拱继续说，"兵部之官，从选拔时就应当高标准，以有智谋、有才力者充之，并使其专官于此，闻军旅之务，习兵事之学，不复他迁。同时，要建立特殊升迁之制：边方兵备道有缺，即以兵部司属补；边方巡抚有缺，即以边方兵备道补；边方总督有缺，即以边方巡抚补；而总督与在部侍郎时出时入，交流任职，以候兵部尚书之缺。"

吏科给事中戴凤翔大步出列，奏道："陛下：祖宗成宪，巡抚或以布政使升迁，或以京堂外放，兵备道还要升按察使、布政使方可升巡抚，高阁老所言，与成宪不合。"

"微臣亦作如是观！"兵科都给事中温纯出列道。

皇上正专注地听说，被二人打断，不禁皱眉，见高拱脸色阴沉下来，欲辩驳，便伸手摆了摆，拦住他，问："高先生适才所说时出时入，何意？"

"皇上，臣观兵部侍郎与他部一样，也设二员。近年既称边关多事，而官则如旧，以至于巡阅边事，要临时抽调他官，或遇边方总督员缺，也每每临时以他官调任。补于东又缺于西，且道途遥远，动经岁时不得履任，门庭紧急之事，无人为御。臣愚，诚中夜以思，宜于兵部添设侍郎二员，或在部协理部务，或巡阅边务，或遇边方总督员缺，即火速以一人往，可朝发夕至。因其出入中外，阅历既深，凡兵事与边关险隘、虏情缓急、将领贤否、士马强弱，皆已晓畅谙熟，方略素定，遇有尚书员缺，即以其资深者补之。"

"一部两侍郎，乃祖制，岂可擅变！"温纯大声抗议道。

"高阁老，你不是在大力裁汰冗员吗？连太医院按摩科都裁了，怎么突然又加员额？"刑科给事中舒化质疑道。

皇上佯装没有听到，高声说："嗯，高先生说的是，如此，则兵事得人，边务有济！"

高拱看出来了，皇上不愿他与科道争执，遂继续陈奏："臣又思之，养才虽足以备用，然奖惩不明，何以尽人力？体恤不周，何以尽人心？故臣又拟奖惩措施若干，俱载于疏中，不再渎扰圣听。"他又躬身一揖，"臣受皇上眷任，誓图报称，见得边事废弛，必须得人乃可振起，而用人不得其道如此，若今不为之改制刷新，恐因循愈久愈难收拾，故特为我皇上进言，以济目前之急；预为储养，以备他日之用。安攘之计，或莫先于此。伏望圣明裁断，不胜幸甚！"

皇上坐直身子，决断道："兵事至重，人才难得，必博求预蓄，乃可济用。高先生处划周悉，具见为国忠献，都依拟行！"说完做起身状，鸿胪寺赞礼官一看，忙高唱一声："散朝——"

百官在"嗡嗡"声中散去，刑科给事中舒化义愤填膺道："他一上来就变乱祖制，我要上本！"

兵科都给事中温纯一晃拳头："他大权在握，你不想干了？走着瞧就是了。"

高拱却是一副凯旋将帅的神情，拉了拉张居正的袍袖："叔大，到我朝房去。"

"喔，不知兴化会不会召集到中堂议事？"张居正踌躇道。

"有事他自会到朝房找我。"高拱自负地说，一摆脑袋，"走！"

两人旁若无人，大步走向文渊阁。进得高拱的朝房，书案上铺着一张《北边关隘图》。高拱走上前去，点着图右角道："蓟镇目下有谭纶、戚继光，且修墙筑障，甚为坚固。对蓟镇，似不必过忧。"他手指向左移动，"宣大则不然。虏酋惟俺答为雄，其分住宣府境外，把都、辛爱等五部，皆亲枝子弟，一有煽动，即为门庭燃眉之灾。"

张居正点头道："正是。老酋俺答早已是国朝最大祸患！"

高拱手指继续向左移动，道："延绥、甘肃、宁夏三镇主要防御俺答之弟吉囊及三子，然则吉囊各部散处河西僻隅，与俺答诸部不可同语。故今之制驭诸虏，要在俺答一酋而已。"

张居正像是明白了高拱的意图，道："玄翁是说，把三边总督王崇古调任宣大总督？"

高拱突然一声讥笑："呵！叔大的恩师做的好事！"见张居正投以不解的目光，他解释道，"记得那年因三边总督陈其学无威略，致三镇损兵折将，方紧急升宁夏巡抚王崇古接替之。不知何故，这陈其学回籍听勘一年多，竟然被你的徐老师荐为宣大总督。"

"陈其学老成持重，只知袭故套，不敢越雷池一步，符合徐老的胃口。"张居正苦笑道。隆庆二年因石州失陷，宣大总督王之诰回籍听勘，徐阶提议起用陈其学接任，他当时就认为用人不当，却也未敢明言。

高拱做了一个请入座的手势，和张居正一同隔几而坐，喝了口茶，边放茶盏边道："南京兵部侍郎李迁调两广总督，陈其学调南京兵部侍郎，王崇古调宣大总督。叔大以为如何？"

"甚好！居正早就听说，王崇古慷慨有奇气，喜谈兵事，知诸边厄塞，善韬略，他任宁夏巡抚、三边总督这些年，北虏屡残他镇，宁夏独完。调他任宣大总督，最合适不过！"张居正欣喜道，又问，"那么王崇古遗缺谁可补之，玄翁有人选吗？"

高拱笑道："我知叔大有人选，且知人选为谁。"说着，他伸出食指往茶盏里轻轻一蘸，顺手在几案上写下了一个名字。

张居正看了一眼，笑了起来："哈哈哈，玄翁知我。正是王之诰。他是居正的亲家，但内举不避亲，王之诰做三边总督，合适。"

高拱皱了皱眉，踌躇片刻，不想驳张居正的面子，点了点头。

"大同尤为兵家必争之地，三面临边，东连上谷，南达并垣，西界黄河，北控沙漠，实京师之藩屏，中原之保障。"张居正铺垫道，"大同巡抚，亦当得人，时下这个李秋，我看不合适。我意，大同巡抚与辽东巡抚互换，调方逢时巡抚大同，李秋巡抚辽东。"

"嗯，也好！方逢时才略明练，与王崇古又有同年之谊，不失合适人选。"高拱赞同说。

"方逢时乃玄翁同年，居正同乡，便于沟通。"张居正笑道。

高拱没有接他的话，似乎还在盘算着："兵部郎中张学颜，去辽东做兵备道，以为督抚后备。往者总把那些失意之人贬到边地，边务因此不振。今后恰恰要用干才去边地，他们自知有前程，到了边地自会用心，边务由此可振。"

张居正赞道："玄翁可谓远虑。"

"叔大适才言大同尤为紧要，我深有同感。大同直当俺答一面，且连遭虏患，当为防务之重。"高拱声调坚定地说。他目视前方，幽远而深邃，"以往，执政者所谓防务，实则惟以保京师和皇陵无虞为要，宣大总督驻节怀来，以保京、陵。此一防务方略，底线太低。我意，宣大总督驻地要西移，移到阳和去，以此向中外宣示，国朝防务底线，是确保北边安全，而不是仅仅着眼于京师、皇陵。"

"玄翁所言，居正极赞同！"张居正道，他抬眼看了看高拱，似乎有话要说，却欲言又止。

"叔大有甚话，说嘛！"高拱催促道。

张居正踌躇片刻方道："兵部侍郎缺员，居正以为，谷中虚可任之，不知玄翁以为如何？"

高拱沉吟道："谷中虚……他是嘉靖二十三年进士，历任兵部主事、员外郎、郎中，又做过山西潞安兵备道，在浙江巡抚任上指挥剿倭，在湖广巡抚任上招抚流寇，经历倒是合适。怎么，他巡抚贵省时口碑不错？"

"楚人皆赞之。"张居正道。

"兵部侍郎例由会推，谷中虚可作人选。"高拱决断道。

3

紫禁城午门右掖门内之西，与文渊阁相对，有朝房五十间，此即吏、户、礼、兵、刑、工六科的直房，谓之六科廊。朝会散后，刑科给事中舒化回到六科廊，义愤难平，起身走到兵科都给事中温纯的直房，吏科给事中戴凤翔也在，三人各抱拳施礼毕，戴凤翔叫着舒化的字道："汝德，我辈弹劾海瑞，引来他破口大骂，不能就这么忍了吧？"

"汝德也是为此事而来？"温纯盯着舒化问。

舒化道："今日朝会，高阁老大谈改制，我辈不能缄默吧？我是为此事而来。"

温纯笑道："汝德还是不能释怀？他手握铨政，又深得皇上眷倚，识时务者为俊杰，不值得！"又转向戴凤翔，"海瑞骂街，六科俱愤愤不平，欲上本，可都察院那帮人说赵阁老有话，不让上本，还说这是高阁老的意思。"

舒化垂头丧气道："就这么算了？那要我辈言官做何？"

戴凤翔一捋小胡子，脑袋蓦地晃了一下，转身就往外走，走到门口方举拳向后抱了抱，一溜小跑出了六科廊，穿过会极门，往东华门而去。一盏茶工夫，就到了东华门外翠花楼对过的一个小巷，进了一座小院。这里，是徐阶的门客吕光的居所。

吕光吃了一惊："戴给谏何以此时匆匆造访？"

戴凤翔也不入座，站在花厅门口道："吕老，我刚听说，那高胡子压着科道不让参劾海瑞，科道啧有烦言，你找个地方，今晚我带几位科道去餐叙。"见吕光不解，他解释道，"偏要上本，一来为百官出口气；二来难为难为高胡子，让海瑞这件事缠住他！"说完转身就走，刚走两步，又反身回来，低声道，"预备着些，存翁不是有言在先，不惜代价吗？"

自参劾海瑞六大罪公之于众，徐阶即差人专程携厚礼向戴凤翔致谢，双方交往不断，无形中彼此有了"自家人"的感觉。

吕光心领神会，笑道："老弟放心，徐家在京店铺的银子随我支领。"

经吏科给事中戴凤翔和吕光暗中串联，不几日，对海瑞的弹劾掀起了新一波浪潮。这天，辰时已过，高拱刚进中堂，李春芳起身走到他的书案前，把手里的文牍轻轻丢过去，叹了口气道："新郑，麻烦事又来了。"

高拱一看，一份是吏科都给事中光懋领衔，吏科三位给事中列名的弹章，参奏海瑞。只见上写着：

> 海瑞悻悻自好，皎皎自明，假以求去，横泄胸臆，且反诬言官，丑诋孟浪，无所执据，事属乖违，法应参究。照得海瑞小器易盈，晚节不竟……

另一份是都察院河南道御史成守节领衔，参奏海瑞的：

> 臣等俯睹邸报，见前巡抚佥都御史海瑞奏《告养病疏》，中间首张夸大之词，终悔举朝士人，以泄怏怏不平之气。乞严加戒谕，务使虚己有容，以图后效；改过不吝，以盖前愆。

李春芳叹口气道："吏科都给事中是六科领袖，河南道掌道御史是御史领袖，他们二人各领科道联名论劾海瑞，可视为代全体科道，分量甚重啊！"

"新郑，不是老赵不压服，前两天说得好好的，不知何故突然就冒出这两道弹章，我老赵也是大吃一惊嘞！"赵贞吉忙解脱自己。

高拱脸色铁青，怒道："海瑞已然罢去，似这般不依不饶，还要怎样？"

"新郑，你别犯脾气！"陈以勤劝道，"本可径批吏部题覆，兴化担心你犯脾气，惹毛了科道，方刻意在阁一议的。海瑞大骂举朝皆妇人，又痛诋科道，他的气出够了，也该让科道出出气嘛！"

"若批吏部题覆，就八个字：已奉钦命，无容别议。"高拱怒气冲冲，话像是横着出来的。

"呵呵，新郑啊！"李春芳小心翼翼劝道，"我看这八个字亦无不可；但终归要给科道些面子，不的，不是引火烧身吗？纵然新郑无所惧，总这样纠缠下去，你还有精力做事？"

高拱点点头，若有所思，像是自言自语："是该了断了。"说着，拉过稿笺，蹙眉沉思片刻，提笔疾书着。

午时已过，张居正用完饭，刚要下楼，高拱站在朝房门口向他招了招手。张居正走过去："玄翁今日因何未去吏部？"

"办完这件事再去。"说着，高拱带张居正进了朝房，把两张稿笺递给他，"我拟的吏部题覆，叔大看看。"

张居正一看，为吏科参海瑞的弹章拟的题覆是：

看得海瑞巡抚应天，更张太骤，颇拂人情，先科臣论列，已蒙圣明处分。海瑞引咎自陈，亦所宜然，却乃激愤不平，词涉攻击，委的有伤大体。今经参劾，夫复何词？但海瑞孤忠自许，直气不挠，旧日名节，委有可惜。一时激愤，乃其气禀学问之疵，揆之官常，原无败损，况已奉钦命，无容别议。

再看给都察院御史弹章的题覆：

海瑞词称请归，意甚快愤。且固执偏见，是己非人，殊失大臣之体。御史官见其轻躁，联名纠劾，诚非过举。但海瑞已奉钦命，照旧候补，无容别议。

"呵呵，玄翁题覆甚见其妙，既给科道面子，又维护海瑞不再追究，当可息事宁人了。"张居正笑道，他把稿笺放回高拱的书案，"这件事，总算可以了之。"

"人了，事未了！"高拱说着，又拿出几张稿笺，"请叔大过目。"

张居正举起阅看，是高拱写给新任应天巡抚朱大器的私函：

夫海君所行，谓其尽善，非也；而遂谓其尽不善，亦非也。若于其过激不近人情处不加调停，固不可；若并其痛惩积弊为民作主处悉去之，则尤不可矣。天下之事，创始甚难，承终则易。海君当极弊之余，奋不顾身，创为刬刷之举，此乃事之所难，其招怨而不能安，势也。若在今日，则是前人为之而公但因之耳，怨在他人而己享其成功，此天之所以资公也。如以为戒而尽反其为，则仍滋弊窟而失百姓之心，岂惟非国家之利，亦非公之利矣。

"罢海瑞巡抚，不是他做错了，是大家不适应他。"高拱边在房中踱步，边道，"我担心朱大器会错了意，尽反海瑞所为，回到无所作为的老路，不惟江南治理无望，这个导向也甚坏，是以不能不明示于他。"

"玄翁所虑可谓周详！"张居正道，"居正也有书给朱大器，我下楼取来抄本。"

"一起走，我就到吏部去，恐饭菜要凉了。"高拱说着，拉住张居正就往外走。

下了楼，张居正加快了脚步，待高拱走到西门口，张居正拿着稿笺追上了。高拱驻足匆匆浏览一眼，但见上写着：

存翁以故相家居，近闻玄翁再相，意颇不安，愿公一慰藉之。至于海刚峰之在吴，其施为虽若过当，而心则出于为民。霜雪过后，稍加和煦，人即怀春，亦不必尽变其法以循人也。惟公剂量，地方幸甚！

"叔大所虑比我周详。"高拱一笑道，把稿笺还给张居正，正要迈步，就听门外有急促的脚步声，抬头一看，新任兵部尚书郭乾带着职方司郎中吴兑急匆匆走了过来。

"玄翁，贵州、贵州……"郭乾气喘吁吁，急得说不出话来。

轻进兵贵州官军惨败
换巡抚亚相直房授计

1

正月的贵阳，群山苍郁，一气澄清。上元节辰时刚过，北门外校场
旌旗飘扬，剑戟闪耀，黑压压的人群列队站立。除了近万名官军，还有
临时招募的三千苗兵，举着长枪，站在官军队列之旁。

巡抚王铮在坐南面北的高坛上，朗声宣读完朝廷剿灭叛逆的谕旨，
接过侍从递过来的一只大碗，双手捧着，郑重地交到一身戎装的总兵安
大朝手里，铿锵道："为王师壮行，预祝安帅旗开得胜！"

安大朝接过大碗，将碗中的水酒一饮而尽，挥臂领誓，校场上响起
一片欢呼声。

巡抚王铮召见总兵安大朝议定发兵征剿水西安国亨后，安大朝即召
安智到帅帐晋见。一听说官军征剿安国亨，安智大喜，不惟为安大朝画
进剿策，还爽快地答应以兵粮数万为内应，他本人要亲为向导。安大朝
遂向王铮禀报，王铮闻报不再踌躇，一面饬令大集汉土兵勇万余，属安
大朝统之；一面向朝廷奏报安国亨叛乱，请朝廷允准发兵征剿，朝廷下
诏从之，遂有今日誓师出征之典。

誓师礼毕，安大朝跨上战马，高举战刀，拖着长腔大声道："出
征——"随即，骑兵、步兵、苗兵、粮草辎重、后军，依序西行，荡起的
尘土遮天蔽日。

安智就在不远处一个山丘上观礼，见大军已然出征，高兴地跳跃着

下山，骑马向城内奔去。

贵阳城西北角，有一个大宅院，是当年安智之父安万铨摄水西土司时所购。安智与母亲疏琼率侍从、亲兵几百人晋会城控告安国亨谋反，就一直住在这里，以便随时与官府联络。安智进得宅院，即到疏琼的居室禀报。疏琼闻听官军出征，悲喜交加，叫着幼子安信的名字哭泣起来。良久，才惊讶地问："智儿，你不是要为官军向导吗，怎么没去？"

安智道："儿已禀过安大帅，说要留下为官军筹措粮饷？安帅答应儿差人做向导。"他狡黠一笑，"我母子目的是请官军征讨国亨小儿，为吾弟报仇，只要官军出征，事就成了。"

大军已出征三日，安智还躲在宅院里静候探报。疏琼不解："儿言筹措粮饷，怎么不见动静？"

安智道："乘官军进剿之机，姐夫与国亨小儿在朵泥桥已开战，国亨小儿已夺我地阿租、沙那，我则夺其地勒普、札果、索务。哪里还有余力为官军助饷？况且，儿不是土司，哪里筹措数万粮饷？即使把私藏都拿出来，一时哪里买得来那么多兵粮？"

疏琼急了："那儿为何与安帅约以兵粮数万为内应？"

"无他，坚其剿国亨小儿之心！"安智眨巴着小眼睛说，他怕母亲担心，又安慰道，"如今朝廷已有诏命，儿不输兵粮，官军照样征剿，总不会中途退兵吧？"

"倘若事后官府追究起来……"疏琼担忧地说。

"不怕！"安智安慰母亲道，"官府追究，总要有依据，哪条哪款规定像儿这般一个小小的管事须输兵粮？儿已拿了些银子出来，这些银子与其输兵粮，不如贿官员，巡抚、总兵收了儿的银子，敢追究儿吗？"

此时，安大朝已率大军仆仆三百里，行至陆广河东岸，在眼巴巴地盼着安智的兵粮。

"大帅，渡过河去，就是安国亨的地盘了！"奉安智之命为官军做向导的安柱指着陆广河，向总兵安大朝禀报。

"安智的兵粮何以还未见踪迹？"安大朝不满地问。

"快了快了，快到了。"安柱搪塞道，"大帅，还是渡河吧！"

"报——"探马从河对岸游过来，"禀大帅，探得安国亨不在巢中，行踪不晓，水西目下是他的两个儿子一个叫隰目把，一个叫阿弟得费，他们两个在领兵。"

"大帅，这两个小儿少不更事，胆小如鼠，若大军压境，必不战而降！"安柱鼓动道，"大帅万万不可坐失良机！"

安柱乃安万铨摄水西宣慰使时的土同知，对水西及安国亨家族皆熟悉，听他这么一说，安大朝为之心动，仿佛明日就能上本报功。朝廷论功行赏，当让自己的儿子抢到首功，遂下令其子安荣统率土兵为先锋，左右中军配合作战。又传令速到会城，报请抚台，敦促安智速输兵粮。

待一切整备停当，正是午时，难得的好天气，安大朝高举战刀，大声道："搭桥渡河——"

霎时，官军有的摆放船只，有的砍伐树木，不到一个时辰，浮桥搭好，征剿大军悉数渡过陆广河。

贵阳巡抚衙门里，王铮却惴惴不安，在二堂不停地踱步。大军出征三日，他突然接到内阁大佬赵贞吉的急函，嘱他暂停征剿。这让王铮心生疑窦，左右为难。朝廷刚颁下挞伐令，何以暂停征剿？他揣度，定然是新复出的高拱对他的奏报产生了怀疑，一旦勘实，否定了他对安国亨"叛乱"的认定，即使不问欺君之罪，至少有断事不明，误报军情之失，前程断送无疑。他只能寄希望于水西之役速战速决，待官军剿灭安国亨，大局已定，就不会有麻烦了。因此，他并没有传令安大朝暂停行军。他没有料到的是，安智答应输粮饷的承诺并没有兑现，安大朝差亲兵三番五次请他敦促安智速输兵粮。王铮之所以下决心奏请朝廷征剿安国亨，正是基于对安智输兵粮数万的承诺，而安大朝所带粮草，仅够五日之需，也是基于安智会输兵粮为助的承诺。不意安智竟食言如此！王铮脸上汗涔涔而下，不敢怠慢，忙令按察司佥事日夜兼程赶往水西，抚谕安国亨；又命传令兵持密令火速赶往前线，密止安大朝进兵。

安大朝接到巡抚的密令时，安荣所率土兵正向水西腹地推进，一路抢掠，彝人起而反抗，双方已然交手厮杀，安荣率苗兵斩杀彝目以朵、杨生、阿乌等多人，各部落遂相呼应，将安荣围困，安大朝闻报，急令大军驰援解围。

"大帅，我军粮草已绝，不宜再进军。"军师对在帅帐大步徘徊着的安大朝说，"况抚台已有密令，戒我军勿得轻进。"

"撤军就是败退！"安大朝气急败坏地说。

"报——"一声高叫，探马进帐行礼，"土酋安国亨之子隳目把遣使求见。"

随着一声"宣"，隳目把的使者进帐施礼，道："我主人闻大帅大军压境，愿与胞弟阿弟得费一起，率三千兵马乞降保命，赖大帅成全。"

"哈哈哈！天助我也！"安大朝禁不住一阵大笑，快步走到帅椅上坐定，对下跪的使者道，"传隳目把兄弟晋见本帅，本帅保他兄弟不死！"

"大帅，这土酋会不会是诈降？"使者走后，军师嘀咕说。

"谅他不敢！"安大朝自信地说，"不必再踌躇不决，进军！"

走不多远，探马即带隳目把、阿弟得费在路边跪迎。安大朝骑在马上，大声道："本帅命尔兄弟为先锋，直捣贼巢！"又用马鞭指着隳目把，"尔兄弟要争相立功，谁的功劳大，待灭了叛逆，本帅转请军门奏明朝廷，令袭土司！"隳目把、阿弟得费叩头称是，起身上马，带着大军向螺狮塘进发。

翻过公鸡山，绕到龙昌坪，大军已是饥疲不堪，行进缓慢，参将、游击又纷纷来乞粮草，让安大朝甚是恼火，越发急于捕获安国亨以结束战事，遂强令急行军，违令者斩！大军又勉强行进了四五里，突然两旁山头上冲下黑压压的彝兵，向疲惫的官军杀来。隳目把、阿弟得费见状急逃，安大朝正指望他们带路突围，两人并所带三千兵马早已间道遁去。

水西土兵合围外攻，官军饥疲，战力大减，抵挡不住，四处溃散……

2

听到郭乾禀报官军进剿水西土司惨败，张居正不敢也不愿意相信这是真的，高拱顾不得往吏部去，也忘了饥饿，急忙带郭乾、吴兑进了中堂，李春芳、赵贞吉、陈以勤闻讯，也从朝房匆匆赶到。

"王铮无能！安大朝草包！革职，统统革职！"赵贞吉火冒三丈，大喊大叫道。

李春芳看着高拱："新郑，你看此事？"高拱顾自沉思着，没有答话，李春芳又问郭乾，"大司马，下一步当如何？"

"本部意，当调川桂两镇大军，合剿水西！"郭乾答，他似乎早有准备，继续说，"另请诏命四川、湖广各调粮草十万石入黔。"

已看完塘报的张居正一拍书案，愤然道："这也太不成话了！小小土司，竟敢与官军开战，如不剿灭，朝廷威信安在？当调重兵，大事芟除，勿复问其向背！诸文武将吏有不用命者，悉以军法从事，斩首以徇！"他见高拱良久未语，又道，"大率叛贼奸宄，惟当慑我之威，罕能怀我之德。如有机可乘，自当一鼓而歼之！"

"征剿弗获，且将成乱，宜急图之。"李春芳赞成张居正的主张又不愿明言，遂含混道。

"中枢不当为一省抚臣背书，更不能一错再错！"高拱终于说话了，可矛头却对准了内阁和兵部。

自从陈大明处得知贵州水西生事，高拱深念之，到吏部领凭的官员，凡是有可能知情者，他都要留下一问，以探明事情原委。目下他已初步做出判断，单等王铮给赵贞吉回复后再做区处。不意没有等来暂停进军的消息，竟是惨败的塘报！他强抑怒火，决计不再迁就，要按自己的主张处置此变。可他的话一出口，众人愕然，只是见高拱脸色阴沉，怕他把火气撒到自己身上，都不敢说话。

"何谓叛逆？安国亨果叛乎？"高拱大声质问，他并未有等待答案之意，顾自说，"叛逆者，谓敢犯朝廷，背去而为乱者也。安国亨所为如是乎？我闻安国亨本为群小拨置，宣淫播虐，仇杀堂叔安信，以致安信之母疏琼、兄安智怀恨报复，相互仇杀。安智自度不能胜国亨，遂诉于巡抚。抚臣欲为安智申冤出气，其意固善，然只因拘提安国亨不出，觉得威信受损，竟以叛逆奏报，朝廷据此允其征剿之请。"他又一拍书案，"这一步，先就错了！"

张居正微微摇了摇头，他以为赵贞吉定然出而抗辩，赵贞吉却一脸淡然地听着；他想说又不愿在此场合与高拱争辩，遂目视郭乾，郭乾转过脸去，回避了；张居正又看看陈以勤，微微扬了扬下颔，陈以勤听适才高拱的语气渐渐和缓下来，也就接受了张居正的暗示，开口道："新郑，就算如你所说第一步错了，可安国亨与官军交战，致使我汉土将士损失惨重，这总该是叛逆所为了吧？朝廷欲发兵进剿，焉能说是'再错'？"

"南充！亏你还是饱读诗书之士！"高拱像是终于抓住了发泄对手，揶揄道，他用手敲着书案，"安国亨与安智相互仇杀，却被定为'叛逆'，又入境掩杀，彼彝民安肯束手就擒？故各有伤残。然未闻安国亨领兵拒战之迹，是以仍不可轻言'叛逆'二字。既如此，则调大军征剿之议，不可从之！"

"这……"郭乾面露难色，又不敢多言，支吾了一声。

"哼！"高拱冷笑一声，以嘲讽兼带不屑的语调说，"时下有那么股风气，动辄言征剿，喊诛灭，似乎不如此则不足以树威信，振人心，无英雄气概。果如是乎？"说着，他的语调转为沉重，"边事孔棘，国库空虚，路有饿殍，不谋拯而救之，却欲竭数省之兵粮，征自相仇杀之彝目，值得吗？必要吗？"他感叹一声，继续说，"治理一方，岂可遇事即思用武力，镇压下去就是有本事？非也！不用强力而使之息争相安，那才是真本事！"

李春芳怕阁臣争执下去不好收场，忙对郭乾道："大司马还有何军情需通报的？"

"据报，王铮已具疏自劾，巡按贵州御史蔡廷臣具疏请治失事诸臣罪；另据本部闻，兵科都给事中温纯正具疏劾王铮、安大朝。"

高拱像是没有听到，继续说："时下的一些地方大员，以善欺蔽为高明。有些人，地方有事，每每隐匿不报或大事化小；而喜功者则反之，每每又以小为大，以虚为实，始则夸大事端，终则激而成之，以证明前说为实。似此，岂是为国之忠？王铮此人可谓典型。这样的人，绝对不能再用！"顿了顿，以决断的语气道，"贵州事，换巡抚，据实定策！"

"喔，那就有劳新郑了。"李春芳忙顺水推舟道。

"我来处置，诸公不必心焦。"高拱大包大揽道。说着，起身往外走，又回头瞥了一眼张居正。

张居正知高拱要召他议事，却佯装没有看见，低头坐着未动，待高拱已走远，方感叹一声："处置此类事，当快刀斩乱麻，一举荡平之，不惟了却一事，且对各土夷皆是震慑，令其胆寒，再不敢越雷池一步。"说完，方起身道，"居正去向玄翁陈之！"

"叔大，贵州巡抚，谁可任之？"高拱见张居正终于来了，便开门见山问。自复职到京后，吏部用人，高拱总要先与张居正私下商榷一番。

张居正说是要向高拱建言，那是说给内阁同僚听的，他知高拱持论甚坚，口气强硬，无意说服他，倒是高拱与他商榷用人事，让他感到快慰，遂反问道："玄翁夹带中似有人选了吧？"

"说你的！"高拱以居高临下的口吻道。

"既然玄翁垂问，我看殷正茂可任之。"

"叔大念念不忘这位同年嘛！"高拱一笑道，随即摇了摇头，"殷正茂其人，我查访过，有军旅才，也当用，不过，让他去贵州，不合适。叔大看，阮文中何如？"

阮文中乃嘉靖三十二年进士，历官南京兵部车驾司主事、兵部职方司员外郎、吏部考工司郎中、湖广按擦副使兵备永州，时任太仆寺少卿。张居正没有想到高拱会看上他。但既然高拱点名，他不愿持异议，遂道："阮子做过永州兵备道，与土夷打过交道，是合适人选。"

高拱点头道："阮子沉毅，处置水西事，当可属之。"

"贵州得人矣！"张居正笑着说，言毕，向外喊了声，"来人！"

书办应声而来，张居正吩咐："去，快知会烹膳处，为玄翁煮碗汤面来，多卧几个鸡蛋！"

高拱亲切的目光投向张居正："呵呵，还真是饿了！"

3

太仆寺少卿阮文中与高拱既无渊源，也无交通，忽闻巡抚之任，颇感意外，掌灯时分，忙到吏部直房投刺谒见，高拱吩咐传请。

高拱与阮文中隔几而坐，略事寒暄，叫着他的字道："用和，此番用你抚贵州，为处置安国亨之事，望用和勉之。"阮文中是科举后辈，且年龄也小高拱六岁，故高拱称其字，以示亲切。

"安国亨之事谓何？"阮文中问。他只知日前官军征剿水西惨败，巡抚王诤上疏自劾，巡按御史蔡廷臣、兵科都给事中温纯又交章弹劾之，得旨："令安大朝革职，戴罪杀贼。王诤回籍听调，安荣等下御史按问。"这是载于邸报的，更多的情况，他也不甚了了。

高拱遂将他所掌握的情形，约略说了一遍。阮文中静静听着，待高拱说完，谦恭地问："高阁老，安国亨擅杀土官，不服拘提，岂不是抗命吗？"

"据我判断，安国亨不服拘提，乃是因安智居于省垣，他怀疑抚台偏袒安智，一旦出而受理，抚台或捕而杀之。"高拱耐心解释，"纵不服拘提，亦只是违拗而已，违拗安可谓之叛逆？"

"可是，毕竟官军剿水西大败，伤亡惨重，国人尽知，皆曰水西当灭。"阮文中又提出疑问，"此不可谓之叛逆乎？"

高拱道："这也未必可认定为叛逆。官府不明是非轻率进兵，彝民起而自卫，各有伤残罢了。不过，此说不易服人，用和到后，据实查访明白，看看安国亨有无领兵抗拒官军且与官军开战的形迹。若无此形迹，则不能谓之叛逆可知。"

阮文中点头，沉吟良久，又说："学生敢请高阁老示方略。"

高拱道："照一般人的说法，此时当集结大军剿灭安国亨以振国威。然竭数省兵粮剿内部仇杀之彝目，甚无谓！我意，此事不以武力平之，当以司法息之。用和不可循常规，要迅疾赴任；到职后宜廉得其实，而虚心平气处之。说到方略，用和当记住四字：据实定策！"

阮文中虽频频点头，却仍觉心中无底，遂愧然一笑："高阁老，学生敢请阁老详示。"

高拱道："恐影响用和判断，本不愿说得太具体。既然用和追问，不妨再嘱几句。"他喝了口茶，缓缓道，"用和到后须据实查访，若如我所闻，则当去安国亨叛逆之名，而只穷究其仇杀与违拗之罪。安国亨若出面听从审理，而无叛逆之情可自明矣。这样，则只以其仇杀、违拗之本罪罪之，当无不服。如此，方为国法之正，天理之公。"

阮文中若有所悟，又见高拱书案上文牍堆积如山，门口不断有人探头欲进，便起身告辞。

高拱送至门口，拍了拍他的肩膀道："用和啊，时下为官者，常常好在前官之事上再放大，以展示其风采。此乃小丈夫所为，非君子之道。望用和戒之。"

阮文中牢记高拱的叮嘱，日夜兼程赶赴贵阳。接印视事后，便以处置水西事为首务。他派人四处探访，以期勘明真相。安智闻新抚到任，急忙求见。阮文中问："尔告安国亨叛逆，何谓叛逆？安国亨叛逆依据何在？"

安智吞吞吐吐道："吾弟安信虽是土同知，但也是朝廷命官，国亨小儿擅杀之，这、这就是叛逆。"

阮文中又问："尔承诺输兵粮数万为内应，何以失信？"

安智答："官军进剿，我辈即与安国亨战于朵泥桥，相互攻取。安国亨取我与奢效忠地九，我取其地七，无法分身。"

阮文中已心中有数，不再多问。

安国亨闻巡抚换人，忙差吴琼前来晋见，待吴琼一进大堂，阮文中大喝一声："尔彝目安国亨，擅杀土同知，却拘提不出，是何道理？"

"宣慰使已知罪！"吴琼叩头道，"安智居省垣诬告，抚台拘提，宣慰使恐被诱杀，故躲避不敢出。"

阮文中又道："安国亨胆敢与官军为敌，斩杀官军无数，可知罪吗？"

"抚台老大人容禀：官军莅临敝土时，宣慰使正在兰地与奢效忠讲理，并不敢拒官军，更不敢与官军开战。"吴琼神情紧张地解释道。

"胡说！"阮文中怒斥道，"难道官军是自行溃散，是自相残杀？"

吴琼答道："宣慰使已然查明：官军安参将率苗兵抢掠，斩杀部酋以朵等多人，以朵的父兄子弟互为串通，率众冲败官军，官军多是奔过浮桥时溺死的。"说着连连叩头，又道，"宣慰使闻官军溃败，既惊且惧，愿罚银三万五千两。宣慰使命小的禀明抚台老大人，宣慰使绝无反叛之心，前抚竟以叛逆奏闻朝廷，蒙此大冤，宣慰使心有不甘，已差人进京告诉。"

阮文中综合多方情形，真相与高拱的判断完全吻合，遂命幕僚速拟奏稿。

"军门，外边都说，原以为军门此来定是指挥剿灭安国亨的，不意莅任多日却毫无动静，反而四处查访，欲为安国亨开脱，必是受了安国亨的重贿。"幕僚忧心忡忡地说。

阮文中闻言陷入沉默。自到贵阳，阖省官员次第来谒，无一不是义愤填膺，请求速发大军剿灭安国亨的，布政使、按察使也都力劝他速奏请朝廷集结大军征剿水西。阮文中压力本已很大，又听幕僚如是说，顿时踌躇起来，一脸苦相，道："若奏请发兵再剿，如何向高阁老交代？还是暂不上奏，先修书于高阁老，请示方略。"与幕僚字斟句酌、反复修改，阮文中才惴惴不安地把书函交给一个亲随，命他日夜兼程疾驰京城投书。

已是深夜，高拱正在书房与兵部侍郎魏学曾榷商秋防策，高福突然进来禀报："老爷，贵州有急足来投书！"

高拱已从安国亨的诉冤疏中证实了自己的判断，只等阮文中报来处置之略，即可着手善后。终于等来了他的书函，忙接过拆看。看前一页，他的脸上露出笑容，还不住地说"果然如此，果然不差"；可是，看到后面，脸色由晴转阴，失望、恼怒的情绪浮现出来。

"这个阮文中！说什么水西事，'访得其实，皆如相公所言，以国法正之可也；然省内群情激奋，誓言剿除，灭此朝食，方可树朝廷之威'。似这般依违两可的话，他也说得出口！"高拱生气地说，又苦笑一声，"选一个稳重的人，却魄力不足；魄力十足，又恐处事不稳，贵州事，难乎哉！"

"玄翁，不如快刀斩乱麻！何必为一个土司如此费心劳神？"魏学曾建言道。

"是啊玄翁，举朝皆曰当剿，剿固靡财损兵，却无须玄翁一人如此担责、操劳，又可免浮议，还可高举权杖，文臣武将谁人有失，任凭惩罚！"在一旁的房尧第也劝道。

高拱既失望又生气，蓦地向座椅后背一仰身子，瞪着眼道："这岂是一个土司的事？这是要立规矩，树原则！"他越说越生气，"忽"地举起手臂，向上一指，"别忘了，上面有天！凡事，要问个'理'字，要合天理！"他站起身，踱了两步，蓦地驻足，仿佛是起誓，"贵州这件事，我必当分出是非，据实处置，非仅为节财用，省兵戈，亦为明公理，伸国法！"

1

　　高拱又是忙到交了戌时才回到家，更了衣，步履迟缓地往餐厅走。夫人张氏迎过去，见他满脸疲态，嗔怪道："你这老头儿，都说不管是在阁还是在部，总是一副劲头十足模样，怎么一到家，就像霜打的茄子？"

　　高拱不答话，坐在餐桌前，端起碗，三口两口吃了碗汤面，便起身悄然进了卧室，和衣而卧，斜倚在叠起的被褥上，头枕双手，闭目休憩。张氏进来看了一眼，心疼不已，忙去吩咐伙房熬了碗参汤，亲自端着往卧室走，远远看见高福闪身进去了，须臾，高拱匆匆走出卧室，边道："叫崇楼来。"

　　"这是咋回事呀？"张氏拦住去路，看着一溜小跑的高福问。

　　高拱一扬手，"哦"了一声，算是回应，继续往院子里走。

　　"喝了这碗参汤再走不中吗？"张氏在身后喊道。

　　"玄翁，出了什么事？"房尧第疾步赶上，问道。

　　"跟我到陈大明家去。"高拱说着便往外走，又吩咐高福，"你快去雇几头毛驴，往西四牌楼那追赶我们。"走到垂花门，又嘱咐房尧第，"到得陈家，莫暴露身份，只说是陈掌柜的友好即可。"

　　房尧第不解，堂堂执政大臣，为何大半夜的神神秘秘微服造访一个商人。待骑上毛驴，高拱方道："高福，你给崇楼说说咋回事。"

　　高福支吾道："小的，小的今儿出去，想打听珊娘……"他一缩脖

大
明
首
相

第
二
部

风虎云龙

子，咽回去半句话，"就去了大明方物商号，谁知道嘞，这方物商号盘出去了，小的又去豆腐陈那边，还没有走到，就听说陈大明陈掌柜殁了，竟是自寻短见嘞!"

"喔呀，那咋回事?"房尧第惊问。这才明白，高拱要去祭奠陈大明。可转念一想，玄翁与陈掌柜的并无深交，一堂堂执政，何至于黄夜去祭奠他? 这样想着，也不便多问，只得簇拥着高拱往大街而去。

正是暮春时节，天气不冷不热。交了亥时的京城已然没有了白天的喧嚣，昏昏欲睡状。几个人拐上草厂街，高拱道："正月里初到京城，私访了两天商家，此后再无闲暇，今日到陈家，要访得陈掌柜自尽之因，一窥商业凋敝之由，以定恤商之策。"

房尧第这才恍然大悟："学生料定玄翁此行，绝非单单为了祭奠。"

约莫两刻工夫，主仆一行到了陈宅。按事前所议，由房尧第进内祭奠，高拱则在院中背手低头慢慢踱步。三三两两的人在旁低声唏嘘议论着。

"做买卖，难啊!"一个人感叹说。

"这位掌柜的，做买卖有何难，愿闻其详。"高拱凑上前问。

那人打量了一眼高拱，见他像是读书人，不愿与之多言，便吵架似的道："商人就是三孙子! 像你们这些读书人，谁看得起商人? 朝廷里头，谁替商人说句公道话?"

另一个人道："这位先生问商人有何难，在下就一句话：商人之难，难在官府，只要官爷别没事找事，商人就不难。"

又有几个人围过来，你一言我一语，诉说着商人之难。高拱专注地听着，不时插言问询，足足有半个时辰，才在高福的一再催促下回返。一进院子，高拱一扬手道："走，到花厅汇汇。"

房尧第先把打探来的陈大明之死的原因说了一遍："陈掌柜因在贵州进货遇到战事，损失惨重而破产。但他不甘心，闻得汴绣既长于花鸟虫鱼飞禽走兽，又善于山水图景，价格适中，很受京城追逐时尚者欢迎，便带人到开封采买汴绣，因琐事与人争执，被祥符知县谢万寿拘押，谢万寿勒索不成，严刑拷打，其中一个叫苏仲仁的伙计回京途中身亡，陈掌柜生意未做成，又不能不对死者家属有所赔偿，搜罗尽二弟家卖豆腐的钱，拿到银铺去兑换银子，银铺掌柜却摇头拒绝。陈掌柜万念俱灰，投井而死。"

"哎哟，可不是嘛！"高德插话说，"那次俺到饭铺，人家就是不收钱，只收银子，害得俺饿了大半天。"

房尧第又道："学生倒也问了，都说钱法近些年朝廷议来议去，朝更暮改，大家都怕这些钱说不定哪天就不能用了，心里不踏实，是以索性只要银子，不愿收钱。"

眼看到了子时过半，已是深夜，高福从外面还毛驴回来，见花厅亮着灯，几个人还在不停地说着，进来催促："天快明了，还不睡觉？"

"不睡了！"高拱站起身，往书房走，"明日有早朝，先说于皇上知道，我得去写本。"直到鸡叫三遍，他才走出书房，更衣登轿，赶往建极殿去早朝。

大明首相

第二部

风虎云龙

早朝的一应典仪俱已礼成，高拱出班奏道："臣奉召至京，两月有余。耳闻目睹，闾巷十分凋敝：有素称数万之家而至于卖子女者；有房屋盈街拆毁一空者；有东躲西藏乃至散之四方，转徙沟壑者；有丧家无归，号哭于道者；有削发为僧者；有计无所出自缢投井而死者！富室不复有矣！"

皇上露出惊讶的表情，倾身问："先生可知，因何如此？"

高拱答："臣亦惊问其故，则曰：商人之累也。臣又问：朝廷买物，俱照时估给银，商人不过领银代办，如何竟致贫累？则曰：商人使用甚大，税费繁多，打点周匝，已用去大半；而官府应支之银，却未知何时付给，所办钱粮物品，多靠贷款周转，一年不还即需付一年之利，有积之数年者，何可计算？"顿了顿，又道，"至如经商，必是钱法有一定之说，乃可彼此通行。而钱法不通久矣。众说不一，愈变更愈纷乱，愈禁约愈惊惶。以致商人铺面不敢开，买卖不得做，嗷嗷为甚。"

朝会响起窃窃私语声。惊讶的目光齐齐向高拱投来。人们吃惊的是，朝廷最有权势的执政者，在堂堂的朝会上，说出话来，却像来打官司的诉冤者。高拱不以为意，但他知道皇上不愿听长篇大论，他已然说得够多了，便不再细说，径直提出建言："臣已具疏，俯请皇上特敕部院，痛厘凤弊，一切惩革，恤商资商；并请皇上特降圣谕，行钱只从民便，不许再为多议，徒乱商民耳目。"

皇上道："先生所奏，俱见为国恤民之意。既有疏，速奏来，朕令部院亟议以闻。"说罢，停顿片刻，又道，"先生亦可集部院议奏对策。"

"臣，遵旨！"高拱朗声道，像孩童得了玩具一般兴奋。

"高阁老所言，不啻替商人代言的陈情表啊！"一散朝，户部侍郎陈大春就凑到高拱面前，赞叹道。

"喔，国朝二百年矣，恤商之言倒也有之；然位居执政而代商陈情，疾呼恤商者，玄翁乃第一人！"太常寺少卿刘奋庸也凑过来感叹道。

"得霖，别忘了以农为本的祖训！"赵贞吉大声对陈大春道。

高拱佯装没有听见，昂首阔步往文渊阁走，过会极门旁，突然想起一件事，步履慢了下来，过了片刻，李春芳、陈以勤、张居正、赵贞吉次第走了过来，高拱喊了一声"内江"，便迎过去问赵贞吉："河南祥符县知县谢万寿，科道有弹章吗？"

"喔，昨日我执笔拟票，河南巡按御史杨相上了弹章，似是酷刑致死人命，已下吏部议处。"张居正接言道。

"有弹劾就好，待议处时再算账！"高拱凶巴巴地说。

2

东四牌楼大街南头，有一座得意酒楼。这家酒楼原是吕光混迹京城时所开，后来吕光南返投于徐阶门下，酒楼就转给他的徒弟顾彬经理。顾彬五年前因为四夷馆考收未入选，其父顾祎请托未遂反被革职，他则因带头游街闹事被依律枷刑部大门前数日，事后，顾彬即混迹京城，拜吕光为师。

吕光、顾彬先后经营的这家酒楼待客有绝活：牲畜家禽，皆残酷取味。鸡鹅鸭鸽之类，皆以铁笼罩之，炙之以火，饮以椒浆，毛尽脱落，未死而肉已熟矣！驴羊猪狗之类，皆活割其肉，有肉尽而未死者，冤楚之状，令胆小之人目不敢睹。这些绝活在嘉靖中期，还仅是皇宫制作御膳之法，渐有太监巨珰偷偷效尤，又被吕光学来，成为得意酒楼的招牌，血海肉林，恬不为意。加之此处离部院衙门不远不近，遂成为京城官员时常光顾之地。

可是，到了隆庆四年春，酒楼生意陡然间一落千丈，变得冷冷清清起来。顾彬急得像热锅上的蚂蚁，忙把师父吕光请来求教。吕光奉徐阶之命常驻京师，对官场情形了如指掌。三盅酒下肚，便挤眼咧嘴道："非你经理不善，实乃那个高胡子之故！他一上来就大力整饬官常，又最恶酬酢奢靡，官场人人自危，谁敢造次？"

"真想把那个高胡子千刀万剐！"顾彬恶狠狠道，因四夷馆考收事，他对高拱恨之入骨，如今又因高拱之故生意惨淡，越发仇恨他。

"不是不报，时候未到！"吕光眼珠子滴溜溜一转，自信地说。

顾彬一脸苦楚："可时下怎么办？当官的不来吃喝，弟子看这酒楼只好关张。"

吕光狡黠一笑，给徒弟出主意道："关张倒也不必，门面还要立着，可以做别的买卖嘛！"

顾彬问计，吕光附耳低语了一阵，两人"哈哈"大笑起来，笑了一阵，吕光嘱咐顾彬："慢慢来，先去吏部门口找生意。"

顾彬果然差他的伙计骆柱子扮成书生状，到吏部首门外游荡、守候。这天，骆柱子见一个官员在吏部衙门前向内张望、徘徊，一脸焦急状，上前搭讪道："这位官爷，想找谁？咱帮你牵线，必能办成。"

官员踌躇良久，一跺脚，跟着骆柱子到了一个拐角处嘀咕起来。

这位官员，乃河南省祥符县知县谢万寿。他是举人出身，混到知县之位已属不易。他早听说，知县三年进京上计，若不打点则升迁无望，故到任后便想积攒些银两。但快一年了都是小打小闹，手头只攒下不过三千两银子。忽一日闻报，说有位京城来的陈大掌柜手下与本地商家争执扭打，谢万寿大喜，忙差巡检率人将京城客商一干人等拘押。原以为捞到条大鱼，不意叫陈大明的京城掌柜却一毛不拔，恼怒之下，谢万寿命人对其手下用刑。因下手过重，一个叫苏仲仁的竟被打得奄奄一息，谢万寿忙吩咐放人。陈掌柜雇车北返，未过黄河，苏仲仁就死了。陈掌柜又返回开封，到察院控告。巡按御史杨相亲传谢万寿勘问，要修章论劾。谢万寿惊慌万状，日夜兼程赶到京城，欲托人疏通。他在京城本就无有人脉，只是找到一个同榜举子，不意他道时下京城各衙门请吃饭已很难，提到疏通，人人避之惟恐不及。走投无路之下，有人主动愿意帮忙，他便有心一试，无非是破费些银子而已，与自己的前程相比，银子目下就不算什么了。

两人嘀咕一阵，谢万寿跟着骆柱子来到得意酒楼，进了一个雅间，坐了片刻，顾彬走进来，道："官爷办何事?"他伸出两根手指，"这个数，不还价，事成之后再付。"

谢万寿一听事后付款，心里踏实了许多，点头应允。他知道，弹章会交吏部议处，考功司郎中是关键人物，遂提出欲与郎中孙大霖一见。吕光接单，即到孙大霖府上拜访。孙大霖在刑部员外郎任上到山东察狱，收了些银子，能够晋升到吏部考功司郎中，也多亏了有银子打点，故而对收受银子有抑制不住的嗜好，加之他多多少少知道吕光的背景，也不便得罪，遂答应了下来。谢万寿得以拜访孙大霖，奉上银子五百两，请他高抬贵手。

议处被劾地方官是吏部的例行公事，此次只是一个知县，且目标也只是保住官员身份，不被革职为民；高拱固然办事认真，但他要办的事太多，哪里会注意到这件小事? 孙大霖遂半推半就应承下来。接到要吏部议处弹劾谢万寿的弹章，孙大霖没有批交主事，自己亲自动笔，斟酌良久，拟稿呈上。

这天午时，孙大霖忽听高阁老传召，不知何事，忙到尚书直房谒见。高拱头也不抬，问："你掌考功，参劾文官俱经你手，你说，哪个地方贪风最盛?"

"这个……"孙大霖支吾道，"各巡按御史参劾官员，通常都差不多，够交差就行了，是以本部接到的要题覆的弹章各省相差不大，下吏不好判定哪里贪风最盛。"

高拱抬起头，欲发火，又忍住了，叹口气道："我听说广东贪风最盛，良有司甚少，不知是否属实。"自知问不出所以然，也就不待孙大霖回应，便道，"抚、按参究官员，不能袭故套。考功司拿出改制办法来。"孙大霖点头称是，高拱又道，"巡按广东御史杨标任期已满，回京交差，你把他找来，我想向他查访一下广东官场情形。"

"下吏记住了，下吏也当多方查访。"孙大霖乖巧地说，正要施礼退出，高拱脸一沉，点着摊开在面前的一份文牍问，"巡按河南御史杨相劾祥符知县谢万寿性资刚暴，擅用非刑，打死无辜苏仲仁，该如何处分？"

孙大霖心里"咯噔"一下，考功司已拟了处分呈批，为何还要这样问？分明是不认可了。但他还是咬着牙，把拟呈的题覆重复一遍："论法本当拟斥；但念其初授知县，在任日浅，姑从宽处分，改调闲散，以全器用。"

"谢万寿滥刑以逞，打死人命，其酷何甚！以酷而留其官，是废朝廷之法；以酷而调其官，是残他处之民！"高拱满脸怒容，他抬眼盯着孙大霖，"若谓在任日浅，弃之可惜，则人命、国法，不可惜耶？"

孙大霖忙点头，神色慌张道："玄翁教训的是，下吏这就照玄翁的意思重新拟呈。"说着，伸手去取文牍。

高拱向后仰了仰身，任他把文牍拿去。孙大霖刚要走出直房，高拱突然道："听说你察狱山东，惹了不少风言风语，怎么说？"他掌吏部以来，要求为官员建簿册以为参验，月终呈报，三个月来已有八十余册报来，吏部每个郎中的经历自是在他掌握中。适才见孙大霖满脸淌汗，神色不对，遂生疑窦。

孙大霖呆呆地站在门口，良久才支吾道："玄翁，那那都是……"

高拱向外摆了摆手，道："回去好好想想，有你陈述的机会！"

孙大霖闻言，抬腿迈步，腿竟有些发软，像踩了棉花似的，晃荡了几下，直到走出好远，才恢复常态。可是，回到司里，却坐立不安，全没有了重拟文稿的心思，呆坐了半个时辰，蓦地起身，匆匆往外走去。

3

出文渊阁正向北，过文华门，就是文华殿。今次奉旨朝议，即在此举行。几天前朝会上，高拱代商陈情，皇上口谕，可集有司议奏对策。这正是高拱所盼。他想早日出台恤商举措，遂嘱内阁书办移司，召户部、礼部、兵部、工部、都察院、太仆寺、光禄寺堂上官及各科都给事中，到此聚议。

交了辰时，高拱走出内阁朝房，张居正闻声跟了出来，高拱料他有话要说，就站着候他。

"玄翁，今日专议恤商事，玄翁奉旨主持，"张居正走到高拱面前道，"居正意，玄翁不必多言，免得降为争论一方。居正已嘱户部侍郎陈大春、兵部郎中曾省吾为玄翁代言。"

高拱心头一热，道："还是叔大思虑周详。"说罢，快步往文华殿走去。进了殿，众人皆已到齐，他坐在摆放在两只铜鹤之间的一把圈椅上，看也没有看会场，就道："钱法业已颁旨，新旧钱皆可用于贸易，此后听从民便，不得议来议去，徒增恐慌。故今日不再议钱法，专议恤商一节。户部先说。"

户部尚书刘体乾干咳了一声，道："本部接高阁老《议处商人钱法以苏京邑民困疏》，奉旨议复，议得恤商事五：一、定时估；二、议给价；三、严禁革；四、裁冗费；五、公金报。"

高拱仰脸专注地听着，刘体乾却再无一言。刚要质问，侍郎陈大春开言道："适才大司农代表本部发言，卑职仅以个人立场说话。窃以为言恤商，先要端正对商业、商人之看法。"他瞥了一眼高拱，见他的脸上露出满意的笑容，也就多了几分自信，侃侃道，"卑职生于潮汕，深知时下与开国之初已然大不同，佛朗机人所租壕镜，不过弹丸之地的一个小岛，因贸易之盛，日新月异；闽省因海禁之开，日见繁荣。有担心商盛而农衰者，谬也！往者有'苏湖熟，天下足'之说，可时下苏州、湖州等地，工商业繁荣，除漕粮足供外，竟需从他省调粮者，遂又有'湖广熟，天下足'之说。天下不因苏湖之农衰而不足；苏湖却因工商业兴盛而繁荣。商业兴不惟富国，亦足以资农，非此消彼长之势，反倒有相互资厚之效。是以要富国利民，当大力恤商兴商，不必遮遮掩掩，瞻前顾后！"

"陈侍郎，你扯远了吧？说具体的！"赵贞吉不悦地提醒道。他因兼掌都察院，也参加今日朝议。

陈大春不敢得罪赵贞吉，闭口不再言。转任户科都给事中的韩楫起身道："访得河西务大小货船，船户要缴船料，用船商人要缴船银，进店有商税，出店有正税。河西务已有四处征税，到张家湾发卖货物，又有商税。百里之内，辖者三官；一货之来，榷者数税，商贾所利几何而堪此？"

"户部、工部分设钞关课税，非新制，乃祖宗成例。"工部尚书朱衡辩解了一句，似是为了避免争执，紧接着道，"本部奉旨题覆高阁老陈恤商事，当务之急是多给预支银，以拯商人贫累。今后凡官府差委商户采买货物，必先预支十分之四，且半年以内当全额支付。"

兵部郎中曾省吾接言道："预支银两固然可苏商人之困，但这只是治标。窃以为，时下虐商最甚者，无过于'当行买办'之制，言恤商当革此制！"

高拱记起初到京城微服私访那天，在草场街曾听一老妇提到"当行买办"致使商户家破人亡之事，此时听曾省吾说要革除，便不住地点头。

"当行买办之制，乃祖宗成法，安得轻言革之？"赵贞吉不满地反驳道，"科举之供应，接王选妃之大礼，各衙门所需之物，如光禄寺之供办、国学之祭祀、户部之草料，端赖此制供役。商人以物输于官，而官按时估付账，各得其所，并无不当。弊生于不按时结账和赃官勒索，禁之可也，焉能因噎废食？"

曾省吾一笑道："赵阁老所言甚是。只是，祖宗成法，只限京师，京师也只有几个衙门方可当行买办。然时下城市，凡是衙门，甚或凡是官员，即可持票令商铺买办。闻得有官员开'至本衙交纳'一票送商铺，商铺送货上门，即说质次，命另送；再送，仍复如故。商铺遂知非为货物，实为勒索金钱。是以不少商铺见票，索性出钱免买。访得有一票而勒索商铺数十家者。故此制不改，终不可除其弊。"

"招商买办如何？"陈大春插话道，"衙门所需，张榜公示，商家自愿投帖，选质优价廉者取之。闻得居壕镜之佛朗机商人，即好竞争之法。"

"哼哼！"赵贞吉突然冷笑几声，道，"兴商虽不失富国之术，然抑末才是为政之理。衮衮诸公，朝堂之上，议这些当由吏目画策的细枝末节，岂不可笑？"

"以内江所见，当议什么？"高拱忍不住质问道。

"圣人云：君子不言利。"赵贞吉答，"商贾唯利是图，当议如何导之以义，因何处处为商人画策，助其逐利？"

"好一个君子不言利，误国害人至甚！"高拱大声反驳道，"《洪范》八政，首诸实货；《禹谟》三篇，终于厚生。足见古圣贤是极重言利的。

可后世迂腐好名之人，倡不言利之说，遂使俗儒不通国体者转相传习，甚有误于国事。读书人受其毒害，要么成为只会放言高论的腐儒；要么成为言行不一的伪君子，此二者，皆失治国安邦之本意。何也？义者利之和，则义固未尝不利也。义利之分，惟在公私之判。安得把'义'说得玄而又玄，离百姓远而又远？在高某看来，'义'，绝非虚无缥缈之物，高深莫测之事，是看得见摸得着的，义者何所指？乃是公众之利的总和，换言之，公众利益即为义。是故，为公众谋利即是追求义！治国安邦者，无非是千方百计为百姓谋利，既要为百姓谋利，却又说不能言利，岂不抵牾？徒以不言利为高，乃至使人不可以公忠谋国。"

这番话高拱早就想当众说出来，今日终于一吐为快，有种酣畅淋漓感。

文华殿内一时陷入沉默。

高拱见无人说话，便总结道："户部、工部题覆恤商策，可为过渡期办法。然恤商，前提是重商，不可再持重本抑末之观念；治本之策一则改制，一则肃贪。当务之急是先革除当行买办之制，户部议复取代之法。"他扫视一下众人，"诸公以为然否？"见无人说话，高拱慨然道，"朝议恤商，拿出对策固然重要，但不是唯一。朝议恤商本身，就是向商民宣示朝廷重商之意、恤商之诚、兴商之殷。盼商民闻朝廷之意，安居乐业，奋发进取，繁荣大明！"言毕，用力挥了一下手臂，"散了！"

走出文华殿，高拱叫住户部尚书刘体乾："子元，户部不当只知理田赋、水饷、陆饷、商税、船税、货税，要统筹之。"他突然脸一沉，"元年时，我就请户部拿松江为例列个单子，迄今也未看到。"

刘体乾拱手致歉，拉了拉高拱的袍袖，走到一旁，低声道："玄翁，今日不妨说出真相：当年松江的税银，都是就地输徐府，再由京城的徐府铸银缴部。当时听玄翁一说要列单，以为是玄翁闻知此事要追查。"

高拱既吃惊又疑惑不解，看着刘体乾，良久才问："因何要这样做？"

刘体乾回避着高拱的目光，没有正面回应，只是含糊道："去岁已纠正了。"

1

看到吕光的拜帖，张居正迟疑了片刻，还是命游七传请。毕竟馆师徐阶来书有过嘱托，要他以门客待吕光。正好，他也想把自己为徐阶转圜的事让吕光知道，以便他禀报徐阶。但他故意让吕光在花厅等候良久，才匆匆出来相见，未等吕光开口言事，张居正先拿出那封写给新任应天巡抚朱大器的书函递给他看。

"玄翁有华翰致新抚朱大器，戒其不可废海瑞'痛惩积弊，为民做主处'，我恐朱巡抚误会，仍沿袭海瑞做法对徐府不利，故急草此函，嘱朱大器对存翁慰藉之。"张居正解释道。

"存翁赖太岳相公而活。"吕光起身鞠躬道。

张居正默然，揣度着吕光此访的目的。

"太岳相公，访得这高相复起，口口声声要只争朝夕，什么事都急，官场散漫久矣，如今事事要雷厉风行，火急火燎，弄得人人怀惧，战战兢兢。须知，绷得太紧，势必会断！"吕光一惊一乍道，"又闻得他要查贪墨，恐是要报复、清洗吧？"见张居正依然沉默，吕光压低声音道，"闻得松江税银由徐府经手事，高相已知晓，大发雷霆，似要对徐府下辣手啊！"

张居正是乐于听吕光说些坊间传闻的。他也知道，其中不少所谓"传闻"，吕光很可能是始作俑者，但无论真假，他一概不予表态，只是静静地听着。吕光摸不清张居正的心思，又怕他失去耐心，遂"嘿嘿"一笑道："太岳相公，前些天在下差人去了趟荆州，二位高堂俱健朗，委实是福气嘞！"

张居正已从家书中得知，吕光特意跑到荆州他老家去送礼，但他佯装不知，不耐烦地问："吕先生有何事，不妨直言。"

"吏部考功司郎中孙大霖，人不错。听说高相惑于谣言，欲对他不利，还请太岳相公在高相面前替他美言几句。"吕光说出了来意。

那天孙大霖从尚书直房出来，有种大祸临头的感觉，急忙去找吕光，恳请他找张居正替自己说话。吕光是想利用官场人脉充当掮客赚钱的，经与顾彬密议后就着手实施，不意甫开张就遇到麻烦，自是心有不甘，遂来找张居正帮忙。他奉徐阶之命到荆州张居正的老家去探望，出手很是阔绰，令张居正的父亲张文明甚是感动，吕光倒也有了些底气。

"吕先生，要我为一个郎中莫名之事去求玄翁，不合适！"张居正拒绝道。

"嘿嘿嘿……"吕光尴尬一笑，用祈求的目光看着张居正。

张居正沉吟片刻，道："孙大霖似是陈阁老的门生，要他去求陈阁老嘛！陈阁老乃玄翁的同年，同年之间说话到底随便些。"

吕光拱手道："多谢太岳相公指点！"

回到住处，孙大霖还候在那里，听吕光建言他去找陈以勤，无奈之下，只好起身去谒。见到座师，只说是被人诬陷，请老师为他洗刷。陈以勤本是多一事不如少一事之人，但禁不住门生哭诉，只得答应下来。他思忖自己从未求过高拱，这件小事，当不会碰壁。次日，内阁议事毕，高拱刚走出中堂，陈以勤跟了上来，支吾道："新郑，这个……到你朝房去，有事相商。"

高拱对陈以勤找他议事感到奇怪，打量他良久，才快步进了朝房。陈以勤一进门就问："新郑，闻得你要查孙大霖?"也不等高拱回应，就语速极快地说明了他的意图，"他是我的门生，找我哭诉，是以不得不找你，请你斟酌。"言毕，又忙补充道，"查贪墨惩赃吏，我是坚决支持的，早该这么做了！"

"南充，孙大霖一个郎中而已，不要说还没有查他；即使查了、处了，竟劳动堂堂阁老替他说话？"高拱面露愠色道，说着就要往外走。

陈以勤闻言，脸"唰"地红到了脖颈，继之变得乌青，憋了良久才道："座主替门生说话，到哪里去论也不丢人！"

高拱驻足，回头以鄙夷的目光瞥了陈以勤一眼，没有理会。

"倒是你，新郑，"陈以勤以奉劝的口吻道，"上官不惟不维护还主动去查属下，到哪都会让人戳脊梁骨！"

高拱既惊且气，大声道："失格了，南充！"

陈以勤被高拱的话噎得瞪大双眼，嘴巴张了几张，却说不出话来。

"喔呀，何事争执？"随着说话声，张居正走了进来。他适才看见陈以勤叫住高拱，就注意着这边的动静，听到两个人大声争执，忙过来劝解。

陈以勤一跺脚，一语未发出了高拱的朝房。高拱回身坐下，对张居正道："叔大，没想到南充居然拿官场恶俗来衡人，说甚座主为门生说话不丢人，不袒护属下会被人戳脊梁骨云云！"

张居正苦笑一声，连连摇头。

高拱眼珠子转了几下，像是自言自语："看来这孙大霖果然有事。"

"孙大霖？那不是你的郎中吗？"张居正故作惊讶，"陈南充是为他说情的？"

"我闻孙大霖有贪名，又看他拟单蹊跷，便试探了一下，他就紧张万端。看来，真要查一查他了。"高拱顾自说着，"吏部的官最不能贪墨，否则官场无公正可言，谁还专心做事？"他叹了口气，恨恨然道，"都是道貌岸然的大佬带坏了官场风气！严嵩贪墨尽人皆知，以致政以贿成；徐老也是老而务得，原以为他只是疏于约束子弟，不意竟把松江的税银全收于华亭家中，于京邸铸银代缴，还从中做手脚，何其卑劣！"昨日听到刘体乾说出松江税银事，高拱始终不解，还是从户部一个郎中那里问出了真相，陡然间对徐阶充满鄙夷。

张居正附和道："老而务得，求田问舍，可恶！"

高拱蓦地起身，咬牙道："高某秉政，贪婪无赦！借用海瑞的话说，国法所至，不知阁老尚书也！"

"是以海瑞在官场无立足之地矣！"张居正接言道，低头沉思片刻，又道，"玄翁若决计拿徐老入手肃贪，居正当仰赞之。但居正请玄翁三思，目下报复的浮议未息，新政甫开，百事待理，孰轻孰重，自不待言。贪墨之风当刹，不过这件事却是急不得的，不然不惟肃贪难以推进，新政恐受挫折。"

高拱似有所动。

张居正笑了笑："呵呵，明日要议的事，乃是玄翁几个月来殚精竭虑筹策而成，因适才的不愉快，居正担心陈南充会赌气掣肘。"

高拱重重叹了口气，眨巴着眼睛，一脸疑惑，口中喃喃道："怎么'报复'二字，成了坏法惨民之徐府的护身符了?"

2

阁臣的案头，都放着厚厚一本文稿。这是高拱拟写的《改军政边政吏制议》，今日上午内阁专议此事。辰时已近，阁臣们陆续走出自己的朝房，到中堂议事。高拱刚走了几步，见张居正正要进中堂，叫了他一声："叔大，恤商的朝议，效果堪慰。"

"那就好，呵呵!"张居正敷衍道。

高拱脸上流露出一丝不易觉察的失望情绪。

"玄翁，革新改制事，内阁有共识更好，可以一体上奏，形成声势;不能达成共识也无妨，玄翁将应兴应革之事次第上奏，皇上认可，照样可以实行。窃以为不必与人争论。"张居正提醒道。他明白高拱适才的话，是对他事先安排陈大春、曾省吾代言感到满意，暗示他今日也能为其代言，而他却装作未解其意，见高拱有些失望，便又为他画策。

"嗯，叔大之言甚是。"高拱点头道。

"陈大春说的甚合玄翁之意吧?"张居正笑着问，"此人虽一度误入讲学歧途，然以居正观察，也算是有识见之官。"陈大春在徐阶下野前，即千方百计投于张居正门下，张居正有意在高拱面前为他铺垫，有了朝议恤商时的表现，张居正揣度高拱对其恶感当大为减少，故特意又提示了一句。

"有识见。"高拱颔首道。

说话间，二人进了中堂，李春芳、陈以勤、赵贞吉已然就座。不待李春芳发话，高拱即直奔主题："开圣治、行新政，当从吏治入手。古人云，为政在于得人。而若要得人，必有良制。是以不才理出关涉吏治而当下亟宜改制之处，供诸公参详，如无不妥，我意以内阁公本奏明皇上，下旨实行。"

"呵呵，新郑辛苦！"李春芳讨好地一笑道，"就请新郑说明一二。"

"边患孔棘，安边弭患当标本兼治。为此，宜对军政、边政一体革新。"高拱翻开文稿，"首言军政改制。其一，兵部一尚四侍新制已成立，兵部司官精选久任，兵备、巡抚、总督储才递升之制已建，要落实。"

见陈以勤摇头不语，赵贞吉似在斟酌着，高拱继续道："其二，破待遇均等之制。时下官员待遇只论品级，一切均等，看似公平，实则大不公。边地文武官员诚宜特示优厚，有功则加以不测之恩，有缺则进以不次之擢，使其功名常在人先，他官不得与之同论资历。且边地官员当有休假之法。如其在边日久，著有成绩，则特召回京城休假，使其精神得息而不疲，智慧长裕而不竭。"

"新鲜事，只是未免繁琐。"赵贞吉揶揄道。

"袭故套最简单！"高拱忍不住反驳道，"可是，边患可弭乎？疆圉可固乎？"似是为避免争论，他接着又进入了主题，"再言边政改制。"他突然抬头盯着李春芳问，"兴化，朝堂每每言边防、边患、边政、边务，何处可称边？"

"这……"李春芳被问住了。

"用人行政，大而化之，焉能称治！"高拱情绪有些激动，声音也大了起来，"当划定边方，使中外周知，加意经理。"他翻开文稿，"不才多方咨商，以为当划定蓟、辽十八州县，山西二十六州县，陕西十七州县，凡六十一州县为边方之地。其他虽是蓟辽山陕所属，但不能称其为边方。"见李春芳等人点头，高拱又道，"边政改制，要在改用人之制。边方乃国家门户，而所用官员非杂流，则迁谪；非迁谪，则多是考察定为才力不堪之人，焉能有治？国家用人，不当为官择地，只当为地择官。边方既要紧之地，尤宜以贤者处之。今后各边州县，必择年力精强、才气超迈者授之；或政绩突出兼通武事者调用，以三年为期，比内地之官加等升迁。政绩优异者，以军功论，破格擢用。如才略恢宏可当大任，即由此为兵备、为巡抚、为总督，无不可者。概而言之，边方州县必用良才；有边方经历之良才特加重用！"

"有魄力！"张居正赞叹道，"不失为固边兴边之良谟！"

高拱翻动一下文稿，道："吏治要改者甚多，暂列几项先次第实行。其一，改回避之制。"他把礼部司务李贽的经历说了一遍，"李贽从福建到河南当一个县学教谕，其妻五年未见寡母，想回去省亲而不得，竟至哭瞎眼睛，何其悲哉！"李春芳等闻之，皆唏嘘。高拱接着道，"府州县正官，有民社之寄，自当回避。非有民社之寄者，如学官、仓官、驿递官、闸坝官等等，其官甚小，其家多贫，何必非要隔省任用？路途遥遥，有弃官不任者，有离任而不得归家者，其情甚苦。如此，欲使在官者安心以修职，亦难矣！故此类官可在本省隔府地方任用，于回避之法亦无碍。"

"我百思不得其解，"从不介入争论的陈以勤突然以嘲讽的语调道，"祖宗定回避之制时，何以不虑及人情？二百年来朝廷大臣，因何无体察微官苦情之人？"

"玄翁，还有吗？"张居正故意问，意在提醒高拱不必辩驳。

"其二，改马政盐政官任用之例。"高拱道，"或许是受君子不言利之说的毒害，读书人普遍轻视理财衙门。马政不惟关乎财用，亦关乎边防；盐政更是攸关民生。太仆寺专理马政，盐运司专理盐政，皆国家要务，非闲局也。可近来视之甚轻，常用以安置贬谪之官，或者考察等次为才力不及，处闲散衙门者，即为马政、盐政官。官员既不称职、有物议，斥退可也，奈何改用马政、盐政之官？如此，遂使奸贪苟且，政务废弛，殊非设官初意。今当破除常套，凡太仆寺少卿、盐运使员缺，必以廉谨有才望者推补。太仆寺理马政少卿，官阶当视为布政司参政；盐运使视按察司副使。俟政成之后，与之一体升迁；若有卓异，当即超擢。"

"你掌铨政，你说了算。"李春芳酸酸地说。

"还有！"高拱赌气似的说，"定边，不只北边，还有海疆。海禁既开，非有强大水军不可。故当饬令沿海各省督抚，筹建船厂，督造海船，并加意训练，以期有成。"

众人皆沉默以对。高拱感觉出气氛不对，把文稿向外一推，恼怒地说："不再说了，凡应兴应革之事，不才单独具疏请旨就是了！"他从赵贞吉、陈以勤的插话中已然判断出，要内阁上公本已无可能，那就没有必要再浪费精力于此，莫不如分别具疏上奏，他相信皇上会赞同。

"新郑所谓兴治理，行新政，就是改制、恤商乎？"陈以勤问。

"不，还要肃贪！"高拱故意强调道。

陈以勤摇头道："实不忍亲睹祖制被如此擅改！"

"那好办。有两个法子，"高拱毫不客气地说，"要不就是适才所列各事，不做；要不就是南充眼不见为净！"

陈以勤愕然道："新郑的意思是，赶我走？"

"我无此权力！"高拱道，"当由皇上钦定。"

"好好！"陈以勤站起身，"我这就上疏求去！"

3

春夏之交，白天一天天变长了，酉时过半，日头才极不情愿地沉到西山后面，还把一抹晚霞留在天际。京城百姓到了吃晚饭的时候了，高拱还在吏部直房。他与到部领凭的几位新任知县谈话毕，刚坐下来要阅批积压在案头的文牍，兵科都给事中温纯求见。

温纯由寿光知县拔擢为户科给事中，谏诤皇上、搏击大臣，甚是活跃，不久就晋兵科都给事中。高拱猜不出他因何事来谒，但对风力言官，还是要礼敬三分，虽不情愿，还是吩咐传请。温纯进门施礼，高拱手里的笔并未放下，边低头疾书，边叫着他的字说："希文，请坐！"

温纯没有入座，拿出一个函套，置于书案，道："高阁老，学生适才收到两广总督刘焘的私函，里面……"

"喔？怎么，两广又有事了？"高拱紧张地抬起头，打断温纯的话说。岭南常有羽书塘报，高拱有心绥广，又一时腾不出手，故一听两广总督刘焘有函，他的神经顿时绷紧了。

"这里面，有礼帖一通。"温纯从函套里抽出一束，放到高拱面前的书案上。高拱疑惑地拿起来一看，束上列着：金色缎二匹，苏丝、汴绣各二幅。

"学生算过了，共代银二十四两。"温纯在旁解说道。

高拱把礼束还给温纯。确认不是两广出什么突发事变，他心情轻松了许多。但对刘焘竟以总督之尊卑礼于言官，又颇为恼火，便以鄙夷的语气道："这么说，此乃堂堂的三品军帅、封疆大吏，万里之遥主动送给你这个七品言官的礼品喽？"见温纯点头，高拱问："希文示于我，有上缴之意？"

"学生不敢！"温纯以奇怪的口气道，"有李御史前车之鉴。"

前不久，盐商差人开具礼帖银一千两，送至两淮巡盐御史李学诗住所，李学诗将人赃俱送知府衙门问罪。不料此举却引来一阵风言冷语，有的说李学诗做人不厚道；有的说他是以此掩盖更大的受贿。舆论之猛烈，竟致李学诗在官场陷入孤立，难以招架，只得求去。高拱正为此而恼怒，听温纯提及，他一拍书案，大声道："是非不明，议论颠倒！对行贿受贿者不加察揭，独对却贿者深求苛责，以致受贿者恬然以为得计，却贿者惶然无以自容，行贿者公然以为之！"他握拳做下捶状，"绝不能容忍再这样下去了！"

"好！非高阁老者，谁敢为之？"温纯拱手道，"学生正是闻得高阁老欲加意肃贪，才特意来谒。"他转头看见书案角落处放着一把椅子，边入座边问，"闻得要拿祥符县知县开刀，可他是'酷'，不是贪，不够典型吧？"

"酷是为了贪，贪酷一体，以酷济贪！"高拱道，"是以肃贪必禁酷！"

温纯道："可是，知县，还是小了点。闻得还有司长卷入，可司长也还是小了点。"

高拱恍然大悟！温纯是要他拿刘焘开刀。刘焘不惟资历深，品级高，是目下总督中惟一带兵部左侍郎衔的，且在两广总督任上也颇有建树，声名卓著，会推兵部尚书时，他与郭乾呼声最高。时下两广正用人之际，因为这区区二十四两银子的礼品，就对他下手？

温纯见高拱沉吟不语，猜透了他的心思，便鼓动道："学生闻得高阁老眼里揉不进沙子才来禀报。试想，总督贿兵科，还不是想以后为他打掩护？如此，哪里还有是非？官场上的风气，真就日坏一日了！"他用余光瞥了瞥高拱，见他紧蹙双眉，又道，"正是因为刘焘有政绩而贿金少，以他为典型，不啻给官场树标杆：看，那么有政绩的一个封疆大吏，就因为这点事被拿下，朝廷果是对贪墨零容忍也！如此，势必震动官场，造成声势，则人人自律，贪风可刹！"

高拱点头道："希文言之有理！"

温纯蓦地起身拱手，兴奋道："学生这就具疏论劾！"

高拱叹息一声，埋头继续批阅文牍，交了亥时方起身回家。一到家，顾不得吃饭，就先把高福、房尧第叫到书房，一脸庄重道："你们记住，从今往后，不管是谁的，一根草都不许要他的！"

高福点头称是，房尧第有些疑惑，揣度着发生了什么事。

"记牢，照做！"高拱又嘱咐了一句，才放心地进餐厅用饭。

房尧第本想待高拱吃完饭一探究竟的，可高拱出了餐厅就进了书房，他跟了过去，却见高拱已在提笔疾书，他是在给新郑寇知县修书：

敝邑得借寇君，可为厚幸。兹有言相告：仆虽世宦，然家素寒约，惟闭门自守，曾无一字入于公门，亦无一钱放与乡里。今仆在朝，止留一介在家看受门户。亦每严禁不得指称嘱事，假借放贷。然犹恐其欺仆不知而肆也。故特有托于君：倘其违禁，乞即重加惩究。至于族人虽众，仆皆教之以礼，不得生事为非。今脱有生事为非者，亦乞即绳之以法，使皆有所畏惮，罔敢放纵。如此，有三善焉：一则使仆得以无寡过；一则见君持法之正，罔畏于势而无所屈挠；一则小惩大戒，使家族之人知守礼法，而罔陷于恶，岂不善哉？古人云：君子爱人以德，不以姑息。仆之此言，实由肝膈，愿君留念也。

"来人！"高拱喊了一声，房尧第早已等在门外，应声而入，高拱吩咐说，"明日一早封送！"

"玄翁，发生什么事了？"房尧第接过书函问。

高拱起身踱步，边把刘焘之事简要说了几句，最后道："崇楼试想，既然为此事要罢黜刘焘，那么自身就不能有瑕疵。人云打铁还需自身硬，此之谓也！"

"可是玄翁，拿刘军门开刀固然有温科长所说的功用，然则换个角度看，则另有说矣！"房尧第提醒道，"若刘军门与徐老有渊源，必有报复之猜；若没有渊源，则亦有为安插心腹以细故拿下老人儿的嫌疑。"

时下凡事只要与徐阶有涉，就不得不小心从事，也正因此，高拱放弃了从徐阶入手大力肃贪的打算。他想了想，似乎刘焘与徐阶并无渊源，只要排除了这个因素，别的就不能再顾忌那么多了，遂道："瞻前顾后，做得成甚事！"

"玄翁的魄力，学生钦佩不已。"房尧第道，"学生有一建言，盼玄翁纳之。"

4

陈以勤四疏乞休，皇上准其致仕，内阁遂由李春芳、高拱、张居正、赵贞吉四人组成。陈以勤的致仕没有产生任何震动，对阁务也没有丝毫影响。这天，阁议刚开始，高拱拿着一份文牍道："巡按河南御史杨相弹劾祥符知县谢万寿一案，吏部题覆：将谢万寿照依酷例革职为民；另将谢万寿贪酷情状，通行内外大小衙门知道，自后务要心存仁恕，政尚宽平，体黎庶仰赖之心，以保赤子为急务。倘有苛刻残民如万寿者，抚按官据实参奏，从重处治！"

"嗯，播示中外，引以为戒！"赵贞吉赞同道。

高拱又拿起一份文牍道："兵科都给事中温纯劾两广总督刘焘通贿钻刺，乞敕将刘焘罢斥。吏部题覆：刘焘通束书于白昼，虽非苞苴之为；加卑礼于言官，乃是阿谀之行。刘焘勒致仕！"

"待过了这个风头，还是再起用为好。"李春芳道。温纯的弹章发交内阁时，高拱就说明了处分预案，李春芳不赞同，可高拱持论甚坚，他只好妥协，此时他又以惋惜的语调表达出自己的无奈。

"孙大霖一案，"高拱继续说，"刑科都给事中舒化劾孙大霖志行粗鄙，做刑部员外郎时察狱山东，受贿两千八百两，当罢斥。吏部题覆：将本官照依贪例罢斥为民。"

李春芳道："往者，有论劾官贪者，多是回籍听调，抑或降级别调，甚少革职为民者。寒窗十年委实不易，偶有失足，还是要给改过的机会为好。新郑，是不是再斟酌一下？"

"是要斟酌！"高拱高声道，"往者对贪墨官员，最重的就是革职，这不足以震慑贪官。当奏明皇上改制：凡被举劾贪墨之官，先要下御史或法司勘问，情节重者，必绳之以刑典！"

"新郑说得对！"赵贞吉赞同道，"要刹住官场贪墨之风，非要铁腕辣手不可！班房不是专给百姓开的，胆敢贪墨者，也得坐监！"

"像孙大霖这种人，若下法司勘问，劣迹或不止于此。"高拱接着说，"是以下法司勘问这一条非出台不可！"

"新郑，这三人，就这样办吧，以后的事以后再说。"李春芳只得又让一步。

"这三人也只能如此。但肃贪，只是开头，一刻不能放松！等立了规矩，以后按规矩查办！"高拱以决断的语气道。

李春芳"嘶"地吸了口气，道："新郑，严嵩当国二十年，政以贿成，风气大坏，身在其中罕有免俗者，搞得人心惶惶，大家不能安心做事，得不偿失。以前的事就算了吧，再有敢贪者重处就是了。"

"刹风为上，"赵贞吉附和道，"是不能搞得人人自危。"

高拱道："人人自危固然不好，但唯有人人自警、自戒，方可刹住贪墨之风。"他扭过脸去看着赵贞吉，"内江，要引导一下，请科道把肃贪放在首位，尤其是巡按御史，要以肃贪为职志。以后巡按御史到地方，当悉心廉访，手注评语，指实直书，不要组织浮词，虚应故事。尤其对贪、酷之官，随时举劾，万不可为完成考察时汰官之数，平时却有案不纠。还要注意，纠举主官、大官固然重要，但也别忘了佐贰、驿传、钞关、教职等官，这些官员直接与老百姓打交道，可上官并无参劾之例，必俟三年大察方可黜落，这已是制度漏洞，若巡按御史再不纠举，不无殃民废职、纵恶长奸之嫌！"

"只是，巡按御史照例不纠举钞关、教官之类。"赵贞吉为难道。

高拱一扬手道："我奏明皇上，改制。"

"新郑，改制之疏，已连颁六道啦！"李春芳提醒道。

高拱因内阁不能达成共识，遂单独上奏，就军政、边政、吏制革新事宜，已连上六疏，皆获皇上允准颁下，朝野为之震动。高拱听出来了李春芳的意思，是说改制之举已经够多，要他适可而止，他淡然一笑道："兴化，这仅仅是开头，要改的还多得很嘞！"似是为了不冲淡主题，接着又道，"不肖者罚，以示惩；贤者赏，以示劝。是以对廉能官员，要奖！"这是房尧第那天向他提出的建言，奖廉与惩贪一并实行，以消除外界误解。高拱颇觉有理，欣然纳之，并已有了预案，"本部访得潮州知府侯必登能抚绥困穷，弭盗安民，我与巡按广东御史杨标面核，杨御史言：'潮州知府侯必登，有守有为，廉节自持，民赖以安；但不肯从俗，又不能屈事上司，是以问之百姓，人人爱戴；问之官员，人人不喜。'诸公，听明白了？得民心者，反失官心！官场风气已然如此，再不整饬，国无望矣！"说罢，端起茶盏正欲喝茶，又放下，"两淮巡盐御史李学诗因拒贿而不自安，不得不上疏求去，拒贿者倒成了过街之鼠，真是骇人听闻！当奏明皇上，对侯必登、李学诗分别褒奖，并形成制度：此后，凡推为奖廉官者，七品知县加从五品服俸、从六品知州加正五品服俸、五品知府加从三品服俸，若不忘初心，政成之日，按所加品级资格擢升！"

赵贞吉道："这个法子好！"

刻漏房差人来中堂换牌，高拱一看午时已过，忙起身往外走。张居正默然跟在身后，出了文渊阁，高拱见张居正跟了过来，忙问："叔大有事？"

"玄翁，肃贪是个时机，居正意……"张居正支吾道，话说了一半又止住了，似乎在斟酌词句。

"说嘛！"高拱有些不耐烦。内阁商榷肃贪的议题，张居正一直沉默，高拱不悦，面对面时，也就没有好脸色。

张居正看看四周无人，低声道："肃贪是必要的，居正意要定点肃贪。对不满意的人，不妨差人查他一查，抓住他的弊病，一举拿下！"

"喔？"高拱有些吃惊，"这样做，未免欠磊落！"

"玄翁，调换不力官员，非为私，乃为国，何言欠磊落？"张居正嘟哝道，语调中流露出被误解的委屈。

高拱不想与张居正争执，迈步要走，刚走了几步，又驻足问："叔大，谍报有无老俺那里最新动向？"

张居正因高拱不惟不纳他的建言，还以"不磊落"斥之，心里颇不是滋味。暗忖：你以为你是皇帝？一个大臣，得罪人太多太苦，能立得住？本想把这层意思说出来，见高拱似乎无意听纳，只好顺着他的话题，语带忧虑地说："玄翁，板升连遭雪灾，今年秋防压力甚大啊！"

　　"好啊，我正想和老俺一较高低！"高拱以自信的语调道。

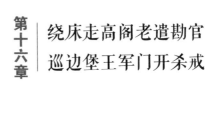

第十六章 | 绕床走高阁老遣勘官
巡边堡王军门开杀戒

1

贵州巡抚阮文中的压力越来越大。官军溃败两月余，竟无整备征剿的动静；安国亨与安智、奢效忠部还在朵泥桥一带对峙，不时有双方激战的塘报呈来。官场议论纷纷，都说新巡抚无所作为，非黔省之福。阮文中有苦难言，把全部希望押在高拱的复函上，每日醒来第一件事，就是问奉命赴京的急足有无音讯。

这天辰时，一匹快马奔向巡抚衙门，急足满头大汗滚下马来，小跑着进了二堂。

"高阁老怎么说？"阮文中已迎在门口，急不可待地问。急足忙把高拱的复函呈上，阮文中接过去，展开阅看：

昔执事之赴贵阳也，安国亨之事，仆曾面语其略。今来谕云云，似尚未悉仆意，特再为之明其说。夫天下之事，有必当明正其罪，人臣自可处分者，而不可于君父之前过言之。若安国亨事，虽有衅隙，本非叛逆之实，则抚臣当自处分，本不必于君父之前过言之。何者？君父乃天下之主，威在必伸，一有叛逆，便当扑灭。若安氏之乱者，本是彝族自相仇杀，此乃彼家事，非有犯朝廷者，何以谓之叛逆？而前抚乃遽以叛逆奏闻。君父在上，既闻叛逆，岂容轻贷？而安国亨本无叛逆之实，乃祸在不测，且图苟全，地方官更复不原其情，遂激而成之，乃又即以为叛逆之证，可恨也！今观安国亨上本诉冤，乞哀恳切，叛逆者若是耶？而地方官仍不复不为处分，仍以叛逆论之，遂使朝廷欲开释而无其由，安国亨欲投顺而无其路，过矣！且安智与安国亨结仇，乃居于省垣，为何？安智在省垣，则谗言日甚，而安国亨之疑日深；安国亨之疑日深，则安智之祸愈不可解。此乃挑之使斗，而增吾多事也。故愚谓安国亨之罪固非轻，而叛逆则不然；安智当别为安插，居省垣则不可。惟在处置得宜耳。以朝廷之力，即族灭安氏何难者？顾事非其实，而徒勒兵于远，非所以驭彝民而安国家也。愿执事熟思之也。

阮文中阅毕，怔怔地坐在书案前，茫然无措。幕僚走过去，拿过书函细读一遍，苦笑道："军门，我看这高阁老是位爱较真认死理的偏老头嘞！"

"高阁老已然说得很明白了，剩是不能再提了，看看如何办，才算是'处置得宜'吧！"阮文中怅然道。

两人屏退闲杂人等，推掉所有事务，关在二堂议了整整三个时辰，终于理出了头绪，草成《巡抚条款》：

一、责令安国亨交出拨置人犯；

二、安国亨照彝俗赔偿安信等人命；

三、分地安置疏琼、安智母子；

四、削夺安国亨贵州宣慰使职衔，由其子安民接替；

五、对安国亨从重罚款，以补军兴之费。

条款拟定誊清，用了关防大印。阮文中面色灰暗，一脸倦容，吩咐亲兵："速将巡抚条款分送安国亨、安智知晓遵行！"

亲兵领命而去，阮文中有气无力地对幕僚道："传檄毕节兵备道，命其拘提安国亨到案听勘，问其仇杀之罪。"

安国亨正躲藏在九洞山的一个山洞里。这里冬无严寒，夏无酷暑，岩洞密布，山中水，水中山，洞上桥，桥上洞，别有洞天。可安国亨无心领略美景，一副大难临头、末日将至的焦躁与颓废状。他坐在一个木墩前，与若姝对饮。任凭若姝百般挑逗，安国亨却无动于衷，一筒一筒地饮着水酒。

"苴穆，要醉了呢，还是少喝些吧！"若姝走过去，双臂环绕安国亨的脖子，用两只硕大的乳房蹭着他的后背，娇喘着说。

"你晓得吗？"安国亨哽咽道，"水西土司自大汉朝就有了，历经千年，建制最早，世袭最长，占地最广，地位最高，我为啥要叛朝廷？"

"是的呀苴穆，都是安信多管闲事，安智无事生非，朝廷黑白不分。"若姊娇滴滴道，伸出舌尖舔舐着安国亨的耳唇。

安国亨摆摆脑袋，又说："趋利避害，顺应大势，乃水西自全之策、安身之道。如今被朝廷胡乱扣上叛逆的帽子，看目今的情形，水西是在劫难逃了！"说着，两行泪水，顺着粗糙的脸颊流了下来。

若姊只见过安国亨的横暴强悍，却从未见他如此柔弱，一时越发淫心荡漾，扭动着脖子，伸过脸去，鼻孔中喘着粗气，口中发出"哦哦"的淫声，双手用力在安国亨的前胸胡乱摩挲着，忽而嘴唇、忽而舌尖，在他的脸上、脖颈上，猛一阵狂吻。

"禀苴穆！抚台有文告送达！"吴琼小跑着进来说，"另有毕节兵备道拘提文书一封。"

"喔？"安国亨一把推开若姊，忙接过细看，不禁蹦跳起来，"咱有活路啦！"

"苴穆，会不会有诈？"吴琼提醒说。看到抚台文告第一款就是责令交山拨置人犯，他就胆战心惊，最不希望安国亨接受条款。

安国亨刚畅出了口气，经吴琼一提醒，顿生狐疑，便问："安智何在？"

"还在贵阳。"吴琼回答。他所差密探不时将外界消息源源不断报来，故而对各方动向了如指掌，见安国亨喜色渐消，吴琼继续说，"小的看，苴穆当三思，这必是阮巡抚诱苴穆出来，好杀苴穆！"

安国亨点头，突然双手紧抱脑袋，边在洞中躬身来回走动，边大声喊叫："我没有叛朝廷——没有——官府逼勒如此，是何道理？朝廷就没有一个主持公道的人吗？"停了片刻，他跨步拿过壁上挂着的长剑，挥舞着道，"待灭了安智，我再去就死不迟！"

安国亨发誓要灭安智的当儿，安智也在发誓要灭安国亨。他看到抚台文告，见官府突然变了方略，不再出兵平叛，简直不敢相信自己的眼睛；又从文告中读出有开释安国亨之意，更是惊诧，急忙投书阮文中，拒绝接受，请求即刻发兵，灭了叛逆安国亨。

阮文中接到毕节兵备道报来安国亨不服拘提，日拥兵自卫的呈文；又闻听衙门外不时有老妪疏琼的哭喊声，一脸苦楚，忙召集布政使、按察使、戴罪立功的总兵安大朝到二堂议事。

"我已仁至义尽，彝目却骄横如此，是可忍孰不可忍？"布政使首先开言道。

"久拖不决，阖省舆论汹汹，不可再踌躇！"按察使道。

"管他什么安智、安国亨，非我族类，其心必异；朝廷当合四省之兵，灭了安氏一族，改土归流！"安大朝咬牙切齿道。

阮文中也觉除征剿外，已无计可施，只得横下心来，具疏奏请朝廷速输兵粮，合兵征剿。

2

高拱一进内阁中堂，就觉得气氛有些怪异。李春芳、张居正低头佯装看文牍，但余光却不间断地飘向他。一落座，就见书案正中放着一份奏本，抓起来一看，是贵州巡抚阮文中的。

"喔？"高拱这才悟出内阁气氛怪异的原因所在，预感到情形不妙，来不及细看，径直翻到结尾处，竟是请求朝廷调集西南诸省大军征剿水西的。他既生气又尴尬，一时不知说什么好，神情慌乱地又从头到尾细读奏本。

李春芳笑着问："新郑，你看当怎样？"语调中有些幸灾乐祸的意味。

高拱佯装埋头读本，暗中斟酌应对之语。良久，他故作轻松地一笑道："嘻！阮子误矣！"

"怎么说？"一直苦思对策的赵贞吉抬头问。

"安国亨何以不出而听勘？"高拱像是与人辩论，逐个扫视了一眼李春芳、张居正、赵贞吉，见三人都坐直了身子，齐齐把目光投向他，高拱慢悠然自答，"因时下剿抚之策未明之故也。"

李春芳等人似乎未听明白，不约而同地皱了皱眉。

高拱喝了口茶，道："安国亨恐抚臣以勘问之名诱而杀之，自不敢出；又恐安智、奢效忠带兵掩杀，乃拥兵自卫，这并不出意料之外嘛，安得以此为由请兵征剿？"

"嘶——"李春芳等人几乎同时重重地倒吸了口气。李、张对高拱的靖彝方略本不赞成，只是保持沉默；赵贞吉虽赞成之，见久拖未决，议论纷纭，新换的巡抚也一再奏请征剿，此时便有些动摇，不耐烦地说："新郑，我看也不必多费口舌，拟旨征剿算了！"

"诸公须知，明旨既下，就再无余地。"高拱回应道，"安国亨本无谋叛之意，若下旨征剿，就是以叛逆处之，以叛逆处之，即是逼其真叛，劳师费财，去做促假为真的事，何谓？"

赵贞吉一捋胡须道："新郑，这事是你主张的，你直说，怎么办！"

高拱知道，此疏若发交兵部题覆，则兵部必以从其请报来；但不批兵部题覆，他一时又未有对策，只得道："此本先放一放，容我熟计之。"

"玄翁，果有余地？"张居正到底还是没有忍住，建言道，"朝廷对安酋宽大如此，实属罕见，此酋依然故我，不出而受理，无异于向朝廷示威！"高拱沉吟不语。张居正还想再进言，见高拱不断变换坐姿，神情烦躁，只得打住。

阁议散后，高拱没有去吏部，而是回到朝房，一手背后，一手捻须，低头绕床，走了一圈又一圈。

张居正饭后在回廊散步，见高拱房门大开，遂走了进去，已走到内间，高拱却浑然不知，依然绕床走着，见此情景，张居正不觉惊问："玄翁，这是做何？"

"还能是甚事！"高拱硬邦邦地回了一句，继续绕床走个不停。

"玄翁，居正看，已无余地……"

不等张居正把话说完，高拱脸上露出不耐烦的神情，向外一摆手，示意他出去。张居正心里一沉，暗忖：玄翁未免太自负、太固执了！这样想着，摇了摇头，微微叹息一声，"蹬蹬"出了高拱的朝房。

过了约莫一刻钟工夫，翰林院掌院学士张四维求见，可在朝房外唤了几声，却不见回应。他探头往里走，书案上放着食盒，却不见人影，隐隐约约听到里间有靴子发出的"橐橐"声，便壮着胆往里走，一眼看见高拱绕床转圈，惊诧地问："玄翁因何环床走？"

"喔，是子维？"高拱抬头道，"思贵州阮文中奏本耳！"却未驻足，也不管张四维是否知情，边走边念叨着，"欲从之，则非计；欲不从，则失威。"

张四维"哦"了一声，明白过来了，定然是阮文中上本请求征剿，高拱不以为然，却又苦于无对策，遂道："不妨再差人去。"

高拱蓦地停下脚步，拊掌道："喔呀，得计矣！"他顾不上张四维，疾步出了内间，大声唤道："来人！"承差应声而来，高拱吩咐，"速到兵部，召职方司郎中吴兑来见！"转身问张四维，"子维何事？"

"呵呵，玄翁召四维午间到吏部，可四维去谒却未遇，特来此谒玄翁请训。"张四维解释道。

"哦，这事待会儿说，待会儿说。"高拱说着，走到书案前，把食盒推开，铺开稿笺，奋笔疾书。

张四维不知是走是留，踌躇良久，顾自拉一把椅子远远地坐着。

"师相！"随着一声唤，兵部职方司郎中吴兑风风火火进来了。高拱没有回应，用力一顿笔，自语道："好嘞！"这才搁笔，叫着吴兑的字道，"君泽，有要事相嘱。"张四维忙起身回避，高拱摆摆手，"子维不必回避，听听此计如何。"

吴兑、张四维躬身站在高拱书案前，高拱仰脸问："君泽，你说，贵州事，该如何了之？"

吴兑眨巴着眼睛，揣摩不透高拱的意图，不便直接回答，而是表态道："若征剿，学生愿往；若抚之，非学生所长。"

"你能说出一个'抚'字，已属不易。"高拱苦笑道，"阮文中奏请征剿，欲从之，则非计；欲不从，则失威。"

"那么师相，当如何？"吴兑以急于求教的语气问。

"巡抚请兵粮征剿，安国亨奏辞辩诬，乞哀甚恳、二者各有各诉求，我欲并从之！"高拱捻须道。

"啊？"吴兑情不自禁地惊叫了一声，"并从之？"

张四维已然猜透高拱的心思，笑而不语。

"我意，当差一风力给事中往勘。"高拱说出了他的计策，"果无叛逆之实，则只治其罪；果有叛逆之实，再发兵征剿未晚。"他点了点书案上的稿笺，"我再给阮文中去一书，向他阐明方略。"

"学生明白！"吴兑郑重道，"阮巡抚的奏本一旦批到兵部，学生即照师相所示起稿题覆！"

"嗯！"高拱满意地笑了，但还是又嘱咐一遍，"安国亨诉冤本，阮文中请剿本，即发兵部，兵部题覆：请钦派一风力给事中往勘，据实定策。"说罢，看看张四维，"子维，何如？"也不等他回应，又问，"君泽、子维，你们看，差谁去合适？"

"不妨差刑科给事中舒化去。"张四维建言道。

"就是他了！"高拱一扬手，"君泽，你去吧，明日办完。"

吴兑施礼告辞，高拱又追出去，把给阮文中的书函递过去："此函，兵部速差人，日夜兼程送往贵阳！"又嘱咐道，"兵部题覆，内阁拟旨，内里批红，也就是两三天的事，一旦批红，可四处散播朝廷差勘官去贵州的消息，让安国亨早日知晓此事。"说罢，回身走到书案前，掀开食盒："这会儿方知饿了。"

"玄翁计高！"张四维赞叹道，"遣勘官乃是为安国亨壮胆的，目的是让他自动出来受理，一旦他主动出来，事体也就明朗化了。"

"正是！是以勘官也不必急急出发，先把信号传递到就好。"高拱得意地说。边说，边夹菜吃饭，他咽了口饭，对张四维道，"子维，今之极边地方，其险要所在，莫过宣大。宣大不备，则虏贼略无障碍而抵边关；边关失严，则长驱直捣有不忍言者。是以特调令舅担此重任。我事情太多，今后有事要你与令舅传递。"新任宣大总督王崇古是张四维的舅父，高拱遂有此嘱。

"四维幸甚！"张四维兴奋道。

"那好，你转告令舅四句话。"高拱放下筷子，语速缓慢而有力道，"一要戒贪墨。收受贿赂的官员就不会有威信，没有威信指挥战事不会有力。二要戒奢靡。武官不能安逸，吃喝玩乐会越发畏战怕死，故平时要练兵、吃苦。三要据实定策。尝谓天下有可畏之势，有可乘之机，而亦有可图之要，盼把握之。四要把军政、边政改制尽快落实，不得延宕。"

"都记下了，请玄翁放心"张四维说，随即又复述了一遍。

"今年秋防，要确保宣大万无一失！"高拱又道，他伸出三根手指，

“仅宣府、大同两镇兵力，已达三十万之多，数倍于虏，不可轻敌，但更不能畏敌！万毋袭故套，一味固守城池，务必给北虏以边务焕然一新、军心士气大振的印象。令舅有何难处、有何需朝廷主持的，不妨直言相告，我必力为主持。这个意思，也请转达令舅。”

3

阳和卫地处大同城东北，紧邻长城，为国朝“极冲”之地。这里不惟城池坚固，且文武衙门众多，东街有巡按御史的察院，西街有兵备道衙门。隆庆四年春，坐落在卫城南街路西的一座大院整修一新，宣大总督自怀来移驻阳和，这里便成了总督辕门。辕门左右，对称而立两座崭新的牌坊，左边一座上书“节制三镇”，右边一座上书“边关锁钥”。

这天辰时，新任宣大总督王崇古身披斗篷，腰佩宝剑，骑在一匹高头大马上，在巡抚方逢时、总兵马芳等人的簇拥下出了卫城北门，沿长城巡视城堡墩台。

长城自居庸关以西，分南北两线到山西偏关汇合，称为内、外长城。外长城即居庸关西北经赤城、崇礼、张家口、万全、怀安而进入大同府的天镇、阳和、大同、左云，经右玉、平虏达于偏关。王崇古不辞劳苦，一路巡视了沿边的平远堡、新平堡、保平堡、桦门堡、永嘉堡、瓦窑口堡、镇宁堡、镇口堡、镇门堡、守口堡、靖虏堡、天成城、镇边堡、镇川堡、宏赐堡、得胜堡、镇羌堡、拒墙堡、镇虏堡、镇河堡。十天后，又沿内长城巡视，在一个晴朗的午后，登上了败胡堡关墙。

“北虏掠朔州、应州，多是破此关入内。”大同巡抚方逢时禀报道，“所谓战火洗礼，此堡为最。”

王崇古没有搭话，神色凝重地注视着关外。

“自成祖起，先后在大同境内八百里长城修筑墙堡五百多座，边墩、火路墩一千五百多个。这条带形的防御线，蜿蜒于大同北部丛岭沟壑之间，如道道重障，护卫着大同。”方逢时手指远方，又禀报道。

王崇古仍不语，仿佛陷入深思。他比高拱小三岁，同为嘉靖二十年进士，只是他一直在地方任职，先后出任知府、兵部道、按察使、布政使，直至宁夏巡抚、三边总督、宣大总督。虽为文官，却久历沙场，先年在沿海剿倭，此后在北边御虏，多年战火风霜，使他看上去比实际年龄要大些，精心修剪过的胡须已然灰白，消瘦的脸庞上布满皱纹，唯有两只不大的眼睛，透出刚毅与机智，为他增添了几分英气。

> 频年战骨未曾收，
>
> 居者劳劳戍者愁。
>
> 骄虏秋高时寇边，
>
> 西风一动劳宸忧。

王崇古手捻胡须，声音低沉地吟出四绝句。

"好诗！好诗！"众人不知是总督口占还是吟诵他人之句，只好含糊地、不约而同地赞叹道。大同总兵马芳刚想问什么，见王崇古神色凝重，张了张嘴，又闭上了，众人见状，也都沉默无语了。

王崇古向前走了几步，众人刚要跟随，他摆摆手，示意止步，只唤方逢时上前，两人并肩在堡墙上踱步。

方逢时是湖广嘉鱼人，与高拱、王崇古都是同年进士，但他要年轻十来岁，少年老成，个子矮胖，走在身材魁梧的王崇古身旁，常需仰脸说话。

"金湖，"王崇古叫着方逢时的号，指着关外道，"你看，村落萧条，无复有人烟，其状甚惨！"

"是啊！"方逢时感慨道，"塞下多畏北虏抢掠，久已废耕，我近边膏腴地土皆荒芜不治。临边百姓陷入肝脑涂地，父子夫妻不能相保的境地。"

"岂止如此，"王崇古感叹着，"北边屯田荒芜，盐法阻坏。每年输边之费有增无减，拖累得举国疲惫极矣！长此以往，国家将无力支撑。"

方逢时叹息道："花钱不少，国库不支，却每吃败仗，委实令人心焦！"他突然两眼放光，叫着王崇古的号道，"鉴川，中玄年兄出而主政，又深得皇上眷倚，甫上任就力推军政、边政革新，或可有转机！"

王崇古从袖中掏出一函，递给方逢时。方逢时一看，是高拱一个月前写给王崇古的：

> 闻节钺已抵云中，长城有托，圣主可无北顾之忧。幸甚幸甚！仆本陋庸，谬膺重任。诚欲为主上扶纪纲，正风俗，用才杰，起事功，以挽刷颓靡之习。顾才不称心，恐终不效于用。匡我不逮，甚有望于知己。惟不惜训迪，乃征凤爱也。

"中玄不惟识见超迈，且才干卓著，朝廷得其主持，真乃大明之幸！"王崇古手捻胡须，感慨了一句。他与高拱不惟有同年之谊，更因外甥张四维颇受高拱赏识，时常在他们之间传递消息，他对高拱了解加深，钦佩不已。外甥张四维转达的高拱的嘱托，让王崇古有几分振奋，同时也感到压力甚大，不敢稍有懈怠，整日神色凝重，心事重重。

"扶纪纲，正风俗，用才杰，起事功，以挽刷颓靡之习！"方逢时复述着高拱书函中的这几句话，语调激昂，"中玄大开大合，要大干一番了，如此，则大明中兴有望！"

"是故我辈不能辜负中玄的厚望，务必把宣大经理停当！"王崇古握了握拳头道，"不袭故套，一新气象！"

可是，两人一时也不知从何着手，遂陷入沉思中，默默地沿堡墙走了一圈，又进堡内查看一番，王崇古一指关口："去看看。"

一行人簇拥着王崇古往关口走，见他一路紧闭嘴唇，沉思不语，也都不敢出声。走了一箭远的路，王崇古驻足瞭望，一眼看见败胡堡关口，两个乞丐模样的人躲躲闪闪，遂大声道："来呀，把那两个乞丐拿住！"

亲兵闻声奔去。方逢时不解地看着王崇古，见他脸上遽然间浮现出了笑意。

"金湖，我说这些天我心里何以不踏实，原来症结在此！"王崇古微笑着道，旋即向不远处的亲随吩咐道，"传本部堂的命令，就地审问，速来禀报！"

不到两刻钟工夫，马芳来禀，两个乞丐，实为北虏奸细。

"果不出所料！"王崇古颔首道，又吩咐马芳，"将二人带到堡内操守府，本部堂要亲自审问！"

4

两名乞丐模样的奸细被带到堡内的操守府，王崇古从座椅上蓦地起身，大声道："尔等身为汉人，却为北虏刺探谍报，该当何罪？"不等两人回答，命令道，"拉出去，砍了！"

两人吓得浑身颤抖，连连叩头，哭喊道："大老爷饶命！"

几名亲兵刚要将两人架走，王崇古伸手制止道："且慢，姑且饶他们不死，都先退下，本部堂要审审这两个奸细！"

两人叩头称谢，王崇古道："尔等为汉人，当为朝廷效命。只要尔等如实供来，本部堂不惟饶尔等不死，且有重赏。"

"凡能为军门效力，小的万死不辞！"一个高个子说，像是读书识字之人，说话文绉绉的。他听王崇古自称"本部堂"，就猜必是总督，也就以"军门"相称。

"除了以乞丐、饥民混进口内刺探谍报外，北虏还有什么刺探谍报的法子？"王崇古问。

"禀军门，"高个子抢先答道，"墩军多与零贼交易，北虏以此刺探谍报。"

"尔可有具体例证？"王崇古追问。

高个子想了想，道："干鲁忽赤千户下辖的前卫百户姜广亮，就常年与北虏暗中交易。"

王崇古向门外喊了声："来人——"几名亲兵一拥而进，他吩咐道，"着马芳差人持总兵旗牌，将干鲁忽赤前卫百户姜广亮传来！"又挥挥手，示意所有人等退出，他继续亲自审问，"北虏奸细，除刺探谍报外，还有什么使命？"王崇古又问。

高个子又答："禀军门，小的听说，北虏每欲入寇，莫不先用间谍。如欲专攻大同，就佯为移攻宣府之形，然后分遣数骑，故意诡秘地说些将发大兵攻宣府的话，使被掳汉人听到；然后又故意放纵这些听到、见到的人回到这边来禀报；这边的军门、大帅个个且疑且信，于是就会将人马分散到各处屯戍，调来遣去，久之就疲惫不堪了。然后，他们则按照摸到的谍报，专攻这边一处。虽说这边兵马多，可因为兵力分散，反而抵挡不住他们了。这是他们善用间谍的好处。"

王崇古大喜，问："尔叫什么名字？"

"小的叫王甲华，"高个子答，又指了指跪在旁边的同伙，"他叫张福。"

"好，王甲华、张福，尔等肯为朝廷效命，本部堂即收尔等为家丁。"王崇古道。不知从何时起，国朝边地督抚，都养着为数可观的家丁，这些家丁直接听命于督抚，除了护卫，还时常受命搜集传递内外军情，掌握属军动态。

"王诚，进来！"王崇古向外喊了一声。王诚是秀才出身，跟着王崇古从戎，做了他的家丁总管，带守备衔。他人高马大，脸庞黝黑，沉默寡言，施礼毕，也不说话，垂首躬身而立，单等王崇古吩咐。

"这二人交给你。"王崇古指着跪地的两人道，"过几天即命他们二人回板升。"又转向王甲华，"尔可向虏酋禀报，就说宣大督抚换人后，戒备甚严，士气大振，欲与虏贼算一次总账！"

"是是是！"王甲华点头哈腰，"小的必照军门吩咐做。"

"尔要留心北虏动静，随时为本部堂直呈谍报。"王崇古又道，言毕向外挥了挥手。待王甲华、张福跟着王诚出了堂门，王崇古将方逢时、马芳召来，语调深沉道："本部堂早就访得，这宣大一带，常有人诈为口外饥民，行乞入边，侦我虚实，故虏每出其不意入，必得利而去。"

方逢时恍然大悟，附和道："军门所忧是虏情不明。这也正是我之短处。敌情不可得，而军中动静敌辄知，是以我屡陷被动，此乃一大因素。"

王崇古正色道："各边谍报不通，每有虏入寇，不知其所往，或东遣西调，或索性避敌不出。我被掳汉人甚多，北虏能用以刺探我谍报，我何不用之？当加意招抚，务结其心，令侦虏情，预来潜报，我得以专力为备，视泛然散守何止事半功倍。"

方逢时、马芳皆点头称是。王崇古沉吟片刻，以决断的语气道："墩台哨所士卒，每人每月给银三两，以充买道饵虏之资。"像是解释，又像是说服，他把手臂一挥，"花这些钱，获得谍报，值！"

"军门英明！"马芳恭维道。

王崇古又道："马帅，务要选差通事、夜不收、家丁人等，授以密计，示以严法，悬以重利，仍令多赍干粮，夜行昼伏，或潜入虏营之中，或远出虏营之外，探其动静。"

正说着，亲随禀报姜广亮传到。待他一进堂门，王崇古即大喝一声："姜广亮，尔可知罪！"

姜广亮正不知何事被传，猛听一声大喝，吓得跪倒在地，连连叩头："卑职不知何罪。"

王崇古冷笑一声："哼哼！尔身为百户，却暗中与北虏交易，这是死罪，尔不知？"

"这这……"姜广亮顿时吓得魂飞魄散，说不出话来。

"说！从何时起与北虏交易，何人参与，都从实招来！"王崇古命令道。

"青天大老爷啊！"姜广亮哭着道，"墩军与虏暗中交易，多的是嘞，可不止卑职一人啊！"

王崇古自是知道的，但他佯装吃惊："有这回事？"

姜广亮抬头看看方逢时、马芳，道："军门，卑职有机密要禀。"

王崇古示意方逢时、马芳并闲杂人等退出，对姜广亮道："说来！"

"军门，总兵赵岢，就暗通板升，做大买卖！"姜广亮神神秘秘道，"卑职墩台夜不收柴见勤就被总兵差去做通事。"

王崇古没有料到姜广亮出言揭出宣镇总兵，有些吃惊，一时默然。姜广亮见他不说话，又道："军门，卑职赚的钱，多半都孝敬了上头。"

此言一出，激怒了王崇古，他一拍书案，大声道："那就拿尔的人头，刹刹这股邪气！"说着，大喝一声，"来人，军法从事，拉出去，斩首示众！"

姜广亮"哇"的一声惊叫："军门饶命，军门饶命！"

亲兵不由分说，押着姜广亮往外走。马芳疾步入内，建言道："军门，不待他招供？看看还有何人参与，一并处置。"

王崇古一笑，摇摇手道："人心惶惶，得不偿失。杀他一人警示众人即可。"说完，起身向外走了两步，大声道："斩首示众！"

方逢时也进来了，语带无奈地说："据闻边军与北虏暗中交易者甚众。此举会不会军心摇动?"

　　王崇古屏退左右，对方逢时、马芳道："此番斩杀一个百户，北虏以为我必严惩与之私通的将士。马帅，你即可暗中布置，故意让那些素通寇者逃往板升，采用反间计，一则招降番、汉陷寇军民，二则广为搜集虏情。"

　　"喔!"方逢时、马芳恍然大悟，不约而同地赞叹了一声。

　　"不虚此行!"王崇古喜悦地说，旋即收敛了笑容，肃然道，"宣大防线不惟不能有任何闪失，且要有斩获，抚台、马帅，我辈当协力奋进，一新边政!"说着，起身往餐厅走，扭脸对跟在身后的王诚附耳道，"你速差人密查宣镇总兵赵岢通虏事。"

第十七章 虏汗踌躇难决引而不发 土司大喜过望主动受审

1

开春以来，边堡墩卒叛逃板升的突然多了起来，赵全为之欣喜，忙着把他们编入各小板升，为他们腾挪田地，甚至做保山说媒拉线。可是，渐渐地，赵全隐隐有些担忧，总觉得哪里不对劲儿，尤其是前几天，有一批汉人突然南归，赵全心里越发狐疑起来。

这天入夜，赵全正在他的土堡里喝闷酒，胞弟赵龙慌慌张张跑进来，二话不说，把一张揭帖塞到他手里。赵全一看，是一首汉文诗：

> 我今难过整三秋
> 与人方便不到头
> 智兼和会回欢悟
> 未知明年收不收

"嚓嚓"两声，赵全把揭帖撕了个粉碎，向赵龙脸上甩去，怒气冲冲道："少来烦我！"

赵龙往后退了两步，解说道："这是写在城南白塔上的，有人抄下来四处张贴。"又一脸沮丧地感慨一声，"丰州滩已是连续五年遭灾了。"

赵全沉着脸道："有人在煽惑，要乱板升！"

话音未落，赵全的参议张彦文闯了进来，禀报道："禀把都，有一群汉人，神色慌张，向归化门那边去了！"

"是不是要南归？"赵全焦躁地问。

"去冬今春，大雪烈风，严霜震雷，杀草扬沙，牛马多死，汉人多思南归，板升人心浮动。"张彦文也是秀才出身，为显示自己与众不同，说话喜欢文绉绉的，他又向赵全面前凑了凑，刚要开口，赵全一跺脚，疾步往外走。"快，阻止他们南归！"

须臾，赵全的座骑就疾驰到人群前，他勒马举刀，大喝一声："站住！谁撺哄你们走的？"

"当年都说草地自在好过，才来的；可眼下难过了，只好回老家去。"有人低声道。

张彦文勒马靠近赵全，惊恐道："把都，咱们上当啦！"

"此话怎讲？"赵全问。

张彦文低声道："王崇古斩杀一个叫姜广亮的百户，严禁墩军与我私通，那些过去私通的人纷纷逃了过来。可这些人一来，板升的汉人就人心不稳，又是揭帖，又是成群南归。这必是王崇古老儿使的反间计！"

赵全勃然大怒，指着人群问："谁，谁是王崇古的奸细？"见无人吭声，他改用番语说了一遍，借着马灯的亮光，看见两个年轻人似乎听懂了，赵全用鞭子一指，"你，还有你，出来！"

两人不得已挤出人群，赵全举起马鞭，"啪啪"的一顿猛抽，声嘶力竭地命令亲兵道："砍了！砍了！"又对人群高声喊叫着，"谁敢逃回去，砍头！统统砍头！谁敢窝藏王崇古的奸细，全家砍了！"叫嚷了一阵，扭头吩咐赵龙，"你带人，把这些想跑的人赶回去，一个一个地审，把奸细查清，统统砍了！"说完，向张彦文一摆脑袋，往土堡而去。

"我说咋这么多墩卒叛逃过来，却原来是王崇古那老儿的反间计啊！"一进土堡，赵全就颓丧地坐在一把太师椅上，恨恨然道，"没想到王崇古老儿这么狡猾！"

"听说王崇古给墩卒每月加发三两银子，专用于找路人购买谍报。他们也醒过闷儿来了！"张彦文凑到赵全跟前，一副老谋深算的样子，"把都，本来恰台吉、五奴柱对我辈就怀着敌意，恨不能杀了我辈；目今板升汉人内部也不稳了，我辈腹背受敌，吃不消的啊！"

"我这就去见汗爷!"说着,赵全急匆匆出了土堡。

俺答汗的九重朝殿已建成两年了,虽称帝之事拖而未决,却也搬进命名东暖阁的宫殿里,一旦有人求见,就像模像样地坐在仿照龙椅制成的御座上,由亲随传召。赵全进了殿,施礼毕,开口道:"汗爷——王崇古到宣大,用了暗招,大量奸细跑到板升来捣乱,他们是想搞乱板升,乘乱荡平丰州滩!"

"谁说不是嘞!"俺答汗道,"我说这些日子咋闹哄哄的,原来是这么回事!倘不郎,你说咋办?"倘不郎,即驸马。陷石州、掠晋中回来后,俺答汗念及赵全等功高,便将黄金家族的一女子赐给赵全,以驸马呼之;对李自馨,则以"必邪气"呼之,即秀才之意。

赵全道:"汗爷,得下个令旨,宣布汉人南归者斩!还有,再来投奔的汉人,不能再接收。"

俺答汗满口答应:"嗯,这个要办。倘不郎,你写,本汗用印。"

赵全一看俺答汗痛快地采纳了他的建言,趁热打铁道:"汗爷,小的看,南朝摩拳擦掌,要出击嘞!"

"这话怎么说?"俺答汗见赵全又在鼓动他出兵,有些不悦。

"小的收到谍报,王崇古不自量力说甚要与汗爷清清账嘞!"

"倘不郎,这话你说了不止一次了,有新鲜的吗?"俺答汗不耐烦道。说着,把双腿抬起,两名侍女跪地将他的靴子脱下,俺答汗盘腿坐在御座上,像是在打坐。

赵全又向前凑了两步,道:"汗爷,时下南朝的朝廷,不是过去的朝廷了,高拱老儿又起来了,他可是个厉害的主儿!谍报说,这老儿的头等大事是安边,首当其冲就是汗爷。高拱一手拔擢干才,一手革新改制,一旦打理停当,必大举北征,到那时,一切都晚了!"他舞动双臂,仰头道,"威猛的苍鹰翱翔天空,总有下地喝水、吃食的时候,眼看有人在布天罗地网,岂可无动于衷!"

"谁说不是嘞!"俺答汗眼珠子不停地快速转动着,皱眉道,"倘不郎的意思是啥?"

"得给他一个下马威!"赵全一抡手臂道,"高拱这个人,没有什么心机。他一复出就整顿官常、革新改制,还动手肃贪,南朝那些官老爷,

第十七章 虏汗踌躇难决引而不发 土司大喜过望主动受审

哪里适应得了？巴不得他早点完蛋！若今年北边无事，高拱的威望势必大增；若我铁骑踏破蓟州，或者大掠宣大，高拱威望大跌，南朝官老爷们说不定又会齐心协力把他赶走，退一步说，即使他不滚蛋，想推行他那套革新改制的把戏，也就不那么容易了。"

俺答汗捋着凌乱的络腮胡，踌躇道："可是，南朝边臣文武，东有谭纶、戚继光；西有王崇古、马芳，可都是厉害的主儿。"

"汗爷，一个高拱复出几个月就能一举扭转局面？南朝的文武官员谁不怯战？汗爷的威名，远比高拱的谋略令人胆寒！"赵全口吐白沫，继续鼓动道，"再说，板升接连遭灾，人心不稳，唯有大举南下才是活路！"

俺答汗双手合十，闭目不语。

赵全打眼望去，突然觉得俺答汗苍老了许多，似乎失去了当年的风采，雄心大减，他心里越发着急，大声道："汗爷，据谍报，高拱嘱咐王崇古、王之诰，不仅要守得住，还要伺机进攻！近来，宁夏总兵牛秉忠由小松山出塞；延绥总兵雷龙出西红山；陕西总兵吕经出收麦湖，大肆捣巢，斩吉能台吉兵勇一百六十有奇。"他一顿足，声音突然有些哽咽，"这就是信号啊汗爷！南朝要夺战争的主导权，不是咱想不想战，而是不得不战啊汗爷！"见俺答汗还是不说话，赵全"嘿嘿"笑了两声，"汗爷，王崇古老儿不是用了反间计吗？咱给他来个虚虚实实计！"

"此计怎么说？"俺答汗睁开眼睛，有了兴致。

"今日说攻蓟镇，明日说攻宣府，后日说攻大同，总之一天一个说法，"赵全献计道，"汗爷再传令整备大军，做随时出征状，让南朝边军整日里提心吊胆，久之，对谍报也就不再相信，也就慢慢放松了警惕，然后，来他个突然袭击！"

"喔？此计有点意思！"俺答汗终于有了笑容。

"汗爷，要干就干桩大买卖！"赵全继续说，"当联络黄台吉、土蛮汗，沿庚戌年的路线直捣京师！"

俺答汗时而眼中放光，时而耷拉下眼睑，踌躇难决。

2

听到朝廷要差勘官到贵州审勘水西土司一案的消息，恰台吉一阵兴奋，与五奴柱一番密议后，这天傍晚，两人进了九重朝殿。

俺答汗正在大殿里烦躁地踱步，见恰台吉、五奴柱进来，也不理会，顾自大步徘徊着。两人知俺答汗是为丰州滩接连遭灾，百姓生计无着而犯愁，相顾一笑，恰台吉开言道："汗爷，小的有一计，可解燃眉之急。"

俺答汗以疑惑、轻蔑的目光盯着恰台吉，不相信他会有什么妙计。恰台吉"嘿嘿"一笑道："赵全有马匹五万、牛三万、谷二万斛，干脆把它分了！"

"脱脱小儿，这样做，不敞亮，不够意思！"俺答汗摇头，大声道。

"那么汗爷，莫如再去求贡。"恰台吉建言道。早年间，他多次代表俺答汗到关内求贡，成为双方关注的热点人物；近年来赵全取代了他的地位，成为俺答汗须臾难离的股肱，恰台吉颇是失落，寄希望通过求贡夺回自己的地位，"时下正是良机！"恰台吉又补充道。

俺答汗睁大眼睛，问："什么良机？"说着，坐回御座，"说来听听。"

五奴柱上前一步道："听说过高拱这个人吗？喔呀，看来这个人了不得！"

"是啊，汗爷！"恰台吉拿出一沓文牍，"打入京师的细作搜集到不少邸报，汗爷看看？"

"你说说就是了。"俺答汗揉了揉眼睛，意在表明老眼昏花，不想看文牍。

恰台吉展开文牍道："说是高拱一上来，就甩开膀子革新边政，邸报上接连登了十来份，都是高拱的奏本，什么《议处本兵及边防督抚兵备之臣以裨安攘大计疏》《议处本兵司属以裨边务疏》《议处边防有司以固疆围疏》《议处边方久缺正官疏》，都是破旧制，新边政的。又把九边换上了得力的督抚，还把边地州县主官缺员的，一家伙给都补上了，过去都是别处贬谪到这些州县的，这次却都是从中原大县的主官调过去的。据他说这是为了储才，不几年这些人就会破格升迁。"

俺答汗又脱了靴子，盘腿而坐，双手合十。恰台吉知是俺答汗没兴趣听了，忙"哗哗"翻过两页，道："汗爷，蓟州、宣府、大同三镇都增兵了。蓟镇由七万八千二百六十一人增至十万七千八百一十三人；宣府镇十二万六千三百九十五人增至十五万一千四百五十二人；大同镇五万四千一百五十四人增至十三万五千七百七十八人。"

"诶我说脱脱小儿，你头被驴踢了还是被马踩了？"俺答汗蓦地伸开腿，眼一瞪，大声道，"这就是你说的良机？猎人的枪弹多了，对狼群是良机？"

"嘿嘿嘿，"五奴柱忙道，"恰台吉是说，高拱这个人，不是常人嘞！贵州水西土司的事，想必汗爷是知道的。南朝朝廷里的人、贵州省里的人，都说应该出兵征剿，可高拱就是不干，说是要据实、据实……"

"据实定策。"恰台吉补充道。

"对对，据实定策！"五奴柱兴奋起来，"官军征剿水西惨败，巡抚奏请朝廷发兵合剿，高拱还是不干，京城的细作打探到，这几天就差官去勘呢！"

"从贵州水西那件事看，高拱委实与众不同。"俺答汗一伸大拇指，"大漠战狼，长空苍鹰！"

"汗爷，新任宣大总督王崇古也与众不同。"恰台吉道，"晋商在南朝赫赫有名，而王崇古家族就是晋商魁首。他的父亲王瑶、伯父王现、长兄王崇义，两个姐夫张允龄、沈江都是大商人。商人的脑子里，必是做生意的事，这不正与汗爷的想法暗合吗？朝廷里有高拱，宣大有王崇古，这可是千载难逢的良机啊！"

俺答汗摇摇头。

"汗爷不信？高拱这个人与严嵩、徐阶可都不一样嘞！听说他有句口头禅，叫'不袭故套'！"恰台吉不因俺答汗摇头而放弃，继续说。

"还有，汗爷，"五奴柱补充道，"那高拱虽不是首相，但谍报皆云，时下南朝是他说了算。汗爷，这，岂不是良机吗？"

"这样打来战去打了几十年，还是饥一顿饱一顿的，终归不是法子啊！"恰台吉嘟哝道。

"喔哈哈哈！小子们！"俺答汗一摆手道，"本汗与南朝打交道五十年了，知道他们的内情。这南朝是读书人当家的，读书人是极重气节的，他们对外只知抵抗，不敢言和，本汗甚至怀疑他们根本就不知道一个'和'字。皇帝老儿厉害吧？他想办的事，若是大臣反对，那也是办不成的，何况高拱只是个大臣？即使他想和，也和不得，汉奸的帽子也得把他压死！"

恰台吉又向俺答汗跟前凑了凑，诡秘地说："汗爷，咱给他送大礼嘛！有了大礼，就好办了。"

"大礼？"俺答汗不解，"咱有啥大礼？"

"赵全！"恰台吉道，"把赵全送给南朝！"

五奴柱也凑过去，道："南朝对赵全恨之入骨，让他们拿去解解恨，咱们和南朝和解。"

"喔？"俺答汗沉吟着，良久，摇头道："南朝有句俗语，叫偷鸡不成蚀把米。送回赵全，即是向南朝示弱，既示弱，南朝里那些言官就得鼓噪征战，以为剪除了咱的翼羽，征战必胜，如此，恐怕连皇帝也阻止不住战马的铁蹄，到时候咱可就抓瞎啦！"

恰台吉露出失望的神情，但仍不愿放弃争取，又道："汗爷，总可以试探一下嘛！儿愿前往一试。"

"喔哈哈哈！你不怕成了石天爵第二？"俺答汗一笑，"还是想拿本汗的脑袋换银子？"

一听俺答汗提到石天爵，恰台吉、五奴柱无不毛骨悚然，不敢再言。那是三十多年前的事了。俺答汗称雄大漠，面对部落炊无釜、衣无帛，必资内地以为用的局面，游骑信使，款塞求贡，不下十余次，词颇恭顺，虽屡遭拒绝，却仍不死心。嘉靖二十一年夏，俺答汗又差石天爵叩关求贡，大同巡抚龙大有把他绑送京城，诡称乃用计擒获以邀功。皇上大喜，升龙大有为兵部侍郎，并将石天爵处死，传首九边，又悬赏万金求取俺答首级。俺答汗闻讯震怒，率军攻掠朔州，入雁门关，直达太原、汾州，复掠大同镇、平虏卫而回，历时三十四天，共掠十卫三十八州县，抢牛马羊猪二百万头，烧毁房屋八万多间，毁田禾十万顷，杀掳人口二十多万。

"喔哈哈哈！"俺答汗又是一阵大笑，"脱脱小儿，到底是怕死嘛！以本汗看，你真去求贡，南朝倒不会杀你，但也断不敢答应通贡。"

"那，汗爷，小的就去试试？"恰台吉胆怯地说。

俺答汗摇头道："贵州的事不是没有结果吗？仔细打探，看看里面的套路再说。"

3

京城通往西南的官道上，一匹快马刚疾驰而过，后面又有一急足快马加鞭。急促的马蹄声，惊得过往的旅客禁不住驻足观望，猜测着南方是不是发生了什么大事。

第一个疾驰而过的，是贵州水西土司安国亨差来京城诉冤的使者，他在京城已盘桓两个月，闻得土司诉冤本已批红，朝廷并未发兵征剿，而是要差官往勘，喜出望外，日夜兼程赶往水西报信。紧随其后的，是贵州巡抚阮文中的急足，他怀里揣着高拱写给阮文中的一封急函，不敢怠慢，快马加鞭往贵阳赶去。

贵州遥遥数千里，安国亨的使者跋山涉水，不敢片刻休息，不过旬日，就赶到了九洞山。

"真有此事?"安国亨不敢相信自己的耳朵。

使者以微弱的声音道："苴穆，千真万确!"他吃力地从怀中掏出邸报，欲递给安国亨，却已气力全无，喉中发出"咕咕"声，头一歪，失去了知觉。

安国亨拿起邸报，贪婪地翻看着，当看到对他的奏本的批复，激动得浑身一阵战栗，大笑几声："哈哈哈! 朝廷到底出了主持公道之人，我得活命啦!"他跑出洞外，"召若姝来!"

须臾，若姝从旁侧的山洞飘然而至，安国亨一把抱住她，一边狂吻，一边撕扯着她的衣裙……发泄了一番，安国亨方吩咐找来巡抚条款，边看边掰开手指算计着，足足过了一个时辰，才起身活动了一下筋骨，召长子安民来见。

"老子得活命啦!"一见安民进洞，安国亨一把拉住他的手拽到木墩前，搭着双肩往下一按，安民就势蹲跪下来。安国亨盘腿坐到他的对面，屏退左右，喜滋滋道，"朝廷钦差来勘，老子从未起过叛逆之心，哪来叛逆之实? 这次勘官一来，老子系听勘之人，抚台必不敢杀老子!"说着，又兴奋地站起身，"尔亲往毕节兵备衙门，禀报兵备道，就说老子愿出来听勘，抚台所列五款，老子都接受!"

安民领命而去，安国亨又命人速回狮螺塘筹备银两，整备赴毕节听勘事宜。

贵阳巡抚衙门，阮文中晚安国亨三天接到了朝廷未准其奏，而是差官来勘的消息，他茫然无措地打开高拱的书函来看：

仆意，为政应求实，公忠必担当。安氏之乱，前已为公两明其说，而公乃具疏奏请征讨计，仆不敢以为然。夫安国亨本无叛逆之实，黩兵轻杀，于义何居？然既已请剿，欲不从，则示弱损威，其体不可。思之再三，乃议以遣官体勘。安国亨若服罪是实，非敢负固，则闻勘官至，必幸其有归顺之路，而服罪愈恳，即以本罪处之；若负固是实，而所谓服罪只是虚言款我，则即发兵剿灭之。仆熟观其动静，似彼服罪是真，非敢负固也。仆言待勘官验之可也。若以百姓之财，百姓之力，而剿一自相仇杀之土蛮，仆诚不敢以为然也！勘官舒君，聪明练达，可济大事，仆亦面授方略，惟公趋策之。

阮文中以为，他没有遵从高拱的嘱托，反而违背他的意图奏请征剿，高拱势必勃然大怒，待看完来函才松了口气。良久，感叹一声道："高阁老，委实太认死理了！"

幕僚在一旁道："抚台，既然高阁老否决征剿之议，那就看舒给谏有何高招了。"

两个人对视了一下，不约而同地摇了摇头，似乎不相信差一个言官来就能化解僵局。可是，过了两天，毕节兵备道差快马来报：安国亨已将汉彝人犯王实、吴琼、阿弟绑缚兵备衙门听候发落，他也愿出来听勘。

"喔？有这等事？"阮文中惊喜交加，还有些将信将疑，"这死局因何得破？"

幕僚悟出来了，笑道："抚台，看来就是差官来勘这一招。安国亨感到自身安全有了保障，敢出来听勘了；而他敢出来听勘自辩，就证明他不是叛逆。死局岂不一招而破！"

"喔呀！还是高阁老高人一筹啊！"阮文中感叹，旋即精神抖擞地吩咐道，"本院要亲自赴毕节勘问安国亨，即刻整备！"

待阮文中到得毕节，兵备道已然对安国亨审问一遍，擅杀安信、不服拘提、敌杀官军等情，都已一一问明，确如高拱所言。阮文中听完兵备道禀报，心中暗喜，只要把先前所列五款一一落实，即大功告成，他顾不得旅途劳累，即传令升堂问案。一应程式毕，阮文中先对照第一款审问安国亨："拨置人犯不止三人，其他人犯何以不交出？"

"抚台容禀，"安国亨态度诚恳地说，"其余人犯或死或逃，俱无法交献。"

"照彝俗赔偿安信人命，尔怎么说？"阮文中又问。

"杀死安信，愿认于王实、吴琼等六犯名下，卑职愿出赔偿罚银六千两。"安国亨答。

阮文中思忖片刻，觉得依照彝俗，安国亨所说也在理，便接着问下一款："分地安插疏琼、安智母子，尔如何办？"

"卑职愿将安智安插于阿傀、织金两处；将疏琼安插于卧寨。"安国亨答，"不过，卑职有一请求：请抚台令安智闲退，他的内列一职，卑职愿送还其长子安国贞，由他接替。卑职保证以后再不敢构兵仇杀。"

"革不革安智的职衔，由谁接替，无须尔多言！"阮文中道，"尔的宣慰使职衔，当削去！"

"卑职从命！"安国亨忙道，"愿革管事，由犬子安民理公务。"

"罚银尔交多少？"阮文中又问下一款。

"卑职愿出三万五千两罚银，以赔偿兴军之费。"安国亨早有准备，答道，"与前项合计，共四万一千两，卑职即可输省。"

阮文中甚感满意，但并不表态，吩咐退堂。走出大堂，又吩咐侍从道："走，即刻回贵阳！"

回到贵阳，阮文中顾不得休息，即传安智晋见。安智已闻听朝廷差官来勘，正欲见抚台问个明白，遂带着五名亲信到了巡抚衙门。

阮文中未等安智开口，就以命令的口吻道："安智，安国亨已分地于尔母子，尔母子当速出省垣前往。"

"抚台老大人安得如此多变！"安智不满地说，"卑职不知其他，但知杀叛逆，改土归流！"

"咄！"阮文中突然一拍惊堂木，大声呵斥道，"安智，尔野悍无知，初怀雪弟之冤而拨弄官军，继结永宁土司而擅开战端，今又不从安插之命，可知罪吗？"言毕，大喊一声，"来人！把这几名人犯拘押大牢！"

安智大喊冤枉，阮文中充耳不闻。待押走安智，阮文中又差人去知会疏琼。不过一个时辰，疏琼就在侍从搀扶下来到巡抚衙门，一见抚台，跪地叩头道："老身愿服从抚台宪命，不敢再违拗。"

阮文中这才答应释放安智，命其母子明日即出会城。

次日午后，阮文中差卫官三人，押发安智、疏琼等五百余人并军器辎重，俱背负出城，赴安插地而去。安智前脚离开会城，安国亨差人输银四万一千两随即送到。

"拟疏稿！"阮文中大喜，吩咐幕僚道。幕僚早已猜透，阮文中是想抢在舒化未到前处置妥当，以收全功，也就不敢怠慢，忙伏案提笔展纸。

"这些个意思要写上，"阮文中闭目晃脑道，"一、安国亨罪孽非轻，然谓之叛逆非当。二、应贷其不死。释一门之隙，可免数省兵粮调度之劳；宥一酋之死，以免众姓玉石俱焚之烈。这句话务必用上。三、勘官未到，彝首破胆，畏威怀德，向化输诚，不烦兵革而黔地已安。这些意思，要着重写出来。"

"呵呵，抚台，此番不惟不会丢官，必定有重赏嘞！"幕僚喜滋滋道，"这疏稿抄个副本，半路上遇到舒给谏，给他一份，他自可返京了。呵呵，抚台，大喜啊！"

阮文中感叹道："你别说，高阁老果料事如神，还真有股子执着劲儿，非一般人可比，不服不行嘞！"

幕僚道："平息水西之乱，固然显出高阁老识见超迈，智慧超群；然则此事毕竟无关全局，他若能把北虏之患给消弭了，那才算得上柱国名相嘞！"

1

阳和卫城，一个乞丐打着竹板，走近了总督辕门。守卫辕门的亲兵厌恶地看了他一眼，前去驱赶。乞丐挽了挽袖子，里面露出一个黄布条。亲兵忙道："跟我来！"

黄布条是总督家丁总管王诚派出的间谍所戴标记，亲兵见此标记，即领进茶室左侧的一间密室。稍候片刻，王诚即快步走来，打量了一眼乞丐，问："王甲华，你有何谍报？"

"禀将军，俺答带五千人马，屯于咸宁海子。"王甲华老练地禀报道。

"真确？"王诚盯着王甲华的眼睛，追问。

"真确！"王甲华自信地答。

"领赏！"王诚喊了一声，门外侍卫应声进来，带着王甲华领赏去了。王诚则匆匆走向签押房，向王崇古禀报。

王崇古沉吟良久："北边谍报日多，今日称北虏犯蓟镇，明日说北虏攻宣府，当是赵全辈用的迷魂汤，不可中计。"

王诚道："军门，这次是王甲华亲自来禀，听口气不像有诈。"

"嗯。"王崇古点头，"或是俺答尚未拿定主意，屯兵不前。此事先不必声张，知会马帅即可，请他见机行事。"

马芳从夜不收、尖儿手那里，也得到了同样的谍报，只是俺答人马数量尚未清晰，得到王诚传来的谍报，他有些心动。马芳幼时曾被掳板升，熟悉虏情；也是边镇正帅中最主张并善于捣巢的，也积累了丰富的经验。既然王崇古有见机行事的授权，他也不再禀报，立即召集三万人马到镇边堡集结。

日头西沉，三万人马已吃饱喝足，马芳下令集合。他一身戎装，身披斗篷，骑在一匹高大的枣红马上，向列队整齐的三军训话："将士们听着：此番我大军乘夜色奔袭咸宁海子，统不带辎重，每人只许带三日口粮，以示死战之心！"他举起右臂，高声说，"将士须知：此战若不能胜，则本帅必不可活着回来！"他放下右臂，厉声说，"此行人噤声，马衔枚，急行军，悄无声息接近敌营，凌晨时分分两翼奇袭之！"

当马芳的三万大军抵达咸宁海子外围时，俺答汗正搂着一名美姬酣睡着。对于要不要南下，他一直踌躇难决。恰台吉、五奴柱的一番说辞让他动心；但赵全的话也不无道理。权衡再三，为生存而战，也是迫不得已。按照赵全的画策，先屯兵咸宁海子，与黄台吉成掎角之势，让南朝摸不着头脑，分散防御，再根据情形，选取进攻路线。

"汗爷，不好啦！"恰台吉惊慌失措地跑进大帐，大声喊叫，"咱被南朝大军包围啦！"

"真的？"俺答汗"腾"地坐起身，惊问，"谁如此大胆，敢奔袭本汗！"抬身向外一看，只见火光冲天，军营里响起一片鬼哭狼嚎声。

马芳率家丁组成的西翼，在一轮火器攻击之后，迅疾展开正面突击，直向俺答的帅帐杀来！

"撤，快撤！"俺答汗边草草穿上长袍，边大声下令。这么多年来，只有他率军打官军，何时有官军敢主动出击来打他的？俺答汗一时慌了，唯一的念头就是撤退。亲兵已牵来坐骑，俺答汗一跃而上，接过马鞭，向空中用力挥动了几下，大声喊："撤！"

五千人马惊慌中相互冲撞、踩踏，乱作一团，营帐、辎重也都丢弃不顾。五奴柱率亲兵在前锋厮杀，为俺答汗杀出一条血路，俺答汗策马疾驰，向北撤退。刚到公鸡山脚下，马芳另一支精骑忽地冲杀出来，俺答汗大惊，知道中计，也只得左冲右突，仓皇回撤。

"鸣金收兵！"马芳下令，"速速回师！"

俺答汗率军一路狂奔八十里才停了下来。正向赵全问计，是集结人马迎战，还是先撤回板升休整，探马来报：马芳已率军南返。俺答汗垂头丧气，一言未发，策马向板升回撤。

王崇古接阅塘报，拊掌而笑，道："主动出击，多年未有，足可证我边务已有新气象！"他担心俺答受此刺激恼羞成怒，传令宣府、大同二镇严密监视俺答、黄台吉动向，又密令加意搜集谍报。

一时间，阳和辕门，探马飞驰，谍报纷至。王崇古命每日分时汇总呈览。过了半个月，各方谍报趋于一致：俺答汗与黄台吉组成联军，并联络土蛮汗，欲犯蓟镇。

"火速向兵部报羽书！"王崇古下令。言毕，提笔给高拱修书一封，吩咐王诚，"你另差得力之人，专向高阁老禀报。"

次日午时，高拱已出了文渊阁，刚要往吏部去，王崇古的急足求见。他一边吩咐传请，一边快步返回朝房。刚坐定，急足进来，将一份报兵部塘报副本，一份王崇古的书函呈上。读罢，高拱吩咐："叫张阁老来。"

听到高拱呼唤，张居正三步并作两步上了二楼，刚进高拱的朝房，未及施礼，高拱便道："叔大，王崇古塘报，俺答将犯蓟镇。"

"喔？"张居正接过塘报看了一眼，道："蓟镇塘报则称俺答要犯大同，报复马芳。"

高拱又道："王崇古意，拟屯兵不动。"

张居正边落座边翻阅王崇古的书函，抬头看着高拱："老酋遭马芳突袭，恼羞成怒，大举进犯似不可免，至于是东是西，边报不一，委实不好判断。"

高拱扭脸喊了一声："来人，叫本兵来见！"话音刚落，兵部尚书郭乾带着职方司郎中吴兑行色匆匆进了文渊阁，待书办通禀，导之高拱朝房，郭乾胡乱抱拳晃了晃，焦急地说："宣大塘报：俺答欲犯蓟镇。"

"大司马，蓟镇有羽书否？"高拱问。因郭乾年长，又是科举前辈，故高拱用了尊称。

郭乾答："禀高阁老，蓟镇前日有羽书，称俺答传檄黄台吉、吉能，合攻大同。"

"兵部打算如何应对？"张居正问。

"若俺答攻蓟镇，檄调马芳、赵岢率军东援。"郭乾抹了把汗道。

高拱蹙眉道："不要被老俺牵着鼻子走！"

"若塘报说老酋攻大同，兵部就传檄戚继光西援？"张居正揶揄道。

"大司马，蓟镇羽书到。"随着急切的喊声，兵部司务到，把羽书递到郭乾手里，"北虏欲犯古北口、黄花镇。"

"看座！"张居正见郭乾、吴兑一直站在高拱的书案旁，便吩咐了一声。书办搬过两把椅子放在高拱的书案前，郭乾、吴兑落座间，高拱已阅毕蓟镇的羽书，又递给张居正看。

"此番俺答大举进犯，难道是有意重演庚戌故事，破蓟镇、掠通州、围京师？"张居正蹙眉道，旋即一笑，"呵呵，蓟镇有谭纶、戚继光，这几年修墙建堡，足可抵御，就让老酋撞一回南墙！"

2

张居正语调中流露出为他当年力主调谭纶、戚继光北来守蓟镇而自豪，抬眼一看高拱，见他沉吟不语，忙补充道："虏患孔棘，边报日至，玄翁这几个月可谓悉心经画，昕夕弗遑。念宣大尤紧要锁钥，非王崇古不可，特奏调之；又议处本兵添设赞佐，又取督抚数人于内备用，又各备兵粮之官，明战守之职，事体大定。此番老酋南犯，必让他得些教训！"

高拱对张居正的这番话甚满意，脸上浮现出自得的表情，道："今北虏大举进犯，既露形迹，但边报不一，御虏之策，不可袭故套。概而言之，不能东调西遣，惊慌失措，被老俺牵着鼻子走！"

"玄翁的意思是？"张居正问。

高拱早已成竹在胸，道："当分布备用诸臣，务必做到背城列阵有人，随兵督饷有人，防卫山陵有人，护守通粮有人，俾各镇督抚文武，专心御虏剿杀，无牵于内顾。"他盯住郭乾，"大司马，就照此上本吧！"

"兵部当速传檄宣大、蓟辽两总督，严阵以待！"张居正补充道。

高拱对张居正的提议不甚满意，一扬手道："这是老常套，说了等于没说，甚或是阁部推卸责任的借口罢了。今次要让王崇古、谭纶明白，他们的责任是御虏杀敌，不必内顾，京师、陵寝之防卫，不是他们的责任，不必顾此失彼。"

"这……"郭乾不敢苟同，支吾道，"往者秋防，俱以京师、山陵为首务，兵部直截了当饬令他们不必顾及京师、山陵的守卫，是不是……"当年"庚戌之变"，首相严嵩指示兵部尚书丁汝夔不可妄动，可俺答退兵后，先帝愤于围城之耻，追究责任，将丁汝夔斩首，严嵩却连一句论救的话也未说。郭乾记忆犹新，如今眼看故事重演，他后背发凉，不能不提出异议。

高拱脸一沉道："我说过了，各镇督抚，专心御房杀敌，不必牵于内顾。"他也知道郭乾的想法，一指吴兑，"吴郎中，你把这句话记录在案，出了事，责任，高某来担！"

郭乾尴尬一笑，刚想告辞，高拱见他目光飘忽，神色游移，恐其误事，便摆摆手道："先议一下吧，背城列阵者何人？"不等众人回应，就脱口而出，"兵部侍郎魏学曾负责背城列阵。"又问，"随兵督饷者何人？"

"兵部郎中曾省吾可用。"张居正道。

"防卫山陵者何人？"高拱又问，显然同意了张居正的提议。

"已按秋防策，发去京营并昌平镇人马守御防护。"郭乾答。

高拱摆手道："不是人马多少，是谁来专责此事。各枝兵马既不归一，各该督抚等官又专心随贼战剿，难于照顾，须得一才望大臣专一经理为便。"见众人不语，便说出了自己的想法，"顺天府尹栗永禄可当兵革之任，年初调他领顺天府，就有此考量；今给他加都察院右副都御史衔，即可前去提督各项防护陵寝兵马。"他扫视一圈，"护守通粮者何人？"

张居正道："提督通州军务，关乎粮草通道，当选一位富有经验者方好。"他一笑，"玄翁，致仕两广总督刘焘，长期与北房打交道，做过三边总督、宣大总督，就因为馈赠兵科温纯区区二十四两银子的贺礼竟被勒致仕，可惜了。至此用人之际，不妨起用，让他去提督通州军务。"

高拱略一思忖，道："也罢，情况紧急，非熟悉军情之人不可，就起用刘焘！"他唤来书办，吩咐道："你快去吏部找靳侍郎，就说内阁研议通州防务事，拟起用刘焘，即刻起稿，越快越好！"说罢笑了笑，"这位刘仁兄必是一肚子委屈，还是给他个台阶，不然他不会出山。"说着，提笔给刘焘修书：

边关多事，正丈夫报国之秋。辰命孔严，乃臣子勤王之日。特兹劝驾，愿早发程，仰慰九重之怀，俯作三军之气。挞彼鬼域，靖我疆场，英雄伟烈，岂不照耀今古哉！

写毕，交给吴兑："兵部以羽书加急发出！"又转向郭乾，"刘焘未到前，差兵部侍郎谷中虚暂代。"

李春芳差人来了几趟，都不敢进门打扰，他只得亲自登门，看到高拱、张居正正和郭乾议事，便退了出去。在门外徘徊良久，咬着牙又走了进来："呵呵，新郑，阁议。"

高拱头也不抬，一扬手道："北边羽书旁午，言俺答欲大军进犯，内阁票拟的事，兴化就辛苦一下吧，我和江陵商榷御虏策。"

李春芳尴尬一笑道："辛苦新郑、江陵了。务必严防死守，确保京、陵无恙。"见高拱、张居正无人理会他，只得讪讪退出。

"还有什么不周全的？"高拱问郭乾。

"高阁老，兵部新增侍郎尚未到任，照适才所说，魏学曾、谷中虚都另有职任，兵部堂上官就剩下下吏一人。"郭乾苦着脸道。

高拱沉吟片刻："特事特办，就让吏部侍郎靳学颜暂调兵部侍郎。我这就起稿。"他一扬手，"都回吧，所议各项，上紧办！"

张居正、郭乾、吴兑见高拱已展开稿笺，拿起了笔，便起身辞去。高拱也不起身，埋头提笔写道：

敌情紧急，议处当事大臣事。据蓟辽总督谭纶报称：敌情紧急，声言欲犯古北口、黄花镇等处地方。臣等窃思，调度兵马乃兵部之事，其事至大且繁，今兵部只尚书郭乾一人在任，恐匆剧之际，难以独理。臣等看得本部侍郎靳学颜，才略恢弘，可属大计。合无暂令协理兵部事务，待事宁之日，回部管事……

拟毕，令书办抄写副本，他则以阁臣名义拟写小票：

是。靳学颜着协理兵部事。栗永禄升都察院右副都御史，提督防护陵寝兵马，写敕与他，着紧去。

忙了大半天，一切布置停当，高拱才在朝房用了晚饭。目下乃非常时期，他一直在朝房过夜。文渊阁里，除了奉命值守的承差，阁臣、书办、厨役人等俱已散班，寂静无声，阁外不知是何种虫鸟发出的叽啾声清晰可闻。高拱有些累了，走出朝房，在回廊来回走了几遭，又手扶栏杆，望着窗外，月亮已升至东南，他转身回到书案前，抓起笔，给宣大总督王崇古修书：

今岁边报不一，东西各异。惟公的有定见，如烛照然。且屯兵两界不动，既免多费钱粮，又得休养兵力。于东于西，皆可为重。诚得策也。近称西有动作，当不能出公筹策之外。仁侯长驱，奏功当宁也。古云："方叔元老，克壮厥猷。"其在于今，非公而谁？此时月已渐高，东方尚无的报。又值多雨，不知究竟如何？惟有备不懈，是则成在我者耳。冗剧不悉，统容别布。

写毕，又给蓟辽总督谭纶修书：

久劳保障，既著壮猷。今遇盘根，尤征利器。愿播张皇之武，以收全胜之效。则诚万里之长城，不止北门之锁钥矣！勠力国事，敢谓同心；弘济时艰，特资殊略。寸衷仁望，尺素布怀。不悉。

放下笔，把两书再审读一遍，装入函套，放在一边，喝了口茶，又抓起笔来，展了展下面一张空白稿笺，写下"戚帅"两字，悬笔凝思，又把笔放下，小声嘀咕着："叔大最知戚帅，自会修书给他。"随即一笑，口中喃喃，"戚继光，当代名将，翩翩有国士风，当不会令人失望！"

3

距京师三百里的永平府迁安县境内，燕山深处、滦河南岸，有一个城堡，谓之三屯营。城高三丈，周长七里，城上建有五座角楼和九座敌楼，城中央建有钟鼓楼。小城内，官府民房排列有序，七十二条胡同将城内分割成许多方块，护城河、草料场、演武厅、阅武场一应俱全。这，就是蓟镇总兵府的驻地。总兵府自成体系，宛若城中小城，府门前有一对高大威猛的石狮镇守。

蓟镇在九边中有着特殊地位，不惟从东西北三面环卫京师，还面对俺答、土蛮、女真各部，虏情复杂，防卫繁重，直接关乎京师安危，有蓟镇固则京城无虞之说。这也是张居正力主调戚继光坐镇于此的原因所在。

八月初的一天，日头尚未露出地面，戚继光就一身戎装，骑马出了镇府，带着一干随从巡视关隘。自接到俺答将攻蓟镇的消息，他就没有再脱衣安睡，而是不停地沿长城巡视，查看防御情形。

半个时辰工夫，戚继光来到了潘家口。守备将军率官兵列队迎接，戚继光神色凝重，倔强、威严中透出几分委屈。他挥了挥手，也不说话，快步登上潘家口敌楼，一甩斗篷，手抚佩剑，吟道：

铁衣霜露重，战马岁年深。
自有卢龙塞，烟尘飞至今。

吟毕，对随行的将士道："潘家口古称卢龙塞，李广北击匈奴，曹操东征乌桓，均曾由此出塞。本帅适才所吟，乃唐代诗人戎昱的《塞下曲》。"他抽出宝剑，向北方一指，大声道，"此番虏酋来袭，本帅求之不得，自可一展军威。后人来此凭吊，除李广、曹操外，必得加上戚某大败北虏事迹！"

宝剑在阳光照耀下，发出闪闪赤光。这把宝剑有来头。当年，戚继光率军逐倭寇于大海中，夜半，突然看见在波涛中闪出赤光，遂命人入海一探，原来是一古铁锚。费了好大工夫才捞起，运到岸上，经过反复冶炼，铸成宝剑三把，一把由戚继光本人持有，另外两把赠送给了文坛领袖王世贞和汪道昆。在王世贞、汪道昆的提携下，戚继光虽是武将，还在文坛占有一席之地，被誉为"词宗先生"。个子不高的戚继光，满身英气，又有儒者之风。

在众人一片喝彩声中，戚继光下了敌楼，快步向西，走到一座敌台前，躬身钻了进去，查看里面贮备情形。自隆庆二年到任，戚继光率全军加厚城墙，又沿长城建了三千多座空心敌台，每座敌台既可驻守数十精兵，又可贮备粮食和军火。经过细细查看，见兵勇个个士气高昂，军粮、军火储备齐全，戚继光甚为满意，大声道："本帅北调以来，遵朝廷之命，一直忙于修墙建台，本镇城墙高峙、墩台林立，烽台相望，真可谓固若金汤！北虏来袭，不啻野狐撞墙，必让他撞个头破血流！"

敌台内外，响起一片欢呼。戚继光健步跨出敌台，上了坐骑，又挥了挥宝剑："赶往喜峰口，查看操演！"

喜峰口是长城一大关口。关隘由营城、荒城、关城组成，故又称"三关口"。关城正面，建有一座高达四丈的敌楼，名曰"镇远楼"。

尚未抵达喜峰口，远远的就听得杀声震天，战马嘶鸣，马踏人踩荡起的尘土升腾半空，云团般渐渐向四处飘散。戚继光下马登上镇远楼，瞭望演武场上操演的将士，过了片刻，命令道："鸣金列队，本帅有训示！"

须臾，适才还是宛如战场的演武场安静下来，两千将士列队完毕，戚继光驰马上前，勒马高声道："将士听着：国家养兵，乃为守土，丢一寸土地，即是丢我军人一寸脸面。有敌来犯，蹂躏我一寸土地、一个百姓，即是蹂躏我军人家园、父母，我军人必奋起杀敌，令敌有来无回！"

演武场上响起一片欢呼声。

"本帅束发从戎，二十余载，身经何止百战，敌闻戚某之名，无不胆寒！"戚继光高声道，"本帅自北调蓟镇，倏忽二载，迄未遭遇战事。朝野有议论说，蓟镇只知修墙，疲于匠作，决不能战。闻此，本帅怒发冲冠，为我蓟镇十万健儿抱不平！"他高举宝剑，大声问，"我蓟镇敢不敢战？"将士高呼："敢！"戚继光又问，"能不能战？"将士高呼："能！"

原来，戚继光昨日接到张居正来书，展开一看，上写着：

今议者谓蓟镇疲于匠作，决不能战。盼戚帅督励诸将，鼓率士气，并力一决，即努努之口，不攻自息！

张居正与戚继光相知甚深，很了解他的脾性，喜听褒扬之词，故特意用此激将法。此法果然奏效，戚继光闻之虽深感委屈，却也跃跃欲试，要以事实来证明蓟镇到底能不能战，越发用心巡视备战，说出话来，少了些华丽的辞藻，多了几许雄壮。

"我蓟镇就是铜墙铁壁，敢犯者必诛！"戚继光大声喊道，"此番俺答老酋前来送死，正可杀他个片甲不留，让那些说我蓟镇不能战者嚼舌悔死！"

"报——"随着一声高叫，探马飞驰到戚继光坐骑前，滚下马来，双手捧递谍报。亲兵接过来，欲呈递给戚继光。戚继光摆摆手，挥动宝剑，大声道："勇士们！健儿们！继续操练！"言毕，勒马驰出演武场半里远才停下，问，"谍报说什么？"

"禀大帅，谍报称，俺答大军向古北口、黄花镇移动。"亲兵道。

"速报谭军门！"戚继光命令道，说罢，喊了声，"随本帅赶往古北口！"便策马疾驰，往古北口赶去。

密云，蓟辽总督府，谭纶接到戚继光的塘报，忙问："戚帅何在？"

中军道："禀军门，戚大帅正往古北口赶去。"

谭纶虽刚过五十，却身材瘦弱，一脸病容，步履也显得蹒跚。他走出签押房，吩咐道："到古北口去会戚帅。"

古北口是山海关、居庸关两关之间的长城要塞，为辽东平原和鞑靼、土蛮驻牧地通往中原的咽喉，历来是兵家必争之地，古北口就宛如一道铁壁，横亘在北虏南下的通道上。

分别从喜峰口和密云赶往这里的谭纶和戚继光，相隔不到半个时辰相继赶到。一会面，寒暄过后，谭纶偕戚继光登上了望京楼。两人向北瞭望，夜色朦胧，望不见任何动静。

"俺答老酋雄才大略、多谋善战，曾横扫蒙古各部，素以闪电出击闻名，怎么变得磨磨蹭蹭、瞻前顾后？"戚继光不解地说，"闻报已然旬间，还慢慢腾腾在路上打转！"他做摩拳擦掌状，"继光手都痒痒了，巴不得老酋此刻就到，跟他速战速决，打他个落花流水！"

"戚帅，这可不是在沿海剿倭。需知，秣马厉兵，决定胜负于呼吸之间，此战法适宜于南方；坚壁清野，钳制来犯之敌，此战法适宜于北方。"谭纶以老成的语气道。他之所以匆匆赶来与戚继光谋面，就是怕他求战心切，拿南方的战法搬到这里来。

"军门，是否把大军集中于古北口一带？"戚继光问，"或可在铁门关外设伏兵。"

谭纶摇头道："不，历来吃亏就吃在被北虏牵着鼻子走。今次全军编组三营：东营驻扎建昌，守备燕河以东；中营驻扎三屯，守备马兰、松太；西营驻扎石匣，守备曹墙、古石。互相声援，兵马可速调至各关隘。敌来，最好是将他们遏制在关外；若突破我防线攻进关来，再与之决一死战。"

"如此，则言者又会说我辈畏敌怯战，不如与敌搏杀一场来得痛快！"戚继光撸着袖子道，"何况，马芳奇袭俺答大营，朝野为之庆贺，倒是戚某……"

"不战而屈敌之兵，岂不更好？"谭纶打断继光道，"朝廷已授权督抚临机设策，责任由本部堂担之！"

"末将遵命！"戚继光拱手道。

"或许是俺答闻得我戒备森严，加之戚帅威名，吓破了胆，畏畏缩缩不敢前来呢！"谭纶笑着说，顺便变相夸了戚继光一句。

"哈哈哈！"戚继光大笑，"军门大名，也足够俺答胆寒的！"

笑了一阵，谭纶指着脚下，声音低沉道："嘉靖二十九年，俺答率六万大军，正是从这里突破我防线打到京师城下的。俺答大军围困京师达八日，直到朝廷答应与之谈判互市方才撤军。此即嘉靖朝最为耻辱的一页——庚戌之变。"

"军人之耻！"戚继光痛心疾首道，"对军人来说，此乃奇耻大辱！"

"并非全为军人之过。"谭纶叹息道，"那时严嵩当国，视俺答为'抢食贼'，闻俺答大军南下，谓其饱掠后自会退兵，授意兵部避战，待俺答突破古北口，通州防线又了无战备，仓皇应战，一触即溃。此乃中枢方略之误，军人焉能尽担其责！"谭纶提高了声调，"今次不同了，朝廷有高、张二相主持，中枢方略得当，我辈严阵以待，将士用命，'庚戌之变'历史绝不会重演！"

"军门放心！"戚继光自信地说。

谭纶转到望京楼南侧，向西南一指，道："那就是黄花镇，南守皇陵，即赖此关。往者北边防御，防护皇陵、京师，是重中之重。"

"军门，我军是否调兵守护皇陵?"戚继光问。

谭纶道："此番秋防，高阁老一再申明，边防督抚专心御敌剿杀，不必内顾。想必山陵、通州防线朝廷自有部署。"

"末将明白!"戚继光郑重道，"绝不许北虏踏进关内一步!"

4

晚饭后，哩哩啦啦下了一阵小雨，天气陡然转凉，高福嘟哝着和高德一起，收拾了几件衣物，要给高拱送到朝房去。刚出了首门，就见两个军人打扮的人在向内张望。

高福吓了一跳，忙问："你是何人?"

一个高个子、宽脸庞的男子躬身答："在下乃大同镇平虏卫阁参将的旗牌官，名鲍崇德，是房楼的朋友。"

"房楼是谁?"高福纳闷，"咋找到这里来了?"

"想透过房楼向高阁老禀报边情。"鲍崇德答。

另一个走上前去，道："管家，在下乃宣府总兵赵大帅的急足栗见勤。"

"你找谁啊?"高福问。

"我也是房楼的朋友嘞! 找他，向高阁老陈情。"栗见勤点头哈腰道。

"那你俩说的房楼，说不定是房先生。"高福道，说着，比画起他的长相，见两人喜笑颜开，频频点头，又道，"不巧，他这两天老家有事，不在。"

"有管家在就好。"栗见勤讨好地说，"俺来见高阁老。"

"哎呀老天爷!"高福夸张地惊叫道，"老爷忙死了，到这会儿还吃饭嘞，哪有工夫见你俩嘞!"

两人正在嘀咕，要不要奉上银子，就听高福回过头来道："喂，我说，要不，你俩跟我走一遭? 倘若老爷吩咐传见，我就传你俩。"两人由失望转向兴奋，忙上前去接高福手中的包裹，高福制止道，"千万别，还以为你俩给老爷送礼呢，你们远远跟在后面就是了。"

到得内阁朝房，高福放下包裹，拿出赵岢的名刺，嘴里故意嘟哝道："嗷，啥人都想见老爷！"

高拱瞪了高福一眼，吩咐："前线来人，一个也不能挡，即到即传。"言毕，扭脸前后左右扫视一圈，置于道，"密勿之地，不便让他们进来，到午门内朝房去。"说着，起身疾步往外走。几个承差拿着笔墨纸砚、茶壶、茶盏，一溜小跑到午门内朝房整备。

鲍崇德、栗见勤战战兢兢跟着高福一路到了朝房，进门也不敢抬头，跪地叩头毕，鲍崇德把阎参将的书函、栗见勤把赵岢的书函，恭恭敬敬呈递，两人退出门外，躬身垂首而立。

阎参将即阎振。隆庆元年俺答率军深入晋中，将帅皆畏敌避战，惟游击阎振在老营出战，事后得朝廷嘉奖，提升军职。因鲍崇德与房尧第时有书函往返，高拱也曾透过房尧第向阎参将了解边情。见鲍崇德是阎参将的急足，高拱甚高兴，吩咐传他入内，迫不及待问及大同守备情形，鲍崇德禀报道："马大帅传令，整备兵马，若俺答攻大同，痛击之；若攻蓟镇，则做远袭虏巢状，以牵制俺答。"

"甚好！"高拱击掌道，"不谋而合也！"旋即提笔给阎参将修书：

> 来人禀报，具悉。闻君整桨人马已备，奋有斗志，甚喜。彼亦人耳，我若敢战，彼岂能得志哉？勉之勉之！树有奇勋，国恩而不轻也。

写完，封好，交给鲍崇德，命退下，又传问栗见勤："赵帅书中说有事要你面禀，何事？"

栗见勤道："禀阁老，小的原在大同当墩卒，赵大帅因小的通番语，特将小的带到大同去的。"

高拱一皱眉，心想，堂堂军帅，难不成要面禀此事？

栗见勤"嘿嘿"一笑："阁老，闻得军门在密查赵帅暗中与虏交易事，很不安哪！此事，小的和鲍旗牌官都是当事人，赵大帅是照房楼的要求、张阁老的密示，召我等去板升做生意的。不是赵大帅私通北虏。"

高拱听房尧第禀报过，也知房楼就是房尧第的化名，遂道："此事，赵帅不必怀惧，本阁部自会护持。"说罢，提笔给赵岢修书：

将军久在边境，劳苦而功高，仆甚知之。宜安心为国报效。圣明在上，必不负于将军。人回，布意不悉。

栗见勤拿过书函，叩头而退。刚走出房门，高拱唤道："二位急足稍候。"又唤了一声，"承差何在？"两名守在门外的承差忙不迭跑了过来，高拱吩咐，"这就去兵部，命职方司郎中吴兑来见。"

须臾，吴兑气喘吁吁赶到，高拱向门外一指，道："门外的二位急足都去过板升，俱通番语。闻得京师有不少俺答的奸细，让这二位急足盘桓数日，酒肆茶楼，大街小巷，四处闲逛，若遇疑似奸细，即作无意闲谈状。"说着，提笔写了几句话，"让他们照此传布。"

"学生明白！"吴兑脆声道。

高拱沉吟片刻，边展稿笺边道："君泽，适才我写给赵帅、阎参将的短柬，你向急足要回，由兵部发出，别误事。"说罢，摆手示意吴兑退出，他则埋头疾书，又给宣镇总兵赵岢一函：

君乃多谋敢战之将，故愚特加护持，盖所以为国也。今边报孔急，正君出力为国之时。惟勉树奇勋，垂名青史，岂不为丈夫哉！报人回，草此布意，不悉。

写毕封好，唤鲍崇德、栗见勤进来，问："适才吴郎中交代的事，都记住了？"

"嘿嘿嘿，禀阁老，小的都记下了，一定办好！"栗见勤乖巧地回答道。

高拱把新写给赵岢的书函递给栗见勤，嘱咐道："盘桓三两日即回，届时带上。"

鲍崇德、栗见勤喏喏，施礼而去。高拱回到文渊阁，站在回廊遥望夜空，慨然默念道："老俺，高某自登进士第就闻你大名，今次是你我二人初次交手，该见个分晓了！"

高拱说这句话时，俺答汗正率三万精锐疾驰在虎子山峡谷里。黑暗中，隐约可见前面不远处一个山头怪石嶙峋，如同神兵天降，俺答汗心里突然觉得一阵慌乱，双手无意间一勒马缰，战马"嗨儿"的一声嘶鸣，腾起前蹄，俺答汗身子一歪，差一点从马上跌下。几个亲兵勒马围拢上来，眼疾手快扶住了他。俺答汗吓出一身冷汗，对恰台吉道："脱脱，传令扎营。"

赵全勒马往前凑了凑，道："汗爷，适才传令日夜兼程，何以不到一顿饭工夫突然变了？"

俺答汗勃然大怒，呵斥道："你说了算还是本汗说了算？"

赵全不敢再言。

"汗爷，兵贵神速……"一向与赵全唱反调的恰台吉这回一反常态，出言帮赵全劝俺答汗，话未说完，俺答汗马鞭一举，"啪"地抽在他身上："脱脱小儿，你不想活了？"

恰台吉并未住口，又道："汗爷，若大军不战而退，必被南朝看轻，连求贡也没有底气了。"他设想此番征战，即使不能像庚戌年那样围困京师，至少也重创官军，饱掠而去，让南朝丧胆，或可有求贡之机。

俺答汗怒气稍息，道："本汗东闯西杀，怕过谁？可这回，心里总突突乱跳，不是好兆头嘞！"他一脸狐疑道，"巴特尔的铁骑已然到了这虎子山，明摆着要攻蓟镇，难道朝廷到这会儿还没得准信儿？可咋就没得到南军调动的谍报？王崇古按兵不动，啥意思这是？"

赵全故作轻松地一笑："汗爷，南朝边臣向来是损人利己，各顾各，说不定是王崇古坐山观虎斗嘞！"

恰台吉道："汗爷，不能就这么回去，至少也得踏破古北口，让南朝知道，我大漠巴特尔所向无敌，想来就来，想走就走。"

俺答汗沉思良久，方道："再走走看，不可冒进！"

每接到一次谍报，俺答汗的大军行进速度，就慢下来一回，走了四五天方到双塔山。俺答汗刚进营帐，探马送来京师细作的谍报。恰台吉为俺答汗读道："兵部侍郎魏学曾背城列阵，太仆寺少卿曾省吾随兵督饷，顺天府尹栗永禄加都察院右副都御史防卫山陵，起用致仕两广总督刘焘任通州军务总督护守粮道，责令各镇督抚武将，专事御虏剿杀；执

250

政大臣高拱日夜筹划调度，宣大、蓟辽一体，彼此呼应，喘息相通。"他把谍报一扔，垂头丧气地道，"这两招厉害，不好对付。"

"脱脱、倘不郎，本汗看，这回权当遛马了，撤回去吧！"俺答汗以从未有过的沮丧的语调道。

赵全慌了，忙打气道："汗爷，我巴特尔前锋已抵巴克营，喘息间就可踏破古北口啦！"

"别再说了！"俺答汗大吼一声，"撤回去！"

1

板升九重朝殿，第一重是俺答汗处理公务、召见部属的宫殿，第二重是他的寝宫，取名暖殿。自撤回板升，两天过去了，俺答汗一直躺在暖殿的一张大炕上，不吃不喝，也不说话，就连他一向敬畏的伊克哈屯来劝慰，也未奏效。

"伊克哈屯，这可怎么办？"恰台吉焦急地问。

"叫把汉那吉来，或许有用。"伊克哈屯道。

恰台吉不敢怠慢，亲自到把汉那吉的营帐去请。把汉那吉用罢晚饭，看看天色已入黄昏，正要出帐，恰台吉进来了，三言两语说明原委，把汉那吉急忙随恰台吉赶往暖殿。

"祖汗，喝了这碗奶茶吧，这是孙儿孝敬祖汗的。"把汉那吉跪在俺答汗炕前，双手举着一个托盘，托盘上放着奶茶，一再恳求着。

俺答汗睁开眼睛，看了把汉那吉一眼，微微摇了摇头。把汉那吉又道："祖汗若不想活了，孙儿愿随祖汗而去，到天国随侍祖汗，以报祖汗养育之恩。"

"傻话！"俺答汗终于开口了，"我老了，老了，该死了！"

"祖汗不老！"把汉那吉忙道，"祖汗在孙儿心目中，永远是大漠苍鹰，雄壮无比！"

"不老？唉——"俺答汗叹口气，语调苍凉地说，"先是被马芳突袭，接着率大军到了古北口外，还是撤了回来。过去，哪会有这等事！"说完，重重叹息一声，又闭上眼睛，口中喃喃，"日影南移，土默川雪灾连连，天不爱我，活不了啦！"

此番率三万大军围困蓟镇，俺答汗本想重演"庚戌之变"故事，以达与南朝通贡的目的。不料朝廷一改常套，部署严密，一旦强攻古北口，宣府、大同两镇兵马有可能奔袭板升，他不得不下令撤军。一世英名，竟毁于一旦！俺答汗羞于见人，索性卧床不起；躺在炕上思前想后，求贡不成，抢掠也无机可乘，眼看走投无路，越发心灰意冷起来。

把汉那吉猜透了祖父的心思，把托盘放在炕边，劝道："前年祖汗不还大破石州吗？照祖汗的说法，难道是南朝的皇帝老了？"他继续说，"南朝有老话说，胜败乃兵家常事，又说识时务者为俊杰。祖汗就是俊杰！无非那个叫高拱，下了功夫，严防死守，祖汗明察秋毫、见机行事，先不去碰他罢了。难道他总能绷这么紧？孙儿先就不信嘞！想那高拱一介书生，手无缚鸡之力；而祖汗沙场百战，荡平大漠，围困京师，当世豪杰，谁敢比肩？他高拱根本就不是祖汗的对手！"

"哈哈哈！"俺答汗笑了起来，"都说你小子多智有辩才，今日方知此言不虚哩！"

"再说了，"把汉那吉趁热打铁，继续说，"祖汗，听说那高拱敢作敢为，说不定求贡可成。在孙儿看来，目今的形势不是变糟了，而是变好了。就看祖汗如何再展雄才大略了！"

俺答汗蓦地坐起身，拿过茶碗，将奶茶一饮而尽，把碗一扔，拍着把汉那吉的脑袋道："没白疼你啊！好小子！"

把汉那吉乘机向外喊了一声："传膳——"

寝宫外传来欢呼声。把汉那吉蹦跳着出了九重大殿，跨马赴他的约会去了。

赵全闻眼线禀报，得知俺答汗起床进食，吩咐左右整备停当，骑上马，后面带着一辆厢式马车，驶向九重大殿。待赵全下马进殿，俺答汗已然酒足饭饱，正在大殿里步履蹒跚地踱步。赵全闻出俺答汗满身酒气，不禁闭住鼻孔，换作从口中呼吸。

俺答汗瞪着眼，直直地看着赵全，问："倘不郎，你、你来做甚?"

"嘿嘿嘿，汗爷，小的来给汗爷解闷儿！"赵全赔笑道。

"你、你说蓟镇、哦可攻，怎、么样？"俺答汗口齿不清，以责备的口气道。

"嘿嘿嘿，汗爷，王崇古老儿派了不少奸细，把咱的行踪都摸清楚了；高拱老儿又不怕担责，全不顾成例，按他的思路明战守、布防线。小的以为，只要咱声言欲攻古北口、黄花镇，按照惯例，朝廷必调大军向此处集结，咱声东击西，杀个回马枪。谁知这高拱老儿授权督抚不必护山陵，各军纹丝不动，咱只能暂避锋芒，暂避锋芒！"赵全点头哈腰道。

"那，还说什、么解闷儿？"俺答汗晃荡着身躯道。

赵全向前凑了凑，低声道："小的给汗爷物色了一位美人儿，请汗爷消遣。"

俺答汗瞪大了眼睛，旋即一甩手道："哪、哪有那心思！"

"汗爷，这美人儿像一个人。"赵全诡秘一笑道。

"像像、谁？"俺答汗止步问。

"也儿钟金。"赵全答。

"真的？"俺答汗仿佛一下子清醒过来，两眼放光，边往暖殿走，边催促，"快，快带暖殿！"

须臾，赵全领着一个妙龄少女进了暖殿。俺答汗抬眼一看，摇头道："她？怎敢比也儿钟金？"

"汗爷请看，"赵全在女子身旁比画着，"这身条，这脸庞，和也儿钟金一模一样。"

"眼睛、嘴唇，不像，不像！"俺答汗失望地说。

"可是，汗爷，看这肌肤，雪白细嫩，用南朝文人的话说，叫肤如凝脂！"赵全淫秽地一笑，"搂在怀里，搭手一摸，嗯，必是舒坦极了！"说着，推了推低头站立的女子，"还不快去，替汗爷宽衣！"

女子战战兢兢靠近俺答汗，赵全挤了挤眼，溜出了暖殿。俺答汗一把揽过女子，亲了亲她的嘴唇，咂吧咂吧嘴，回味片刻，道："也儿钟金的嘴唇，是甜的，似蜜；你的……"他摇摇头，倒在炕上，任凭女子帮他脱个精光，又看着女子把自己脱光，仰躺在了炕铺上，他扑过去，压在女子身上，良久，却没有挺起的迹象。任凭如何努力，直到大汗淋漓，仍无济于事，不得不放弃了，喘着粗气，质问一动不动的女子道："你，是不是笑本汗老了？"见她仍不出声，抬腿踢了她一脚，声嘶力竭地喊叫起来，"滚出去，滚出去！"边喊叫，边抬身去抓挂在墙上的佩剑。

女子被惊得"哇"的一声，抱头往外跑。俺答汗赤身裸体追了出来，舞剑乱砍。

"老了吗？真的老了吗？老子没有老，没老！"俺答汗边自言自语，边举剑胡乱砍着。

恰台吉、赵全闻声赶来，都不敢靠近。

"说，本汗老了吗？快说！"俺答汗举剑指着恰台吉、赵全，大声问。

"汗爷，汗爷！"赵全惊恐道，"汗爷是大漠的太阳，草原的雄鹰，英姿勃发，强悍无比，世间无人匹敌！"

"假话，假话！"俺答汗高声道，"戚继光、马芳，一定在嘲笑本汗；丰州滩的子民，也一定在窃窃私语，说本汗老了！是不是？是不是？"他用剑指着恰台吉问。

"谁敢嘲笑汗爷？"恰台吉向后退了几步，惊恐地答。

"哼哼！那个女子，她、她必是心里嘲笑、嘲笑本汗！本汗真、真就老而无用了吗？"他举剑向一把座椅砍去，"嚓"的一声，椅背被劈成两半，"看，本汗没有老，没老！"话音未落，一屁股瘫坐在地。

恰台吉闪身跑进暖殿，拿出一件袍子，壮着胆子靠近俺答汗，胡乱套在他身上。

俺答汗又挥动宝剑："本汗、本汗老了吗？"

"五奴柱，快去叫把汉那吉来！"恰台吉溜出大殿，对躲在门口的五奴柱道。

2

把汉那吉并不在自己的营帐内，而是在一个小山坡上，搂着一个女子，享受着鱼水之欢。

"玉赤扯金！玉赤扯金！你是世间最美丽的女子，是天下最知道如何让男人享受的女子!"把汉那吉喃喃地呼喊着女子的名字说,"我今生今世都要和你在一起!"

"我也是,把汉那吉,我要死了!"叫玉赤扯金的女子娇喘着道。

过了许久,两人瘫在草地上。天空星光闪烁,地上微风轻拂,一对青年男女满足地、愉悦地交谈着。

"等过了这几天,待祖汗心情好了,我就娶你,从此日日夜夜永不分离!"把汉那吉满是爱意地说。

"把汉那吉,你要保证,大成比吉不会欺负我。"玉赤扯金捏着把汉那吉的鼻子说。

把汉那吉十二岁那年,祖父母做主,为他娶了大他三岁的大成比吉。这大成比吉是俺答汗嫁到袄儿都司部的女儿所生,也就是把汉那吉的表姐。成婚六年,把汉那吉一直把她当成姐姐看待,并无夫妻之情。就在今年春天,把汉那吉在一次狂欢夜,遇到了秃鲁花——功臣将帅之子组成的大中军的首领——兀慎兔扯金得之女,一个名叫玉赤扯金的少女,不禁为之心动,从此两人常常偷偷幽会,彼此难舍难离。不久前,祖汗答应他,等攻掠蓟镇回来,就给他与玉赤扯金小喜事。把汉那吉期盼着,却不料此番南下空手而归,祖汗甚为沮丧,喜事也不得不拖延些日子了。

"本来想,此番攻掠蓟州,必可掠来南朝不少好东西,也好让你多多享用。可惜,南朝戒备森严,祖汗撤回来了。"把汉那吉遗憾地说。他侧过身,用一只胳臂弯曲着地,手掌托着半个脑袋,看着玉赤扯金,抚摸着她软而厚的手心,幽幽地说,"听说南朝繁华富盛,真想去看看。"

"嗯,我也听人说,南朝好玩的地方可多啦!若能和把汉那吉一起去南朝看看,该多好呀!"玉赤扯金充满向往地说,她突然"嘻嘻"笑了笑,问,"把汉那吉,你听说过南朝有私奔这件事吗?"

"听说过。南朝演戏,就有演私奔的事。"把汉那吉说,"可惜我生在汗家。"

玉赤扯金说:"要能和把汉那吉一起看看演戏该多好呀!"

把汉那吉咂嘴道:"对不住你了,玉赤扯金,这些都只能想想罢了,就连南朝的物件,也不能给你备下呢!"

玉赤扯金抬起头,亲吻着把汉那吉的额头,善解人意地说:"把汉那吉，你别在意，只要能和你在一起，就够了。"

把汉那吉紧紧地抱住玉赤扯金，亲吻起来。突然，他感到嘴唇上一阵湿热，松开玉赤扯金的嘴唇一看，她的脸颊上挂满了泪珠。

"玉赤扯金，你怎么了？"把汉那吉不解地、心疼地问。

"把汉那吉，把汉那吉！"玉赤扯金唤着把汉那吉，把他抱紧了，喃喃道，"我怕，我好怕呀！"

把汉那吉向后仰了仰脖颈，盯着玉赤扯金的眼睛问："玉赤扯金，你怕什么？"

玉赤扯金摇了摇头，钻进把汉那吉的怀里："把汉那吉，我好怕，好怕！"

"玉赤扯金，你到底怕啥？"把汉那吉紧紧抱住玉赤扯金，大声问。可玉赤扯金只是哭泣，浑身抖个不停。把汉那吉越发狐疑，他用力摇晃着玉赤扯金的身子，"说呀，你到底怕什么？为何不说，玉赤扯金，难道你把我当外人吗？"

"把汉那吉，我不能和你说，可是我真的好怕。"玉赤扯金不知所措地说。

把汉那吉佯装生气，轻轻一推，把玉赤扯金推到一边，他自己猛一翻身，扭过脸去，故意大口大口地喘气。

玉赤扯金扳住把汉那吉的肩膀，试探道："把汉那吉，你生气了？"又晃了晃他，"真的生气了？可是，可是，那件事，本就不该说给你的呀！"

把汉那吉欲转身追问，还是忍住了，喘气的声音越发大了起来。

玉赤扯金急得流泪，欲去搂把汉那吉，被他一把推开了。思忖片刻，终于下了决心似的，说："把汉那吉，我要说了，你千万莫要恨你的祖汗呀！"

把汉那吉惊问："玉赤扯金，你说什么？恨祖汗？"

玉赤扯金重重地点头，说："把汉那吉，你知道你的身世吗？发生过一件可怕的事！"

把汉那吉闻言，低头不语。

玉赤扯金乘机又钻到把汉那吉怀里，仰脸望着他，问："把汉那吉，你知道那件事的，对吗？"

把汉那吉痛苦地摇了摇头。

玉赤扯金顿时如释重负，继之又一阵心痛，她伸手抚摸着把汉那吉的脸颊，含泪道："把汉那吉，你说出来吧，你哭一场吧！"

把汉那吉突然用力摇晃着玉赤扯金，哽咽道："玉赤扯金，你说，真会有那样可怕的事吗？我不信，不信！你都听到些什么，都说于我，说于我！"

正在这时，随着摇曳的灯光，一匹快马向山坡奔来，骑马人焦急地唤着："大成台吉——大成台吉——"

大成台吉是把汉那吉的官称。把汉那吉听到了呼唤声，怔怔地望着远方，良久才喃喃道："是阿力哥！"

"奶公阿力哥？"玉赤扯金问，也不等把汉那吉答话，匆忙整理了衣裙，"一定有急事，快回去吧，把汉那吉。"

两人上了马，迎着阿力哥骑去，到得近前，阿力哥惊慌地说："大成台吉，汗爷、汗爷……唉，汗爷发疯了，你快去，快去！"

把汉那吉道："阿力哥，你护送玉赤扯金回家。"又近前拍了拍玉赤扯金的手臂，"玉赤扯金，给你道晚安了！"言毕，策马赶往九重朝殿。

亲兵已将大殿围住，闲杂人等通不许入内。见把汉那吉下马，忙闪出一条通道。把汉那吉直奔大殿，一眼望见俺答汗穿了件宽大的袍子，袍子敞开着，苍老的躯体裸露在外，舞剑乱砍着，大殿里已是一片狼藉。

"祖汗！"把汉那吉不敢近前，远远地叫了一声。

"不许过来！"俺答汗喝道，"都滚开，滚开！"说着高高举起手中的宝剑，吃力地向屏风砍去，"本汗不老，不老！"

恰台吉、赵全、五奴柱见把汉那吉来了，俺答汗并未消停，不禁露出绝望的神情，只好眼睁睁地看着他在大殿里折腾着。

"汗爷心里憋屈嘞！"五奴柱含泪道。

"还不知道明日会发生什么？该如何应对。"恰台吉叹气道。

把汉那吉突然灵机一动，大喊道："祖汗，也儿钟金明日就到板升了！"

俺答汗正挥舞的宝剑停在了半空。

"也儿钟金明日就到板升。"把汉那吉重复了一句。

俺答汗把宝剑丢在地上，大喊一声："来人，侍候本汗沐浴修须！"

3

次日辰时刚过，还在酣睡中的俺答汗，忽听外面传来甜美的唤声："祖汗——"

"啊！"俺答汗惊喜万分，"真是也儿钟金！"他慌忙蒙住头，吩咐亲兵，"快，快别让也儿钟金进来，挡住她！"亲兵疑惑不解，也不敢多问，只得快步走出暖殿，去阻拦也儿钟金。

"来人！"俺答汗慌慌张张地喊着，"本汗要更衣、洗漱！"昨日折腾了几近通宵，此时俺答汗方觉累得爬不起来，侍从拥进来，手忙脚乱地为他更衣、梳理须发，忙活了近半个时辰，俺答汗方屏退众人，迈步出了暖殿，向大殿走去。也儿钟金正在大殿专注地四处察看着，俺答汗悄悄走到她身后，一把抱住了她。

"呀！"也儿钟金吓了一跳，欲挣脱开来，却被俺答汗一把抱起，两脚离地，旋转了两圈。

"喔哈哈哈，我的小黄鹂，我的百灵鸟！你终于飞回来了，飞到我的怀里！"俺答汗松开也儿钟金，转了个身，紧紧抓住她的两个肩膀，躬身盯着她，"来来来，让我好好看看，我的小黄鹂，我的百灵鸟！"

"哎呀呀！"也儿钟金撒娇道，"祖汗这样大的力气，把人家抓疼了呢！"

"喔哈哈哈！"俺答汗大笑，直了直身子，挺胸道，"我老了吗？"

"祖汗哪里老了？我看看！"也儿钟金调皮地打量着俺答汗，"比四年前倒是又年轻了许多哩！"

"喔哈哈哈！"俺答汗仰脸又是一阵大笑，这才盯着也儿钟金看来看去，"嗯，也儿钟金倒是长大了，出落得嗯……用南朝文人的话说，亭亭玉立，出水芙蓉，沉鱼落雁……"

"可是，钟金真不愿意长大呢！"也儿钟金噘着嘴说。

"那是为何？"俺答汗不解地问。

"哎呀祖汗!"也儿钟金扭动着身子，半是撒娇、半是抱怨地说。

"喔，明白了，明白了。"俺答汗敲敲自己的脑门，"这么说，你这次来……"话未说完，神情黯然地走到御座旁，颓然坐下，目光呆滞，不再说话。

"祖汗为何不高兴?"也儿钟金走上前去，拉着俺答汗的手问。

俺答汗眯起双目，陷入沉思。良久，长长出了口气，道："也儿钟金，我给你讲段往事。"

也儿钟金欢快地跳了起来，道："好呀好呀! 是祖汗金戈铁马气吞万里横扫大漠的壮举吗?"

"那还是十六年前的事了。"俺答汗看着远方，幽幽道，"我率大军西征，在库库诺尔与畏兀儿沁人激战，征服了他们。有一天，我路过一个被丢弃的营地，已是空无一人。忽然，听到一个婴儿微弱的啼哭声。我命人循声去找，哭声是从残破的堆在一起的帐篷中发出的。扒开来看，果有一个婴儿，命悬一线。我命人捡起，火速送到乞儿吉斯部，交给我的长女亚不亥抚养。"

"祖汗!"也儿钟金一声惊叫，"祖汗是说……"

"对，也儿钟金，你就是那个婴儿!"俺答汗揽过也儿钟金，爱抚着她，"十六年来，这个秘密，就连你的祖后也不曾知晓。"

也儿钟金把头埋在俺答汗的怀里，"哇"的一声大哭起来。俺答汗抚摸着她乌黑的秀发，口中喃喃："如今，婴儿已然长大，就要嫁人了; 我也老了，老了……"两行热泪，淌过饱经沧桑的脸，滴落到也儿钟金的身上。

"不! 祖汗不老!"也儿钟金止住哭声，抬起头，倔强地说。她猛地撩起裙裾，替俺答汗擦拭脸上的泪水。

"好了，不说了!"俺答汗一挥手道，"也儿钟金，陪祖汗喝酒!"遂向外喊了声，"涮羊肉!"

膳食房早就备下了各种吃食，恰台吉一听俺答汗传膳，兴冲冲地吩咐下去。须臾，桌椅、火盆、锅子、羊肉片……一应俱全，就摆到了暖殿里。俺答汗拉着也儿钟金的手进了暖殿，

"来来来，也儿钟金，把外袍脱了!"说着，俺答汗替也儿钟金脱下

外袍，自己也用力一甩，脱去了身上的长袍，两人近乎依偎着坐到了餐桌旁。

俺答汗指着冒着腾腾蒸汽的火锅问："也儿钟金，你知道这涮羊肉的来历吗？"也不等她回应，就说开了，"话说我大元世祖忽必烈大帝，有一年率大军南征。一日，人困马乏、饥肠辘辘……"

也儿钟金以崇拜的眼神望着俺答汗，托着下巴静静地听着。锅子里的水已沸腾起来，侍从夹起几片羊肉刚要往里放，俺答汗用手臂挡开了，亲自动手夹肉、涮锅、蘸盐巴，放在嘴边吹了吹，送到也儿钟金的嘴里。也儿钟金也如法炮制，喂俺答汗吃了几口。

"祖汗，钟金要敬三碗酒！"也儿钟金站起身，举起牛角杯，行了蹲礼，"第一碗，敬救命恩人！"说完一饮而尽。待俺答汗也喝干了，她动手为两人斟上，再行蹲礼，道，"第二碗，敬钟金心目中的盖世英豪！"再举时，也儿钟金踌躇片刻，说，"这第三碗酒，是女人敬、敬一个男人！"饮完，伏在桌边抽泣起来。

"也儿钟金，为何哭泣？"俺答汗扳着她的肩膀问。也儿钟金只是哭泣，俺答汗追问一次，她的哭泣声就提高一次。俺答汗喝退左右人等，也儿钟金还是哭泣不止，并不答话。俺答汗不便再问，独自喝起了闷酒。

"祖汗！"也儿钟金蓦地抬起头，撸起袖子，伸出手臂，用力掐了几下，"看，钟金原以为，这里流淌着祖汗的血，钟金的后代的血管里，也会流淌着大漠雄鹰、盖世英豪祖汗的血，可是、可是……"她突然站起身，大喊着，"我不要嫁人，我不要生娃！"

俺答汗愣住了。也儿钟金扑到俺答汗的身上，忽而摇晃他的身躯，忽而捶打他的后背，大声质问："你为什么要和我说，我并不是你的亲外孙女，你是不是私心想着要钟金做你的女人，才把秘密说出来的，是不是？"

俺答汗心头一颤，浑身发烫，回身搂住也儿钟金，一口亲在她的樱唇上。也儿钟金分明感到，这不再是亲人的吻、长者的吻，而是男人的吻、情人的吻！这激发了她烈火般的欲望，禁不住战栗起来，如水如酥，软软地贴在俺答汗的身上，被他用力吻住的嘴里，发出含混不清的"哦哦"的娇喘声。俺答汗被酥软的身体、娇喘的声音刺激得热血沸腾，裆部"腾"地挺起。他惊喜万分，抱起也儿钟金就往间壁的大炕上跑去。

随着也儿钟金痛苦而又欢愉的叫声，十七岁的她由少女变成了一个女人，俺答汗的女人！

俺答汗在也儿钟金身上，证明了自己的强壮。他大笑着："喔哈哈哈，我不老，不老！"

两人在暖殿缠绵了一个多时辰。俺答汗健步而出，来到大殿，端坐在御座上，大声道："脱脱，你传本汗的口谕：也儿钟金，自今日起，就是钟金哈屯，本汗的三娘子！"

恰台吉惊呆了。

"还有，差人去袄儿都司，知会吉能小儿，也儿钟金，本汗已然娶了！此事与乞儿吉斯部无关，有话找本汗来说！"俺答汗高声宣示道。说完，发出一阵欢快的大笑声。

第二十章｜巨浪滔天漕河遭淤堵
李代桃僵爱孙失情人

1

　　瓢泼大雨不住地下着，运河两岸一片汪洋，运河里，近乎黄色的河水卷着枯枝烂木奔腾着。近万只漕运船队绵延数十里，在黑压压的漕卒的牵引下，艰难行驶着。

　　天色越发黯淡下来，远处灯火隐约可见，邳州已遥遥在望。突然，随着"呼嗒"一声闷响，黄河在小河口决堤，浊浪滔天，一泻而下，领头的几十艘漕船，几百名漕卒，瞬间被卷进巨浪，不见了踪影。后面的船队被滚滚而来的洪流裹挟着，向南急速漂流，漕船的撞击声、漕卒的惊叫声，都淹没在洪水如闷雷般的咆哮声里……

　　漕运总督、河道总督联袂向工部呈报的禀帖，八百里加急送到了尚书朱衡的手里。朱衡展读，大惊失色，忙吩咐司务："备轿，本部堂要去内阁通报。"

　　进得文渊阁，朱衡正上楼，见刑科给事中舒化旁若无人地从西侧"腾腾"往楼上跑，似有急事禀报，他也就慢下了脚步。

　　舒化进得中堂，兴奋地说："禀诸位阁老，贵州事，正如高阁老所料，学生刚过保定，正遇巡抚阮文中的急足，说水西事已平，是以学生也就折返了。"他喘了口气，继续说，"与高阁老事前所料完全吻合，巡抚奏本这一两日必到。"

　　"喔呀！要上史册的！据实定策，不战息争，若非新郑力为主持，势必用兵，竭数省之兵粮，胜一自相仇杀之夷人，甚无谓！凭此，后人就不能不目新郑为良相矣！"赵贞吉感慨道，他一竖大拇指："新郑，这事，老赵钦佩你！"

高拱也不谦虚，一脸自得道："凡事据实定策，方可有济，此乃为相臣者谋国之要！"

张居正向舒化摆摆手："退下吧。"

见舒化出了中堂，朱衡疾步走了过去，一进门，便道："诸公，漕河……"

高拱正在兴头上，被朱衡一搅，顿时火起，沉着脸道："大司空一向老成持重，今日何以慌慌张张！"

朱衡手微微颤抖，从袖中掏出禀帖，不知是递给高拱，还是递给李春芳。

"大司空说说文牍大意就是了。"高拱一扬手道。

"诸位阁老，"朱衡声音发颤，"黄河在邳州决堤，漕船漂损八百艘，溺漕卒千余人，漕米失二十二万六千余石。"

"漕运总督该杀！"赵贞吉怒不可遏，大声道。

"诸位阁老，时下更揪心的是，"朱衡面色凄楚道，"运河自睢宁白浪浅至宿迁小河口，长一百八十里，已被淤塞，漕船被阻，寸步难行！"

"河道总督当革职！"赵贞吉又道。

"要是杀了两总督，漕运自此能够顺畅，那就杀！"高拱没有好气地说，"可惜杀了也不济事，难题还摆在那儿。"

李春芳叹了口气道："漕运不畅，漕船漂损，年年如此。嘉靖年间，黄河已是屡屡决口，忽东忽西，靡有定向。进入隆庆朝，黄河水患越发严重，河道游荡越加频繁。黄淮河水涨，漕河入闸之水自北往南而流，年年渐增，岁岁为患，只是今年损失比前两年委实大了些。"他示意朱衡落座，命侍从看茶，又问，"那么大司空，工部拿个对策出来吧？"

张居正闻听漕粮损失如此之多，心疼不已，忍不住着急道："大司空是治河名家，当拿对策，治河通漕。"

朱衡道："此类事年年遇到，不外乎清淤疏浚。"

"清来清去，年年如此，把国库耗光、民力掏空，漕运也还是这个鬼样子！"赵贞吉不满地说，"漕为国家命脉所关，三月不至则君相忧，六月不至则都人嗁，一岁不至则国有不可言者。你们这些主漕运的大小官员，不能再敷衍塞责啦！"

朱衡顶撞道："赵阁老，责备下吏无能，下吏不敢辩；责备下吏敷衍塞责，下吏不敢受。高明如赵阁老者，拿出高招来，下吏不效死力落实，就请赵阁老革下吏的职！"

高拱一直仰脸沉思，见赵贞吉与朱衡争论起来，便插话道："大司空，适才你说清淤疏浚，怎么个疏浚法？"

"开辟新河道，取代多处决口的会通旧河道，同时大力疏浚黄河入海口。"朱衡答。

"嘶——"高拱重重吸了口气，道："记得有人反对这个做法，言黄河入海口不能以人力疏浚，当堵塞旧河决口，恢复故道，引淮入河而归于海。是这样的吧？"

朱衡点头道："照这个法子试行了两年，年年漕运室碍难行，去岁漂损漕粮十余万石。"

"那今年漂损二十余万石，河道总督该不该革职？"高拱反问。

"照例是要革职的。"朱衡答，"即使下吏，也难辞其咎。"

"河道总督革职，换谁来做？"高拱问，不等众人回应，就接着道，"访得江西巡抚潘季驯是国中数一数二的治河名家。我意用他总督河道。但不能像往常那样，让谁做总督，就换成谁那套法子。"他起身踱了两步，"大司空，今年的漕船，待水势下去，设法运京；但以后怎么办？这等事，坐而论道不行，你和潘季驯要到一线去，亲自实地踏勘。若能拿出一致的方案更好，若不能达成共识，各拿一个方案出来，廷议一次，集思广益，以利决策。"言毕，不容众人再说话，即挥挥手道，"大司空，就照这个意思办吧！"待朱衡辞出，高拱对阁臣道，"国家有两大难题，圣怀为之忧者，一则北虏，一则漕运。花钱最多，物力、人命损失最重，却犹如人陷泥沼，越是卖力，陷得越深。此二患不除，国力不复振，隆庆之治无从谈起！"

"新郑——"李春芳以语重心长的口气道，"这都是几十年积累下来的老症结，几任执政都束手无策，我辈不比前任高明多少，还是慢慢来吧!"

"高明不高明不敢说,敢直面矛盾是真的。"高拱凛然道,"据实定策,不袭故套,自会找到出路。照以往的做法,出了事,责罚一批河道漕运官员,来年依然如此,这不是法子!此事,待朱衡、潘季驯实勘后再议。"

"呵呵,"赵贞吉一笑道,"不用等他们回来,老夫就知道会是甚样结果。"

张居正接言道:"玄翁,潘季驯与朱衡对治河,本就是对立的两派,今突然起用,且命他与朱衡一道实地踏勘,恐越发纷扰。"

高拱一扬手道:"有些事当断则断,有些事却不能轻易拍板,所谓欲速则不达是也。对治河、漕运,我辈实不熟悉,亦无良策。若只听一面之词,决策势必草率。不如让各方都参与其间,即使相互辩论也是好的,择善从之嘛!"

众人都不再言语,兵部职方司郎中吴兑兴冲冲地进来了:"诸位阁老,有好消息!"

"喔!"赵贞吉抢先道,"兵部这些年没有好消息可报了,今日有何好消息?"

"宣大总督王崇古呈来禀帖:接板升谍报,俺答正命恰台吉、五奴柱画西征之策。"吴兑喜不自禁地说。

半月来,虽陆续接到宣大总督王崇古、蓟辽总督谭纶的奏报,言俺答已率军退回板升,高拱的神经却并未松弛下来。板升灾荒甚重,为求生存,抢掠不可避免,焉能掉以轻心?得知俺答要西征,即知他已暂弃南侵之念,以西征掠食求生。秋防戒备状态自此可解除了。第一次主持秋防,以全胜而收官,高拱激动得一时说不出话来。

张居正听到贵州不战息争的消息,沉默不语,此时却禁不住拊掌大笑:"哈哈,这回老酋也服输啦!"他望着高拱,欣喜地唤了声,"玄翁!"

"几个月没有好好睡一觉了。"高拱声音突然变得沙哑,"此时感觉疲惫极矣,只想睡一觉。"

"呵呵,玄翁终于可以安枕了!"张居正兴奋地说,"只是,俺答老酋和赵全,怕是睡不着觉咯!"

"赵全这个歹人，不知又会给俺答出甚馊主意！"赵贞吉恨恨然道。

2

莫名的惊惧情绪笼罩在赵全的心头，他不停地催促属下搜集谍报。每到黄昏时分，三十六小板升的总管就会来赵全的土堡会揖，汇总谍报，研判机宜。

"禀把都，谍报都说，宣大、蓟镇士气大振，无可乘之机。"张彦文禀报说，"南下恐无胜算，贸然提出，风险甚大。"

"可是，板升连年雪灾，食物匮乏；王崇古又施反间计，南归的越来越多。"猛谷王道，"近日又因汗爷纳三娘子，汉人都觉得此地不讲礼义廉耻，越发人心思归。若无举措，恐局面失控。"

赵龙接言道："何止如此，自从攻蓟镇不遂，汗爷对我辈颇有怨气嘞，画策西征，不让我辈与闻了。"

张彦文吸了口气道："高拱这老儿，主持朝政不过半年多，竟然一举扭转局面，此人不可小觑！听说他昼夜在思谋振兴，革新举措不断推出，这样下去，板升的日子，更艰困了。"

"说这等话，除了添堵，还有甚滋味？"赵全呵斥道，"说点实招，实招！"

"把都息怒，"张彦文道，"窃以为，若欲有所突破，当与袄儿都司部联手。毕竟，袄儿都司酋长吉能台吉是汗爷的亲侄子，两部东西呼应，或者汗爷率部取道河套，攻陕西、宁夏，则事或有可为。"

"喔，这是个法子！"众人几乎异口同声赞同道。

"妙计！"赵全大喜道，"王之诰志大才疏，做宣大总督时就被我牵着鼻子走，全凭着与张居正是亲家，又去做了三边总督，他那里最薄弱，当可突破。"

"只是，钟金哈屯本是许给吉能台吉之弟的，汗爷纳为三娘子，袄儿都司会不会不愿跟汗爷联手？"猛谷王担心地说。

"把都爷！"亲兵在外门禀报，"汗爷传见！"

"诸位把总，务必严密巡逻，不准再有汉人南归！"赵全起身吩咐道，言毕，向众人拱了拱手，匆匆出门，随俺答汗的传令亲兵到了九重朝殿。进得大殿，抬眼望去，俺答汗满面春风坐在御座上，三娘子笑靥如花地坐在他的旁侧。恰台吉、五奴柱及兀慎兔扯金得等汗廷高层人等约莫七八个人，坐在俺答汗对面的一排椅子上。

"倘不郎，来来来！"俺答汗指着恰台吉左侧的一把椅子道，"坐在这里。虽是家务事，可倘不郎足智多谋，特请来参详。"

赵全受宠若惊，施完礼又点头哈腰了良久才入了座。

"脱脱，你来讲，吉能小儿怎么说。"俺答汗吩咐恰台吉道。

恰台吉起身道："奉汗爷之命，差使者到袄儿都司知会钟金哈屯事，吉能台吉勃然大怒，言送去钟金哈屯方可，不的，必兴师问罪，拼出你死我活。使者并禀报，吉能台吉已整备兵马，摆阵待发！"

五奴柱站起身，愤然道："吉能台吉未免太不懂事。当年汗爷金戈铁马荡平各部，令亲弟吉囊台吉守袄儿都司；过了几年，汗爷又率大军，从南朝手里夺得河套，给了他们。河套水丰草美，物产富饶，足以养活部落。这些年他们倒是过得美美的。只苦了汗爷，东掠西抢，无年不征战，方使我土默特阿尔德们得以存活。于公，他吉能台吉是汗爷的部属；于私，是汗爷的亲侄，如今为了一个女子，竟敢忘恩负义出言不逊，摆阵欲战，委实不懂事！"

俺答汗大手向下一压，令五奴柱坐下，开口道："吉能小儿狂妄，谁可率军教训之！"

赵全急忙起身，抢先道："汗爷英姿勃发，雄心万丈，乃我辈福分，可喜可贺！然则，与袄儿都司开战，万万不可！一旦开战，南朝必趁机火中取栗，则大势去矣！"

"不可开战？那只能把钟金哈屯乖乖送去？"恰台吉冷笑道。

俺答汗蓦地起身，用力一拍长条几案："送钟金哈屯，那是挖本汗的心，剜本汗的肝！这个，不容商议！"

"嘿嘿嘿，"赵全狡黠一笑，"钟金哈屯让汗爷英姿勃发，使我辈得以一睹汗爷年轻时代的风采，我辈无不感谢钟金哈屯，决不允许任何人从汗爷身边夺走钟金哈屯！"

"少啰唆，有屁快放！"恰台吉瞪了赵全一眼，厌烦地说。

"那么倘不郎，你有何画策？"俺答汗兴奋地问。

赵全左顾右盼，欲言又止。

俺答汗会意，挥手道："散了！"待众人乱哄哄议论着走出大殿，俺答汗招招手，令赵全在他对面坐下，道，"倘不郎，快说吧！"

赵全道："汗爷，南朝宣大、蓟镇督抚得人，防范森严，恐一时无机可乘。当与吉能台吉联手，出其不意，从河套攻陕西、宁夏，打他个措手不及，给南朝些厉害尝尝！"

"喔哈哈哈！"俺答汗大笑，望着也儿钟金道，"三娘子，你看倘不郎念念不忘的是攻打南朝，难怪南朝上下对他恨之入骨，骂他汉奸呢！哈哈哈！"

赵全尴尬一笑道："汗爷，俗话说人往高处走，又说良鸟择枝而栖。南朝君昏臣贪，江河日下；汗爷乃盖世英豪，雄才大略，足以威霸天下，是以小的才投靠汗爷数十年；既然投靠汗爷，理当忠心耿耿。南朝越是恨我，越说明我赵全对汗爷有赤子之忠、栋梁之用！"

"三娘子，你听听，倘不郎委实有才！"俺答汗道，见也儿钟金笑而不语，摸了摸她的脸颊，"三娘子，今日为何不发一语？"

"祖……汗，今日事乃因钟金而起，钟金不便说话呢！"也儿钟金解释道。

"倘不郎，听到了？"俺答汗高兴地说，"三娘子是深明大义的女子嘞！好了，倘不郎，本汗目下只关心一件事，袄儿都司那里怎么办？"

"汗爷，莫不如趁机把称帝的事昭告天下！"赵全欠身前倾，"汗爷一旦摇身一变成为皇帝，则封后纳妃，名正言顺，谁敢不从？"

俺答汗捋着胡须，沉吟良久，道："还有何策？"

赵全有些失望，但仍不愿意放弃争取，鼓动道："汗爷，断然称帝，方显英雄本色！"

"这个，以后再说。"俺答汗不悦道，"你只说怎么对付吉能小儿，倘不郎若无画策，走人吧！"

赵全不敢违拗，更要在俺答汗面前显示自己的智谋，便恶狠狠地挤出四个字："李代桃僵！"

3

把汉那吉的心情从来没有像现在这样郁闷过。自己的祖父纳外孙女为妻，板升汉人被惊得目瞪口呆，走到哪里，似乎都用异样的目光在看着他，嘲笑他。这件事，也让玉赤扯金很不开心。约了她几次，都没能带她再到那座熟悉的、见证了他们无限欢愉的山坡去。他知道，玉赤扯金突然感到了害怕，那件事，关乎他的身世的事，还有这件事，祖父纳也儿钟金为妻的事，都让玉赤扯金感到恐惧。他能体谅到玉赤扯金的心情，并为此感到心痛。

今晚，禁不住把汉那吉一再恳求，玉赤扯金终于答应和他来到了山坡。两人下了马，拥抱在一起，把汉那吉道："玉赤扯金，我今天就是想让你把你所知道的那件事，都说于我听。"为了表示自己的诚意，他又说，"那件事，我隐隐约约听到过别人悄悄议论，但是没人正式给我说起过。我要你原原本本，把你听到的，都说于我听。"说着，轻轻压了压玉赤扯金的肩膀，两个人顺势坐了下来。

"好吧，把汉那吉，这件事，你也应该知道。知道了，你就明白我为什么这么害怕了。"玉赤扯金紧紧抓住把汉那吉的手说，"我听人说，把汉那吉，在你三岁那年，你的父亲黑台吉突然去世了。伊克哈屯只育有黄台吉与黑台吉两子，汗爷和伊克哈屯对黑台吉很疼爱。听到噩耗，伊克哈屯悲痛欲绝，哭喊着要杀一百个男童、一百头幼驼从葬。汗爷果真命人到处去抓男童，杀到第四十个的时候，前来慰问的吉能台吉看不下去了，说把我杀了殉葬吧，这才阻止了杀戮。可汗爷、汗爷还是把黑台吉的三位妻子都杀了。"玉赤扯金仿佛要躲避似的，一口气说完，便扑到把汉那吉的怀里，抖个不停。

把汉那吉沉默着。

玉赤扯金担心地说："把汉那吉，我听老辈人说，汗爷对你非常疼爱，你不要恨他。"

"我的祖父杀死了我的母亲。我三岁就成了孤儿，由祖母伊克哈屯抚养长大。"把汉那吉抚摸着玉赤扯金的后背，仿佛是在说别人的事。

大明首相
第二部
风虎云龙

"把汉那吉，我听说，汗爷对你的疼爱，超过对黑台吉。不知道会不会因为什么事，也会把我……"玉赤扯金壮着胆，终于把自己的担心说了出来。

"玉赤扯金，我向你保证，我不会让任何人伤害你！"把汉那吉两手托着玉赤扯金的脸颊，郑重地说。

"把汉那吉，把汉那吉！"玉赤扯金又激动又害怕，不停地呼唤着他的名字，突然，她以惊恐的语调急促地说，"把汉那吉，你有两个伯父、四个叔父，他们都有自己的驻牧地，有自己的兵马。他们都比你强大，你千万不能恨汗爷，也不能违背他的意愿。失去了汗爷的保护，把汉那吉，你是很危险的呀！"

"土默特与南朝打了几十年，我要与你私奔去南朝，他们知道我是俺答汗的孙子，一定会把我们两个杀了！"把汉那吉说，"我要是平常人家，一定带你私奔，玉赤扯金！"

"把汉那吉，不要说这样的话。"玉赤扯金心疼地说。停了片刻，又嘱咐说，"把汉那吉，汗爷如此宠爱钟金哈屯，将来生了儿子，也一定受宠爱。你要听我一句话，以后，你一定要对钟金哈屯好，讨得她的欢心，将来好让她保护你。"话音刚落，她突然凄然一笑，"把汉那吉，把汉那吉，我不该说这些，我为什么要说这些？我也不知道，为什么会说这些！"

把汉那吉的心头陡然掠过一丝不祥的预感。两人都默默地想着心事，不再说话。

就在把汉那吉和玉赤扯金在山坡厮守时，九重朝殿里，俺答汗正向赵全问计。当赵全说出"李代桃僵"四个字时，俺答汗一阵暗喜，急切地问："怎么个代法？"

"找一个本部落头领的女儿，貌若天仙的女子，送给袄儿都司就是了。"赵全得意地笑着说，"想必吉能台吉有了台阶，也就消气息火了。"

"喔哈哈哈！好！好得很嘞！"俺答汗拊掌大笑，又突然止住笑声，"那么谁合适呢？嗯，倘不郎，你说谁合适？"

"小的不敢说，也不能说。"赵全缩了缩脖子道。

"那是为何？"俺答汗问，随即一仰身子，"敞亮点嘛！"

"兀慎兔扯金得之女，玉赤扯金。"赵全压低声音道。

"玉赤扯金？"俺答汗眯起眼睛，"是不是把汉那吉要聘的那个女子？"赵全默然。

"论出身、长相，倒是合适。"俺答汗犹豫着说，"只是把汉那吉会不会？"

"汗爷，小的告辞了！"说着，不等俺答汗允准，赵全就施礼匆匆走出大殿。

"来人！"俺答汗高声叫道，"传兀慎兔扯金得来见！"又吩咐五奴柱道，"你这就连夜启程，火速赶往袄儿都司，去知会吉能小儿，三日后，嗯，九月初六，送新妇赴袄儿都司，命他迎亲！"

秃鲁花统率兀慎兔扯金得刚从朝殿回到家中，听汗爷传召，反身再次进殿。

"兀慎兔扯金得，你是本汗的爱将，秃鲁花的骄傲，土默特的英雄！本汗很赏识你。本汗决定，让你的女儿玉赤扯金代替钟金哈屯出嫁袄儿都司。"俺答汗笑着说。

兀慎兔扯金得一惊，道："可是，汗爷，玉赤扯金已许聘大成台……"

俺答汗打断他："这个与你无关，你不必管！兀慎兔扯金得，明日一早，你悄悄把玉赤扯金送到九重朝殿里来，本汗差侍女侍奉，为她预备妆资。九月初六，送玉赤扯金出嫁。此事，不许与外人说起，务必瞒着把汉那吉。"

把汉那吉虽被蒙在鼓里，却还是感觉到了气氛异常。他两次到九重朝殿给俺答汗请安，都被汗爷正议军机为由拒之门外；差侍女去约玉赤扯金，也被玉赤扯金家人以她感了风寒为由婉拒。把汉那吉感到心慌意乱，唯有饮酒，多多饮酒，方能让自己安静下来。

"大成台吉，大成台吉！"九月初六一大早，阿力哥就在把汉那吉的帐外急切地唤了几声。阿力哥的妻子是把汉那吉的奶妈，夫妇两人看着把汉那吉长大，很是心疼他，处处为他着想。把汉那吉也把他们夫妇看作了自己的亲人。

"这么早，什么事？"良久，帐内才传出把汉那吉的声音。

"你快穿上衣袍，出来一下。"阿力哥声调中透出几分焦急。

把汉那吉边系袍带边走出营帐，揉了揉眼睛，还未来得及问话，就被阿力哥一把拉住，往不远处的小山包上跑去。

"大成台吉，你看。"阿力哥指着远处说。

把汉那吉一眼望去，影影绰绰间，似乎是有马队在移动。

"那是土默特送嫁马队。"阿力哥说，"他们是送玉赤扯金代钟金哈屯出嫁袄儿都司的。"

"你说什么阿力哥?"把汉那吉惊问。

"大成台吉，我叫你到这里来，就是想让你目送玉赤扯金，与她道别的。"阿力哥看着把汉那吉的眼睛说，"祝福玉赤扯金吧！"

"不！"把汉那吉大喊一声，"这不是真的，不是真的！"

"忘了玉赤扯金吧，大成台吉！"阿力哥声音哽咽着说。

"玉赤扯金——"把汉那吉声嘶力竭地喊叫，就要追赶过去。

阿力哥死死地抱住他，劝阻道："大成台吉，你要冷静啊！这是汗爷的决断，谁也改变不了的。"

"玉赤扯金——玉赤扯金——"把汉那吉挣扎着，喊叫着。

"大成台吉，莫这样。"阿力哥流着泪说，"让汗爷知道了，不好。"

"老俺答，你的心好狠哪！"把汉那吉大叫道，"你娶自己的外孙女，又把孙子的妻子夺了送人，把汉那吉再做你的孙子，真是奇耻大辱！我、我、我要……"

阿力哥急忙捂住把汉那吉的嘴，惊恐地说："老天爷！可不敢说这等话啊，千万千万莫再说这等话！"

突然，"轰隆！轰隆！轰隆！"远处传来三声炮响，紧接着又响起"咚咚咚"的战鼓声。

"大成台吉，听，汗爷这是又要出征了！"阿力哥说。

1

平虏卫紧靠土默特驻牧地，乃国朝极冲要之地。"灭胡九堡"之一的败胡堡，就建在平虏卫西北、长城以东十里处。这座战堡周长不到两里，墙高三丈余。堡内建有军营、马铺，堡开东门，门上筑楼，门外有关。败胡堡常驻军除守卫关口外，还分守长十里边墙一道，边墩十五座，火路墩四座。败胡堡向北直通板升，边当极冲，虏骑一驰呼吸可至。十里边墙之外的凉露台、斧刃山，就是北虏的驻牧地。

宣大总督王崇古巡视边堡后，训令平虏城各墩台务必时加提调，昼夜轮流瞭望，遇有警急，昼则举烟，夜则举火，接递通报，传报得宜克敌者，准奇功；违者处以军法。

隆庆四年九月十三日，日头即将西沉，暮霭弥漫。败胡堡西北侧的烽火台上，墩卒正在瞭望，忽见一股人马沿着兔毛河直向败胡堡方向奔驰而来。"有鞑子！"墩卒一边高喊，一边慌忙举火报警。败胡堡守军看到警讯，火速部署到位。守堡操守崔景荣快步登上门楼察看，隐隐约约看出这股马队中竟有女子在列；男人的装束也与虏兵不同。他举手道："先勿报警，待我盘问。"

须臾，马队到了败胡堡关口。崔景荣看清楚了，这股马队老老少少、男男女女十余人，马十余匹，服装各异，并未携带兵器，只是被簇拥在正中的少年，挎了把腰剑。崔景荣疑惑不解，喊道："来者何人？到此何干?"

一个通事仰脸回答:"俺答汗之孙大成台吉,叩关请降,乞将军接纳,并向太师禀报。"

崔景荣大惊,追问道:"大成台吉?俺答汗之孙来降?"

少年叽里哇啦说了几句番语,通事道:"请将军速开堡门,大成台吉要找太师说话。"

"尔为何降朝廷?"崔景荣追问。

不待把汉那吉说话,通事即代他答道:"大成台吉说:我祖娶外孙女为妻,又夺孙妇与人,我不能再做其孙,故来投!"

"竟有这等事?"崔景荣不敢相信。

"千真万确,不敢欺骗将军!天色已晚,乞将军开关接纳。"通事恳求道。

崔景荣道:"事体重大,本将不敢做主,尔等先退出关门一箭外,耐心等待。"说着,他跑步下了门楼,命夜不收飞马驰报平虏卫参将阎振。

阎振闻报,惊诧不已,忙提调三百兵马,带上通事,急赴败胡堡勘问。到得败胡堡,等不及听取崔景荣禀报,即登上门楼向关外察看,夜色里,隐约可见不远处的一个小丘上,搭起了几顶帐篷。

"既然是台吉来降,就要以礼相待,不可莽撞。"阎振对崔景荣等人道,"集结兵马,听本将号令!"

不多时,连同阎振所带兵马,共七百多人集结毕,阎振将其编为三队,命令道:"甲队登城戒备;乙队列队打开关门,待把汉那吉等进入后立即关闭关门并堡门;丙队四城巡视;夜不收、尖儿手即刻出堡,前往来路及边外侦巡。"

布置完毕,操守崔景荣率乙队列队关门两侧。"哐啷啷——"随着厚重的关门开启,一队兵马涌出关门外,阎振带通事喊道:"关门已开,来降者入关!"

阿力哥、把汉那吉等听到喊声,"腾"地钻出营帐,牵马向关门而来。阎振吩咐下了把汉那吉的腰剑、令箭,将把汉那吉一行推入了关门,这才数了数人数,五男三女八人,马十三匹,所携日用若干。

待关门、堡门皆已关闭,阎振带着把汉那吉一行来到操守府。他坐在公案后，仔细打量着这群男女，一脸威严道："报上姓名来！"

"鄙人乃通事花只改，"通事自告奋勇道，他逐一指着诸人禀报道，"这位就是名把汉那吉的大成台吉，这位是大成台吉之妻大成比吉，这位是大成台吉的奶公阿力哥，这位是阿力哥之妾速害，这位是鄙人之妻铁木格，那两位是大成台吉的亲兵芒秃、颜竹。"

"尔来说，"阎振指着把汉那吉道，"尔是何人，因何来投？"

"嗯、嗯……"把汉那吉在板升一向受宠，骄娇之气甚重，此时内心又充满恐惧，一时不知该如何应对，支吾良久，方道，"我、我要与太师说话。"

"我鞑靼遵称天朝边臣如督抚者为太师。"通事忙解释道，又替把汉那吉答道，"大成台吉今年一十八岁，俺答汗三子黑台吉所生，三岁而孤，养在祖母伊克哈屯处，伊克哈屯的仆从阿力哥之妻是他的乳娘。"接着，又把俺答汗夺妻之事，说了一遍。

"既然尔祖父母对尔如此疼爱，就因为这事而背叛他们？"阎振将信将疑，继续追问。

阿力哥接言道："大成台吉年幼，一气之下，醉了酒，大骂俺答汗为禽兽，夺人妻，言我必降南朝，请兵杀此老贼！这些话被不少人都听到了，鄙人担心会有不测之祸，密劝大成台吉来投天朝。请天朝接纳，保大成台吉无虞。"

"尔等来投，俺答汗知道吗？"阎振又问。

"俺答汗率军西征去了。"阿力哥答，"鄙人担心俺答汗回来听到大成台吉骂他的话，对大成台吉不利，这才乘机来投的。"

阎振察言观色，觉得所述还算诚实，也就不敢再耽搁，命操守崔景荣到驿馆为把汉那吉一行安排食宿。

把汉那吉等人出了府门，阎振召集各队总训话："派兵对驿馆严密监视，不得有失！"又对亲兵道，"传本将命令，各城堡、墩台日夜戒备；加派夜不收出边，侦听北虏动向。"部署毕，阎振命速将把汉那吉来降及勘问情形拟成文牍。一干人等顾不得吃饭，至三更时分，塘报誊清用印，阎振传来得力心腹，命令道："连夜赶往大同，分报马帅和方抚台！"

两匹快马出了堡门，向大同奔驰而去。阎振抬头望了望天空，即将

276

成圆的月亮悬在西边的天际，无数繁星眨巴着眼睛，仿佛在急切地想看到这片从未平静过的大地上即将发生的惊天大事！

"看来，要打一场恶仗了！"阎振自言自语道。

2

郊外村野偶有几声鸡鸣传来，打破了黎明前的宁静。两匹快马在紧闭着的大同城南门前勒缰停下。骑马人向城楼上挥了挥令牌，打了几个手势，须臾，吊桥放下，城门打开。守军查看了勘合，两人策马向北疾驰，在钟楼前岔道上分道扬镳。一个向巡抚衙门奔去，一个则奔向帅府。

"抚台大人！抚台大人！"正在睡梦中的大同巡抚方逢时，听到值守亲兵在门外的唤声，"腾"地坐起身，急忙穿上衣衫，边大步往外走，边问："何处有警?"

"平虏卫参将羽书在此！"亲兵拱手呈递。

"喔? 平虏卫！"方逢时疾步走向签押房，亲兵已跑步前去掌灯，方逢时边展开羽书，边走到灯下，埋头阅看。

"啊?"刚看了开头，方逢时就发出惊叹声，边阅看边自言自语，"竟有这等事?"时而摇头道："难以置信，难以置信！"可是，看完羽书，方逢时的脸色凝重起来，"喔呀，这可是惊天大事！"他起身在屋内踱步良久，方吩咐道："速传通事鲍崇德来见！"

鲍崇德从京城谒见高拱回来，被方逢时留在巡抚衙门当差。他一听巡抚传召，急忙从床上爬起来赶到方逢时的签押房。方逢时将平虏卫的羽书交给鲍崇德阅看，自己则埋头疾书。不到一刻钟，方逢时起身道："你拿上本院手柬，火速到朔州，与岢岚兵备道一起，到败胡堡译审把汉那吉，务必将情形译审真确。速去速回！"鲍崇德领命而去，方逢时正要传大同镇总兵马芳，亲兵来禀，马帅求见。

"节堂见！"方逢时道。侍从人等忙上前为他整理冠带，还有仆从手拿湿手巾为他擦了擦脸。整备停当，方逢时迈步进了节堂。

"大同镇总兵官马芳，参见抚台大人！"马芳一身戎装，行参见礼。

方逢时还礼让座，道："马帅是为把汉那吉之事而来吧?"

"正是！"马芳道，说着笑起来，"番夷无教化，竟如此不讲伦理纲常。"

"以马帅之见，当如何处置？"方逢时问。

"无非两条路：一则拒之不纳，一则缚之请功。"马芳道，"适才闻此事，镇府左右都说，把汉那吉无非孤竖，无足轻重，不可留！"

"嗯，拒之不纳最简单，无风险，也无须承担责任。"方逢时沉吟道，"缚之请功嘛，桃松寨之事可鉴，断断不可！"

十四年前，俺答长子黄台吉的小妾桃松寨，与亲随名收令哥者私通，被黄台吉察觉，桃松寨遂偕收令哥逃到大同叩关请降。时任宣大总督杨顺居为奇货，设想以桃松寨交换汉奸赵全，为朝廷立奇功。不料，鞑虏耻于失妇，黄台吉亲率大军大举南下强索，声言不交还桃松寨，将踏平大同城！杨顺顿足长叹曰："失策矣！失策矣！悔不该纳此淫妇入城，诩为奇功！"为求解脱，急忙上报朝廷，谎称鞑虏愿以赵全交换桃松寨，兵部认为此举两全其美，极力劝说皇上纳边臣之请，皇上遂责令把桃松寨交给黄台吉。杨顺接旨，令遣桃松寨、收令哥等出城，待桃松寨等行至白登，使人诱其自西阳河夜逃，从西边出塞；又暗中遣人引导黄台吉前去追击，在威虏堡将桃松寨一行就地处死。杨顺又奏称鞑虏言而无信，不愿交出赵全，朝廷也无可奈何。不料，杨顺刚为终于甩掉了桃松寨这个烫手山芋而庆幸之际，黄台吉大军突破杀胡口，包围了右玉城，且又分兵向大同、宣府进攻，战事不断扩大，边民死伤无数，官军伤亡惨重，总督也因处事不当而被罢职。

马芳作为参将，亲历了那场惨烈的战争，至今记忆犹新，不禁感慨道："是啊抚台，若留把汉那吉，必启战端，祸大同。非我辈武人畏虏怯战，委实是为此一孤竖而战，太不值当！"

方逢时蹙眉沉思，没有回应。马芳从方逢时的言谈和神色中觉察出，似乎对他的建言不太认同，至少还在踌躇，便道："抚台，此事要不要禀报王军门？"

"待本院译审真确，自会向王军门禀报。"方逢时有些不悦地说，"马帅，如何处置把汉那吉来降一事，是我辈文臣的权责。"他蓦地站起身，提高声调，以命令的语气道，"马帅的责任是整备迎战，大同镇全军进入紧急状态，严密监视北虏动向，迅疾加强败胡堡一线防御，马帅尽速部署去吧！"

马芳领命而去，方逢时茶饭不思，屏退左右，一个人在节堂里时而踱步徘徊，时而安坐沉思。

次日一早，鲍崇德带着岢岚兵备道译审把汉那吉的文牍赶回巡抚衙门。方逢时看了文牍，又追问细节，鲍崇德一一作答。

"老酋果甚爱此孙？"方逢时还不放心，鲍崇德告退时，又问了一句。

"禀抚台，卑职一再追问，阿力哥及众人都这么说。"鲍崇德答。

"此乃奇货可居！"方逢时兴奋起来，立即提笔给总督王崇古修书。足足一个时辰，他才唤来两名中军，吩咐道："王军门以秋防事巡视宣府未归，速速赶往宣府投书，不得延迟！"

王崇古接到羽书，凝神阅看，双眉不时一挑，目光透出惊讶，紧张、沉重中又有几丝兴奋，放下羽书，略作思考，吩咐："白虎堂听令！"

进了白虎堂，僚属参见毕，王崇古肃然道："大同发生惊天大事，俺答老酋之孙把汉那吉来降，本部堂有令：一、即行令山西行都司掌印王应臣、大同知府程鸣伊对来降之把汉那吉复审速报。二、札示三抚三镇，知会本部堂明日赶回阳和，令大同总兵马芳谒见。三、速派细作潜赴板升，与土甲华接头，摸清北虏情形！"

3

俺答汗、三娘子勒马黄河岸边，预备渡河的舟船已在河中连成一排，坐在羊皮筏上的先锋官正指挥士卒加固，战马的嘶鸣声此起彼伏。

"渡过黄河，穿越贺兰山，入陇右，经扁都口，从鄂博岭进入青海！"俺答汗用马鞭指着远方，兴奋地对三娘子说。

"英勇的博格达汗，钟金与全体巴特尔以你为荣耀！"三娘子唱歌般地说。

"出身高贵的也儿钟金，大漠众生无不敬重的钟金哈屯，深明大义的三娘子！"俺答汗高声道，"见证胜利的时刻吧！"言毕扭身举鞭，大声命令道，"巴特尔们！准备渡河！"

"报——"探马高叫，飞奔到俺答汗前，滚下马来，禀报道，"大成台吉投奔南朝，伊克哈屯痛不欲生，催促汗爷速返！"

"啊？"俺答汗大惊，"可知把汉那吉目下在何处？"

探马道："禀汗爷：谍报探知，大成台吉已入平虏卫败胡堡！"

"是死是活？"俺答汗小心翼翼地问。

"不得而知！"探马回禀。

"再探！"俺答汗命令道。转身高喊一声，"巴特尔们！美岱召有变，回师——"言毕勒马转头，"啪"地在马屁股上猛抽一鞭，双足用力一蹬，飞奔着向板升驰去。

经过一天一夜的急行军，回到板升，俺答汗就径直来到九重朝殿最后一个院落里，下马时已是步履不稳，亲兵搀扶着他走到伊克哈屯的屋门前，俺答汗焦急又胆怯地喊道："伊克哈屯！伊克哈屯！"

伊克哈屯正躺在炕上痛苦地呼唤着把汉那吉的名字，听到俺答汗的叫声，蓦地坐起身，顺手拿起寻找把汉那吉时挂着的一根柴棒，疯也似的向俺答汗打去。俺答汗见状，吓得抱头就跑，伊克哈屯紧追不舍，追了一箭远的路，举棒照着他的脑袋击打过去，口中大叫着："老东西，你还我的孙子！你快去给我要回来，便是南朝要你的头，也要给！我，只要我的孙子！"说着，又号哭起来，"把汉那吉，把汉那吉！我可怜的孙孙，快回来吧！"

俺答汗躲闪不及，被击打了一下，"喔呀"一声叫，众亲随急忙上前护卫，也挨了伊克哈屯不少柴棒，谁也不敢吭声。

土默特人都知道，俺答汗虽称雄大漠，却甚惧内。他十三岁成婚，乃是按鞑靼部落转房习俗，娶了其亡父的第三哈屯兀慎娘子，人称伊克哈屯，即大夫人者。她为人强悍，却也能震慑内宅，俺答汗对她畏敬有加。眼看伊克哈屯怒气不息，俺答汗只得小声吩咐："快，先避避再做计较。"众亲随忙簇拥着他仓皇而去。

这个场面，正好被细作王甲华看到了，急忙骑马向南飞报。他本是赵全差往关内的奸细，被王崇古所用后，也照他的授意，给赵全传递谍报，故而持有赵全颁发的勘合。他接到王崇古的指示监视板升动向，尤其是俺答汗对把汉那吉南投一事的反应，因此日夜守在伊克哈屯住处外查看动静。见此场景，王甲华不敢怠慢，跑了近一个时辰，与王诚所遣夜不收接上了头，将他看到的场景说了一遍。扮作牧人的夜不收一刻不敢停留，骑马向守口堡奔去。守口堡守备接报，即遣中军飞报总督行辕。

王崇古刚回到阳和行辕，大同总兵马芳正在辕门候驾。

"军门，不如斩了那个竖孤，以挫虏焰！"一见面，马芳就杀气腾腾地说。他在方逢时那里提议拒纳把汉那吉碰了壁，为显示自己绝非畏敌怯战，便改变了说法。

"斩之何益？"王崇古正色道，"北虏内讧，上天将把汉那吉借给我，我处置得策，安知不是止戈之机？本部堂召马帅来，就是要嘱咐马帅，武人不得对此事置喙，更不许擅自行动，只服从军令就是了。四个字：严阵以待！"

送走马芳，山西行都司掌印王应臣、大同知府程鸣伊对把汉那吉复审详报，大同巡抚方逢时的书函，次第呈来。王崇古看了数遍，心中已有定计，遂召方逢时来会。

辕门节堂里，督抚二人隔几而坐，以同年身份密议大计。王崇古叫着方逢时的号道："金湖，经多番译审，看来把汉那吉身份、来降因由等已辨明真确，无须怀疑了。接下来就是应对之策了。你大札中言，把汉那吉乃奇货可居，宜厚待以安其心，深获吾心，我也正是此意！"

"鉴川年兄，你是这里的最高军政长官，责任在你身上。我的建言仅供鉴川年兄参酌。"方逢时诚恳地说。

王崇古点头："实话说，若不是中玄主持朝政，把汉那吉来降一事，本不必费周章，拒之可也！如此，则我辈既不必多费心血筹策应对，又不必担责，何乐而不为？"

"鉴川年兄，这是明摆着的。"方逢时赞同道，"居把汉那吉为奇货，与俺答老酋做交易，风险委实很大。一则俺答老酋非我辈所能掌控；再则祖制成例不允如此，朝中阻力势必其大。是以出此策，不惟官位名誉，即使是身家性命，也要押上。若朝廷无中玄年兄主其事，我辈何必冒此天大风险！"

王崇古慨然道："中玄是大气魄敢担当之士君子，有厚望于我辈，我辈焉能推卸责任？"顿了顿，郑重道，"金湖，这些日子夜不能眠，思维再四，拟提上中下三策呈奏，供中枢择之！"说着，他起身从书案上拿过一叠文稿，"请金湖参详。"

"军门，有紧急谍报！"王诚在门外禀报说。

"报来！"王崇古道。

守口堡中军低头近前，单腿跪地禀报："俺答已撤回板升；伊克哈屯以柴击俺答头，说即使南朝要你的头，我也给，我只要我的孙子！"

"再探！"王崇古命令道。转脸对方逢时会意一笑，道，"喜忧参半。"

"俺答必索把汉那吉，不会置之不顾，大同压力甚大。"方逢时道，"然则，俺答愈是看重把汉那吉，则我与之达成交易可能性愈大。"

"拒之，你、我不惟无责任，且还会获朝野赞誉；纳之，则不惟要对付北虏，还要对付朝野舆论，四面楚歌，孤独求胜！"王崇古语调沉重地说，"端在运筹得当，不然祸不可测！"

"是啊！此议必在朝廷掀起轩然大波。"方逢时神情紧张，晃了晃手中的文稿道，"鉴川年兄划然决计，不惜婴天下之口，藐北虏汹汹之势，责任委实太重，年兄不妨再酌。"

王崇古站起身，背手望着窗外，语调悲壮道："金湖，我视一家百口皆鬼矣！"转过身来，用手指着自己的脖颈，"又以此颈自悬空中，方敢把担上肩！"

方逢时以感佩的目光看着王崇古，举着奏稿道："年兄，我愿与年兄列衔联奏！"

王崇古坐回去，手指快速地弹敲椅子把手，思忖良久方道："也好，此可证督抚有共识，便于中玄决断。"

"鉴川，此事关系重大，始之不谨，将贻后艰。我意，不妨先差得力之人，星夜飞报中玄、太岳二阁老，探探中枢的意思，"方逢时说着，又晃了晃手中的奏稿，"再联奏此本不迟。"

"如此一来，担子就全压在中玄肩上了。"王崇古慨叹道。

第二十二章　主朝审身心交瘁　纠遗诏意味深长

1

紫禁城外，向南第一为承天门。每年霜降，朝廷会审刑部所判决、羁押的重囚，在承天门前中甬道西、东西甬道南设场，谓之朝审。

隆庆四年九月初三日，承天门前摆着几十张铺了红毡的桌子，桌子上放着一摞摞厚厚的案卷。京城百姓一大早就围拢过来，旁观今年的朝审。

国制，刑部审结的死刑重犯，除斩立决外，皆羁押大牢，待翌年朝审。朝审前一个月，刑部即将各犯案卷送阅，朝审之日，事前审阅案卷有疑问处，提拘人犯到场复查。会审结果，分为情实、缓决、可矜三类，呈报皇上御览，以示慎刑。皇上若在人犯名字上画钩，谓之勾决，即执行死刑；皇上未画钩的，谓之勾免，继续关押，等待来年再按既定程序进行一次。

朝审例由吏部尚书主持，各部院寺监正堂、五军都督府掌印官皆参加。高拱以内阁重臣掌管吏部事，整日忙得团团转，都以为他不会参与朝审。谁知刑部启动朝审的奏本一到内阁，高拱就申明要出而主持。此后的一个月，他每天夜里都在吏部直房审阅文卷，几近通宵达旦，凡有疑问的案卷集中起来，召三法司刑官面究十余天，这才于初三日正式设场开审。

交了辰时，一大群文武高官自承天门而出，五军都督府等衙门堂上官坐东向西，吏部等衙门堂上官则坐西向东。因朝审例以吏部尚书主持并主笔，故高拱坐在首座，刑部尚书葛守礼第二座，掌都察院事阁老赵贞吉第三座，其余人等依序入座。部院寺监正卿尚未坐定，突然，围观人群里一阵骚动，围在最前端的几个老者向前挪了几步，齐齐跪倒，双手拿着诉状，举过头顶，大声哭喊：“冤枉啊！请青天大老爷做主啊！”

锦衣旗校一拥而上，将几名老者围住，正要动手拖去，高拱制止道：“慢！状纸呈来！”

“新郑，若此处可接状，恐朝审难进行。”刑部尚书葛守礼低声劝阻道。

旗校已接了状纸，递到高拱的案前。他拿起匆匆浏览了一眼，递给葛守礼，道：“终归是要给人家个说法的。”

葛守礼一看，乃是仇家联袂状告已故锦衣卫都督陆炳的。当年陆炳为了媚上而将谏诤先帝的太仆寺卿杨爵拷打致死，又将论救杨爵的户部主事周天佐、巡按御史浦铉折磨致死，欠下血债。如今杨爵、周天佐、浦铉俱已昭雪四年，他们的家人屡次请求追论陆炳，皆因陆炳乃徐阶的儿女亲家，三法司不是拒绝就是搪塞，几年过去仍未如愿，故而利用朝审之机，相约到京，佯装围观，跪地含冤。

“本部已复查杨爵等各案，三人确为陆缇帅下令拷打或绝其食而致死。”葛守礼侧过脸来对高拱道，“若内阁主持正义，则本部即可上奏。”

“奏来！”高拱决断道，又对跪地的老者大声道，“朝廷必会秉公执法，尔等且静候消息，不得再渎扰！”说罢，向侍从挥手示意，侍从大叫一声：“押人犯到场——”

须臾，各旗尉押本囚上前，侍从之人大声喝道：“朝上跪！”几名人犯面西而跪，不待发问，突然大喊道：“冤枉——”

“跪者何人？因何罪判何刑？”高拱大声问。

“罪臣王金、陶世恩、陶仿、申世文、刘文彬、高守中，因‘伪制药物’被拘押，比照‘子弑父律’论死。”王金回答，又喊道，“罪臣委实冤枉啊！”

“有何冤枉，从实说来！”高拱道。

“新郑，此案乃据《嘉靖遗诏》‘方士悉付法司治罪’而立，且已定案有年，我看就不必再审了。"赵贞吉提醒道。

"坏法乃天下大弊！"高拱不以为然地说，"执法必公，天下方可望治。我辈朝审，不是走形式，要审罪犯，核事实，凡有冤者，自当复审之，岂有例外？"他转向王金，"说！"

王金道："罪臣乃秀才出身，因先帝修玄，特爱灵芝灵龟，罪臣献之，先帝嘉悦，嘉靖四十三年特命入太医院为按摩科御医。我辈方士固乏医术，然助先帝修玄却也尽心竭力。我辈因先帝修玄而得荣宠，日夜祈求先帝长生不老，我辈自可永享富贵，万不会存害先帝之心！法司以我辈妄进汤药，内有大黄、芒硝等物，遂损圣体，致先帝崩逝之说，罪臣委实不服！"他对着高拱大声道，"高阁老可以做证，先帝服药极为慎重，即用太医药剂，必有御札，与阁老商榷。说我辈妄进有毒药物，我辈委实冤枉！"

"住口！"赵贞吉呵斥道，"竟敢妄攀主审官为你做证，大胆！"

"罪臣看这满朝也没有敢主持公道之士。反正我也是要死的人了，索性把事实说出来吧！"王金梗着脖子道，"先帝弥留之际，胡应嘉受人指授诬陷高阁老，意图激怒先帝杀了高阁老，彼时罪臣服侍于先帝旁，徐阁老竟要先帝御览胡应嘉弹章，罪臣身为值守御医，自是不能赞同，恐先帝受刺激而……徐阁老怀恨在心，遂锻造此冤狱以报复！"

王金这番话听得众人目瞪口呆。高拱脑海里顿时浮现出徐阶在他面前说"老夫不会允许胡应嘉伤害到新郑"这句话时那蔼然可亲的表情，现在看来，那嘴脸何其虚伪，因而遽然变得无比丑陋！他鼻子里发出"哼"的一声冷笑，心中暗忖：报复非君子所当为；然则也不能因为害怕被人说要报复，就被"报复"两字捆住手脚，对关涉徐阶的任何不法情事，都一味回避！这样想着，便大声道："王金所言先帝服药与阁臣商榷一事，非妄言。"他又转向葛守礼，"大司寇，刑部审理此案，定王金等'妄进汤药，遂损圣体'，可有证据？"

葛守礼道："此案为黄光升任尚书时秉承前宰之意定案，并无证据。"

高拱道："先帝保爱圣体，极为详慎。安肯不问可否，轻服方士之药？又安有服了方士之药受到损伤，却隐瞒不说，继续服用之理？这不符合先帝的性格！"

葛守礼道："王金等方士，原不知医术，但乌七八糟的药物，也不可能得进于先帝服用。"

"这就是咯！律法或事实上，弑君之罪很难成立。重要的还不在这里。"高拱朗声道，"若凭推断认定王金等弑君，看似为先帝报仇，实则是诬诋先帝！何也？如此，即是说先帝陨于非命，不得善终！而自古帝王不得善终者，必取笑后世，其名至为不美。而先帝御宇四十五载，享年六十，寿考令终。自古帝王罕有可比，安得诬为不得善终？先帝末年抱病经岁，从容上宾，并非暴卒，安得妄断为乃方士所害？"

"高阁老，青天大老爷啊！"王金痛哭流涕说。

"住口！"高拱喝住他，"本阁部非欲为尔等方士开释，乃为先帝辩诬！尔等方士，恶孽多端，自有本等罪名追究！此案，当着三法司再审！"他突然意识到此乃朝审场所，遂环视部院寺监堂上官，"诸公以为如何？"

众人相顾无言。高拱大声道："下一案！"

2

"王金一案，三法司会审，已有结果。"内阁中堂里，李春芳拿着一份文牍道，"这是三法司的复审结论。"随即读了起来：

先帝圣躬违和，委于各犯无干。钦惟我世宗皇帝，四纪御天，既三代之鲜有；六甲终命，亦五福之兼全。大渐之时，并无卒暴之患；归咎硝黄之说，何有指实之凭？事理贵真，不可妄意；法律以正，岂得轻加？故方士王金等以子弑父律论死不当；但王金、陶仿等习陶仲文之术，以旁门左道惑众，当以本罪坐为从律编戍，编置口外。

放下文牍，问："诸公以为如何？"

张居正、赵贞吉皆不语。高拱坐直身子，用力清了清嗓子，声音低沉道："道人方士惑君邀宠，混迹太医院，骇人听闻。但法司审案，当重事实，据法条。犯什么罪就依什么罪追究，不能为了杀人胡乱编造罪名。

刑部重审此案，重事实、依法条，判决公平，当准。"说到最后，嗓子几乎发不出声来了。

"北虏犯边，玄翁日夕筹策，尚未毕事，又主持朝审，可谓夜以继日，席不暇暖。"张居正道，"我观玄翁面带倦容，一脸疲惫，委实太操劳了，还是要注意保重身体啊！"

"呵呵，新郑做事太认真了。"李春芳道，"往者朝审，少者半天，多者一天，不过沿成例而已；今次新郑特奏请朝审两日，件件都是实实在在详审细辨，劳累自是难免。"

"兴化，执法不公，为天下人所诟病，我着急啊！"高拱接着李春芳的话，哑着嗓子道，"今次参与其间方知，堂堂最高司法者，审案竟如此草率！故特奏请朝审分为二日，以尽其详；朝审时令人犯各尽其言，面察其情，颇为尽心。身体累事小，心累啊！"

"玄翁，不要再说话了，嗓子哑成这样。"张居正关切地说。

"冤案累累！冤案累累啊！"高拱却停不下来，"此番朝审，重犯凡四百七十，审出冤者一百三十九，其余尚有情冤而证佐不够确凿者，未敢开释。"他突然提高声调，痛心疾首道，"诸公，这还是三法司审过的案子啊！都是最高刑官办的案子啊！都是人命关天的案子啊！"

李春芳、张居正、赵贞吉皆默然。

高拱从一摞文牍中翻捡出几张稿笺，道："这是朝审时我边听边顺手写下的，请叔大替我说说。"

张居正走过去，拿过稿笺，看了一眼，笑道："呵呵，玄翁总结的刑官不职的种种表现。"说着，读了几条，"一、黩货鬻狱，这是贪墨之徒所为！二、务为推诿。一日之事动经数日，一人之事动经数手，频年累月不能问结。这是缺乏担当！三、苟袭故事。有法律不讲，只取成例，徒积资历以待升转。这是不负责任！四、自以为是，执拗顽固。为证其是，对称冤者动辄加刑，务合己意。这是酷！五、媚上卖法。凡有权势者暗示，抑或事关权势者，则畏于权势，不顾法律。这是小人行径！"

"革弊改制以兴法治，刻不容缓！"高拱情绪激动地说，他拿出几页稿笺，"一、实行刑官久任之法。"

"来来来，我替玄翁说。"张居正主动走过去，拿过高拱手中的文稿，读道，"刑乃民命所系，刑部为司法之总。居其官者，使非律例精贯，则审狱判案，必不能当其情。然非久于其职，则阅历未深，讲究未熟，欲其精贯，亦不可得。是以刑部、大理寺堂上官以下，当行久任之法。"

"行政与司法，本有不同。目下司法之官与各部院行政之官完全一体，此制当改！"高拱嗓子沙哑，却还是强撑着解释了一句。

"二、州县正官当加意刑名。"张居正接着读道，"州县正官为亲民之官，钱谷、刑名乃其急务。州县正官当通晓律令，听断检验，不眩于人言，不拘泥己见，而民可无冤。然时下人情玩忽，不务业业者众，孜孜于迎送、参谒等项虚文，津津于一应泛常差委而乐道，刑名大事，或推诿于佐贰、幕僚，纵其渔猎贪黩；或虚应故事，草率了事。当行各抚按衙门，严加禁止，详加查考，从重参究。"

"时下为官者，压力是越来越大咯！"李春芳感叹道。

"那就对了！"高拱抢白道，"奢靡成风，迎来送往，游山玩水，是轻松、舒坦，可这样下去，早晚把民脂民膏榨干，把江山社稷葬送！"

张居正见无人再说话，便继续念道："三、督令观政进士切实讲求律例。进士在内多分发刑曹，在外多为州县正官。兴法治，必从新科进士抓起。进士出炉，按例分送部院寺监观政。时下观政进士却袭故套，整日聚会取乐，无所用心。当饬令各衙门堂上官，督令观政进士讲律例，要拣选谙熟律令的吏书为之观政导师，为其辩证解说，务使其通晓律例，观政期满要考其通晓律令如何。"

"好了！"李春芳终于忍不住制止道，"时下推出的革新改制之事甚多，恐上下一时难以适应。我看内阁不必再议，就请新郑斟酌，分时上奏，次第实行吧。"他晃了晃手中的文牍，"刑部所奏，追论前缇帅陆炳的。这是大事，当慎重商榷停当。"

"怎么追论起他来了？"张居正蹙眉道。

"冤主上控，言官论劾，指控陆缇帅任恶吏为爪牙，侦知民间谁家有钱，抓住他的小过即收捕，没其家，积财数百万；时严嵩父子擅权，陆炳无日不登其门，文武大吏遂争相求陆缇帅在严嵩面前为其美言，受贿不可计，营别宅十余所，庄园田亩遍四方；为邀帝宠，媚权要，竟丧心病狂，致死忠良。"李春芳把三法司奏本的大意说了一遍，"三法司审结，建言追论陆炳之罪，削去官阶，抄没财产，并予追赃。"

"这又是翻王金的案子，又是追论陆炳，外间恐有针对前宰之议吧？"赵贞吉担心地说。

张居正支吾道："抄家与追赃二罪可并坐吗？三法司……"他欲言又止，低头不再说话。

"新郑，你看呢？"李春芳看着高拱道，"过去多年的事了，要不就算了吧，免得引起外界猜测，对新郑不利。"

"对高某利与不利，不必介意！"高拱从嗓子眼里发出低沉的声音，"是非要明，执法要公！错案，就要纠正；罪人，不能放过！不然对不起皇上，"他突然用力"嗵嗵"地拍打着胸口，几乎是用尽全力，挤出了一句话，"也对不起自己的良心！"

3

看到邸报，吕光大惊失色，本想谒见张居正，又恐被拒，急忙趁着夜色，登门拜谒新任太仆寺少卿曾省吾。

"曾少卿，你说高胡子这是何意啊？王金的案子，翻了；又追论陆炳，竟至抄家！"吕光一见曾省吾，就迫不及待地说，"他要实施报复，对存翁下手？"

"报复未必，但他不再被'报复'二字捆住手脚倒是真的。"曾省吾道，"他到任几个月工夫，整顿边政大见成效，北虏到了古北口前，竟不敢入寇，秋防无虞；贵州的事，不战而息争；恤商改制裁冗员；整顿官常，惩贪墨，戒奢靡；如此等等，偏偏他用的几个人又颇孚众望，都说他善用人，掌铨最佳。高相难免信心大增，不再瞻前顾后。"

"这么说，任其为所欲为？"吕光不服气地说。

"吕先生，别忘了，今上与高相息息相通，凡是他所主张的，今上无不赞同。"曾省吾手一摊，"谁敢跟他较劲儿？怎么较劲儿？"

"听说高胡子整日忙得四脚朝天，怎么不累死他！"吕光诅咒说。

"呵呵，高相可不能死！"曾省吾意味深长地一笑道。

吕光不解："曾少卿是说……"

"嘘——"曾省吾以手指竖于唇上，制止吕光说这个话题。

"不管高胡子是不是报复，我担心追论陆炳，会牵涉徐府。"吕光把话题扳回来，叹口气道，"本来海瑞滚蛋后朱大器代之，徐府之事缓和了些，今次一旦地方官得到对陆炳的追赃指令，因江南路人皆知陆缇帅的家财存于徐府，追赃势必追到徐府，一番折腾倒还罢了，无非把当年侵夺陆家的东西交出来就是了；怕只怕地方官认准这是报复存翁的信号，对徐府又不依不饶起来！"

曾省吾道："存翁在朝善为收揽人心之举，怎么在家乡却……委实有些过了。"他突然仰脸一笑，"哈哈哈，在朝收揽人心，是慷国家之慨，不用花自家的钱！"

吕光面露尴尬："曾少卿，能不能出面请几个言官……"

"不妥！"曾省吾摇手打断吕光，"反正吕先生有的是钱，像戴凤翔、舒化，还可以用的嘛！"

"戴凤翔？"吕光摇头，"自从弹劾海瑞，道路传闻他受了徐府的贿，目下高胡子惩贪，他提心吊胆，精神萎靡，哪里还敢言事？舒化倒是可以找找。只是，"他捊了捊耳唇，"从何入手说事呢？"

曾省吾道："自海瑞抚江南，揭出徐府不少丑事，存翁声誉一落千丈；惟遗诏一事，还是得人心的。"

"遗诏？"吕光沉吟片刻，似有所悟，"喔，多谢侍郎指点！"

三天后，刑科给事中舒化的奏疏发交内阁。张居正执笔，把奏本扼要说了一遍：方士王金等付法司问罪，此遗诏意，今欲赦其罪，不知其意何为？遗诏最为收拾人心，今欲弃之乎？再则，刑部虽主司法，然与吏、户等部，同为六部之一，行之已久，遽然改制，欲行刑官久任之法，此非擅改祖制乎？

高拱怒目圆睁，厉声道："舒化乃刑科给事中，负监察司法之责，一次朝审即审出冤狱一百三十九人，平时未见他纠弹过一起，不自省过，反来质问，是何道理？此等言官，不称职！"

赵贞吉道："舒化自任言官，风采凛然，同官敬惮，并无显过，不宜遽遣。"

高拱仍是一脸怒气，道："给事中出外任，例升参议，吏部会给他找个参议的位置出来的。官升七级，不算遷遣。总之不能再任言官！"

"呵呵，新郑今日何以怒气冲冲？"李春芳道，"嗓子刚能发声，还是不发火的好，呵呵！"

"我倒是想不发火，可有些事情，让你不能不发火！"说着，他拿起一叠文牍说，"这是吏部的文牍：嘉靖六年，距今四十多年前的刑部主事唐枢，因为反对先帝议大礼而被革职，现在七十六岁了，要升京卿；四十年前任吏科都给事中的王俊民，不知因何事被革职，已去世多年，他的孙子说是因为建言获罪，按照遗诏应予平反，荫一子入国子监。这样的事，每天都有。自高某掌铨以来，凡遇此等事，也只能咬牙题准。可今日看了唐枢、王俊民之事，再也忍不住了！不是为这两个人的事，独痛心于人臣为收揽人心，不惜归过先帝，凡是先帝时被遣之臣，不分青红皂白，皆予平反，难道先帝所为皆错？难道这些人里反倒没有错的？而乃勿论有罪无罪，贤与不肖，但系先朝贬斥之臣，悉褒显之，不次超擢，立至公卿，凡已死者，悉为增官荫子，大慷国家之慨，这是何道理？"

李春芳似乎明白了高拱恼怒的原因，惊问："新郑意思是，《嘉靖遗诏》有误？"

"有大谬存焉！"高拱恨恨然道。

张居正预料到，早晚会有这么一天，高拱会对遗诏发难。他不便说话，只是怔怔地看着高拱。

"遗诏对先帝一概否定，何益之有？"高拱瞪着眼，以激辩的语调道，"嘉靖初年，君臣励精图治、锐意革新，有'中兴'之誉，因何忽略不计？肯定嘉靖前期的历史，指出后期的弊政，正可提醒后人汲取教训，方可明白持续革新的重要性！"

张居正知道高拱的底蕴，他本想接续嘉靖初年的革新路线，当时却被排斥在起草遗诏以外，故而耿耿于怀，如今见舒化拿遗诏来反对他的革新主张，终于忍耐不住，把积压已久的愤懑一股脑发泄了出来。遗诏是徐阶召他在密室起草的，尽管他也知道徐阶排斥高拱参与起草遗诏本身就是一计阴招、陷阱，但眼看着高拱痛诋遗诏存有大谬，张居正却不敢发一语，心里还是有些不是滋味。

"遗诏尽归过于先帝，除了为某人解脱，对新治理有何助益？"高拱继续说，"究其实质，是为人臣不承担责任树立恶例！嘉靖朝的积弊，都是先帝之过？做臣子的担当了吗？却以遗诏推脱得干干净净！时下官场最缺的正是担当！时政出了弊病，应由我辈辅臣承担责任，不宜存丝毫推脱之念；同理，前朝的弊病，不能一概归过于先帝，敢再归过于先帝者，当以大不敬罪论处，此为革新计，亦为树立担当精神计！"

李春芳一看高拱举盏喝茶，生恐他再侃侃而论下去，忙道："新郑，你的意思我辈都明白了。"

"光内阁明白了还不够！"高拱放下茶盏道，"我要上本，请皇上下旨，昭示中外！"

此话一出口，高拱的心思，就转到构思奏疏上了。他心里清楚，这本奏疏，旨在定国是、裨新政，分量很重，务必反复推敲，字斟句酌。白天，阁务部事千头万绪，他又最容不得"拖"字，直到戌时过半，才忙完手头的事务，静坐吏部直房，展纸提笔，郑重写下《正纲常定国是以仰裨圣政疏》。

"嗯，先从吏部最新接到的两个要求平反的例子说起，以免太空洞。"他自言自语，遂写道："文选清吏司案呈，奉本部送吏科抄出……"

"老爷，老爷——"门外传来高福的声音。

"叫什么叫！"高拱呵斥道，"今夜有要事，不回家了！"

"不是，老爷，宣大、宣大总督差人，"高福探进头来，不知如何才能说清楚，支吾了几声，索性道，"有惊天大事！"